D1389871

De weg naar huis

Van George Pelecanos verscheen eveneens bij uitgeverij Anthos

George Pelecanos

De weg naar huis

Vertaald door Ankie Klootwijk
en Ernst de Boer

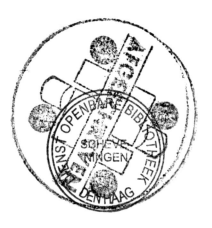

Anthos|Amsterdam

ISBN 978 90 414 1326 0
© 2009 George Pelecanos
This edition is published by arrangement with Little, Brown and
Company, New York, New York, USA. All rights reserved.
© 2009 Nederlandse vertaling Ambo|Anthos *uitgevers*,
Amsterdam en Ankie Klootwijk en Ernst de Boer
Oorspronkelijke titel *The Way Home*
Oorspronkelijke uitgever Little Brown
Omslagontwerp Roald Triebels, Amsterdam
Omslagillustratie © Sanatorium Hallways/Bianca van der Werf
Foto auteur © Giovanni Giavanneti

Verspreiding voor België:
Veen Bosch & Keuning uitgevers n.v., Wommelgem

Voor mijn vader, Pete Pelecanos

DEEL I

Slechte Chris

1

Niemand wist waarom het Pine Ridge heette. Chris kon geen enkele pijnboom in de buurt ontdekken. Alleen een groep lage L-vormige rode baksteen gebouwen, die op een vlak, kaal terrein stonden, omheind door een met scheermesdraad beveiligd hek. Aan de andere kant van het hek lag bos. Eiken, esdoorn, wilde kornoelje en sumak, maar geen pijnbomen. Ergens diep in de bossen stond de gevangenis voor meisjes.

De instelling lag op een drie vierkante kilometer groot terrein in Anne Arundel County, in Maryland, veertig kilometer van Northwest DC, waar Chris was opgegroeid. Wanneer hij 's avonds in zijn cel lag, hoorde hij de vliegtuigen laag overkomen. Hij wist dus dat hij dicht bij het vliegveld van Baltimore zat, en vlak bij een snelweg. Op dagen dat de wind gunstig stond en hij basketbal speelde op de luchtplaats, of van zijn eenheid naar het schoolgebouw liep, hoorde hij het suizen en brommen van langsrijdende auto's van keurige burgers die naar hun werk of naar huis gingen, van moeders in hun stationcars, van jongeren die naar feestjes of afspraakjes gingen. Tieners, net als hij, maar dan vrij.

Ze hadden hem natuurlijk precies verteld waar hij zat. De directeur van de jeugdreclassering van het district, het hoofd van de instelling, de bewakers, zijn medegedetineerden, zijn ouders en de advocaat die zijn vader had ingehuurd om hem te verdedi-

9

gen hadden het hem allemaal precies uitgelegd. Ze hadden hem zelfs een kaart laten zien. Maar hij vond het interessanter om te fantaseren dat hij op een of andere geheimzinnige locatie zat. Ze sturen me naar een uiterst geheime plaats in de bossen. Een instelling voor jongens die ze niet in de hand hebben. Een plek waar ze me niet kunnen vasthouden. Nu ga ik mijn gedurfde ontsnapping voorbereiden, ha ha.

'Chris?' zei zijn moeder.

'Hm?'

'Wat is er zo grappig?'

'Niks.'

'Je zit te grinniken.'

'Is dat zo?'

'Chris, je schijnt dit allemaal erg luchtig op te vatten.'

'Dat is niet de bedoeling, mam. Ik moest ergens an denken.'

'Je moest ergens áán denken,' verbeterde zijn vader.

Chris glimlachte, en zijn vaders gezicht verstrakte.

Chris Flynn zat aan een volgekraste houten tafel in de bezoekersruimte van Pine Ridge. Aan de andere kant zaten zijn ouders, Thomas en Amanda Flynn. Om hem heen kregen een paar andere jongens, allemaal gekleed in een poloshirt en kakibroek, bezoek van hun moeders en oma's. Bij de deur stond een bewaker. Buiten de ruimte zag Chris door een vierkant stuk plexiglas nog twee andere bewakers die lachend met elkaar stonden te praten.

'Hoe gaat het, lieverd?' vroeg Amanda.

'Gaat wel.'

'Hoe gaat het op school?'

Chris keek om zich heen. 'Ik ga ernaartoe.'

'Kijk je moeder aan als ze tegen je praat,' zei Thomas Flynn.

In plaats daarvan staarde Chris in de waterige ogen van zijn vader. Hij zag alleen een buitenkant van woede en pijn, en voelde niets.

'Ik wil het graag weten,' zei Amanda, 'behandelen ze je wel goed? Word je gepest?'

'Maak je daar maar geen zorgen over. Ik weet me heus wel te redden in de bajes.'

'Ja vast,' zei Flynn zachtjes, op minachtende toon.

'Heb je binnenkort weer zo'n evaluatiegesprek?' vroeg Amanda.

'Niet dat ik weet.'

'Die zou je elke maand moeten hebben. Ik neem het wel even op met de advocaat. Die heeft regelmatig contact met de directeur.'

'Goed.'

'Laten we bidden,' zei Amanda.

Ze vouwde haar handen, liet ze op de tafel rusten en boog haar hoofd. Chris en Thomas deden haar plichtmatig na. Maar ze spraken niet tot God, en koesterden geen spirituele of zuivere gedachten.

Toen Amanda klaar was, stonden ze alle drie op. Amanda keek naar de bewaker, een grote man met vriendelijke ogen, die het vast wel zou begrijpen, en ze omhelsde haar zoon. Toen ze zich tegen hem aan drukte, stopte ze drie opgevouwen briefjes van twintig dollar in zijn broekzak.

Amanda maakte zich van hem los. Tranen welden op in haar ogen. 'We doen alles wat we kunnen.'

'Dat weet ik.'

'Ik bid voor je. Ik hou van je, Chris.'

'Ik ook van jou, mam.' Hij zei het zachtjes zodat de andere jongens hem niet konden horen.

Chris noch zijn vader deed een stap in de richting van de ander. Nadat ze elkaar een lange nietszeggende blik hadden toegeworpen, gaf Chris Thomas Flynn een koel knikje met zijn kin, draaide zich om en liep naar buiten.

'Zullen we proberen of we de directeur te spreken kunnen

krijgen voordat we weggaan?' vroeg Amanda.

'Waarom?' Flynn schudde zijn hoofd. 'Laten we maar gewoon gaan.'

Onder begeleiding van een bewaker liepen Thomas en Amanda Flynn het gebouw uit naar de poort; Thomas, wiens zware stappen afdrukken in de modder achterlieten, ging voorop. Gedetineerden die van de les op weg waren naar de lunch, liepen onder begeleiding van een bewaker met een portofoon van het ene gebouw naar het andere met hun handen op hun rug, waarbij de ene hand de pols van de andere vasthield. Het waren allemaal zwarte jongens. De vorige keer had Flynn één hispanic gezien, met glazige ogen en stijfstaand van de medicijnen, dus misschien zaten hier ook een paar Spaanssprekenden, maar dat deed er niet toe. Waar hij onder gebukt ging was het feit dat zijn zoon de enige blanke gevangene van de instelling was.

Mijn zoon, hier tussen al die...

Flynn hield zich in voordat er zich akelige woorden in zijn hoofd vormden.

Hij drukte op de bel aan de achterkant van het poortgebouw en keek door de tralies en het plexiglas om de aandacht van een van de twee geüniformeerde vrouwen achter de balie te trekken. Zoals de meeste vrouwelijke bewakers die Flynn hier gezien had, hadden ook deze twee brede, zware heupen en benen. Met een druk op de knop werden zijn vrouw en hij binnengelaten, en ze liepen door hetzelfde detectiepoortje als bij hun binnenkomst: zo'n ding dat je ook wel op vliegvelden ziet. Geen van de bewaaksters keek hen aan of zei iets tegen hen toen ze hun sleutels en mobieltjes terugkregen.

Ze verlieten het gebouw en liepen langs het hek van harmonicagaas en scheermesdraad naar de suv van Amanda die op het parkeerterrein voor personeel en bezoekers stond. Ze zeiden niets tegen elkaar. Amanda dacht erover om zondag naar de vroegmis te gaan en een kaars voor Chris te branden. Flynn overdacht voor de zoveelste keer wat er verkeerd was gegaan.

Volgens Flynn was hij zijn zoon ergens in het eerste jaar van de middelbare school kwijtgeraakt. Chris speelde destijds *football* en deed mee aan de katholieke basketbalcompetitie; hij haalde redelijke cijfers, ging naar de zondagsschool en naar de kerk. Maar hij rookte ook marihuana, pleegde winkeldiefstallen, vocht met andere jongens en kraakte auto's en kluisjes. Dat gebeurde allemaal in dezelfde periode, toen Chris een jaar of vijftien was. Flynn begon zijn zoon te zien als iemand die twee personen in zich verenigde: goeie Chris en slechte Chris. Op zijn zestiende was het alleen nog slechte Chris.

Zelf had Flynn als tiener en twintiger ook zijn jointjes gerookt, dus hij had het meteen door dat Chris gebruikte. Hij zag het aan zijn ogen als Chris stoned was, aan de manier waarop hij onbedaarlijk moest lachen om gewelddadige beelden op tv, of aan zijn plotselinge interesse voor hun bastaardlabrador, Darby, waarmee hij touwtrek- en worstelpartijtjes uitvocht, wat hij nooit deed als hij clean was. En natuurlijk was er de lucht die altijd in Chris' kleren hing, en de overbekende sterke geur van verse wiettoppen in zijn slaapkamer als hij net had gerookt.

Flynn lag er niet wakker van dat zijn zoon blowde. Hij had hem zelfs gezegd dat hij er niet zozeer op tegen was vanuit moreel oogpunt, maar dat hij het eigenlijk maar tijdverspilling vond. Dat het voor een toch al middelmatige leerling als Chris zijn schoolprestaties in de weg kon staan. Wat Flynn dwarszat en wat hij verontrustend vond, was dat Chris op een gegeven moment alleen nog maar marihuana rookte en verder niets uitvoerde. Hij stopte met sporten, ging niet meer naar de kerk en zag de vrienden die hij via de kerk kende ook niet meer. Hij gaf zijn baan bij de cafetaria in Friendship Heights op en hij haalde steeds slechtere cijfers. Het scheen hem niet te deren en het kon hem ook niet schelen wat zijn lapzwanserij bij zijn ouders teweegbracht.

Amanda beschouwde Chris nog steeds als haar kleine mannetje en kon zichzelf er niet toe brengen hem te straffen als een jongvolwassene. Bovendien was ze ervan overtuigd dat de Heer zou ingrijpen en de donkere wolken zou wegblazen wanneer Hij de tijd rijp achtte, en Chris de wijsheid zou bijbrengen om op het rechte pad terug te keren. Flynn reageerde daarentegen primitief en weinig doordacht. Hij geloofde eerder in Darwin dan in sprookjes, en wilde zijn positie als alfamannetje veiligstellen. Meer dan eens zette hij Chris klem tegen de muur en hief zijn gebalde vuist, maar liep dan weg voordat hij hem een dreun verkocht. Chris wist dus dat zijn vader het in zich had om over de schreef te gaan en hem op zijn lazer te geven, maar dat bracht hem er niet toe zijn gedrag te veranderen. Hij maalde er niet om.

Chris werd aangeklaagd wegens het in bezit hebben van marihuana. De agent die hem had gearresteerd, verscheen echter niet op de rechtszitting en de zaak werd geseponeerd. Chris raakte op school bij een vechtpartij betrokken en werd geschorst. Hij maakte een medeleerling met geweld een walkman afhandig en werd voor de rest van het jaar van school gestuurd en kreeg een taakstraf. Chris en zijn vriend Jason werden door een bewakingscamera geregistreerd bij het leeghalen van de kluisjes van het basketbalteam terwijl de spelers aan het trainen waren, en ze werden gearresteerd en aangeklaagd. Er zou een hoorzitting volgen. Chris was vastgelegd op video terwijl hij auto's openbrak op een parkeerplaats achter een Mexicaans restaurant. Zijn vader stelde de eigenaars van het restaurant en de eigenaars van de auto's schadeloos om de politie erbuiten te houden. En daarna volgden de aanklachten en schuldigverklaring die uiteindelijk tot zijn gevangenisstraf hadden geleid: geweldpleging, het in bezit hebben van drugs met het oogmerk erin te handelen, het verlaten van de plaats van een ongeval, roekeloos rijgedrag, over het trottoir rijden en op de vlucht slaan voor de politie. Bij elk nieuw 'incident', bij elk bezoek aan het politiebureau van het

Tweede District aan Idaho Avenue om zijn zoon op te halen, werd Flynn bozer en afstandelijker.

Kate zou nu achttien zijn geweest. We zouden nu op zoek zijn naar een geschikte universiteit. We zouden foto's van haar nemen in haar avondjurk voor het eindbal. In plaats van op bezoek te gaan bij die klootzak in zijn gevangenispak, die zich op de borst slaat dat hij 'zich heus wel weet te redden in de bajes'.

Chris Flynn was de enige levende telg van Thomas en Amanda Flynn. Hun eerste kind, Kate, was twee dagen na haar geboorte gestorven. De doodsoorzaak op de overlijdensverklaring luidde: 'Hyaliene membranen-ziekte', wat betekende dat ze was gestikt. Ze was te vroeg geboren en haar longen waren nog niet volgroeid.

Toen Kate werd geboren, werkte Thomas Flynn als jonge politieman bij de uniformdienst in het Vierde District van Washington DC. Hij had zich in een opwelling aangemeld en had de politieschool met succes doorlopen, maar besefte vlak na zijn afstuderen dat hij een vergissing had gemaakt. Zijn hart lag niet in zijn werk en hij had geen zin om kinderen achter slot en grendel te zetten, waardoor hij ongeschikt was als drugsbestrijder. Flynn nam ontslag en trad als vertegenwoordiger in dienst bij een vloerengigant waar de verkoopleider, niet geheel toevallig, zijn vroegere basketbaltrainer was. Flynn was van plan het vak te leren, contacten te leggen en uiteindelijk voor zichzelf te beginnen.

Vlak nadat Kate was overleden werd Amanda weer zwanger, maar ze kreeg na vier maanden een miskraam. Ondanks de verzekering van haar verloskundige dat ze gezond was, weet Amanda, die in haar jonge jaren samen met Flynn met cocaïne had geëxperimenteerd, de vroeggeboorte en de dood van Kate aan haar vroegere drugsgebruik. 'Mijn eitjes zijn bezoedeld,' zei ze tegen Flynn, die alleen maar knikte, omdat hij geen ruzie met haar wilde maken – net zoals je niet in discussie gaat met een geliefde wier geestelijke vermogens langzaam maar zeker afnemen. Amanda had toen Jezus al in hun leven toegelaten, en Flynn vond het steeds moeilijker om met z'n drieën samen te leven.

De dood van Kate had hun huwelijk niet kapotgemaakt, maar wel voor een deel om zeep geholpen. Flynn herkende in de humorloze, godvruchtige Amanda nog amper de grappige, levendige vrouw met wie hij was getrouwd. Ondanks de emotionele kloof tussen hen hadden ze nog regelmatig seks met elkaar. Amanda hoopte nog steeds stilletjes op een gezond kind, en, wedergeboren of niet, ze had een prachtig lijf dat Thomas Flynn nog steeds in verrukking wist te brengen. Chris werd in 1982 geboren.

Naarmate de problemen met Chris verergerden, betrapte Flynn zich erop dat hij steeds vaker aan Kate dacht. Ze was maar twee dagen bij hen geweest en had geen duidelijke persoonlijkheid gehad, maar ze achtervolgde hem en hij werd geobsedeerd door wat er van haar geworden zou zijn als ze was blijven leven. Chris was echt, een schandvlek die Flynn herinnerde aan zijn falen als vader. De Kate die hij zich in gedachten voorstelde was charmant, aantrekkelijk, goed gemanierd en succesvol. Kate zou zeker vol liefde naar Flynn hebben opgekeken. Hij fantaseerde over de dochter die hij nooit zou hebben, en dat stemde hem optimistisch en gaf hem het gevoel dat hij gelijk had. Maar ondertussen besefte hij dat in zijn werk en in het leven van alledag de werkelijkheid heel wat minder intrigerend was dan de droom.

'Tommy?' zei Amanda, die naast hem in de suv kwam zitten terwijl Thomas Flynn op de bestuurdersplaats de sleutel in het contact stak.

'Wat is er?'

'We moeten een afspraak met de advocaat maken. Ik wil dat hij contact houdt met de gevangenisdirecteur.'

'Dus je wilt hem helpen?' Flynn keek zijn vrouw kwaad aan.

'Ik zag wel dat je Chris geld toestopte.'

'Misschien heeft hij het nodig.'

'Ik heb je toch gezegd dat je dat niet moest doen?'

'Ja, maar...'

'Ik heb het toch gezegd?'

'Ja.'

'Hij koopt er marihuana van. Ze kopen het van de bewakers.'

'Ik kan hem daar niet achterlaten zonder een cent op zak. Hij is onze zoon.'

Flynn zweeg.

2

De eerste keer dat Chris werd aangeklaagd, wegens rondhangen en het in bezit hebben van marihuana, stond hij stijf van de zenuwen in zo'n kamertje op het bureau van het Tweede District te wachten tot zijn vader hem zou komen ophalen. Hij verwachtte dat zijn pappie over de rooie zou gaan, een vermanende vinger zou opsteken en een preek zou afdraaien over verantwoordelijkheden en keuzes, en dat hij misschien een paar dreigementen zou uiten. Maar zijn vader kwam binnen, omhelsde hem meteen en kuste hem op de wang. Chris was verrast en, omdat er een agent in de kamer was, ook beschaamd. Als zijn vader zo'n watje was, zouden de mensen weleens kunnen denken dat Chris ook een watje was.

'Ik zei dat u hem niet mocht aanraken, meneer,' zei de agent, maar Thomas Flynn verontschuldigde zich niet.

Chris had kunnen verwachten dat zijn vader hem zou steunen. Als hij erover na had gedacht, had hij geweten dat zijn vader altijd partij voor hem had gekozen tegen de leraren en de schoolleiding, ook wanneer Chris fout zat. Thomas Flynn had zelfs een beveiligingsbeambte fysiek bedreigd toen Chris in de derde klas in de problemen raakte. De beveiliger had gezegd: 'Die jongen van u moet naar een psychiater, of zo. Hij deugt niet.' En zijn vader had geantwoord: 'Als je je mond niet houdt, jongeman, dan geef ik je een schop onder je hol.' Zijn vader was een driftkop die niet wilde zien wie Chris was. Maar Chris wist wel wie hij was, toen al.

Op een ochtend, toen hij in bed lag nadat zijn moeder hem wakker had gemaakt om naar school te gaan, was het besef bij hem doorgebroken. Hij zat in de tweede klas en was dertien jaar. Het kwam bij hem op dat hij niet hoefde op te staan en niet naar school hoefde als hij daar geen zin in had. Dat zijn ouders hem niet konden dwingen. Ze konden hem trouwens nergens toe dwingen. De meeste kinderen deden wat hun ouders zeiden omdat ze nu eenmaal hun ouders waren en omdat het zo werkte, maar Chris zat niet in elkaar zoals die andere kinderen, voor hem was dat een gepasseerd station. Het was alsof er in zijn hersenen iets was uitgeschakeld op hetzelfde moment dat er iets anders, iets spannenders, was ontvlamd. Hij zag zijn vader en moeder nog wel als zijn ouders, maar hij had geen zin meer om hen te plezieren of te doen wat zij dachten dat goed was. Het kon hem niets schelen.

De houding van zijn vader begon te veranderen nadat Chris keer op keer in de problemen was geraakt. Gedeeltelijk lag het aan de herhaling van de incidenten waardoor zijn vader begon af te haken, maar ook aan de aard ervan.

Chris vocht graag. Hij was geen bolleboos, en doordat hij goed in vechten was, kon hij bewijzen dat hij toch iets voorstelde. Als het een eerlijke strijd was, wat inhield dat hij geen sukkels of slappelingen uitkoos, dan was het goed raak, en dan kreeg er iemand een flink pak slaag.

Ook stelen praatte hij goed. Als iemand zo stom was om geld in een kluisje te laten liggen of als hij zijn designerzonnebril of mobiel duidelijk zichtbaar in zijn geparkeerde auto achterliet, dan brak hij dat kluisje of die auto open om die te pikken.

Maar hij had pech en werd steeds gesnapt. Zijn ouwe heer kwam hem dan ophalen van het politiebureau of van de administratie van school, en iedere keer stond er meer teleurstelling en minder vergoelijking op het gezicht van zijn vader te lezen. Het was niet zo dat Chris zijn ouders pijn wilde doen. Maar zijn gedachtegang was als volgt: Ze hebben onredelijke verwachtingen van me. Ze snappen niet wie ik ben. Ik ben een rotzak en ik ben graag high. Ik wil hun brave zoontje niet zijn en ik wil ook niet al die dingen die zij voor mij willen. Als ze daar niet mee kunnen leven is dat hun probleem, niet het mijne.

'Waarom, Chris?' vroeg zijn vader op weg naar huis vanaf het Mexicaanse restaurant Tuco's, waar hij was betrapt bij het openbreken van auto's.

'Waarom wat?'

'Waarom doe je dit?' Zijn vaders stem klonk hees, en Chris had de indruk dat hij de wanhoop nabij was.

'Ik weet het niet. Ik kan het niet helpen, denk ik.'

'Je gooit alles overboord. Je bent opgehouden met alles wat je deed, en je bent altijd stoned. Je hebt een strafblad en je cijfers zijn... die zijn klote, Chris. Andere kinderen bereiden zich voor op het toelatingsexamen en jij kraakt auto's. Waarom? Wat heb je in godsnaam nodig dat ik je niet geven kan? Ik heb nota bene een auto voor je gekocht, waarom zou je dan andermans auto willen vernielen?' Flynns vingers die het stuur omklemden zagen wit. 'Je woont in een van de beste buurten van Washington, in een mooi huis. Je gedraagt je als iemand die je niet bent. Wat is er mis met je?'

'Er is niks mis met me. Ik ben zoals ik ben. Die suv die je voor me hebt gekocht, die is best oké en zo, maar ik heb er niet om gevraagd. En wat m'n cijfers betreft, wat heeft het voor zin? Ik ga toch niet verder studeren. Laten we eerlijk zijn.'

'O, dus nu is studeren ook al van de baan?'

'Ik ga niet studeren. Ik zou niet weten waarom, want ik ben toch niet slim genoeg. Luister, accepteer me zoals ik ben, of niet. Ik ben gewoon wie ik ben.'

Dat was vóór het laatste incident, dat begon op de parkeerplaats achter de drugstore aan de westkant van Connecticut Avenue, bij de Avalon-bioscoop.

Het was een zomeravond, en Chris en zijn vriend, Jason Berg, die door iedereen behalve zijn ouders en leraren Country werd genoemd, kwamen de drugstore uit met een flesje oogdruppels en een handvol snoep en kauwgom die ze zonder te betalen in hun zakken hadden gepropt. Ze hadden bier gedronken en wiet gerookt, en ze lachten om iets wat ze grappig vonden omdat ze high waren.

Achter in Chris' auto lag onder een deken bijna een pond wiet. Ze hadden het spul die avond gekocht van een connectie aan de DC-kant van Takoma en ze waren van plan het grootste deel aan hun leeftijdgenoten te verkopen, zodat ze voor zichzelf gratis een gram of dertig zouden overhouden. Jason had een digitale weegschaal, en de volgende dag, als zijn ouders naar hun werk waren, zouden ze de marihuana afwegen en in zakjes doen.

Jason was een stevig gebouwde, lange, gespierde jongen. Hij had gemillimeterd haar en droeg nog een beugel. Mensen dachten altijd dat hij dom was. Met zijn openhangende mond en diepliggende ogen zag hij eruit als een idioot; hij liep met slepende tred en had een stompzinnige grijns op zijn gezicht als hij stoned was, en hij was dol op *stock car racing* en beroepsworstelen. Vanwege zijn interesses, en omdat hij blank was, hadden de zwarte kinderen op school hem de bijnaam Country gegeven.

Jason deed niets om de indruk die anderen van hem hadden, weg te nemen. In werkelijkheid was hij helemaal niet dom. Zijn cijfers waren middelmatig omdat hij zijn huiswerk nooit inleverde en zijn best niet deed bij proefwerken, maar hij had op de schooltoetsen een hoge score gehaald, ondanks het feit dat hij de avond ervoor zo stoned als een garnaal was geweest. Hij was de zoon van een Joodse advocaat die compagnon was in een van de meest vooraanstaande kantoren van Washington, maar net als zijn intelligentie hield hij dat feit verborgen voor de kinderen op school. Hij gaf de voorkeur aan het imago van de blowende halve zool boven dat van het slimme zoontje van een succesvolle Jood.

Chris Flynn was van Iers-katholieke afkomst, hij was iets kleiner dan Jason en had een brede borstkas. Ook hij had kortgeknipt haar. Hij had een lichte huid, groene ogen en een charmante glimlach, maar hij kon niet goed leren. De enige onvolkomenheid in zijn uiterlijk was het verticale litteken rechts op zijn bovenlip, dat hij had opgelopen tijdens een uit de hand gelopen potje straatbasketbal op het Hamilton-sportveld in 16th Street Heights. Chris vond het litteken wel cool, en zo dachten de meisjes er ook over. Hij was knap, maar het litteken maakte iedereen duidelijk dat hij geen doetje was. Het gaf hem iets agressiefs.

Hij was ook agressief. Dat hadden Jason en hij op het schoolplein en tijdens vechtpartijen wel bewezen. Ze gingen niet om met andere blanke jongens: de skateboarders, punkrockers en intellectuelen met wie ze op school zaten, en ze gingen er prat op dat ze vooral gerespecteerd werden door de zwarte jongens die van de andere kant van de stad met de bus naar school kwamen. Of ze aardig gevonden werden deed er voor hen niet toe. Iedereen wist dat er niet met Chris en Jason te spotten viel en dat ze uitblonken in basketballen en knokken.

'Ik denk dat dat Chinese meisje achter de toonbank heeft gezien dat we die spullen hebben gejat,' zei Chris, terwijl hij en Jason naar Chris' auto liepen.

'En wat denk je dat Ling Ho gaat doen? Achter ons aan komen, soms?'

Toen ze bij de Isuzu aankwamen, zag Chris drie jongens in een oude Volvo-stationcar stappen die in dezelfde rij geparkeerd stond. Een van hen wierp Chris een blik toe en keek met een arrogant glimlachje naar zijn oude Trooper met de safari-imperiaal.

'Loopt ie me te dissen?' vroeg Chris.

Jason bleef staan en keek de jongen die net achter het stuur van de Volvo kroop, doordringend aan. 'Als ie dat doet, sla ik 'm op z'n bek, jongen.'

'Die zitten vast op een particuliere school,' zei Chris. 'Die eikels kunnen nog geen deuk in een pakje boter slaan.'

Chris en Jason, die op een openbare school zaten in tegenstelling tot de meeste andere jongens uit de betere wijken in Washington, die op een particuliere school zaten, beeldden zich in dat ze tot de arbeidersklasse behoorden. Voor Jason Berg, wiens vader een topinkomen had, was het gewoon aanstellerij. Ook Chris had het thuis financieel goed, maar hij had zijn korte lontje van Thomas Flynn geërfd.

Chris en Jason stapten in de suv. Chris startte de auto terwijl Country met de radio zat te pielen. Ondanks zijn bijnaam luisterde Country uitsluitend naar hiphop en gogo, en hij vond uiteindelijk iets fatsoenlijks op kys: een populair nummer van Destiny's Child dat verder weinig voorstelde. Ze hadden het er even over en daarna zette Chris de versnelling in z'n achteruit terwijl hij Jason onder het praten bleef aankijken, en ondertussen de parkeerplaats uit draaide. Opeens schoten ze allebei naar voren door een harde klap. Chris zei: 'Shit.'

Hij keek over zijn schouder. Ze hadden de Volvo geraakt die op dat moment net achter hen langsreed, en de drie jongens stapten aan de rechterkant uit omdat de Isuzu tegen de bestuurderskant van de Volvo stond. Chris zette de motor af en haalde diep adem.

'Nou, je hebt tenminste de goeie auto te pakken,' zei Jason grijnzend.

'M'n vader gaat over de rooie,' zei Chris.

'Wat doen we?'

'Ik ga even kijken wat de schade is,' zei Chris. 'Blijf jij maar zitten.'

'Zeker weten?'

'Echt. Ik wil vanavond geen problemen. We hebben achterin handel liggen, weet je nog? Ik meen het.'

'Roep maar als je me nodig hebt.'

'Goed.' Chris liet de sleutels in het contact zitten en stapte uit de SUV.

Hij liep op de jongens af, die nu voor de Volvo stonden. De grootste van het stel was breedgebouwd en sterk, zo te zien een American footballspeler die veel tijd in het krachthonk doorbracht, maar er lag geen dreigende blik in zijn ogen. De bestuurder, die even groot was als Chris, en aan zijn saaie kapsel en gladgeschoren gezicht te zien vast en zeker een student was, had zijn borst opgezet, wat betekende dat hij onzeker was en waarschijnlijk bang. De derde jongen, die klein en onvolgroeid was, had een mobiel tevoorschijn getrokken en liep al pratend weg. Nadat hij ze snel de maat had genomen zoals jongens en mannen dat doen, stelde Chris tevreden vast dat hij ze stuk voor stuk de baas kon. Die wetenschap kalmeerde hem enigszins, waardoor hij voorlopig rustig bleef.

'Mijn fout,' zei Chris tegen de bestuurder, het joch dat hem arrogant had aangekeken. 'Ik zat zeker niet op te letten.'

'Dat kun je wel zeggen,' zei de bestuurder. 'Moet je kijken hoe m'n auto eruitziet.' Hij was geïrriteerd en gaf Chris geen centimeter ruimte, zei niet zoiets als: 'niks aan te doen', of 'kan gebeuren'.

Chris haalde zijn schouders op en keek de bestuurder met kille ogen aan. 'Ik zei al dat het mijn fout was.'

Chris bekeek de Volvo en zag dat het spatbord linksvoor en de deur van de bestuurder waren ingedeukt. Toen keek hij naar de bumper van de Isuzu, die geen schrammetje had, en waar alleen wat goudverf van de carrosserie van de Volvo op zat.

Chris dacht aan zijn ouwe heer en aan de dag dat die met de tweedehands SUV was thuisgekomen en hem aan Chris had gegeven. De ouwe, vierkante Trooper was een foute auto, hoewel zijn vader vond dat hij stijl had en er 'cool' uitzag. Lullig was een beter woord, maar wat kon het schelen – zolang ie maar reed. Chris had liever een Impala ss of een Buick Grand National willen hebben, maar hij was er toch blij mee geweest. Op één punt had zijn vader gelijk: de Isuzu was een tank. Shit, hij reed zo een Volvo in de vernieling.

'Wat valt er te lachen?' vroeg de bestuurder.

'Niks. Ik moest even... Luister, ik geef je m'n verzekerings-bewijs.'

'M'n *versekeringsbewèès*,' deed de kleine hem na, die er weer bij was komen staan, en zijn mobieltje in zijn zak had gestoken. De footballspeler keek naar de grond.

Chris' kaakspieren spanden zich toen hij zijn portemonnee trok en de verzekeringskaart pakte die op naam stond van zijn vader. Hij wilde hem aan de bestuurder geven, maar die nam hem niet aan.

'Laat die maar aan de politie zien,' zei de jongen. 'Ze zijn onderweg.'

'Heeft dat joch ze soms gebeld?' vroeg Chris.

'Ja.'

'Dat was niet nodig.' Chris stopte de kaart weer in zijn porte-monnee en voelde dat zijn hart sneller ging kloppen. 'Het is de bedoeling dat we informatie uitwisselen.'

'*Informasie*,' deed de kleine hem na. 'Moet je hem zien. Z'n ogen staan glazig, Alex. Hij is ver heen.'

'Hoe weet ik of die kaart echt is?' zei de bestuurder met dezelf-de arrogante blik als toen hij naar Chris en zijn auto had geke-ken.

'Laat nou maar, Alex,' zei de footballspeler.

'Waarom moest je dat nou weer zeggen?' vroeg Chris, terwijl hij de bestuurder aankeek. Hij had meteen spijt van zijn vraag, en wilde niet dat het joch antwoord gaf, omdat hij niet voor zich-zelf instond als het joch hem zo bleef jennen.

Er waren nu ook al toeschouwers om hen heen komen staan.

Willen jullie een voorstelling? Ik zal jullie eens wat laten zien.

Chris voelde dat hij zijn gewicht verplaatste naar het achterste been, zoals zijn vader hem lang geleden had geleerd.

Sla vanuit je schouder, niet met je arm. Draai je heup in. Sla door je doelwit heen, Chris.

'Ik heb niks met jou te bespreken, maat,' zei de bestuurder. 'Praat jij maar met de politie.'

'Alex,' maande de footballspeler.

'Ook goed,' zei Chris met een verhit gezicht. 'Dan maken we er geen woorden aan vuil.'

Hij haalde uit voor een vuistslag die keihard aankwam. De neus van de ander voelde sponzig aan op het moment dat hij contact maakte en er spoot bloed uit terwijl hij tegen de grond sloeg.

Chris keek niet naar de footballspeler, maar sprak de kleine aan die achteruit was gesprongen. Chris schoot bijna in de lach en zei: 'Jij bent te klein.' Toen draaide hij zich om en liep terug naar zijn auto. Een paar omstanders schreeuwden naar hem, maar maakten geen aanstalten om hem tegen te houden, en hij keek niet om.

Hij ging achter het stuur zitten en draaide de sleutel om in het contact. Jason zat te lachen. Op de parkeerplaats waren ondertussen gekleurde zwaailichten verschenen, en toen Chris naar links keek, zag hij de surveillancewagen van het Tweede District vanaf Morrison Street aan komen rijden, en daarachter nog een.

Chris handelde in een impuls. In zijn hoofd woedde een storm van energie.

3

'Waar ga je heen, bro?' zei Jason. Op zijn gezicht stond geen spoor van angst of bezorgdheid te lezen, waardoor Chris nog opgefokter raakte. 'We kunnen niet achteruit.'

'Maar wel naar rechts,' zei Chris.

'Naar rechts is het eenrichtingsverkeer. Dan rij je tegen het verkeer in.'

'Dat lukt me wel.' Chris zag een geüniformeerde agent uit de voorste wagen stappen. 'Fuck!'

Chris trok de versnellingspook naar zich toe en zette hem in de *Drive*-stand. Hij draaide het stuur scherp naar rechts en trapte de Trooper op z'n staart. De SUV schoot de weg op, waar een auto hen net tegemoet kwam, en Chris stuurde de Trooper het trottoir op. Achter hen hoorden ze mensen schreeuwen, en Chris gaf een ruk aan het stuur en reed over de stoep achter het bushokje op McKinley Street. Een voetganger sprong in paniek voor hen opzij, en daarna bonkten ze de stoep af en de weg op.

'Rood,' zei Jason, wijzend op een stoplicht bij de kruising met Connecticut Avenue.

'Dat zie ik,' zei Chris, en hij reed door het rood. Een sedan die met groen licht in noordelijke richting reed, remde wild en maakte een spin van driehonderdzestig graden waarbij hij hen met zijn achterkant op een haar na miste; Chris trapte het gaspedaal helemaal in en schoot in oostelijke richting tegen de heuvel van McKinley Street op.

'Ho, shit!' zei Jason.

'Ze komen eraan,' zei Chris.

Een van de surveillancewagens had zijn sirene en zwaailichten aangezet en probeerde het kruispunt over te steken, dat geblokkeerd werd door de auto die had rondgetold en nu stilstond.

Chris gaf plankgas. De benzine gutste de carburateur in, de Isuzu kwam op toeren, reed razendsnel omhoog en zeilde met hoge snelheid over de heuveltop. Het was een smalle straat, en van de andere kant kwam een koekblik van een sedan recht op hen af rijden. Jason riep: 'Chris.' De sedan zwenkte naar rechts en schampte een geparkeerde auto, en Chris zag de vonken in zijn zijspiegel oplichten. Hij reed met volle snelheid een kruising over en zag in zijn binnenspiegel dat de twee surveillancewagens op hen inliepen. De sirenes klonken steeds luider.

'Ze hebben ons zo te pakken,' zei Jason.

'Wacht maar,' zei Chris.

Hij sloeg bijna zonder te remmen rechtsaf, Broad Branch Road in. De eerste surveillancewagen kwam hen met piepende banden achterna. Toen ze de kruising met Morrison Street naderden, zag hij uit oostelijke richting een auto op hen af komen, en Jasons adem stokte toen Chris de kruising over vloog waardoor de andere auto moest remmen en in een slip van negentig graden raakte. Ze hoorden de harde knal van op elkaar klappend metaal toen de slippende auto zich om de achtervolgende politiewagen vouwde, en Chris maakte een waanzinnig scherpe bocht, Legation Street in. De topzware Isuzu ging op twee wielen door de bocht en Jason pakte met een krijtwit gezicht de handgreep boven het raam vast. Chris had het stuur stevig omklemd, zette de Trooper weer op vier wielen en schoot een steeg in waarvan hij wist dat die een bocht naar links maakte. Hij volgde de bocht, en toen hij het idee had dat ze vanaf Legation Street niet meer te zien waren, zette hij de Trooper achter een houten hek, deed de lichten uit en zette de motor af.

Chris en Jason moesten lachen. Nadat ze weer op adem waren gekomen, keken ze elkaar aan en begonnen ze weer te lachen.

'Je hebt ze afgeschud,' zei Jason.

'Zíj wonen hier niet, man. Ze kennen de buurt niet zoals wij.'

'De popo's zijn witheet, man,' zei Jason.

'Zeker weten.'

'Toen je op Connecticut door dat rode licht reed... shit, ik dacht dat we er geweest waren.'

'Die auto had óók remmen.'

'We zijn übercool, man.'

'Zeker weten,' zei Chris.

De steeg werd flauw verlicht door zwaailichten toen een van de surveillancewagens langzaam over Legation Street voorbijreed. De jongens zaten daar en hoorden sirenes die niet van de politie waren, maar die meer leken op die van brandweerauto's of ambulances, en stemmen uit megafoons, en vroegen zich af wat er allemaal aan de hand was. Na een hele tijd werd het weer rustig en besloot Chris het erop te wagen en tevoorschijn te komen uit de steeg, die een goeie schuilplaats was maar tegelijkertijd een val. Hij deed de lichten pas aan toen ze weer door Legation Street reden.

Voorzichtig stak Chris Connecticut Avenue over en nam 39th Street in zuidelijke richting. In de buurt van Fessenden Street beweerde Jason dat hij een ongemarkeerde Ford Crown Victoria zag – het kon een politieauto zijn – die heel langzaam door een vlakbij gelegen straat reed, en om die reden, en omdat ze zich nog steeds onoverwinnelijk waanden, zette Chris de Isuzu in de vierwielaandrijving en reed van de weg af, en tegen een heuvel op. De Trooper kwam even van de grond toen ze over de heuvelrug scheurden en Jason riep opgetogen: '*Rat Patrol!*' en daarna waren ze weer beneden en reden ze door het uitgestrekte Fort

Reno Park, waar Chris en Jason 's zomers Fugazi en andere bands hadden zien optreden, en waar Chris' vader, Thomas Flynn, in de jaren zeventig heen ging om te luisteren naar hardrockbands die nummers van Deep Purple speelden, en Spaanse bands die hits van Santana ten gehore brachten. Toen ze ervan overtuigd waren dat ze niet werden gevolgd, waagden ze zich ter hoogte van Chesapeake Street weer op het asfalt en reden naar het oosten, staken Connecticut Street weer over en reden de mooie, chique wijk Forest Hills in. Het was een buurt in het noordwestelijk deel van de stad waar alleen maar rijke renteniers woonden. Grote villa's van baksteen en natuursteen, fraai aangelegde tuinen, Frank Lloyd Wright-achtige huizen, veel ambassades, en als je door Brandywine Street reed, in de richting van Rock Creek Park, moderne hoogbouw met fitnesscentra en bioscopen. Vroeger woonden hier uitsluitend de allerrijkste Joden, zodat de minder verlichte geesten van DC deze wijk jarenlang de 'Hanukah Hills' hadden genoemd. Chris en Country vonden het een goeie plek om high te worden.

Chris zette de auto neer op de gebruikelijke plek aan het eind van Albemarle Street waar de straat doodliep bij een rood-witte slagboom, waarachter de bossen van Rock Creek begonnen, en hij zette de motor uit. Ze stonden voorbij de laatste straatlantaarn. Het was hier donker en doodstil. Ze konden hier alleen weg door om te keren, maar ze maakten zich geen zorgen want ze waren hier nog nooit lastiggevallen, zelfs niet door de bewakers van de ambassades.

Chris pakte twee biertjes uit de bruine papieren zak die achter zijn stoel op de vloer stond, en maakte ze open. Jason rolde een strakke joint, likte hem dicht, droogde hem boven zijn aansteker en stak hem vervolgens aan. Ze namen om beurten een trek, dronken lauw bier en luisterden naar de radio, die zacht stond.

'Vroeger kwam jij hier toch weleens met je vader en moeder?' vroeg Jason. Ze waren allebei stoned, maar zonder het aangename gevoel te ervaren dat de eerste joint van die avond hen had bezorgd.

'Eens per jaar, in de lente,' zei Chris. 'En Darby ook, toen hij nog een puppy was. Dan maakten we die wandeling die ze daar hebben uitgezet. Die begint een eind terug aan het begin van Albemarle Street, vlak bij Connecticut Avenue.'

Hij bedoelde het Soapstone Valley-pad, een wandeling van anderhalve kilometer over heuvels en door een uitloper van Rock Creek Park. Het was een van de geheimen van de stad: een prachtige groene plek met oerbos waar de zon in de snelstromende beken glinsterde. Toen hij klein was dacht Chris dat die plek van hen was omdat ze zelden iemand tegenkwamen op het pad en omdat ze zich er een boom hadden toegeëigend: een grote eik die in de bodem van de vallei was geworteld waarin zijn vader met zijn knipmes hun namen had gekerfd. Een hart met 'Thomas' en 'Amanda' toen ze waren getrouwd, en een ander hart met 'Chris' toen hij was geboren. In een kleiner hart had zijn vader ook Darby's naam erbij gezet. Als ze hier waren, gooiden ze steentjes in de beek om ze te laten ketsen, en soms zochten Chris en zijn vader een stok in de vorm van een geweer en speelden ze oorlogje, waarbij zijn vader achter een boom vandaan sprong en zogenaamd schoot met een machinegeweer, en een mitrailleurgeluid maakte. In gedachten zag hij zijn vader dat doen, jonger, en zonder dat teleurgestelde gezicht. Maar het was slechts een herinnering. Het deed Chris helemaal niets.

'Chris?'

'Hm?'

'Wat doen we?'

'Naar huis gaan, denk ik.'

Jason drukte de joint uit in de asbak en stopte hem in een luciferboekje dat hij in zijn spijkerbroek opborg. 'En als de smerissen ons opwachten?'

'Waarom zouden ze jou opwachten? Niemand heeft je gezien, Country. Jij bent de auto niet uit geweest.'

'Dat is waar.'

Chris staarde uit het raam. 'Denk je dat iemand m'n kenteken heeft genoteerd?'

'Zoals je dat parkeerterrein af scheurde zou ik niet weten hoe ze dat hadden moeten doen,' zei Jason met een weinig overtuigende glimlach.

Chris zat daar stoned, en hoopte dat het waar was.

'Ik kan de wiet niet mee naar huis nemen,' zei Jason. 'Die shit is sterk. Het stinkt.'

'Ik verstop het thuis wel onder de veranda,' zei Chris. 'Morgen, als je ouders naar hun werk zijn, wegen we het wel af.'

Chris reed via een omweg terug naar hun buurt en parkeerde de Trooper een paar blokken van Jasons huis, een in Hollandse koloniale stijl opgetrokken pand op de hoek van 38th Street en Kanawha. Jason en Chris gaven elkaar een boks en namen afscheid.

Jason liep de straat uit. Toen hij de hoek om was, reed Chris weg, maar niet naar huis. Hij zat nog vol energie en die moest hij kwijt. Hij reed in zuidelijke richting, waar zijn vriendinnetje Taylor met haar moeder aan Woodley Avenue woonde, een straat met bescheiden rijtjeshuizen in Woodley Park, tussen Connecticut Avenue en de dierentuin. Taylors moeder zou nu wel in bed liggen, maar Taylor zou er helemaal klaar voor zijn. Ze zou hem wel binnenlaten.

Taylor Dugan had Chris z'n laatste twee biertjes even in de vriezer gestopt om ze snel koud te krijgen en had ze daarna meegenomen naar het souterrain, waar Chris languit en zonder schoenen aan op de bank lag. Taylors moeder, een gescheiden vrouw die als jurist voor een handelsonderneming in het centrum van de stad werkte, lag twee verdiepingen hoger al in haar bed te snurken. Hoewel het verleidelijk was, lieten Chris en Taylor de drankvoorraad van haar moeder onaangeroerd als Chris 's avonds laat langskwam. Zoals veel alcoholisten wist Taylors moeder altijd precies hoeveel ze had gedronken en hoeveel er nog in de flessen zat, hoe zat ze ook was geworden, en Taylor wilde niet door haar moeder betrapt worden.

Taylor was een slank meisje met kort, zwartgeverfd haar, een neusring, sproeten en blauwe ogen. Nadat ze naar boven was gelopen om het bier te halen had ze een boxershort en een wit T-shirt met een V-hals aangetrokken.

Taylor reikte Chris zijn biertje aan en zette dat van haar naast een 35 mm-camera op een oud tafeltje dat voor de bank stond. Ze liep naar een boekenplank, pakte er een pocket vanaf en haalde er een wietpijp achter vandaan met aan elk uiteinde een gat, één om aan te steken, en één om door te inhaleren. In het midden zat wat wiet in een compartimentje van gaas.

'Wil je wat?' vroeg ze.

'Graag,' zei Chris.

Hij klom op een stoel en trok een kelderraam open, en zij kwam naast hem staan. De stoel wankelde en ze giechelden terwijl ze een paar keer diep inhaleerden en de rook de nacht in bliezen.

'Pfiew,' zei ze, toen ze weer op het tapijt stapte.

'Wil je nog wat?' vroeg Chris.

'Nee, ik zit wel goed.'

'Want ik heb vandaag gescoord. Ik heb buiten in m'n auto bijna een pond liggen.'

'Dat is vast niet het enige dat je vanavond hebt gedaan.'

'Wauw, man. Je had me moeten zien.'

'Was je bang?' vroeg Taylor, en ze liet zich op de bank vallen. Chris had het verhaal al in grote lijnen verteld, maar nu ze high was, wilde ze de details horen.

'Neu, niet echt,' zei Chris, terwijl hij naar het tafeltje liep om zijn biertje te pakken, waarbij hij ervoor waakte niet op de schetsboeken te gaan staan die her en der op het tapijt lagen. 'Ik bedoel, ik dacht er eigenlijk niet zo bij na. Zoals die psych zei waar ik van m'n ouders heen moest: "Het draait allemaal om keuzes maken, Chris." Nou, die heb ik gemaakt.'

Taylor pakte de camera van tafel, stelde de lens scherp en maakte een foto van Chris. 'Waarom ging je ervandoor?'

'Ik weet niet. Die gast vroeg er gewoon om dat ik 'm op z'n bek sloeg. Ik bedoel, moet ík daar de schuld van krijgen? Ik haat de politie. Ik heb er de pest aan dat ik ze alles moet uitleggen. Ik praat zelfs liever niet met ze als het niet nodig is.' Chris trok z'n T-shirt uit en liet het op de grond vallen. 'Heet hier.'

'Ja,' zei Taylor.

Chris gooide zijn hoofd achterover en nam een grote teug van zijn bier, zodat ze naar zijn platte buik kon kijken. Taylor nam nog een paar foto's van hem en legde de camera toen weer op tafel.

'Hoe ver hebben ze je achternagezeten?'

'Een heel eind,' zei Chris. 'Het was net als in *Cops*, alleen kregen zij me niet te pakken. Het was zíék, Taylor. Ik reed op Connecticut Avenue ter hoogte van McKinley door het rood en de auto's tolden daar in het rond.'

'Slechte Chris.'

'Helemaal.'

Taylor zat op de openbare Duke Ellington kunstacademie, en hield van schilderen en dat soort dingen. Chris had haar ontmoet op een dansavond van hun school toen ze allebei nog in de middenbouw zaten. Zij was op hém afgekomen. Ze had hem later verteld dat hij haar meteen was opgevallen, dat hij er anders uitzag dan de andere jongens, dat hij zich niet zo uitsloofde, en dat ze viel op zijn afstandelijke manier van doen, wat dat ook mocht betekenen. Ze waren nu al een paar jaar samen als vrienden en geliefden. Hij maakte zich geen zorgen over de jongens op haar school, van wie ze zei dat ze nogal 'verwijfd' waren. Hij nam aan dat dat betekende dat ze nichten waren of zoiets.

'Ik ben gewoon een slechterik,' zei Chris met een trage glimlach.

'Heb je condooms bij je?'

'Ik wist niet dat ik langs zou komen, meissie.'

'Dan moeten we improviseren,' zei Taylor.

Chris zei dat dat oké was, en Taylor lachte en spreidde haar armen.

Chris zette zijn bier neer en liep naar de bank. Zijn spijkerbroek stond al strak voordat hun lippen elkaar hadden gevonden. Ze streelde zijn buik en haar adem was warm en rokerig toen ze elkaar kusten. Ze kreunde onder het vrijen en Chris dacht: God, wat is ze toch lekker. Taylor duwde hem van zich af, kruiste haar armen en trok haar T-shirt uit. Ze boog zich weer naar hem toe en Chris liet zijn sterke handen over haar slanke heupen en over haar ribbenkast gaan, vond haar kleine borsten en draaide met zijn duimen rondjes over haar harder wordende tepels, en zij pakte een van zijn handen en duwde die in haar boxershort. Hij deed wat ze lekker vond tot Taylor het niet meer hield en ze onder zijn aanraking klaarkwam. Zij gaf hem dezelfde behandeling.

Het zou een hele tijd duren voordat hij weer met een vrouw samen zou zijn. Later, als hij in de gevangenis 's avonds in zijn cel verbitterd lag te masturberen omdat Taylor niet meer op zijn telefoontjes reageerde, maar toch nog zo vreselijk naar haar verlangde dat hij haar naam wel kon uitschreeuwen, had hij er spijt van dat hij zich die laatste keer tevreden had gesteld met een potje aftrekken. Hij had hem erin moeten stoppen. Wat gaf het dat hij geen condoom bij zich had? Goed, ze had zwanger kunnen raken. Maar dat had voor hem toch niks uitgemaakt.

'Gaan ze je oppakken, Chris?' Taylor lag in zijn armen op de bank, boven op hem, haar borsten tegen zijn borst geplet.

'Neu, ik zit wel goed. Ik kan de verf van de Volvo wel van m'n bumper af krijgen en er rijden een heleboel Troopers rond in dezelfde kleur als de mijne. Als ze m'n kenteken maar niet hebben gezien, zit ik goed.'

'Misschien heb je geluk.'

'Zou kunnen.'

'Waarom heb je dat joch geslagen?'

'Ik probeerde me echt in te houden. Meestal word ik gewoon kwaad en begin ik te meppen, maar dit keer was het anders. Ik probeerde me echt te beheersen, Taylor. Als hij me niet zo had getreiterd en niet zo'n brutale bek had gehad, zou al die shit van vanavond niet zijn gebeurd.'

'Maar nu is het achter de rug.'

'Zeker weten.'

'Ik wil niet dat jou iets overkomt.'

'Dat zal wel loslopen, ik ben zo hard als staal,' zei Chris met een flauw glimlachje.

Taylor omhelsde hem innig. 'Ik heb me opgegeven voor een opleiding die ik graag wil doen, Chris. Ik wil graag naar de Rhode Island School of Design.'

'Dat is toch die kunstacademie?'

'Volgens mijn mentor is het een van de beste.'

'Ik hoop dat het je lukt.'

'Wat ga jíj doen?'

'Ik weet niet. In de eerste plaats wil ik het huis uit. Ik kan niet met m'n vader onder één dak wonen. Ik denk dat ik een baantje neem als ik achttien word. Country en ik vinden wel ergens een appartement. Misschien gaan we ook wat wiet verkopen, maar wel kleinschalig.'

'Is dat het plan?'

'Voorlopig,' zei Chris. 'Ja.'

Taylor zei verder niets en viel al snel in zijn armen in slaap. Chris maakte zich van haar los zonder haar wakker te maken en legde een deken over haar heen. Hij kleedde zich aan, verliet stilletjes het huis, stapte in de Trooper en reed via achterafstraten naar huis. Er waren weinig auto's op de weg. Het was erg laat.

Hij reed in westelijke richting over Livingston Street, de straat waar hij woonde, toen er een auto uit 41st Street opdook en achter hem aan kwam. Het was een grote, hoekige sedan, en op dat moment wist hij het. Toen hij bij zijn blok aankwam zag hij dat er verscheidene surveillancewagens met zwaailichten geparkeerd stonden. Hij voelde zich helemaal leeglopen, zette de Isuzu gewoon midden op de weg stil, en wachtte tot ze naar hem toe kwamen. Ze legden hem over de motorkap en deden hem de handboeien aan. Een van de agenten zei met een zweem van bewondering: 'Dat was een mooi staaltje stuurmanskunst, jongen.' Chris zei: 'Iemand heeft mijn kenteken zeker genoteerd.' De agent zei: 'Reken maar.' Chris herinnerde zich dat hij een partij wiet achter in zijn auto had liggen, en hij vroeg zich terloops af in hoeverre dat de aanklacht zou verzwaren. 'Jij snapt niet half hoe diep je in de problemen zit,' zei de agent. 'Die vrouw die tegen onze auto knalde op de kruising met Morrison Street, waar je door rood reed? Dat is een moeder van drie kinderen. Ze ligt op de intensive care van Sibley's met zware verwondingen. Ze hebben haar zo'n kraag om moeten doen en haar aan de brancard vast moeten tapen. En die jongen op het parkeerterrein moet de komende tijd door zijn mond ademen. Je hebt zijn neus gebroken.'

Chris hief zijn hoofd op en tuurde door de rode en blauwe lichtbanen die hun tuin kleurden. Zijn vader stond met zijn handen diep in zijn zakken, en met een omfloerste, gebroken blik in zijn ogen voor hun in koloniale stijl opgetrokken houten huis, in de portiek die hij eigenhandig had gebouwd.

'Je ouders zullen wel reuze trots op je zijn,' zei de agent.

Het kon Chris niets schelen.

4

Thomas Flynn wist geld bij elkaar te krijgen en zorgde ervoor dat Chris zevenentwintig uur na zijn arrestatie op borgtocht werd vrijgelaten. Op de zitting in een rechtszaal aan Judiciary Square waar de aanklacht werd voorgelezen, werd Chris tot de datum van zijn proces aan zijn ouders overgedragen. Hij werd vertegenwoordigd door Bob Moskowitz, een jeugdvriend van Thomas Flynn die een eigen advocatenkantoor had. De rechtbankverslaggever van de *Washington Post*, die zich geïnteresseerd en vasthoudend toonde omdat Chris een blanke jongen was en omdat zijn 'avond van geweld' het tv-journaal had gehaald, wilde Chris een paar vragen stellen, maar in opdracht van Moskowitz onthield Chris zich van commentaar en werd hij door zijn vader stevig bij de arm genomen en het gebouw uit geleid.

Moskowitz ging met hen mee naar huis om samen met Thomas, Amanda en Chris de stand van zaken te bespreken en een plan op te stellen. Ze zaten in de woonkamer, waar Thomas boekenkasten had gemaakt voor zijn historische werken en andere non-fictieboeken. Amanda schonk koffie in die door Moskowitz noch door Flynn werd aangeraakt.

'De vader van Jason Berg heeft contact met me opgenomen,' zei Moskowitz, een man met een hangsnor, die twintig kilo te zwaar was voor zijn lengte. 'Nadat ze Jason hadden verhoord, zijn de politie en de aanklagers tot de conclusie gekomen dat Jason niet in die mate bij de gebeurtenissen van die avond is betrokken dat hij in staat van beschuldiging kan worden gesteld.'

'Je bedoelt,' zei Flynn, 'dat z'n vader met de rechtbank heeft gebeld en zijn zoon los heeft gekregen.'

'De heer Berg heeft zonder twijfel veel invloed. Maar het is waarschijnlijker dat de openbare aanklager de tenlasteleggingen tegen Jason niet hard kan maken. Jason is de suv niet uit geweest, dus er heeft geen contact of conversatie tussen hem en de jongens op die parkeerplaats plaatsgevonden. En hij zat natuurlijk niet achter het stuur. Ze concentreren zich op Chris.'

'En die voorraad marihuana dan?' zei Flynn. 'Daar had Jason zeker ook niks mee te maken?'

'Hij zegt dat het niet van hem was.'

'Het was van mij,' zei Chris.

'Hou je kop,' snauwde Flynn.

'Tommy,' zei Amanda.

'Dus ze laten die idioot lopen in ruil voor zijn getuigenverklaring tegen Chris?'

'Country is m'n maat,' zei Chris. 'Dat zou hij nooit doen.'

'Ik zei verdomme dat je je rótkop moest houden,' zei Flynn.

'Tómmy!'

'Ik denk niet dat ze Jason zullen dwingen te getuigen,' zei Moskowitz op een nadrukkelijk kalme toon. 'Zijn vader zei tegen me dat zijn contacten ter plekke daar geen aanwijzingen voor hebben. Ze denken dat ze genoeg bewijs en getuigen hebben om hun zaak rond te krijgen.'

'Wat gaat er met mijn zoon gebeuren?' vroeg Amanda.

'Ik geef hem de beste verdediging die er is,' zei Moskowitz. 'Chris?'

'Ja.'

'We zullen natuurlijk alles nog in detail bespreken. Maar wat ik nu van je wil weten, heeft te maken met de aanval op Alexander Fleming, de jongen op de parkeerplaats. Dat is belangrijk, omdat dit incident de rest in gang heeft gezet. Als je redenen had om hem te slaan, als je je bedreigd voelde of uit zelfverdediging handelde...'

'Zo was het niet,' zei Chris. 'Hij heeft me niet bedreigd of zo. Ik kan niet eens zeggen dat ik uit zelfverdediging handelde.'

'Waarom sloeg je hem dan?' vroeg Moskowitz.

'Ik was kwaad,' zei Chris. 'Het ging er niet om wát hij zei, maar om de manier waaróp hij het zei. Deed alsof hij slimmer was dan ik.'

'En wat zei hij dan tegen je?'

Chris schudde zijn hoofd. 'Dat weet ik niet meer.'

'Jézus,' zei zijn vader.

'Helaas,' zei Moskowitz, en hij wierp een overdreven blik op zijn horloge, 'heb ik nu een andere afspraak. Laat je me even uit, Tom?'

'Goed.'

'Amanda,' zei Moskowitz, terwijl hij opstond van de bank en haar hand vastpakte en erin kneep. 'Chris. Jij moet thuis blijven tenzij je andere instructies krijgt. Dat begrijp je toch, hè?'

'Ja.'

'Oké. Maak je geen zorgen. We slepen je er wel doorheen.'

Bob Moskowitz en Thomas Flynn liepen naar een Mercedes die op Livingston Street geparkeerd stond. Moskowitz legde zijn aktetas in de kofferbak, deed de klep dicht en leunde tegen de auto.

'Hoe staat de zaak ervoor, Bobby?' vroeg Flynn.

'Moet ik eerlijk zijn?' vroeg Moskowitz. 'Dit wordt zacht gezegd een lastig verhaal. Los van elkaar gezien zijn een paar van de aanklachten niet zo ernstig, maar bij elkaar opgeteld zijn ze substantieel. Dat, en het feit dat Chris een strafblad heeft, wekt de indruk dat dit incident past in een patroon van gewelddadig, roekeloos gedrag. We hebben die inbraak in de kleedruimte, de vechtpartijen op school. En hij heeft ook nog die arrestatie wegens aanranding in zijn dossier staan.'

'Dat is al een tijd geleden.'

'Maar het staat er wel. Je moet niet vergeten dat er mensen ernstig gewond zijn geraakt door zijn vermeende agressie en nalatigheid op de avond in kwestie. Die vrouw zal vermoedelijk alleen al van de verwondingen aan haar rug de rest van haar leven last hebben. En die jongen wiens neus Chris heeft gebroken? Zijn vader is een belangrijke sponsor van ons eigen gemeenteraadslid. Helaas heeft de zaak het nieuws gehaald zodat Chris nu in feite onder publieke belangstelling terechtstaat.'

'Waar wil je naartoe?'

'We zullen een paar van die aanklachten proberen af te zwakken of weg te poetsen. Maar ik ben er bijna zeker van dat er ook een paar zaken overeind zullen blijven staan. Wat ik je aanraad… luister nou even. Je moet je ervoor openstellen.'

'Ga door.'

'Het Openbaar Ministerie wil vanwege alle publiciteit streng optreden in deze zaak. Chris komt er niet straffeloos mee weg. Het beste wat we kunnen doen is dat hij op sommige aanklachten schuld bekent. Ik bedoel, we kunnen de gok wagen en het op een rechtszaak laten aankomen, maar een veroordeling in de rechtszaal zou kunnen leiden tot een celstraf in een gewone gevangenis. De jeugdgevangenis is niet het ergste dat hem kan overkomen.'

'Moet mijn jongen naar de gevangenis?'

'Mogelijk. Maar als dat gebeurt, zou ik zeggen dat het voor een relatief korte tijd is.'

'Heb je het over die instelling voor criminele jongeren hier in de buurt?'

'Pine Ridge,' zei Moskowitz. 'Ik zeg alleen dat het een mogelijkheid is. Dat ga ik natuurlijk proberen te voorkomen.'

'Daar zitten toch allemaal zwarten?'

'Voor achtennegentig procent, vermoed ik. De rest is hispanic.'

'Daar zullen ze een blanke jongen uit deze buurt toch niet heen sturen?'

'Gebeurt zelden. Maar het is voorgekomen. Er is in DC maar één instelling voor jongeren die dit soort misdaden keer op keer begaan. Hij kan niet worden vrijgesteld van straf omdat hij er warmpjes bij zit en blank is.'

'Ik kan niet...' zei Thomas Flynn. Zijn stem stierf weg.

'Er is nog iets waarop je je moet voorbereiden,' zei Moskowitz. 'Tot nu toe hebben we alleen de strafrechtelijke kant van de zaak besproken. Waarschijnlijk volgt er ook nog een civiele procedure.'

'En dat betekent?'

'Dat je wordt gedagvaard, Tommy. In elk geval je verzekeringsmaatschappij, maar jij waarschijnlijk ook. Wat denk je van al die mensen die gewond zijn geraakt of wier auto in de prak ligt vanwege Chris z'n gedrag? Die zullen schadevergoeding eisen wegens nalatigheid van jouw kant omdat je een jongen met zo'n voorgeschiedenis als Chris achter het stuur hebt laten zitten van een SUV die hij van jou heeft gekregen. Het ligt ingewikkeld, maar zo is het.'

'Kunnen ze dat zomaar doen?'

'Mijn collega's scharen zich op dit moment waarschijnlijk rond de trog. Ze zullen het zeker proberen.'

Flynn deed zijn mond open om iets te zeggen, maar schudde in plaats daarvan zijn hoofd.

'Ik weet dat het zwaar is,' zei Moskowitz, en hij legde zijn hand op de arm van zijn vriend. 'Het lijkt nu allemaal onoverkomelijk. Maar luister, ik maak zo vaak mee dat gezinnen met dit soort problemen worden geconfronteerd. Uiteindelijk komen ze er wel overheen. Jij ook.'

'Mag ik je wat vragen, Bob? Hoe gaat het met je oudste zoon?'

'Goed,' zei Moskowitz.

'Ik bedoel hoe staat hij op dit moment in het leven?'

Moskowitz keek van hem weg. 'Hij heeft een paar maanden geleden z'n einddiploma gehaald. In het najaar gaat hij naar Haverford.'

'Zeg dan niet tegen me dat ik optimistisch moet blijven.'

'Tommy...'

'Alles is naar de klote,' zei Flynn.

Terwijl haar man buiten met Bob Moskowitz stond te praten, maakte Amanda Flynn een sandwich voor Chris. Ze deed het snel, om Tommy niet te ergeren.

Tommy zou zeggen dat Chris, die in een auto die hij van zijn vader had gekregen, zo hard was weggescheurd dat de politie een wilde achtervolging had ingezet, die zonder reden een jongen op een parkeerplaats in elkaar had geslagen, die op zijn geweten had dat een vrouw vastgetapet op een brancard naar het ziekenhuis moest worden vervoerd, die bijna een pond wiet in zijn auto had liggen, die het voor elkaar had gekregen dat hij van school was getrapt, die niet meer naar de kerk ging, niet meer aan sport deed en verder ook eigenlijk niets uitvoerde, zeker in staat moest zijn een sandwich voor zichzelf te maken.

Amanda zag het anders. Ze wist wat Chris had gedaan, maar als ze naar hem keek, zag ze een jongen die een dag en een nacht opgesloten had gezeten, die in de war was en zich schaamde, die honger moest hebben, die iets te eten moest krijgen. Als Thomas naar Chris keek, zag hij mislukking en onoverkomelijke problemen. Zij zag haar kleine jongen en dacht: wat hij ook heeft gedaan, hij blijft mijn zoon.

'Hier, lieverd,' zei ze, en ze zette een sandwich met kalkoenfilet en Zwitserse kaas voor hem neer, met mayonaise, sla, maar geen tomaat: zíjn sandwich, zoals hij hem graag had. Een glas appelsap, zijn favoriete drankje, stond naast het bord.

'Dank je, mam.'

Terwijl Chris zat te eten, keek Amanda uit het raam van de zitkamer en zag Bob Moskowitz wegrijden. Thomas Flynn bleef nog even op het gazon staan, controleerde de pieper die aan zijn riem hing, stopte die weer terug en wreef over zijn gezicht. Daarna draaide hij zich om en liep met zware passen op het huis af, stuurs kijkend, met zijn ogen naar de grond gericht. Amanda deed een schietgebedje dat hij niet meteen zou ontploffen wanneer hij binnenkwam.

Flynn kwam binnen, wierp een blik op Chris, die met een dienblad op schoot van zijn sandwich zat te eten, en schudde vol afkeer zijn hoofd. Hij keek naar Amanda en gebaarde met een korte beweging van zijn kin naar de trap in de hal. Ze liep achter hem aan naar boven.

De gedachte was weleens bij Amanda opgekomen, als ze probeerde te 'begrijpen' wat er op dit soort moeilijke momenten door haar man heen ging, dat het voor Tommy lastig moest zijn om in het huis waarin hij zelf als kind was opgegroeid op een volwassen manier met conflicten als deze om te gaan. Terwijl ze achter hem aan de trap op liep, zag ze hem in gedachten als klein jochie de trap op rennen naar zijn kamer om daar te spelen of te stoeien met zijn grote broer Sean, die nu een leidinggevende functie bij Boeing in Chicago had, en die hij nog nauwelijks zag. Ze vroeg zich af of Tom als hij 's nachts lag te piekeren weleens tegen zijn ouders praatte, wier geest ongetwijfeld nog in huis rondwaarde, en hen in zijn wanhoop te hulp riep.

Het kostte haar geen moeite zich hem als kind voor te stellen. Ze kende hem al vanaf de tijd dat ze samen op de Heilig Sacrament-school zaten. Tijdens hun hele middelbareschooltijd hadden ze verkering gehad, en toen hij twintig was en zij negentien, waren ze tegen de wil van haar ouders getrouwd. Haar vader kon er maar niet bij dat ze op zo'n jonge leeftijd een dergelijk besluit nam en probeerde haar ervan af te brengen een jonge vent te trouwen die niet van plan was te gaan studeren.

'Hij wil wérken, pap,' had Amanda gezegd. 'Hij wil gewoon nu geld verdienen.'

'En jij dan, Amanda? Laat jij de kans schieten om verder te studeren, en levenservaring op te doen?'

'Ik ben met Tommy,' had ze tegengeworpen.

Zodra Amanda hem zag, wist ze dat hij de ware was, die Ierse jongen met zijn donkere haar en groene ogen, die zelfverzekerd door de gangen van de Heilig Sacrament-school liep. Hij was een wilde jongen met losse handjes, een basketbalspeler die altijd op de velden van Friendship Heights, Lafayette, de Chevy Chase-bibliotheek en Candy Cane City te vinden was, en die later spelverdeler werd en als enige blanke speler in het schoolcompetitieteam zat. Hij kon niet goed leren en boeken interesseerden hem niet, met uitzondering van boeken over de Amerikaanse geschiedenis, een onderwerp dat hem mateloos boeide. Hij maakte graag lol, klooide maar wat aan in de klas, dronk Budweiser uit blikjes en rookte alle soorten wiet die hem werden aangeboden. Zijn vader, een Ierse immigrant met een zwaar accent, werkte op de staatsdrukkerij. Zijn moeder van Ierse afkomst, maar in Amerika geboren, was er trots op huisvrouw te zijn. Ze hadden het houten huis aan Livingston Street voor een appel en een ei gekocht in de tijd dat laagopgeleide mensen nog in Friendship Heights en Chevy Chase, DC woonden, en de Ierse katholieken zich met name in het noordwestelijk deel van de stad hadden gevestigd. De hele middelbare school door bezorgde Thomas Flynn de *Washington Post*, zelfs in het basketbalseizoen. De beroemde basketbalcoach Red Auerbach, wiens Keltisch-groene Mercury Cougar meestal op de oprit van zijn huis stond geparkeerd, twee blokken verwijderd van Nebraska Avenue, woonde ook in zijn krantenwijk. Tommy Flynn legde de krant van meneer Auerbach altijd boven aan de trap, net voor de deur.

Amanda groeide op in 31st Place in Barnaby Woods, aan de oostzijde van Connecticut Avenue, in een uit baksteen opgetrokken huis in koloniale stijl, waarvan er in haar straat nog meer stonden. Haar vader werkte voor een niet nader aangeduide overheidsinstelling, was vaak op reis, en sprak nooit over zijn werk. Vrienden en buren veronderstelden terecht dat hij bij de CIA zat.

Flynn had wel vrienden, maar het grootste deel van de tijd bracht hij door met Amanda, een meisje met een weelderig figuur, rossig haar en een lichte huid, dat op haar vijftiende volgroeid, en in seksueel opzicht vroegrijp was. Samen genoten ze van wiet, alcohol, paddenstoelen en downers, en, als er rijkeluiskinderen bij waren, vingerdikke lijnen cocaïne. Ze waren elkaar trouw en deden het overal: voor en achter in Flynns Oldsmobile 442 Cutlass, op een deken in het hoge gras van Glover and Military, en op zomeravonden op de Rock Creek Golf Course. Tommy kreeg nooit genoeg van haar weelderige figuur, en ook Amanda lustte er wel pap van.

Na de middelbare school trouwden ze en huurden ze voor een spotprijs een rijtjeshuis in Shaw, dat toen nog geen chique buurt was. Flynn had eerst baantjes in de detailhandel, ging toen naar de politieacademie en werkte korte tijd als politieagent. Kate werd geboren en overleed. Flynns vader stierf aan een hartaanval en vlak daarna werd bij zijn moeder Tara alvleesklierkanker geconstateerd en zes weken later was ze dood. Zijn ouders lieten het huis in Livingston Street aan Thomas na en vermaakten hun karige spaarcenten aan hun oudste zoon Sean, waarmee ze een breuk tussen de beide broers veroorzaakten die nooit meer zou helen. Flynn nam ontslag bij de politie en verhuisde met zijn vrouw naar het huis in Friendship Heights waar hij was opgegroeid. Amanda vond Jezus, kreeg een miskraam en bracht daarna Chris ter wereld. Dat alles in een tijdsbestek van slechts tweeënhalf jaar.

Thomas Flynn liep hun slaapkamer in, wachtte tot Amanda binnen was en deed toen de deur achter haar dicht. Met zijn rechterhand liet hij de gewrichten van zijn linkerhand knakken.

Als hij daarmee begon, wist Amanda dat hij zich probeerde te beheersen en dat hij daar niet in zou slagen.

Er was een lok zwart haar over zijn voorhoofd gevallen. Hij was sinds zijn tienertijd niet veel veranderd. Hij was iets zwaarder geworden en hij had wat rimpels rond zijn ogen gekregen, maar dat stond hem wel. Ze vond hem nog steeds aantrekkelijk, en verlangde vaak naar zijn aanraking. Maar omdat ze dikwijls moe waren en omdat hun verschil in opvatting over de opvoeding van Chris een wig tussen hen had gedreven, vrijden ze niet meer zo vaak. Soms was het fijn, en zo nu en dan hemels, maar wanneer het voorbij was, kwam Tommy's somberheid altijd weer terug.

'Wat is er?' vroeg Amanda. 'Je gaat toch geen preek houden?'

'Ik zie dat je een sandwich voor Chris hebt gemaakt.'

'En?'

'Heb je die op zijn Star Wars-bord geserveerd?'

'Ik heb wat te eten voor hem klaargemaakt. Moet ik hem dan laten verhongeren?'

'Laat dat joch z'n eigen lunch klaarmaken. Hij is oud genoeg om ons op het hart te trappen. Dan kan hij ook z'n eigen sandwich maken.'

'Oké, Tom. Oké.'

'Op deze manier help je hem niet, Amanda. Het heeft geen zin om zijn bedje te spreiden of de privékok te spelen. Het is duidelijk dat de zachte methode bij hem niet werkt.'

'Ik probeer alleen maar de communicatielijnen open te houden.'

'Dat heb ik ook geprobeerd, en het werkt niet.'

'Jij zegt alleen maar dat hij z'n kop moet houden. Vervolgens zeg je dat hij z'n rótkop moet houden. Dat is geen communicatie.'

'Hij verdient niet beter.'

'Hij verdient onze steun. En ik wil hem niet kwijtraken.'

'We zijn hem al kwijt.'

'Dat geloof ik niet. Luister, ik snap dat je kwaad bent. Maar hij moet weten dat we nog steeds van hem houden.'

'Geweldig.' Flynns pieper ging. Hij controleerde het nummer op het schermpje en ademde diep in. 'Mijn mailbox zit zo vol dat er geen berichten meer bij kunnen. Ik kan het werk niet eindeloos laten versloffen.'

'Ga naar je werk,' zei Amanda. 'Dat heb je nodig.'

'Dat zal ik doen. Maar luister, Chris mag absoluut niet het huis uit. Hij zal zeggen dat hij alleen maar even naar de winkel moet, dat hij alleen even bij z'n vriendin langsgaat. Dat is tegen de regels van zijn voorwaardelijke invrijheidstelling. Laat je niet door hem in de luren leggen, begrepen?'

'Ik begrijp het, Tommy.'

Flynn keek haar in de ogen. Hij liet zijn handen langs zijn zij vallen en sloeg een mildere toon aan. 'Amanda.'

'Wat?' Nu ging hij zich verontschuldigen.

'Het spijt me. Dat gedoe met Chris heeft me zwaar te pakken. Ik ben er helemaal kapot van.'

'Dat weet ik. Ga nou maar aan het werk. Het komt wel goed.'

Ze wílde dat hij wegging. Er hing een prettiger sfeer in huis als hij er niet was.

Flynn liep weg zonder haar nog verder aan te raken. Hij verliet het huis zonder nog iets tegen zijn zoon te zeggen.

De daaropvolgende maanden praatten Thomas en Chris nauwelijks met elkaar. Chris bleef naar dezelfde psychiater gaan als waar Thomas en Amanda als stel in therapie waren, maar Chris wilde er niet met zijn drieën heen. Thuis hadden Amanda en Chris regelmatig een goed gesprek, en ze kookte voor hem en deed zijn was. Thomas en Chris spraken alleen met elkaar wanneer het echt niet anders kon. Vaak zaten ze in dezelfde ruimte zonder iets tegen elkaar te zeggen.

Thomas Flynn had het druk met zijn vloerbedekkingszaak en had zo nu en dan een afspraak met Bob Moskowitz om Chris' hoorzitting te bespreken. De herfst viel in, en terwijl andere leerlingen weer naar school gingen, bleef Chris thuis. Hij sliep lang, keek televisie en doodde de tijd. Hij belde vaak met Taylor, maar had weinig contact met zijn vriend Jason Berg, en op het laatst spraken ze elkaar helemaal niet meer.

Toen Chris' zaak voorkwam, leek alles opeens in een stroomversnelling te raken. Chris bekende schuld en Moskowitz hield een goed doortimmerd, hartstochtelijk pleidooi voor clementie. Maar de rechter besefte dat hij een golf van kritiek over zich heen zou krijgen als hij mededogen toonde met een blanke jongen uit een rijke buurt, die in de kranten en op tv in het nieuws was geweest – vooral gezien zijn voorgeschiedenis van diefstal, roekeloos gedrag en neiging tot gewelddadigheid. In overeenstemming met de gerechtelijke procedure voor jeugddelinquenten in DC droeg hij Chris Flynn over aan de zorg van het district Columbia. Besloten werd dat de gemeenschap en het district er het meest mee gediend waren als Chris in de jeugdgevangenis werd opgesloten tot zou blijken dat hij zich voldoende had aangepast. En dat was het dan. Chris kuste zijn moeder, zei niets tegen zijn vader, en werd met hand- en voetboeien om weggeleid naar een bus die hem naar de jeugdgevangenis in Pine Ridge in Anne Arundel County, Maryland, zou brengen.

Die avond aten Flynn en Amanda thuis en gingen vroeg naar bed. Amanda kroop onder de dekens en ging met haar rug naar haar man toe liggen. Flynn hoorde haar zachtjes snikken, maar toen haar ademhaling na een tijdje gelijkmatig werd, wist hij dat ze in slaap was gevallen. Hijzelf kon echter niet in slaap komen of zelfs maar zijn ogen sluiten. Hij stapte uit bed en liep in zijn onderbroek naar beneden naar de eetkamer, schonk daar een glas bourbon in en dronk het puur. Hij schonk nog een half glas in, nam het mee naar de zitkamer en ging voor de schoorsteenmantel staan, waar Amanda een stel ingelijste foto's met de gebruikelijke verzameling familie en vrienden had neergezet.

Thomas Flynn bekeek een foto van de jaarlijkse parade op St. Patrick's Day over Constitution Avenue, waarop Chris twee jaar oud was. Thomas had Chris op zijn schouders gezet zodat hij over de menigte heen kon kijken, en Chris had zijn kleine handjes om de grote wijsvingers van zijn vader geklemd. En dan waren er de dagen dat Flynn op zijn oude Nishiki met tien versnellingen over het fietspad van Rock Creek Park reed, met Chris vastgesnoerd in een zitje dat boven het achterwiel was gemonteerd – een glimlach op zijn bolle toet als de wind in zijn gezicht waaide en zijn haar naar achteren blies – terwijl Flynn Chris' handje op de tast achter zich vond en vastpakte. Flynn voelde zelfs nu nog de warmte van die handjes, de manier waarop ze zich aan hem vastklampten. Hij herinnerde zich hoe trots hij op de dag van de parade was geweest, hoe trots hij was als mensen hem en zijn zoon samen op die fiets zagen, hoe zeker hij toen was van zijn rol als kostwinner, beschermer en vader.

Het ging niet langer om Chris' asociale gedrag of zijn onverschilligheid om zich een plaats in de samenleving te verwerven, of om zijn problemen met de politie, zijn wietgebruik of om de schaamte die Flynn voelde in het gezelschap van vrienden en bekenden wier zonen en dochters op het rechte pad waren gebleven en gingen studeren.

Chris zat in de gevangenis. Flynn had het gevoel dat het definitief en onomkeerbaar was, en hij wist niet wat hij moest doen.

Hij zette zijn lege glas op de schoorsteenmantel en luisterde naar het tikken van de klok aan de muur. Het was doodstil in huis.

Chris Flynn had bijna iedere nacht van zijn leven hier in Livingston Street doorgebracht. Nu leek het alsof hij er nooit had gewoond. Ze zouden niet meer het gedempte geluid van de tv achter zijn dichte slaapkamerdeur horen, de bassen van zijn stereo die de vloeren deden trillen, het gebrom van zijn lach als hij met zijn vriendinnetje aan de telefoon hing, zijn zware onhandige voetstappen op de trap. Chris was weg, en de stilte die hij had achtergelaten klonk als een schreeuw in de oren van zijn vader.

Het was 1999. Chris was zeventien toen hij naar de jeugdgevangenis ging. Thomas Flynn was negenendertig.

DEEL II

Eenheid 5

5

De bewakers noemden het een kamer, maar het was een cel. Alle andere benamingen waren een leugen.

Het was een ruimte van krap twee bij drie meter, met een in de vloer verankerde brits waarop een dun matras lag, een bureautje van spaanplaat, een stoel en een roestvrijstalen plee. De cel had een getralied raam met uitzicht op een kaal, afgetrapt veldje, omheind door een met scheermesdraad beveiligd hek van drie-enhalve meter hoog. Aan de andere kant van het hek lag bos. Eiken, esdoorn, wilde kornoelje en sumak, maar geen pijnbomen. In de uitsparing van de celdeur zat plexiglas. De stalen deuren werden geopend met sleutels van komische afmetingen, zogenaamde Joliet-sleutels, die zo werden genoemd omdat ze oorspronkelijk voor de Joliet-gevangenis in Illinois waren gemaakt.

Ze werden om 6.30 uur gewekt, gevolgd door groepsgewijs douchen, appèl en ontbijt. Van maandag tot en met vrijdag hadden ze van 8.30 tot 14.00 uur school. Het programma behelsde recreatieve activiteiten, die echter even vaak werden afgeblazen als dat ze doorgingen, avondeten, bezoekuren, en psychiatrische begeleiding door stafleden die nauwelijks Engels spraken. Ze probeerden de illusie van een routine op te houden, net zoals die voor de jongens buiten de gevangenis gold.

Er waren een stuk of tien eenheden waarin de jongens waren ondergebracht, afhankelijk van het type misdrijf dat ze gepleegd hadden. De gewelddadigsten, van wie er niet veel waren, degenen die schuldig waren bevonden aan moord, doodslag of seksuele misdrijven, zaten samen in Eenheid 12. Dat zij het hoogste nummer hadden, waaruit bijna automatisch voortvloeide dat ze boven aan de pikorde stonden, was de andere gedetineerden niet ontgaan.

Chris Flynn zat samen met veertien andere jongens in Eenheid 5, een L-vormig, laag bakstenen gebouw. De bewoners van elke eenheid droegen dezelfde kleur poloshirts, korte mouwen in de zomer, lange in de winter, en de standaard kakibroek. Ze mochten schoenen met veters, en gympen dragen. De shirts hadden allemaal andere kleuren zodat een gevangene meteen door de andere leden van zijn eenheid kon worden herkend. De jongens van Eenheid 5 droegen bruin.

De lessen vonden plaats in een gebouw ter grootte van een dorpsschooltje. Het stond een eindje van de andere gebouwen af, naast een ander gebouw met een cafetaria, dat soms ook dienstdeed als aula, compleet met podium. De directeur en de rest van de staf, met inbegrip van de centrale bewaking, hielden kantoor in een apart gebouw.

De lesruimten leken op de lokalen van Chris' vroegere school, en hadden een schoolbord, een stel oude stoelen, een aftandse projector waarvan slechts één jongen wist hoe hij hem moest bedienen, en de geijkte knipplaten van de silhouetten van Frederick Douglass en George Washington Carver, waar de jongens op spuugden en die ze nu en dan van de muur rukten. Elke dag kwamen er leraren lesgeven, net als leraren op een gewone school, alleen werden ze hier geconfronteerd met meer verzet en wierp hun werk minder vruchten af. Chris kon zich niet voorstellen dat iemand zo'n baan zou willen hebben en vermoedde dat deze lui naïeve wereldverbeteraars waren, van die mensen die zijn vader 'geitenwollensokkentypes' noemde. Hij wist niet dat Pine Ridge een vergaarbak was voor leraren die zich in het openbare schoolsysteem van DC amper staande konden houden.

'Weet een van jullie wie de president van de Verenigde Staten was ten tijde van de moord op Martin Luther King?' vroeg de leraar, meneer Brown, een jonge zwarte vent die door de jongens meneer Beige werd genoemd omdat hij praatte als een blanke. Meneer Brown droeg versleten kleren, wat zijn status in de ogen van de jongens nog verder naar beneden haalde.

'Roosevelt,' zei Luther, een jongen die onophoudelijk kletste om zijn eigen stem te horen en altijd het verkeerde antwoord gaf.

'Dat is niet juist, Luther.'

'Coolidge, dan.'

'Loser,' zei een jongen in een blauw shirt achter in de klas. 'Man, je noemt gewoon namen van scholen op.'

Ze hadden geschiedenis, en de bruine shirts van Eenheid 5 volgden die les samen met de blauwe shirts van Eenheid 9.

'Nee, Calvin Coolidge was het ook niet. Maar goed geprobeerd, Luther. Iemand anders?'

Chris dacht het antwoord te weten, maar hij was ervan overtuigd dat Ali het zeker wist. En ja hoor, toen Chris hem aankeek, staarde Ali Carter, die naast hem zat, naar de grond en mimede de naam 'Johnson'.

Ali was een knappe jongen met een gladde huid en een gespierd bovenlijf dankzij de opdrukoefeningen in zijn cel en doordat hij zich daarbuiten overal aan optrok. Hij droeg een bril, wat enigszins afdeed aan het effect van zijn worstelaarstorso, en hij was met zijn een meter zeventig een van de kleinere jongens in de instelling. Ali zat vast voor een gewapende roofoverval.

'Niemand?' vroeg meneer Brown. 'Goed. Het was president Johnson, die ook bekendstond als L.B.J. Wie weet waar die initialen voor staan?'

'Lonnies Big Johnson,' zei Lonnie Wilson, een geilneef die elk gesprek op kut of z'n eigen lul wist te brengen.

'Die van jou is niet half zo groot als de mijne,' zei een jongen.

Een van de twee bewakers die in het lokaal zaten, grinnikte, waarbij zijn vetrollen als een gelatinepudding meedeinden. De andere bewaker, een lange, al wat oudere man die Lattimer heette, maar die door de jongens Shawshank werd genoemd omdat hij leek op de acteur met de grijze baard die in de gelijknamige film speelde, zei tegen Lonnie dat hij op zijn woorden moest letten en wat meer respect voor de leraar moest hebben.

'President Johnson en Martin Luther King hadden tijdens de strijd voor gelijke burgerrechten een vriendschappelijke maar soms problematische relatie,' zei meneer Brown.

'Een seksuele relatie?' vroeg een van de jongens, waarop verscheidene anderen in de lach schoten.

'Zo is het wel genoeg,' zei Lattimer.

'Misschien is "problematisch" te sterk uitgedrukt. Het is waarschijnlijk juister om hun relatie te karakteriseren als wederzijdse behoedzaamheid en respect,' zei meneer Brown, die dapper voortploegde. 'Het is begrijpelijk dat dr. King steeds gefrustreerder raakte door de trage vorderingen in het verwezenlijken van zijn doel van rassengelijkheid in Amerika, en door de escalatie van de oorlog in Vietnam...'

Veel jongens hingen in hun stoel, sommige zaten met de armen over elkaar, andere keken van de leraar weg, en een paar hadden hun ogen dicht en deden stiekem een dutje. Raar was dat niet, want degenen die het meest onbeschaamd blijk gaven van hun desinteresse konden niet lezen of schrijven. Ali, die veruit de slimste van de klas was, begreep waar meneer Beige het over had, maar de meerderheid van de jongens niet. En het onderwerp kon de meesten niet boeien omdat ze niet inzagen wat het met de realiteit van hun eigen bestaan te maken had. Al dat gedoe met dr. King en Lonnies Big Johnson was van vóór hun tijd, en er was echt geen doctor Wie-dan-ook om hen uit de bajes te halen.

'… ironisch genoeg was het Lyndon Johnson, die uit het racistische Zuiden afkomstig was, die de Burgerrechtenverklaring van 1964 ondertekende, waarmee alle burgers in dit land, ongeacht hun huidskleur, stemrecht kregen.'

'Hij was een echte leider,' zei Chris, die onwillekeurig hardop herhaalde wat zijn vader ooit aan tafel over Johnson had gezegd. Zijn pa was een geschiedenisfanaat. Thuis stond de boekenkast in de zitkamer vol boeken over presidenten en oorlogen.

'Mochten zwarten voor die tijd dan niet stemmen?' vroeg Ben Braswell, een grote donkere jongen met sprekende ogen die bij Chris in de eenheid zat. Ben had veel auto's gestolen, en was één keer te vaak gepakt.

'Voordien,' zei meneer Brown, 'zochten sommige blanken die de macht hadden, uitvluchten en wierpen hindernissen op om te voorkomen dat Afro-Amerikanen aan het verkiezingsproces deelnamen. Door de Burgerrechtenverklaring werd elke vorm van rassendiscriminatie onwettig verklaard.'

'Wat vind jij daar nou van, White Boy?' zei een hese stem achter Chris.

Chris draaide zich niet om want hij wist dat het Lawrence Newhouse was, die door sommigen Bughouse werd genoemd. Hij voelde zich niet door Lawrence bedreigd en ook niet gekleineerd door het etiket, dat hem vanaf de eerste dag was opgeplakt. Iedereen had hier een bijnaam, net als soldaten op het slagveld, en White Boy was, hoewel het een afgezaagde bijnaam was, net zo goed als elke andere. Lawrence was dom, op het randje van analfabeet, en deed soms zonder enige aanleiding agressief, maar hij werd niet als gevaarlijk beschouwd tenzij hij zijn medicijnen niet nam, hoewel iedereen wist dat hij in Wade Road een jongen had neergeschoten, wat de reden was dat hij hier zat. Hij was mager, had amandelvormige ogen en een huid die er in een bepaald licht geel uitzag.

'Ik vroeg je wat,' zei Lawrence.

Chris haalde bij wijze van antwoord zijn schouders op.

'Wat, kan je niet praten, soms?'

'Hé, kap daar nou eens mee,' zei Ali, die zich omdraaide en Lawrence woest aankeek. 'Ik wil die shit graag horen.'

Het was niet Ali's bedoeling om voor Chris op te komen, maar Lawrence irriteerde hem. Bovendien zat er oud zeer tussen hen. Ali was opgegroeid in Barry Farm, een sociaal woningbouwproject in Zuidoost-Washington, en Lawrence kwam uit de Parkchester Appartments, een groep flatgebouwen in dezelfde wijk. Geen van tweeën was lid van een bende geweest, maar er bestond wel rivaliteit tussen de jonge mannen uit beide buurten, een oude vete die als het erop aankwam niemand kon uitleggen of verklaren. Toch waren Ali Carter en Lawrence Newhouse in dezelfde eenheid geplaatst. Jongens met een voorgeschiedenis van wederzijdse vijandigheid, of die nu bende-gerelateerd was of niet, werden gewoon bij elkaar gezet en werden geacht hun onenigheid op te lossen.

'Had ik het tegen jou, Holly?' vroeg Lawrence.

'Ik heet Ali.'

'Zijn er problemen?' vroeg Lattimer.

'Ik zie je straks wel buiten, mannetje,' fluisterde Lawrence.

Maar in plaats daarvan haalde Lawrence Newhouse, toen de les voorbij was en de jongens het lokaal uit liepen, zonder reden wild uit naar een bewaker en werd in toom gehouden door een paar andere bewakers en door de gang afgevoerd naar een lege kamer, vanwaaruit de andere jongens geschreeuw en geluiden van een worsteling hoorden. Toen de jongens van Eenheid 5 hem die avond weer terugzagen, vlak voordat alle deuren voor de nacht dichtgingen, had Lawrence een dikke lip en een blauwe plek op zijn wang. Ali en hij liepen langs elkaar heen in de recreatieruimte, maar ze zeiden niets tegen elkaar en maakten geen oogcontact. Een paar andere gedetineerden, die niet bepaald veel met Lawrence op hadden, gaven hem een boks. Vechtpartijen tussen gedetineerden waren onvermijdelijk en soms noodzakelijk, maar je schoot er weinig mee op. Als je een bewaker aanviel moest je het bezuren, maar je verdiende er wel wat respect mee. Zelfs van je vijanden.

Chris zat al een paar weken vast en was nog niet betrokken geraakt bij gevechten. Wel had hij veel schouderduwen en klappen moeten incasseren, en hij had er zelf ook een paar uitgedeeld, maar daar was het bij gebleven. Over zijn huidskleur had hij het gebruikelijke commentaar geslikt; hij had ervoor gekozen er niet op te reageren. Eerlijk gezegd kon het hem niets schelen dat hij 'slavendrijver' werd genoemd. Als hij tegen iemand anders 'neger' had gezegd, zou onmiddellijk de pleuris zijn uitgebroken, maar er bestond geen vergelijkbaar woord voor blanken dat onmiddellijk tot een knokpartij zou leiden. Vanwege Chris' onverschilligheid werden de anderen het al gauw beu zijn ras te gebruiken om agressie uit te lokken, en hielden ze ermee op.

Niet dat hij angst inboezemde. Hij was redelijk groot en sterk, maar dat weerhield niemand ervan hem uit te dagen. Juist de kleinere jongens waren erop gebrand hem te vloeren. Maar de opzettelijke rammen waren min of meer plichtmatig en liepen niet uit op echt geweld.

De ironie was dat de aard van de misdrijven waarvoor Chris was opgesloten, hem omgaf met een waas van geheimzinnigheid dat hem in de bajes goed van pas kwam. Hij was die maffe bleekscheet die zonder reden een joch in elkaar had geslagen, en die na een wilde achtervolging de politie had weten af te schudden. Als ze hem ernaar vroegen, vertelde Chris het verhaal naar waarheid, maar het klonk alsof hij niet om de consequenties maalde en geen respect voor de wet had, terwijl hij op die bewuste avond in feite in een impuls had gehandeld. Chris was zo verstandig die reputatie als een geschenk te beschouwen en hij deed niets om de indruk weg te nemen dat hij niet helemaal lekker was.

Het kwam hem ook goed van pas dat hij goed kon basketbal-len. Het halve veldje op het terrein van Pine Ridge was van asfalt dat vol scheuren en onkruid zat, en had een licht verbogen ring en een metalen net. De ring was genadeloos, maar toen Chris de eigenaardigheden ervan eenmaal doorhad, kon hij er uitstekend mee overweg, en het raakte al snel bekend dat hij goed was. Aan-vankelijk werd hij vanwege zijn kleur niet gekozen bij het sa-menstellen van de teams, maar de bewakers maakten er een punt van, en al snel deed hij ook mee en werd hij gemangeld als ieder ander. Die potjes op zaterdagmiddag, waarin hij vaak won en triomfantelijke rondedansjes maakte met zijn team, waar ook de lange, atletisch gebouwde Ben Braswell in zat, waren voor hem het hoogtepunt van de week.

Andere dingen om naar uit te kijken waren er niet. De jongens zaten het grootste deel van de tijd binnen, en er hing meestal een deprimerende sfeer in de gebouwen. Doordat het glas overal was vervangen door mat plexiglas kwam er weinig licht binnen en leek hun wereld zelfs op zonnige dagen grijs, kleurloos en som-ber.

De jongens hadden geen enkele inspraak in de regels en om-standigheden in Pine Ridge. Er hing geen ideeënbus. De jongens volgden bevelen op of niet. Ze kregen opdracht om van de ene plek naar de andere te gaan, in de rij te gaan staan, uit bed te komen, onder de douche te gaan of er juist onder vandaan te komen, naar de cafetaria te gaan of die te verlaten, snel naar een lokaal te lopen of het lokaal uit te gaan en zich naar hun cel te begeven. De bewakers vroegen niets. Ze schreeuwden en com-mandeerden en bezigden daarbij een taal die bol stond van de schunnigheden.

Chris merkte dat hij de eentonigheid van het leven in Pine Ridge beu werd. Hij begreep wel dat dat bij de straf hoorde: dat de verveling, de houding van de bewakers, het smakeloze eten en de versleten, kriebelende deken op zijn brits allemaal bedoeld waren om zijn gedrag te veranderen zodat hij ontslagen kon worden en niet meer terug zou komen. Maar dan nog hoefden het regime en de omgeving niet de hele tijd zo spartaans te zijn. De jongens begrepen het heus wel: ze wisten donders goed dat ze niet op excursie waren, maar het feit dat ze dag in dag uit vernederingen moesten slikken leek juist het tegenovergestelde effect te sorteren. Na een tijdje ervoeren ze hun behandeling niet zozeer als straf maar als sadisme.

Met als gevolg dat ze vervuld van rancune de regels opvolgden of aan hun laars lapten. Ze praatten in de les door elkaar heen en ze gingen met de bewakers en met elkaar op de vuist. Velen rookten wiet als ze eraan konden komen. Het werd binnengesmokkeld door een bewaker die het onder zijn ballen vastplakte als hij door het poortgebouw naar binnen ging, en die betaald werd met geld dat de jongens op de bezoekdag van hun familie kregen. De wiet, die achter plafondtegels werd verborgen, was soms sterk, maar meestal niet, en veroorzaakte vaker hoofdpijn dan dat je er high van werd, maar het gaf je iets te doen.

Omdat de geur van marihuana in Pine Ridge vaak in de lucht hing en je aan de ogen van de jongens kon zien dat ze stoned waren, was het geen geheim dat deze regel overtreden werd, en de jongens moesten steekproefsgewijs urinetests en visitaties ondergaan. Ze wisten dat ze waarschijnlijk betrapt zouden worden en dat overtreding van het verbod op drugs hun verblijf in Pine Ridge zou kunnen rekken, maar dat kon de meesten geen ruk schelen. De directeur gaf opdracht om de bewakers ook urinetests af te nemen, en sommigen bleken positief te zijn. Bij de bewaker die erin handelde, een vent die hondsbrutaal met zijn BMW 5-serie naar het werk reed en daardoor argwaan wekte, werd huiszoeking gedaan waarbij meer dan een kilo tevoorschijn kwam. Hij werd ontslagen en vervolgd, maar een andere bewaker rook toen zijn kans en nam het stokje over. Deze bewaker was zo slim om in zijn oude Hyundai te blijven rijden en die op de parkeerplaats voor het personeel neer te zetten.

Sommigen beweerden dat het systeem in de jeugdgevangenis iedereen corrumpeerde, zowel de medewerkers als de gedetineerden.

Niet iedereen gaf eraan toe. Er waren ook bewakers die gewoon hun werk deden en het idee hadden iets goeds te doen.

De directeur van Pine Ridge, Rick Colvin, was iemand met gezag en de meeste jongens mochten hem wel. Hij onthield hun namen en vroeg hoe het met henzelf en met hun familie ging. Hij was fatsoenlijk, en het gaf de jongens een prettiger gevoel als hij in het gebouw was. Maar Colvin was er niet altijd. Hij werkte van negen tot vijf, en 's avonds misten ze zijn aanwezigheid. De vaste bewakers gingen dan ook naar huis en lieten het werk over aan de leden van de nachtploeg, die door de jongens werden beschouwd als het uitschot van de beveiliging. Ali zei: 'De onderkant van de genenpool krijgt de kloterigste uren,' en dat leek ook te kloppen. Dat waren dezelfde mannen en vrouwen die hen om halfzeven in hun cel wakker maakten, en dat deden ze zelden op een vriendelijke of meelevende manier.

De avond nadat Chris zijn vader had verzekerd dat hij zich wel wist te redden, zat hij in de gemeenschappelijke ruimte van Eenheid 5 op een versleten bank een pocket te lezen, zonder dat de tekst tot hem doordrong, omdat de jongens in de zogeheten mediaruimte zoals gewoonlijk zaten te bekvechten over het programma waar ze op dat moment naar keken en over het programma dat ze daarna wilden zien op de gehavende tv die hoog aan de muur was opgehangen. In de gemeenschappelijke ruimte stond ook een pingpongtafel, die eruitzag alsof een hond aan de hoeken ervan had zitten knagen, en waaraan twee jongens stonden te spelen. Een van de jongens vond het leuk om te smashen en zijn tegenstander vervolgens belachelijk te maken omdat hij de smash niet kon opvangen. Chris kon zich maar moeilijk concentreren.

Ali Carter zat in een skaileren stoel met beslag op de armleuningen, die op verschillende plaatsen gescheurd was. Maar het was een lekkere stoel en hij had hem gevorderd. Het meeste andere meubilair kwam uit een catalogus voor penitentiaire inrichtingen: onverwoestbare spullen van hard plastic, maar ongeschikt om langere tijd op te zitten. Net als Chris zat Ali ook een of ander boek te lezen, maar hij scheen geen last te hebben van het lawaai.

Chris had zijn boek gekregen van de leesjuf, een jonge vrouw die juf Jacqueline heette, en die op haar werk een strakke krijtstreepbroek droeg met een witte blouse en daaronder een zwarte bh. Juf Jacqueline kwam twee keer per week op school en gaf de jongens individueel les. Na haar bezoekjes was ze in de eenheden hét onderwerp van gesprek en van fantasieën die tot masturbatie leidden wanneer de jongens naar hun cel moesten. Op een dag had Chris gehoord dat Shawshank, de oude bewaker, zich tegenover Colvin over haar kledingstijl had beklaagd, en had gezegd dat ze 'er hier toch niet zo bij kon lopen', en dat ze alle jongens gek maakte met haar achterwerk, 'strak en vol in die krijtstreep'. Chris was het ermee eens, maar hij vond het toch leuk om naar haar te kijken, en hij hield van de lavendelgeur die hij rook als ze zich naar hem toe boog. En ze was ook zo aardig geweest om hem het boek te geven.

'Niet slecht,' zei Ben Braswell, toen hij de kamer binnenkwam. Hij gaf Chris een boks en ging naast hem zitten. 'Ik voel me een stuk beter door die stuff, man.'

Chris had wat wiet gekocht van het geld dat zijn moeder hem had toegestopt, en had Ben een paar toppen gegeven.

'Wat krijg je van me?' vroeg Ben.

'Niks.'

'We regelen het nog wel, oké?'

'Het is al goed,' zei Chris. Ben had nooit geld en kon er ook niet aan komen. Hij kreeg nooit bezoek.

'Gaan we dit weekend ballen, jongen?'

'Tuurlijk,' zei Chris. 'Nu het nog kan. Het wordt koud buiten.'

'Als het koud wordt gaan we lekker schransen,' zei Ben. 'Met Thanksgiving hebben ze lekker eten. Kalkoen met vulling, cranberrysaus, alles erop en eraan. Dat was vorig jaar tenminste zo. Dat was cool.'

Thanksgiving was voor Chris een dag als alle andere. Maar hij zei: 'Klinkt goed.'

Hij wilde Ben Braswells beeld van de komende feestdag niet bederven. Ben was optimistischer dan alle anderen die Chris in Pine Ridge had leren kennen. Hij stond positief in het leven, hij werd nooit zomaar agressief en hij koeioneerde nooit iemand uit verveling. Maar Ben bleef wel auto's stelen, en de rechtbank stuurde hem steeds weer terug naar de bajes.

'Hé Ali, wat ben je aan het lezen, man?' vroeg Ben. 'Dat is een dik boek.'

Een boek met een harde kaft lag open op Ali's schoot. Hij keek van de bladzijde op en wierp Ben over zijn bril een blik toe. 'Het heet *Pillar of Fire*. Juf Jacqueline heeft het me gegeven. Ze zei dat het pas vorig jaar is verschenen.'

'Het is een vet dik boek.'

'Je mag het lezen als ik het uit heb, als je wilt.'

'Ik lees geen fuck, Ali. Dat weet je best.'

Omdat je niet kán lezen, dacht Chris.

'Het gaat over die tijd waarover meneer Beige het had,' zei Ali. 'De Burgerrechtenverklaring, dr. King, L.B.J., al die shit. Weet je wel, die president van wie Chris zei dat hij een echte leider was.'

'Dat was ie ook,' zei Chris.

'O ja?' zei Ali.

Chris concentreerde zich en probeerde zijn gedachten te ordenen, zodat het leek alsof hij wist waar hij het over had. Om een of andere reden wilde hij Ali behagen.

'Hij deed het niet slecht, hoewel hij niet helemaal oprecht was. Mijn vader zei dat hij... dat Johnson het product van zijn omgeving was.'

'Je pa bedoelde dat hij een racist was,' zei Ali.

'Nou, hij bedoelde eerder dat hij er niks aan kon doen hoe hij was.'

'Ik heb gehoord dat hij aan tafel moppen over negers vertelde,' zei Ali.

'Misschien was dat wel zo,' zei Chris. 'Maar hij heeft die wet ondertekend omdat hij wist dat het rechtvaardig was, hoewel hij het er misschien diep in zijn hart niet mee eens was,' zei Chris, en hij tikte op zijn borst. 'Dat bedoelde ik toen ik zei dat hij een leider was.'

'Oké,' zei Ali. 'Je hebt gelijk. En dat was niet het enige: daardoor ging het Zuiden voor zijn partij verloren, en dat hebben ze nooit meer teruggekregen.'

'Waar de fuck hebben jullie het over?' zei Ben.

'Jij bent zo stom nog niet,' zei Ali, die Chris nu voor het eerst aankeek. 'Je doet maar alsof.'

Chris bloosde. 'Dat heeft m'n vader me verteld, da's alles.'

'Leest je vader boeken?'

'Geschiedenisboeken en dat soort shit. Hij heeft een bibliotheek, weet je wel, in onze zitkamer.'

'Je vader,' zei Ali met een glimlachje. 'Je zitkamer. Boeken. Een bibliotheek.'

'Wát?' zei Chris.

'Hoe ben je hier terechtgekomen?' Ali schudde zijn hoofd en richtte zijn ogen weer op zijn boek. 'Je hoort hier niet thuis, man.'

Die nacht lag Chris op zijn zij op zijn brits en keek naar de houtskoolschets die Taylor Dugan van hem had gemaakt en die hij op de muur had geplakt. Hij was nagetekend van een foto die ze in het souterrain van haar huis had genomen op de avond dat hij was gearresteerd. Op de tekening zat hij met ontbloot bovenlijf een blikje bier te drinken, en er lag een arrogante glimlach op zijn gezicht die hem iets onoverwinnelijks gaf. Hij had de tekening via de gevangenispost ontvangen, samen met een briefje waarop alleen maar stond: Ik denk aan je en ik mis je. Onder aan de tekening had Taylor haar handtekening gezet. Onder zijn gestalte had ze in blokletters de woorden SLECHTE CHRIS geschreven.

Dat ben ik.

Dat wás ik. En nu zit ik hier.

De glimlach op de tekening scheen de spot met hem te drijven, en Chris ging er met zijn rug naartoe liggen. Hij staarde naar de bakstenen muur en voelde helemaal niets.

6

De zaak van Thomas Flynn heette Flynn's Floors. Ondanks de naam, die hij had gekozen vanwege de alliteratie, legde hij eigenlijk alleen tapijt. Hij deed niet graag houten vloeren omdat daar vaak kostbare fouten mee werden gemaakt, en om dezelfde reden deed hij geen tegelvloeren. 'Dat doe ik liever niet,' zei hij tegen klanten. 'Dan kan ik mijn deskundigheid niet ten volle benutten.' Tegen aannemers en onderaannemers zei hij gewoon: 'Ik waag me niet aan plavuizen. Met vloerbedekking kun je een foutje verdoezelen. Als je een tegelvloer verkloot, kost het je klauwen met geld.'

Hij werkte vooral voor particulieren, maar deed af en toe ook projecten voor bedrijven. Veel van het werk kreeg hij via aanbevelingen, en daarom besteedde hij een groot deel van de dag aan het bellen van potentiële klanten en controleerde hij het werk van zijn uitvoerders om eventuele brandjes te blussen. Amanda deed de administratie van het bedrijfje in het kantoor dat ze in de kelder van hun huis hadden ingericht: de inventaris, rekeningen, uitstaande facturen, de salarisadministratie, verzekeringen en belastingen. Flynn was een goede verkoper, wist zijn personeel te bespelen en ontevreden klanten te sussen, maar hij had een hekel aan het kantoorwerk, terwijl Amanda juist heel efficiënt was in het afhandelen van het papierwerk en de debiteurenadministratie. Hun talenten vulden elkaar aan en ze kenden ieder hun rol. Als je een van hen zou wegstrepen, zou Flynn's Floors geen succes zijn.

Flynn reed in een witte Ford Econoline met een afneembaar magnetisch bord op de zijkant met de bedrijfsnaam en het telefoonnummer. Zijn ploeg, die werd aangevoerd door een hardwerkende Salvadoraan die Isaac heette, reed rond in een identieke bestelwagen die hij 's avonds mee naar huis nam en op het gazon van zijn huis in Wheaton parkeerde, achter Viers Mill Road. Toen hij nog met zijn vader sprak, noemde Chris de auto's 'Flynn's Floors wagenpark'.

Zoals veel verkopers zag Flynn het nut er niet van in om voor te rijden in een auto die uitstraalde dat hij goed in zijn slappe was zat. Hij vond het verstandig om bescheiden en werklustig over te komen. Zijn werkkleren waren eenvoudig en onopvallend: kakibroeken van Hecht's, poloshirts met het logo van de zaak als het warm genoeg was, en shirts met lange mouwen van katoen en polyamide in de herfst en de winter, en schoenen van het merk Rocksports. Hij had een tijdje in rebelse navolging van een blanke honkbalspeler in de major league een ringbaardje laten staan, maar op een gegeven moment zag hij te veel oudere kerels met onderkinnen die precies hetzelfde deden in een wanhopige poging er jonger uit te zien, en met wie hij zich niet wenste te identificeren. Amanda vond dat hij er eerder zelfgenoegzaam mee uitzag dan eerlijk of slim. Hij schoor hem af.

Flynn keek in de spiegel en zag wat anderen zagen, een vent die elke dag naar zijn werk ging, die voor zijn gezin zorgde, die altijd een bescheiden salaris zou verdienen en die uiteindelijk zou sterven zonder zich te hebben onderscheiden.

In het verleden had hij daar vrede mee gehad. Zijn doel was zijn zoon normen en waarden, arbeidsethos en karakter bij te brengen, en hem naar de volwassenheid te begeleiden zodat hij een productief lid van de samenleving zou worden en dat alles weer aan zijn eigen kinderen zou doorgeven. Dat was zijn bestaansreden. Zo werkte het. Maar toen Chris uit de bocht vloog verloor Flynn zijn geloof in het systeem. Het leek allemaal zinloos. Hij wist dat die houding, zijn onvermogen om zingeving te vinden in zijn dagelijkse bezigheden, een symptoom van depressiviteit was, maar het feit dat hij dat wist betekende nog niet dat hij weer een doel in zijn leven had.

Het klopte wat sommige mensen zeiden: Als je kind een mislukking is, is je eigen leven ook een mislukking.

Toch werkte hij door. Hij moest de rekeningen en de hypotheek betalen, en hij was verantwoordelijk voor de werkgelegenheid van Isaac en zijn ploeg, die hier een gezin hadden te onderhouden, en bovendien familie in Midden-Amerika hadden die ze financieel steunden. Voor Flynn liep het dan wel niet van een leien dakje, maar dat betekende niet dat zijn personeel en hun dierbaren daar ook onder moesten lijden.

En dan was Amanda er natuurlijk nog. Flynn hield zielsveel van haar, ondanks het feit dat hij vaak neerbuigend tegen haar deed, en ze niet meer de maatjes waren die ze ooit waren geweest. Ze praatten nog wel met elkaar, en af en toe vrijden ze nog, maar voor Flynn was hun kwijnende vriendschap het treurigste gevolg van de problemen met Chris.

'Ik ben door de directeur gebeld,' zei Bob Moskowitz.

'O ja?' zei Flynn. 'Wat had hij te vertellen?'

Flynn en Moskowitz zaten in een bar van de Chevy Chase Lounge aan Connecticut Avenue, Flynns buurtcafé. Flynn dronk een Budweiser. Moskowitz hield zichzelf voor de gek met een Bud light.

'Hij zei dat Amanda hem nogal eens belt.'

'Nou en? Vindt ie dat niet fijn?'

'Colvin is een goeie vent. Maar hij heeft daar in die instelling zo'n tweehonderdvijfenzeventig jongens rondlopen voor wie hij verantwoordelijk is.'

'Hij heeft het dus druk.'

'Ja. Het punt is dat Amanda hem niet met belangrijke problemen of vragen belt. Na het bezoekuur belt ze Colvin en dan zegt ze zoiets als: "Ik heb Chris gezien en ik vond dat hij er wat mager uitzag," of: "Chris klonk verkouden." Ik bedoel, ze krijgen daar echt wel te eten hoor, Tom. En als die jongens ziek worden, worden ze uitstekend verzorgd. Gegarandeerd.'

'Je bedoelt dat Amanda met die idiote telefoontjes moet ophouden.'

'Ze laten Chris echt niet vrij omdat ze de telefoontjes van zijn moeder zat zijn. Maar het doet z'n zaak ook geen goed.'

'Colvin en z'n collega's zijn niet gewend aan ouders die om hun kinderen geven.'

'Ze zijn niet gewend aan ouders die over van alles zitten te muggenziften,' zei Moskowitz. 'Ik begrijp dat ze zich zorgen maakt om Chris. Dat ze kwaad is. Maar ik denk dat ze het zelf moet leren verwerken, begrijp je?'

'Goed. Ik zeg het wel tegen haar.' Flynn nam een slok van zijn bier en zette de fles weer op de bar. 'Zei Colvin nog hoe het met Chris ging? Of belde hij je alleen maar om over m'n vrouw te zeiken?'

'Colvin is een goeie vent. En Chris maakt het goed. Misschien berust hij iets te gemakkelijk in zijn opsluiting, als je begrijpt wat ik bedoel.'

'Ik begrijp het.'

'Het schijnt hem allemaal niets te kunnen schelen, en dat is problematisch, want binnenkort heeft hij een evaluatiegesprek. Ik zal hem aanraden rechtop in zijn stoel te zitten, en de evaluatiecommissie te vertellen dat hij zijn fouten inziet en aan zichzelf wil werken. Dat hij zichzelf echt onder handen gaat nemen, en dat hij uitkijkt naar de dag dat hij vrijkomt.'

'Dat is goed, Bob.'

'Dat kun jij ook doen wanneer je hem weer ziet.'

'Hij praat eigenlijk niet tegen me. Hij heeft het meest contact met zijn moeder.'

'Ik zeg alleen maar dat jij misschien eens met hém kunt praten.'

'Oké,' zei Flynn.

Praat met hem. Dat zei de psychiater ook tijdens de wekelijkse sessie. En dan knikte Flynn en zei: 'U hebt gelijk. Ik zal het proberen.'

De praktijk van dokter Peterman zat in Tenleytown, op de hoek van Brandywine en Wisconsin Street, boven een schoonheidssalon waar vroeger Mitchell's zat, een sportwinkel waar Flynn als tiener zijn Adidas Superstars kocht. Flynn vroeg zich af of de hoge huur aan hem zou worden doorberekend. Zoals veel mannen hield Flynn er niet van om over zichzelf te praten, of God verhoede, over zijn diepste gevoelens. Hij ging nog steeds mee naar de sessies omdat Amanda dat fijn vond, maar had zich het recht aangemeten onderweg altijd commentaar op de man te leveren. Hij had de psychiater de nogal voor de hand liggende bijnaam 'dokter Peterhead' gegeven, en hij bracht Amanda meer dan eens onder de aandacht dat de dokter een exemplaar van *Ik ben o.k. jij bent o.k.* op de boekenplank achter zijn bureau had staan. 'Is dat nou de bron van kennis waaruit dokter Peterhead put?' vroeg hij dan, waarop Amanda dan steevast antwoordde: 'Ga nou straks niet sarcastisch zitten doen, Tommy.'

In aanwezigheid van de man gedroeg Flynn zich beleefd en was hij niet buitensporig sarcastisch. Dokter Peterman was een vriendelijke, vroeg kalende jonge vent die voor een zielenknijper tamelijk normaal leek, en niet overdreven analytisch was of het stokpaardje van de moederbinding bereed. Flynn keek rond in de spreekkamer, naar de afgezaagde aquarellen aan de muur, de zitzakken voor mensen die graag op de vloer zaten, naar de zelfhulpboeken op de boekenplank, naar dát boek, en verkneukelde zich stilletjes.

Op een dag had dokter Peterman een standaard neergezet met

daarop een afbeelding van een bewerkte foto van de hersenen die onder verschillende hoeken waren gefotografeerd. De dokter wees een deel van de hersenen aan dat van boven was gefotografeerd en groen was gekleurd. De man was dol op rekwisieten.

'Wat zien we hier?' vroeg dokter Peterman.

'Als je zo van bovenaf kijkt?' vroeg Flynn. 'Het lijkt een stel kloten.'

'Thómas!'

Dokter Peterman glimlachte welwillend. 'Het zijn natuurlijk hersenen. De hersenen van een zestienjarige jongen, om precies te zijn. Het groene deel is het limbisch systeem, dat de emoties reguleert. Je ziet dat het een dominante positie inneemt. Maar kijk, dit blauwe gebied hier is de prefrontale cortex, waar het logisch denken plaatsvindt. Jullie zien dat dat gebied veel kleiner is. Dat komt doordat het zich langzamer ontwikkelt dan het limbisch systeem.' Dokter Peterman haalde de foto weg, en daaronder kwamen andere, soortgelijke bewerkte foto's tevoorschijn. 'Kijk, hier zien we de hersenen van dezelfde jongen, een paar jaar later. De jongen is nu een man van in de twintig. Nu zien we dat de groene en blauwe gebieden min of meer gelijk verdeeld zijn. Het logisch denken heeft dus de emotie ingehaald.'

'De jongen is volwassen geworden,' zei Flynn.

'In lekentermen klopt dat. Tienerjongens handelen vaker op basis van emoties dan dat ze logisch redeneren. Daar is een psychologische reden voor.'

'Maar dat met die hersenen gaat toch voor alle jongens op?' vroeg Flynn.

'Ik weet wat je wilt zeggen. Waarom geeft iemand als Chris zoveel problemen en andere jongens helemaal niet?'

'Omgeving,' zei Amanda.

'Goed,' zei Flynn. 'Maar waarom Chris? Bij een kind dat in armoede opgroeit, dat uit een gebroken gezin komt, dat rondhangt met tuig en drugsdealers – ik bedoel, dan is het begrijpelijk dat zo'n jongen vaker in de bajes zit dan niet. Je mag het niet goedpraten, maar je snapt dat zo'n jongen in de problemen raakt. Maar een jongen als Chris... Waarom?'

'Dat is een van de dingen die we hier zullen bespreken. Maar ik heb het aangestipt om jullie te laten zien dat dit niet een permanente gemoedstoestand van jullie zoon is. Het gaat de goede kant op.'

Amanda pakte Flynns hand en kneep erin. Ze voelde zich beter door de woorden van de dokter, en Flynn bedacht dat de sessie in dat opzicht dan toch de moeite waard was geweest.

De vakantie kwam eraan, en dat was een moeilijke tijd. Daarna oud en nieuw, met de eeuwwisseling, die het grootste feest van hun leven had moeten worden, maar die ze niet vierden, en daarna de terugkeer naar het leven van alledag. De lage rentestand had veel mensen doen besluiten een huis te kopen of een extra hypotheek te nemen en te gaan verbouwen, wat allemaal gunstig was voor Flynns bedrijf. Amanda en hij hadden het er druk mee, en Flynns ploeg had doorlopend werk. De hogere winsten konden echter worden weggestreept tegen de hogere verzekeringspremies die Flynn moest betalen. Zoals Moskowitz had voorspeld, werd Flynn belaagd met civiele procedures. De schikkingen hadden een hoop geld gekost.

Amanda ging elke week bij Chris op bezoek, soms met Flynn, soms alleen. Ze had het idee dat Chris meer openstond voor hun bezoek, maar Flynn vond dat hij zich nog steeds afwijzend opstelde en dat hij weinig was veranderd. Tijdens de bezoeken hield Amanda het gesprek gaande. Chris en Flynn bleven afstandelijk.

Sinds Chris' komst in Pine Ridge was hij een aantal levels opgeschoven. De maandelijkse evaluatiegesprekken waren informele bijeenkomsten waarop de stafleden en bewakers hun meningen en bevindingen naar voren brachten. De gedetineerden moesten level zes halen voordat hun vrijlating werd overwogen. Chris zat nu op level vier. Amanda vond zijn vooruitgang bemoedigend en het scheen haar optimistisch te stemmen. Flynn vond dat ze er jonger uitzag dan ze er in tijden uit had gezien.

Thomas en Amanda bleven naar de sessies met dokter Peterman gaan. Op een frisse dag eind maart maakten ze weer de bekende rit naar zijn praktijk, compleet met Flynns doorlopende commentaar op dokter Peterhead, de aquarellen, de boeken in zijn kantoor en zijn honorarium. Amanda vond het niet erg. Ze was al blij dat Flynn meewerkte en met haar meekwam.

Zoals in iedere sessie kwam de dokter weer terug op de kloof tussen vader en zoon. Flynn voerde aan dat hij vond dat Amanda te soft was tegen Chris. Hij zei dat, hoewel hij met haar van mening verschilde, hij Amanda's benadering wel begreep en dat hij ook wel snapte dat iemand hun zoon moest koesteren, maar dat hij zich daar niet toe kon zetten. Uiteindelijk gaf hij toe dat hij te diep teleurgesteld was door Chris' houding en daden om liefdevol met hem te kunnen praten. Vervolgens gaf Flynn te kennen, misschien omdat hij zich schaamde voor zijn bekentenis, dat zijn harde opstelling deel uitmaakte van een bredere strategie.

'Iemand moet hem de harde hand laten voelen,' zei Flynn. 'Hem laten weten dat wat hij heeft gedaan onacceptabel is. Amanda kan dan een sapje in zijn tuitbekertje doen en hem knuffelen.'

'O, alsjeblieft,' zei Amanda.

'Ik zeg alleen dat jij je rol hebt, Amanda, en ik de mijne.'

'Waarom ruilen jullie niet van rol?' vroeg dokter Peterman. 'Dan kan Amanda zich wat harder opstellen en dan kun jij wat meer koesteren.'

'Straks wil je nog dat ik een jurk aantrek,' zei Flynn.

Dokter Peterman lachte nerveus en bloosde een beetje. 'Nou, zo zou ik het niet direct willen zeggen.'

Flynn keek op zijn horloge. Er viel een stilte in de kamer en ze wisten alle drie dat de sessie voorbij was.

Ze liepen naar de Dancing Crab, waar ze lunchten en een paar biertjes dronken. Amanda noemde Flynn een neanderthaler, maar ze moest lachen om zijn commentaar in het kantoor van dokter Peterman, en in haar ogen zag hij weer licht en jeugdigheid. Die middag vrijden Flynn en Amanda in de stilte van hun slaapkamer. Ze viel in slaap terwijl de zon door de open gordijnen naar binnen scheen. Flynn stapte over Darby heen, die languit op zijn kussen lag te dutten, kleedde zich aan en verliet het huis.

Hij reed Bingham Drive af naar Rock Creek Park en stopte op een parkeerplaats bij een zijweg, waar hij de bestelwagen met de neus naar het water neerzette en de motor uitschakelde. Amanda en hij waren hier in hun tienertijd een keer naartoe gegaan en hadden paddenstoelen uit een plastic zakje gegeten. Ze hadden een strandje van fijne kiezel en zand uitgekozen en waren daar gaan liggen. Tommy Flynn had Amanda's schoenen uitgedaan en had de bal van haar voeten en haar tenen gemasseerd, en toen de psilocybine begon te werken, hadden ze een hele tijd zonder reden onbedaarlijk moeten lachen. Flynn kon zich nauwelijks meer voorstellen dat hij toen zo weinig verantwoordelijkheden had gedragen. Dat hij omhoog kon kijken zonder dat er wolken voor de zon zaten.

Ik ben gewoon teleurgesteld, dacht Flynn. Dat is alles. Als vader ben ik mislukt, en ik heb niets nieuws of veelbelovends om naar uit te kijken.

Tijdens een van de sessies had dokter Peterman hem recht aangekeken en gezegd: 'Waarom denk jíj dat Chris die kant op is gegaan, Thomas?' En: 'Is het mogelijk dat Chris je op een of andere manier heeft willen behagen of je heeft willen evenaren? Je hebt verteld dat je vroeger een behoorlijk wilde jongen was. Zou het kunnen dat Chris het gevoel had dat hij ook zo moest zijn om jouw respect en liefde te verdienen?'

Flynn had zich niet beledigd gevoeld. Peterman was slim, en hij was iets op het spoor. De dokter wíst het.

Flynn probeerde aan de eerste jaren met Chris te denken. Hoe hij erop had gehamerd dat het fysieke boven het intellectuele ging. Dat hij hem als een John Wayne had opgedragen nooit zwakte te tonen en 'voor niemand opzij te gaan'. Hij had zijn zoon geleerd hoe hij moest vechten, maar hij had hem nooit laten zien dat het ook waardevol kon zijn een gevecht uit de weg te gaan.

Draai je heup in, Chris. Mik op een centimeter of zestig voorbij je doel en stoot door tot je daar bent. Als je er dan toch een uitdeelt, kun je er maar beter voor zorgen dat die raak is.

Terwijl andere vaders hun zonen voorlazen en landen op de wereldbol aanwezen, leerde Flynn Chris in de bossen met een geweer te schieten en legde hem de politiecodes uit. Het werd een soort geheimtaal tussen hen. Als Chris viel en zijn knie schaafde, stelde hij zijn vader gerust dat hij '10-4' was. Of als Chris zijn vader op de autotelefoon belde en zich afvroeg waar hij precies zat, vroeg hij: 'Wat is je 10-20?' 10-7 betekende 'buiten dienst', maar Chris leerde van Flynn dat het voor agenten ook betekende dat er iemand dood was. Dus toen Flynn Chris' dode hamster in de achtertuin begroef, zei Chris: 'Meneer Louie is 10-7.'

Flynn had zijn zoon geleerd dat de code voor een agent die ernstig in het nauw zat, code 13 was. Als Chris rond de tijd dat hij herrie begon te schoppen van de basisschool thuiskwam en vertelde dat hij de klas uit was gestuurd, maar dat het om een kleinigheidje ging en dat hij niets te vrezen had, zei hij: 'Het was geen code 13, pap.'

'Dat is goed, Chris,' zei Flynn dan met een glimlach.

De jongen had karakter en pit, eigenschappen waar de leraren zich aan ergerden, maar die Chris als volwassene goed van pas zouden komen. Dat had Flynn altijd gedacht. Maar hij had zich hierin, en in alles wat met de opvoeding van zijn zoon te maken had, vergist. Het was al een hele tijd duidelijk dat Chris ernstig in de problemen zou komen, maar Flynn had de voortekenen niet gezien. Het was alsof hij had toegekeken hoe zijn zoon in slow motion met een auto tegen een muur was gereden. Alsof hij had toegekeken en het had laten gebeuren, zonder ook maar één waarschuwing te te laten horen.

Het is niet Amanda's fout dat Chris zo is geworden. Het ligt aan mij.

Praat met hem.

Ik moet het proberen.

7

'Hoe gaat het?' vroeg Thomas Flynn.

'Gaat wel goed,' zei Chris.

Chris was net aan tafel tegenover Flynn gaan zitten. Chris' ogen stonden koel en hij zat onderuitgezakt in zijn stoel.

'Waar is mam?'

'Ze wilde meekomen.'

'Waarom is ze er dan niet?'

'Ik heb haar overgehaald thuis te blijven. Het leek me een goed idee als jij en ik eens samen waren.'

Chris leunde achterover en sloeg zijn armen over elkaar. 'En wat moeten we nu dan doen?'

'Praten, denk ik.'

Chris keek de zaal rond. Een paar andere jongens, een in een zwarte polo, een andere in een groene, hadden ook bezoek. De jongen in het zwart had bezoek van een man. Dat viel Chris op, omdat dat dat niet vaak gebeurde. Hij richtte zijn aandacht weer op zijn vader.

'Ik wil niet lullig doen, of zo,' zei Chris, 'maar ik heb echt niet zoveel te zeggen.'

'Je praat toch ook met je moeder?'

'Wil je weten waarom? Mam zegt tenminste niet tegen me dat ik m'n fucking kop moet houden. Mam heeft me nooit een stuk stront genoemd.'

'Dat had ik niet mogen zeggen,' zei Flynn. 'Dat was fout.'

'En hoe had ik daarop moeten reageren, pap?'

'Daar had ik niet over nagedacht.'

'Het heeft er in elk geval niet voor gezorgd dat ik wilde veranderen.'

'Dat weet ik.'

'En daardoor had ik er ook geen behoefte aan om mijn arm om je heen te slaan of je op m'n knieën om vergiffenis te smeken. Het heeft er alleen maar toe geleid dat ik niks voelde. Het was alsof je m'n vader niet meer wilde zijn, dat je me niet meer als zoon wilde. Ik dacht van: nou, dan is het maar zo. Snap je?'

'Ja, dat begrijp ik,' zei Flynn. Hij keek naar zijn in elkaar gevouwen handen op de tafel. 'Ik heb alles wat er is gebeurd... Ik denk dat ik het veel te persoonlijk heb opgevat. Ik heb me door m'n emoties laten meeslepen.'

'Dus wat wil je me nou vertellen?'

Flynn beet op zijn onderlip. 'Ik wil je zeggen dat het me spijt dat ik zo heb gereageerd.'

Chris gaf geen commentaar. Er viel een stilte.

'Je moeder zei dat je haar vorige week had gebeld.'

'O ja?'

'Ik bedoel, ze was blij verrast. Normaal gesproken bel je ons niet thuis.'

'Ik krijg maar tien belminuten per week. Die gebruikte ik vroeger om mijn vrienden te bellen.'

'Waarom is dat veranderd?'

'M'n vrienden nemen m'n telefoontjes niet meer aan.'

'Jason ook niet?'

'Ik heb Country al een hele tijd niet meer gesproken.'

'En je vriendin dan?'

Chris haalde zijn schouders op en schudde zijn hoofd. Maar Flynn zag dat hij aangedaan was.

'Je maakt straks weer nieuwe vrienden,' zei Flynn.

'Ik heb hier vrienden.'

'Dat is oké, Chris. Maar ik bedoel: als je vrijkomt, maak je een nieuwe start. Nieuwe vrienden, alles.'

Chris keek weg.

Flynn ademde langzaam uit en zei: 'Mam zei dat het goed ging op school.'

'Ik ga m'n diploma halen. Een echt middelbareschooldiploma, niet een of ander algemeen certificaat.'

'Uitstekend. Met een diploma op zak kun je vast wel gaan studeren.'

'Dat gaat echt niet gebeuren.'

'Wat dan? Wat ga je dan doen?'

'Werken, denk ik. Ik weet het niet.'

Flynn kraakte met zijn ene hand de knokkels van de andere.

'Raak nou niet gefrustreerd, pap.'

'Ik wil gewoon niet dat je zo'n belangrijke beslissing neemt zonder er goed over na te denken.'

'Ik heb nou eenmaal geen zin om te studeren. Dat heb jij ook niet gedaan, en jij bent toch ook goed terechtgekomen?'

'Je moet... Vergelijk jezelf niet met mij. Toen ik jong was, kon je met een middelbareschooldiploma nog een eind komen. Maar tegenwoordig heb je twee gescheiden werelden, Chris. Die van mensen met een opleiding en mensen zonder. Je gaat niet alleen studeren om te leren. Je leert er mensen kennen, en je bouwt een netwerk op met mensen die samen hogerop gaan. Als je niet gaat studeren zit je al snel aan de top van je inkomen. Het beperkt je keus in vriendinnen of met wie je later gaat trouwen. Dan komt niet alleen jij waarschijnlijk terecht in een buurt voor lagere inkomens, maar je kinderen ook, en hun leeftijdgenoten komen óók uit die buurt. Snap je niet hoe het werkt? Er zijn mensen die proberen de bovenste laag van de samenleving te bereiken en er zijn mensen die onderaan blijven hangen.'

'Jíj gaf altijd af op de advocaten en artsen in onze buurt. Jíj zei altijd dat ze een streepje voor hadden omdat ze bevoorrecht waren en poen hadden. Jíj zei altijd sarcastisch dat ze hun handen nog nooit vuil hadden hoeven maken en zich nooit in het zweet hadden hoeven werken, zoals jij elke dag deed.'

'Chris...'

'Wil je niet dat ik ben zoals jij?'

'Je luistert niet naar me.'

'Ik denk dat ik gewoon een van die mensen ben die liever onderaan blijven hangen.'

'Godverdomme, Chris.'

'Trouwens, al dat gelul over de toekomst zegt me toch niks. Ik bedoel, ik zit híer. Hier heb ik nu mee te maken.' Chris maakte een weids gebaar door de zaal, alsof hij zijn vader iets prachtigs liet zien. Hij duwde zijn stoel naar achter en ging een eindje van de tafel af staan. 'Bedankt voor het langskomen. Zeg tegen mam dat ik naar haar heb gevraagd, ja?'

Flynn legde zijn hand op de onderarm van zijn zoon en pakte hem iets te hard vast. Hij wist dat hij Chris moest zeggen dat hij van hem hield, en dat dit het aangewezen moment was. Hij probeerde de woorden te zeggen, maar hij kon het niet.

'Meneer?' zei de bewaker. 'Fysiek contact is niet toegestaan.'

Chris trok zijn arm los. Hij staarde zijn vader een ogenblik aan en knikte toen met zijn kin naar de bewaker, die de deur van de bezoekersruimte voor hem opendeed. Flynn zag zijn zoon terug de gevangenis in lopen.

Op een koude avond in het vroege voorjaar zaten de jongens in de gemeenschappelijke ruimte elkaar wat af te zeiken, te ouwehoeren en de tijd te doden tot het bedtijd was. Geen van hen ging graag naar zijn cel, waar sommigen nog wat studeerden, een enkeling voor zijn plezier een boek las, vele anderen zich aftrokken en de meesten gewoon gingen slapen waarbij hun lichaam zich ontspande en het masker dat ze overdag droegen, wegviel. Hoewel de cel de enige rustige plek was waar je kon nadenken, was het ook het eenzaamste moment van de dag, waar de jongens het meest tegenop zagen.

Ali Carter en Chris zaten op de bank en Ben Braswell zat in de skaileren stoel met het beslag op de armleuningen. Luther Moore en Lonnie Wilson speelden tafeltennis. Lattimer, de bewaker met de grijze baard, die ze Shawshank noemden, zat op een stoel met een harde rugleuning die te klein voor hem was. De jongens mochten hem best graag, maar het kwam niet bij ze op uit respect een stoel aan hem af te staan die meer bij zijn leeftijd, omvang en gezag paste.

Ze hoorden Lawrence Newhouse in de mediaruimte met een andere jongen ruziën over het gebruik van de computer, een ouwe, trage bak met een knipperende cursor en een matrixprinter ernaast. Lawrence' toon begon steeds dreigender te klinken, maar Lattimer kwam niet van zijn stoel.

'Je kunt maar beter even een kijkje nemen, Shawshank,' zei Luther. 'Zo te horen kan Lawrence ieder moment door het lint gaan.'

'Scott is daar,' zei Lattimer. Scott Stewart, zijn collega, was zo sterk als een beer. 'Hij kan hem wel aan.'

'Scott is één bonk spieren,' zei Ben.

'Ze moeten Bughouse uit deze eenheid halen,' zei Ali. 'Ze moeten hem in Eenheid 12 zetten.'

'Zo slecht is hij nou ook weer niet,' zei Lattimer. 'Lawrence verkoopt eigenlijk alleen maar praatjes.'

'Gooi hém eruit, of zet mij in een andere eenheid,' zei Ali. 'Want ik kan er niet meer tegen die idioot om me heen te hebben.'

'Het duurt niet lang meer of je bent hier weg, jongeman,' zei Lattimer, terwijl hij oogcontact met Ali probeerde te maken. 'Concentreer je nou maar op je boeken en hou je aan de regels. Als je zo doorgaat, zit je goed.'

'Míj mogen ze wel overplaatsen,' zei Lonnie Wilson, die zijn batje neerlegde om Luther kenbaar te maken dat hun spelletje tafeltennis was afgelopen. De twee jongens kwamen erbij staan, maar niemand maakte aanstalten om op te schuiven zodat zij ook konden zitten.

'Waar zou je dan heen willen?' vroeg Ben.

'Naar Eenheid 6,' zei Lonnie, en hij wreef over zijn kruis. 'Wat denk je?'

Lattimer sloeg zijn ogen ten hemel. Eenheid 6 was de meisjesafdeling ergens in de bossen, uit het zicht van de jongens. Het gebouw stond op het terrein van Pine Ridge en had zijn eigen met scheermesdraad beveiligde hek. De conversatie nam de wending die hij meestal op dit tijdstip nam.

'Jongen,' zei Lonnie. 'Ik zou die meiden van Eenheid 6 zwáár straffen. Ik zou tekeergaan als een blind paard in zo'n porseleinkast, of hoe heet dat.'

'Maar je kunt je vingers maar beter niet door hun haar halen,' zei Luther.

'Dat weet ik,' zei Lonnie.

'Ze stoppen scheermesjes in hun vlechten!' zei Luther.

'Je weet er niks van, Luther,' zei Ali.

'Ik weet dat ik hun vlechten niet moet aanraken.'

'D'r zitten daar ook een hoop blanke meiden,' zei Lonnie.

'White Boy zou daar wel graag tussen willen zitten,' zei Luther, en Chris voelde zich warm worden in zijn gezicht.

'Die bleekscheten zijn meestal van huis weggelopen of hoertjes,' zei Lonny. 'Maar ik vind ze allemaal even lekker. Het maakt mij geen reet uit wat ze hebben uitgevroten dat ze daar opgesloten zitten of welke kleur ze hebben. Shit, ik zou het zelfs met een Mexicaanse doen. Als 't erop aankomt, zijn ze allemaal roze.'

'Enne, hoe zit het met Aziatische meiden?' vroeg Luther.

'Die vooral. Ik ben helemaal voor gelijke kansen.'

'Als ze moeten hurken om te pissen, dan grijp jij je kans,' zei

Luther, en Lonnie en hij glimlachten en gaven elkaar een boks.

'Mogen die meiden daar honden hebben, Shawshank?' vroeg Ben.

'Jezus, nee,' zei Lattimer.

'Meneer Colvin zei dat we hier misschien puppy's mochten hebben,' zei Ben.

'Echt waar?' zei Chris. Hij miste Darby.

'Ik zag Colvin vandaag, en hij zei dat het misschien mocht. Iedere eenheid mocht zijn eigen puppy.'

'Dan kunnen wij misschien een pitbull nemen,' zei Luther. 'Of een rottweiler met een kop zo groot als een paard. Dan zou Eenheid 5 een felle rothond hebben.'

'Nah,' zei Ben. 'We zouden die hond echt niet gebruiken om te vechten. We willen er een als huisdier.'

'Jullie krijgen helemaal geen hond,' zei Lattimer. 'D'r zijn hier jongens die die arme beesten zouden martelen. En een heleboel van jullie zijn allergisch voor honden zonder dat je het weet. Je zou raar staan te kijken als je wist hoeveel.'

'Met andere woorden, jullie willen het tegenhouden,' zei Ali, die Lattimer een kwade blik toewierp.

'En daar zouden we gelijk in hebben ook. Ik word niet betaald om hondenpoep op te ruimen.'

'Het gaat niet om hondenpoep,' zei Ali. 'Het gaat erom dat jullie ons eronder willen houden. Elke keer als de directeur iets leuks voor ons wil, houdt jullie vakbond het tegen.'

'Dat is niet waar.'

'Zeker weten. En jij weet het ook.'

'Jij bent een slim joch,' zei Lattimer. 'Dus ik zal je wat vertellen omdat ik weet dat je het zult begrijpen. We zitten hier niet in een gezelligheidsvereniging. Jullie zitten hier allemaal niet voor niks. Jullie hebben iets misdaan en nu zitten jullie hier om te leren en om hervormd te worden. Weten jullie wat hervormen betekent? Het betekent dat je eerst iets was en dat je daarna tot iets nieuws wordt omgevormd. Wat de directeur niet schijnt te begrijpen is dat jullie de consequenties van je daden moeten leren inzien, en dat je er niet voor moet worden beloond. En dat betekent dat je geen ijscoupe als dessert krijgt en dat je tijdens de leesles niet met mooie jonge vrouwen kunt praten. En dat je zeker niet het recht hebt om een huisdier te hebben. En als je ervoor zorgt dat je hieruit komt? Dan mag je zoveel ijs eten als je op kunt, en alle vrouwen en honden hebben die je wilt. Dat mogen oppassende burgers ook. Maar dat zijn jullie niet. Nog niet. Dat moet je verdíénen.'

Ze hoorden een zware dreun uit de mediaruimte komen, zodat ze allemaal hun hoofd omdraaiden. Lawrence Newhouse vloekte, en was zo te horen aan het vechten. Hoewel de jongens het niet zeiden, gingen ze ervan uit dat hij het met Scott aan de stok had, de grote bewaker. Op dat moment kwam Lawrence de mediaruimte uit zeilen, met Scott achter hem aan. Lawrence viel, maar voordat hij op de grond terechtkwam, had Scott hem al bij zijn shirt te pakken en tilde hem op om hem nog een lesje te leren. Scott smeet hem tegen een overgeschilderde muur van B-2-blokken en Lawrence' gezicht sloeg er keihard tegenaan. Scott draaide Lawrence' rechterarm op zijn rug en duwde hem omhoog om de jongen in bedwang te houden.

'Jij moest natuurlijk weer het bloed onder m'n nagels vandaan halen, jongen,' zei Scott, en hij begon Lawrence naar buiten te duwen, in de richting van de cellen.

De meeste jongens hadden hun ogen neergeslagen. Ze mochten Lawrence geen van allen, maar als de bewakers wonnen, was het of ook zij een nederlaag leden.

Toen Lawrence langsliep, keek hij Ali aan, die niet een andere kant op had gekeken, en zei: 'Wat zit je nou te kijken, Holly?'

Ali zei niets. Lawrence spuugde een mondvol bloed naar Ali en Chris. Scott duwde hem de gang in.

'Bughouse is ook zo'n zenuwenlijer,' zei Luther Moore.

'Die gast is gewoon kwaad,' zei Lattimer.

Ben Braswell keek Chris aan. 'Denk jij dat we een puppy krijgen, man?'

'Misschien,' zei Chris, hoewel hij dacht dat Ali het bij het rechte eind had. De lange arm van de FOP, de vakbond van de bewakers, die erop uit was alle hervormingen die de directeur voorstelde te torpederen, zou wel een manier vinden om te voorkomen dat de jongens een huisdier mochten hebben.

'Jij hebt thuis toch een hond?' vroeg Ben.

'Ja,' zei Chris.

'Jij hebt geluk, man,' zei Ben. Chris voelde Ali's veelbetekenende blik, maar keek zijn kant niet op.

'Het is tijd om naar bed te gaan,' zei Lattimer.

De jongens stonden zonder morren op en liepen naar hun cel.

Onder het lopen hoorden ze de oude man nog steeds praten, die hun een paar laatste inspirerende woorden toevoegde: 'Jullie hebben weer een goeie dag achter de rug, jongens. Alweer een dag dichter bij jullie doel. Als je met God in het reine komt, kom je met jezelf ook in het reine.'

De jongens liepen door de smalle gang waar Lattimer altijd bleef wachten tot ze allemaal hun krappe cel waren binnengegaan, om dan met zijn Joliet-sleutel een stalen deur achter hen op slot te doen. In zijn eigen cel was Lawrence Newhouse afwisselend aan het schreeuwen en lachen. Zijn jammerklachten weerklonken hol in de gang.

'Hier is geen God,' zei Ali.

Chris ging zijn cel binnen.

Toen Chris en Ali de volgende dag tussen twee lesuren in door de gang liepen, kreeg Ali zonder enige aanleiding een vuistslag op zijn achterhoofd van een jongen die Maximus Dukes heette. Ali struikelde en viel op de grond, waardoor zijn bril in tweeën brak. Zonder ook maar een moment aan zichzelf te denken sprong

Chris boven op Maximus, waardoor die tegen de muur werd gekwakt, en deelde hij een paar stoten uit en één uppercut die keihard aankwam, voordat Maximus iets kon terugdoen. Hij was een grote kerel en de regen van slagen die Chris hem had toegediend, hadden hem geen pijn gedaan. Hij kwam sterk terug: één klap schampte langs Chris' slaap, en een harde rechtse precies op zijn middenrif deed hem naar adem happen. Maar Chris bleef wel op de been, en er werden over en weer nog een paar meppen uitgedeeld voordat de bewakers tussenbeide kwamen en een einde maakten aan de vechtpartij. Het had niets voorgesteld, en na afloop voelde geen van beide jongens enige wrok. Omdat Chris noch Maximus was neergegaan, had dat hun reputatie alleen maar goedgedaan. De knokpartij kostte Chris zijn level vijf, maar dat zou hij later wel weer goedmaken.

Van de vele dingen die Chris in Pine Ridge leerde, bleef hem één ding nog lang na zijn vrijlating bij: als een van de leden van jouw groep wordt aangevallen, ben je verplicht in te grijpen, ongeacht de consequenties. Zo was dat.

De bewakers hadden ook gezien dat Maximus Ali in het wilde weg een mep had verkocht. Chris had zich er helemaal niet mee hoeven bemoeien. Maar dan had hij niet de voldoening gesmaakt Maximus met geweld door de bewakers afgevoerd te zien worden. Toen Chris zich op de jongen stortte, had hij een gerechtvaardigde blinde woede in zich op voelen komen, en voelde hij zich een man. Hij wou dat zijn vader had kunnen zien dat hij niet over zich heen liet lopen.

8

Uit veiligheidsoverwegingen waren de deuren uit de wc's ver-wijderd, zodat de jongens hun behoefte in het volle zicht van hun medegedetineerden moesten doen. Chris moest daar snel aan zien te wennen. Als je daar een probleem mee had, moest je de boel ophouden tot je terug was in je cel. Maar dat was onna-tuurlijk, en niemand zat graag in zijn cel te stinken.

Het ochtendritueel van het groepsgewijs douchen betekende eenzelfde soort vernedering. Er waren geen douchegordijnen opgehangen of schotten geplaatst, en als iemand preuts was of zich schaamde, moest hij zorgen dat hij daar snel overheen kwam, als hij tenminste schoon wilde zijn. De ruimte was met opzet open om geweld te ontmoedigen, en misschien was dat verstandig, want er werd nauwelijks ruzie gemaakt in de doucheruimte. Het enige dat Chris erover kon zeggen, was dat het snel ging. Als je ook maar iets te lang onder de douche bleef hangen, werd het toch al lauwe water koud.

Chris en de anderen maakten zich geen zorgen over gedwon-gen seks in de doucheruimte of elders binnen de muren van de instelling. Het was voor buitenstaanders het meest gevreesde aspect van het gevangenisleven, maar in feite was gedwongen orale en anale seks een zeldzaamheid in Pine Ridge. De jongens in de jeugdgevangenis hadden nog niet het niveau van verwor-ding bereikt dat in gevangenissen voor volwassen mannen voorkwam. Er kwamen zo nu en dan wel homoseksuele relaties voor, maar dat gaf verrassend genoeg geen aanleiding tot spot van de kant van de jongens die hetero waren. Ze wisten wie van hen anders geaard waren, maar ze scholden hen niet in hun gezicht uit, en meestal ook niet achter hun rug. De homo's waren net zo keihard als de anderen, en niemand had zin om ruzie te zoeken.

Ze voelden zich wel in hun waardigheid aangetast door de bewakers die door een plexiglasraam naar de douchende jongens staarden. Het feit dat zij volledig gekleed en gewapend naar de naakte en kwetsbare gedetineerden konden staren, leek niet in de haak. Het punt was dat je nooit wist wat ze dachten terwijl ze naar je keken. Het deed Chris terugdenken aan die zomer toen Amanda zijn vader had overgehaald de vakantie door te brengen met een rijke familie uit de buurt, de Rubino's, die hen in hun huis op Martha's Vineyard hadden uitgenodigd. Het huis lag pal aan een naaktstrand, en hoewel ze de Flynns hadden verzekerd dat ze niet hoefden te 'participeren', had zijn vader zich wel lopen ergeren. Er liepen veel gezinnen naakt, met hun kinderen die nog niet in de puberteit waren, maar op hetzelfde strand lagen ook volwassen mannen, naakt en in hun eentje, en Thomas Flynn zei: 'Waarom moet een vader z'n kleine jongen of meisje nou onder de ogen van die mannen in hun blootje laten lopen? Je weet niet wat er zich achter die zonnebrillen afspeelt.' Amanda had gezegd: 'Laten we niet onbeleefd zijn, schat, we zijn hier te gast.' Zijn vader had iets gemompeld over 'verveelde rijken', en had het daarbij gelaten. Dat was hun eerste en laatste vakantie met de Rubino's geweest. Toen Steve Rubino jaren later zijn advocatenkantoor te gelde maakte en zijn vrouw en kinderen in de steek liet voor een tweeëntwintigjarige studente aan de George Washington universiteit, zei Thomas Flynn: 'Weet je wat Rubino op dat strand aan het doen was? Hij was aan het shoppen. Ik zei al dat die vent niet deugde.'

Chris glimlachte toen hij aan zijn ouwe heer dacht. Er bestond een woord om hem te typeren. Knorrig. Altijd klagen, maar je kon wel om hem lachen.

'Waar sta je om te grinniken, White Boy?' zei Lawrence Newhouse, die naast Chris onder de douche stond.

Chris haalde zijn schouders op en zweeg.

'Denk je aan thuis?' vroeg Lawrence. 'Ik wed dat je een mooi huis hebt. En een fijne familie.'

Chris begreep dat het noemen van zijn familie als een soort bedreiging was bedoeld, maar het stelde niets voor. Eén ogenblik, maar dan ook geen seconde langer dacht hij: Bughouse heeft gelijk. Maar hij schoot er niets mee op om stil te staan bij wat hij had gehad en wat voor fouten hij had begaan. Nu zat hij hier, en het maakte niet uit waar hij vandaan kwam: hij was gelijk aan ieder ander in Pine Ridge. Opgesloten en ongelukkig.

'Waarom praat je nooit tegen me, man?' vroeg Lawrence. 'Voel je je soms te goed?'

Chris gaf geen antwoord. Hij stapte onder de straal vandaan en pakte van een plastic haak een handdoek die naar zweet rook.

'We gaan nog wel een keer praten, *Christina*,' zei Lawrence.

Chris droogde zich af en liep weg.

Eind april hield een man die in Lorton had vastgezeten, een lezing voor de gedetineerden van Pine Ridge. Hij had in de bajes eerst gedichten, en uiteindelijk een reeks populaire romans geschreven: straatliteratuur met een boodschap, gericht op jongeren. De bewoners van Eenheid 5, die bruin droegen, en die van Eenheid 8, in het grijs, waren de aula binnengeleid nadat ze door de koude regen vanaf het schoolgebouw waren komen lopen. Velen van hen waren doornat en zaten huiverend op hun te kleine stoelen met een half oor naar de spreker te luisteren, die zijn praatje begon met de gebruikelijke platitudes die hun systeem sneller in en uit gingen dan de vette Chinese hap die ze gewend waren te eten in de buurten waarin ze waren opgegroeid: Ik kom uit dezelfde straten als jullie, ik heb het gered en dat kunnen jullie ook.

Ali Carter en Chris Flynn zaten op de achterste rij. Ali had zijn bril op, die bij de brug met een stuk leukoplast bij elkaar werd gehouden, en droeg een fijn gebreid kufi-mutsje. Ondanks het beleid van de instelling dat hoofddeksels niet waren toegestaan, werd het petje uit religieuze overwegingen gedoogd. Ali had Chris toevertrouwd dat hij door zijn moeder naar de bokser was genoemd, maar dat hij geen moslim was. Hij droeg het petje alleen om de bewakers te stangen, die het niet konden hebben als de jongens hun individualiteit uitdroegen, en om een kleine overwinning te behalen wanneer hij maar kon.

'Toen ik *De afrekening* schreef,' zei de schrijver, die onder het pseudoniem J. Paul Sampson schreef, 'had ik jonge mannen als jullie voor ogen. Omdat ik ooit ook zat waar jullie nu zitten, en omdat ik begrijp dat wraak een natuurlijke impuls is. Ik snap dat jullie denken dat dat voldoening schenkt.'

'Niet zoveel voldoening als klaarkomen,' zei Lonnie Wilson ergens in het publiek, en een paar jongens lachten.

J. Paul Sampson in zijn onberispelijke maatpak sprak onverstoorbaar verder. 'Maar wraak, mijn jonge broeders, is een doodlopende weg.'

Ben Braswell zat op de rij voor Ali en Chris tussen grijze shirts. Hij zat naar de schrijver te luisteren en met zijn hoofd te knikken. Lawrence Newhouse zat ostentatief onderuitgezakt met de armen over elkaar op de eerste rij. Een stuk of vijf bewakers, onder wie Lattimer, en een stel leraren, onder andere de serieuze jonge leraar Engels met zijn baardje, meneer McNamara, stonden aan de zijkant van de zaal.

'Waar ik in de bak zat,' zei J. Paul Sampson, 'zat het vol met mannen die vonden dat ze niet werden gerespecteerd, en daarom impulsief reageerden en gewelddadig werden. Na jaren in de gevangenis te hebben gezeten, konden ze je zelfs niet meer uitleggen waarom ze gemoord hadden. Omdat hetgeen ze gedaan hadden onzinnig was. Jullie weten vast wel wat dat betekent, heren? Het was zinloos.'

Op een van de rijen voor hen had een jongen in een grijs poloshirt zijn stoel iets gedraaid om achterom te kunnen kijken. Hij keek Ali strak aan.

'Waarom kleedt die gast je zowat uit met z'n ogen?' vroeg Chris zachtjes.

'Calvin Cooke,' zei Ali, terwijl hij zich naar Chris toe boog. 'Gast komt uit Langdon Park, vlak bij Rhode Island Avenue. Het heeft te maken met Noordoost tegen Zuidoost. Hij vindt het waarschijnlijk nodig om zo te kijken.'

'Dus?'

'Hij is gewoon onzinnig bezig,' zei Ali met een glimlachje.

Ali werd vaak geïntimideerd vanwege zijn kleine postuur, en omdat hij er met zijn bril uitzag als een nerd. Sommigen noemden hem Urkel, naar het personage uit *Family Matters*, als hij voorbijliep. Degenen die niets zeiden, hadden zijn gespierde borstkas opgemerkt.

'Ik ben hier om jullie te vertellen dat het leven dat ik nu heb, me beter bevalt dan het leven dat ik vroeger had,' zei de schrijver. 'Toen ik uit de gevangenis kwam heb ik een keuze gemaakt, en nu ben ik een productief lid van de samenleving. Jullie hebben dezelfde keus.'

Luther stak zijn hand op. 'Krijg je betaald?'

J. Paul Sampson grinnikte nerveus. 'Ja, natuurlijk.'

'En krijg je lekkere wijven?' vroeg een andere jongen, waarop de zaal in lachen uitbarstte. Een bewaker trok de jongen ruw uit zijn stoel en voerde hem de zaal uit.

'Toon eens wat respect voor meneer Sampson,' zei de leraar Engels, McNamara. 'Hij heeft zijn kostbare tijd opgeofferd om hier vandaag voor jullie te spreken. Luister naar wat hij te vertellen heeft.'

Er klonk gemompel in de zaal en de jongens zakten nog verder onderuit in hun stoel.

'Ik heb een vraag,' zei Lattimer, die langzaam van achter in de zaal naar voren liep. 'Ik wist dat u zou komen, dus ik heb een van uw boeken gelezen, *Bloedbroeders*.'

'Ja?'

'Die jongen in dat boek is bijna het hele verhaal door slecht. Hij zit in een bende, hij slaat anderen in elkaar, hij maakt zijn school niet af. Hij vindt alle gezagsdragers, ook de politie, maar hypocrieten en stommelingen. Maar in het laatste hoofdstuk krijgt de jongen zijn verstand terug en komt hij tot inkeer.'

'Dat klopt. De boodschap is dat je veel fouten kunt maken, maar dat het nooit te laat is om te veranderen.'

'Zie je wel,' zei Lattimer. 'Ik dacht al dat het zoiets was. De formule, zoals ze dat noemen. Maar u fokt kinderen eerst op met honderdtachtig pagina's vol geweld en gebrek aan respect, en aan het eind volgen er tien pagina's van verlossing die de meesten niet eens lezen. Wat ik zou willen zien, is een heel boek over een jongen die helemaal niet de fout in gaat. Die, hoewel hij misschien in een slechte buurt woont, op het rechte pad blijft omdat dat gewoon het beste is. Omdat hij weet wat de gevolgen zijn als hij het slechte pad op gaat.'

Hier en daar steeg een gemompel uit het publiek op: 'Je bent stomvervelend, Shawshank,' en 'Waarom moet je zo nodig wat zeggen?' en 'Hé, ga zitten, Bill Cosby.'

'Ik probeer de waarheid te vertellen, meneer,' zei de schrijver vriendelijk. 'Mijn boeken weerspiegelen de realiteit van de straat.'

'Ik zou alleen wat meer eerbied voor het gezag willen zien,' zei Lattimer. 'Dáár moeten die jongens eens wat meer over lezen.'

'Dank u voor uw commentaar.'

'Die Shawshank verdient wel respect,' zei Ali, starend naar de jongen uit Langdon Park die hem nog steeds aan zat te kijken.

'Die man staat achter zijn overtuiging, en niemand kan hem daarvan afbrengen.'

'Shawshank is een rots in de branding,' zei Chris.

Luther stak zijn hand op. 'Kan ik ook schrijver worden?'

'Je kunt worden wat je wilt,' zei J. Paul Sampson. 'Als er één ding is dat ik jullie vandaag wil meegeven, is het dat.'

'Ik wil nú schrijver worden,' zei Luther.

'Het is een doel waar je naar moet streven,' zei de schrijver; de opgewekte blik in diens ogen begon te verdwijnen en maakte plaats voor wrevel. 'Maar dat kost tijd. Net als alles wat de moeite waard is, moet je ervoor werken. Het schrijverschap is eigenlijk gewoon een baan.'

'Ik wil helemaal geen fucking baan,' zei Luther.

Lawrence Newhouse had zwaardere medicijnen gekregen waarover werd gefluisterd dat ze lithium bevatten, en toen zijn gedrag vooruitging, werkte dat aanstekelijk. Eenheid 5 was 's avonds rustiger nu Lawrence in toom werd gehouden, en af en toe was de sfeer bijna aangenaam. Er was weleens ruzie, maar het liep nooit uit de hand: ze lachten om Luthers stomme grappen en luisterden geduldig naar Lonnie Wilsons opschepperige verhalen en fantasieën over triootjes, hoewel ze die al vaak hadden gehoord.

Ali en Chris zaten in de gemeenschappelijke ruimte, Chris lag languit op de bank. Er was een bewaker in de buurt, maar die zat te dutten. De meeste jongens zaten in de mediaruimte tv te kijken; ze zaten wat met elkaar te dollen, kakelden over alles wat er op de buis te zien viel, en hadden een hele discussie over de acteurs: of die helden of watjes waren, en wat ze met de actrices zouden doen als ze de kans kregen. Een van de jongens kletste een eind weg over een actrice waarbij hij haar naam, met weinig gevoel voor fantasie, tot iets obsceens verhaspelde, en Ben Braswell moest lachen. Ook Scott, de grote bewaker, liet een bulderende lach horen.

'Ben je high?' vroeg Ali, die het boek dat hij aan het lezen was op de grond legde naast de gehavende skaileren stoel waarin hij zat.

'Nah,' zei Chris. 'Ik zit gewoon te chillen.'

'Je ziet er anders wel uit alsof je high bent.'

'Dat ben ik niet.'

'Want je moet 's ophouden met die shit.'

'Ik bén al opgehouden,' zei Chris.

'Je weet dat ze je een urinetest laten doen. En je hebt binnenkort dat evaluatiegesprek. Ben ook, trouwens.'

'Ik heb Ben geen wiet meer gegeven. Al een tijdje niet meer.'

'Dat is cool. Ben moet eerst nog een positieve test wegwerken voordat hij hier weg kan. Net als jij.'

'Als Ben vrijkomt,' zei Chris, 'steelt hij weer een auto, en dan is ie hier zo weer terug. Zo is ie nou eenmaal.'

'Ben wil dat jullie dat denken. Hij vertelt iedereen dat hij in de wieg is gelegd om auto's te pikken, dat hij erop kickt om achter het stuur te zitten, dat hij zichzelf niet in de hand heeft en zo. Maar eigenlijk is het een misdrijf waarbij hij niemand kwaad hoeft te doen en waarmee hij toch weer binnen deze muren terechtkomt. Dat is alles wat hij wil.'

'Waarom zou hij dat willen?'

'Omdat dit de enige plek is waar hij zich oké voelt. En dan heb ik het niet over die bullshit die je altijd hoort van drie warme happen en een dak boven je hoofd. Heb je niet gemerkt dat hij nooit bezoek krijgt? Ik bedoel, we hebben allemaal wel íémand, toch? Maar Ben heeft niemand. Zijn crackverslaafde moeder is jong gestorven en toen werd hij in pleeggezinnen geplaatst, en overal was het shit. Hier heeft hij tenminste een paar vrienden. In de les luistert hij, maar hij begrijpt nog niet de helft van alles wat de leraren zeggen, en je weet dat hij niet kan lezen. Het feit dat iemand hem alleen al ziet staan of hem bij z'n naam noemt, doet hem goed. Hoe beroerd het hier ook is, dit is z'n thuis.'

'Maar hij kan hier niet blijven.'

'Nee,' zei Ali. 'En jij ook niet. En het duurt niet lang of ik kom ook vrij.'

'Je zegt altijd dat ik hier niet thuishoor...'

'Dat is ook zo.'

'En jij dan? Hoe komt het dat een slimmerik als jij het zo heeft verkloot?'

'Welke keer bedoel je?'

'Ik snap het,' zei Chris, en hij dacht aan de vele fouten die hij zelf had gemaakt, hoe hij de ene op de andere had gestapeld zonder er ook maar een moment bij stil te staan.

'Maar de laatste keer,' zei Ali hoofdschuddend. 'Met mijn oom? Daarvoor ben ik opgeborgen.'

'Bedoel je die gewapende overval?'

'Ja. Samen met de halfbroer van m'n moeder, hij is maar vijf jaar ouder dan ik. Hij is achterlijk en zwak, dat zie ik nu wel, maar omdat ik toen een stom joch was, keek ik tegen hem op. Ik zag hem meer als een vader dan als een oom. Ik bedoel, als hij naar me keek, wilde ik dat hij een man zag. Dus toen hij me vroeg om met hem mee te gaan en tegen me zei dat ik het pistool moest vasthouden en alles moest doen omdat ik niet kon rijden, zei ik ja. Jij vindt dat ik slim ben en misschien ben ik dat ook. Maar die dag was ik niet slim.'

'Dus nu ben je in Pine Ridge door de mangel gehaald. Je hebt je les geleerd.'

'Maar niet zoals ze wilden. Ze proberen ons tot de grond toe af te breken, zodat we herboren kunnen worden of dat soort shit. Maar hun bevelen en preken zeggen me geen zak. Ik ben er zelf achter gekomen. Ik ben niet wie ze denken die ik ben, en ik word niet wie ze verwachten die ik word. Als ik eenmaal buiten sta, kom ik niet meer terug, maar niet door wat ze me hier hebben aangedaan. Ik ga het goed doen omdat ik dat zélf wil.' Ali priemde zijn wijsvinger in zijn eigen borst. 'Voor mezelf.'

'Nou is het wel mooi geweest met dat arrogante geklets,' zei de bewaker, die wakker was geworden. 'Jullie moeten naar bed.'

Later lag Chris in zijn cel op zijn kriebelende deken met zijn arm over zijn ogen. Het was doodstil op de eenheid geworden toen de jongens een voor een waren gaan slapen. Chris had geen slaap. Hij gaf zich over aan bespiegelingen en voelde voor het eerst iets van spijt. Hij ging op de rand van zijn brits zitten.

Chris stond op en liep naar de muur waarop hij de tekening van Taylor Dugan had geplakt. Hij keek naar zijn beeltenis: ontbloot bovenlijf, opgetrokken wenkbrauw, een brutale glimlach om zijn mond, een blikje bier in zijn hand, en hij voelde geen trots of voldoening.

Slechte Chris. Hij wist niet zeker wie hij was, maar hij wist wel dat hij de jongen op de tekening niet meer was. En die ook niet meer wilde zijn.

Hij trok de schets van de muur, verscheurde hem en liet de snippers in de prullenbak vallen. Hij ging weer in bed liggen en viel in slaap.

9

Op een koele, bewolkte zaterdag in mei werd er een partijtje basketbal van drie tegen drie gespeeld op het asfaltveldje midden op het modderige terrein van Pine Ridge. Chris Flynn, Ali Carter en Ben Braswell speelden in het bruin tegen Calvin Cooke, Milton 'het monster' Dickerson en Lamar Brooks, die grijs droegen. Lawrence Newhouse stond langs de kant, net als Clarence Wheeler, in een blauw shirt. Ze hadden zich voor het volgende potje gemeld en zouden een speler van de verliezende partij kiezen om hun team te completeren. Meneer Green, een rolronde bewaker, stond toe te kijken met een portofoon in zijn hand.

Chris hield de bal hoog boven zijn hoofd. Hij werd afgeschermd door Lamar Brooks, een stille jongen die geen echte aanvaller was, maar die vliegensvlug was met zijn handen. Lamar wilde de bal uit zijn handen slaan, maar Chris had zijn heup ingedraaid om de bal af te schermen. Ben was voor Milton gekropen, een jongen die vastzat voor meervoudige overtredingen van de opiumwet, en die even lang was als Ben. Ben had zijn hand opgestoken en vroeg om de bal.

Buiten de denkbeeldige driepuntslijn stond Ali, met Calvin Cooke in zijn buurt, de jongen uit Langdon Park, die hem de laatste tijd in de aula en de cafetaria regelmatig een stomp en een schouderduw gaf. Cooke had zijn haar tot kleine krulletjes gedraaid, en hij had diepliggende ogen en een gekwelde glimlach.

Hij was veroordeeld voor vuurwapenbezit, nadat hij in de rechtszaal onder een aanklacht wegens moord uit was gekomen. De getuige à charge durfde uit angst geen verklaring af te leggen en had gezwegen in de getuigenbank.

Chris maakte een schijnbeweging alsof hij Ali op borsthoogte wilde aanspelen, en passeerde Lamar met een stuitbal en passte op Ben, die de bal oppikte, zich omdraaide en schoot. Bij een normale ring zou hij hebben gescoord, maar deze basket was weinig vergevingsgezind en de bal stuiterde terug van de achterkant van de ring. Ben duwde Milton weg met z'n kont, pakte zelf de rebound en passte op Ali. Die was de kleinste van het stel, maar hij had de grootste sprongkracht. Hij sprong hoger dan de uitgestrekte arm van Calvin en legde de bal in de basket.

'Oké,' zei Chris.

'Ga je die idioot nog een poot dwarszetten,' zei Calvin tegen Milton, 'of laat je hem met je kloten spelen?'

'Dat was niet míjn man die scoorde, hè,' zei Milton.

'Die dwerg had gewoon mazzel,' zei Calvin.

Chris liep met de bal naar de tweepuntslijn en keek naar Lamar.

'Begin maar,' zei Lamar.

Chris passte de bal via de grond naar Ali. Chris klapte in zijn handen en Ali passte terug. Lamar stond een meter van hem af maar dekte hem niet strak, zodat Chris opsprong en schoot. Hij wist dat hij van hieruit recht in het net moest mikken, omdat de bal anders via het bord zou terugkaatsen. Het voelde goed toen de bal los kwam van zijn vingers, en in het net danste.

'Die zit erin,' zei Ben.

'Puur geluk,' zei Calvin. 'Die klootzakken bakken er niks van.'

'6-0,' zei Ali, en Ben grinnikte.

De portofoon van meneer Green kraakte. Hij luisterde naar het bericht en de jongens zagen aan zijn gezicht dat het dringend was. Hij zei: 'Begrepen,' en richtte zich tot de jongens. 'Spelen jullie maar verder. Ik moet bijspringen in een noodsituatie. Ik ben zo terug, ja?'

De jongens zagen hoe de veel te zware bewaker moeizaam over het veld naar een van de eenheden draafde. Ze zagen verhoogde activiteit: bewakers die naar binnen renden en eentje die bij de deur op wacht stond. Dat betekende dat er een geweldsincident had plaatsgevonden.

'Nu Tonnetje Tuba weg is,' zei Calvin, 'zullen we eens écht spelen.'

'Volgens mij deden ze dat al,' zei Lawrence Newhouse.

'Vroeg ik jou wat?' zei Calvin. 'Neem nog een pil en droom dat je een vent bent, Bughouse.'

Lawrence glimlachte naar Calvin Cook met ogen die glazig stonden van de medicijnen. Er stak een wind op die aan de shirts van de jongens trok en hun zweet deed afkoelen.

'Kunnen we? vroeg Chris.

'Begin maar,' zei Lamar.

'Dek die loser,' zei Calvin tegen Milton.

'Doe ik. Dek jij jouw mannetje nou maar.'

'Die is te schijterig om binnendoor te komen,' zei Calvin.

Chris dribbelde en maakte een schijnbeweging naar links. Vanuit zijn ooghoek zag hij Ali naar binnen spurten en gaf met veel effect een pass via de grond. Ali pikte de bal op, legde hem op het asfalt en dribbelde naar de basket met Calvin voor zich. Ali deed alsof hij wilde schieten, zette een stap naar voren en sprong omhoog, en terwijl hij omhoog kwam, bracht Calvin hem met een klap tegen zijn schouder uit balans. Ali liet de bal gaan terwijl hij achterover viel. Hij kwam hard neer en de bal kaatste galmend tegen de achterkant van de ring.

'Je moet niet het lef hebben ook maar langs m'n huis te lopen,' zei Calvin.

Milton sloeg met zijn vuist in zijn andere hand. 'Eastside.'

'Vrije worp,' zei Chris.

'D'r was niks aan de hand, White Boy,' zei Calvin. 'Dat joch gaat gewoon veel te makkelijk neer, net als Reggie Miller.'

Ben bukte, pakte Ali's hand en trok hem overeind.

'Gaat het?' zei Ben.

'Ik ben oké,' zei Ali. 'We gaan door.'

'Zie je?' zei Calvin. 'Je eigen man zegt dat er niks loos was.'

'Het doet er niet toe wat Holly zegt,' zei Lawrence, 'je hebt 'm genaaid.'

Lamar Brooks sloop zachtjes het veld af. Clarence Wheeler, de jongen in het blauwe poloshirt, deed een paar stappen naar achter en ging apart staan.

Calvin liep op Lawrence af en zei: 'Wat zei je daar?'

'Ik zei dat je hem te grazen nam. Je deelt meppen uit omdat je niet tegen Eenheid 5 op kan.'

Calvin glimlachte. 'En jij bent een ongelooflijke flikker.'

'Doe dan wat,' zei Lawrence.

De rechtervuist van Calvin Cooke schoot uit en trof doel. Het hoofd van Lawrence klapte naar achteren, hij zakte door zijn knieën en viel op de grond.

Calvin gromde van inspanning toen hij Lawrence vervolgens in zijn ribben trapte, en hij haalde uit om hem nog een schop te geven.

'Niet doen,' zei Ben, die snel zijn armen van achteren om Calvin heen sloeg. Calvin probeerde zich aan zijn greep te ontworstelen en Ben tilde hem op. 'Niet doen!' smeekte hij.

Milton Dickerson stormde op Ben af, maar Chris blokkeerde zijn weg. Dickerson botste als een rugbyverdediger tegen Chris op, zodat ze allebei naar adem snakkend op de grond vielen.

Chris wist zich los te maken en rolde weg. Hij kwam weer op adem en stond op.

Ben had Calvin in een houdgreep en slingerde hem heen en weer om hem onder controle te krijgen, maar wankelde achteruit.

Ali schreeuwde: 'Laat hem los, Ben!'

Ben gaf Calvin een slinger waardoor diens hoofd de stalen paal van de basket raakte. Het geluid klonk als een bel.

Ben liet hem los.

Calvin viel op de grond, kwam op zijn rug terecht en bleef even roerloos liggen. Uit een van zijn oren sijpelde bloed en langs de zijkant van zijn mond liep spuug met belletjes. Zijn ogen stonden open en keken scheel, en zijn lijf begon te schokken.

'Help,' zei Ben ontzet, op zachte, lage toon.

Er kwamen verscheidene bewakers over het veld op hen af rennen. Chris keek Ali aan, die hoofdschuddend zijn ogen neersloeg.

Chris ging op zijn buik liggen en wachtte. Hij voelde hoe zijn arm ruw op zijn rug werd gedraaid.

Het leek een eeuwigheid te duren voordat het medisch personeel ter plekke was. Toen ze er eindelijk aan kwamen, reed de chauffeur van de ambulance langzaam over het modderige terrein alsof hij bang was dat hij vast zou komen te zitten. De jongens werden afgevoerd naar het gebouw van de bewakers en zagen de ambulance langskomen.

Ze werden in aparte kamers gezet en afzonderlijk ondervraagd door de autoriteiten van Pine Ridge en door de politie. De directeur, Rick Colvin, en een zichtbaar geërgerde Glen Hill, de directeur van de jeugdreclasseringdienst van het district, zaten er ook bij. Na de ondervraging werden Chris en de anderen naar hun cel gebracht, waar ze hun maaltijd kregen. Chris raakte zijn eten niet aan.

Later hoorden ze dat Calvin Cooke een 'door trauma veroorzaakte cerebrale bloeding' had opgelopen, zoals de bewakers het noemden. Er werd gezegd dat Calvins hersenen door de trage responstijd van de ambulancedienst te ver waren opgezwollen en dat zijn toestand daardoor niet zou verbeteren.

In de boeken van J. Paul Sampson zouden de jongens van Calvins eenheid wraak hebben willen nemen op de bewoners van Eenheid 5. Er zouden dreigende blikken en schouderduwen volgen, en het gerucht zou de ronde doen dat het hun betaald zou worden gezet. Misschien zou er nog een of ander incident plaatsvinden, maar in het laatste hoofdstuk zouden de jongens van de twee eenheden op hetzelfde veld waar Calvins hersenpan was verbrijzeld, opnieuw een partijtje basketbal tegen elkaar spelen en zou de sport hen verbroederen. Ze zouden het erover eens zijn dat wraak een doodlopende weg was, ze zouden Calvin eer bewijzen en elkaar de hand schudden en als kameraden uit elkaar gaan in plaats van als vijanden.

In werkelijkheid dacht niemand erover Calvin te wreken. De jongens van zijn eenheid begrepen dat het een ongeluk was geweest dat hij aan zichzelf te wijten had, dat het de prijs was van zijn opschepperij en agressie. Trouwens, niemand mocht hem graag. Calvin kwam meer niet terug in Pine Ridge en niemand had het nog over hem. Toen hij twee jaar later stierf aan een infectie die door doorligwonden was veroorzaakt, was iedereen hem al vergeten.

In zijn cel lag Chris op zijn buik op zijn brits, met zijn armen bungelend over de rand. Op de vloer voor hem lag een opengeslagen zakboekje, met op de blanco pagina een pen. Chris hoorde Ben Braswell in zijn cel verderop in de gang huilend in zichzelf praten. Hij hoorde hoe de bewakers over de gang heen en weer liepen, kletsten en elkaar aan het lachen maakten, in een poging de verveling te bestrijden tijdens hun ronden ter preventie van zelfmoord.

In gedachten zag Chris het Soapstone Valley-pad in Rock Creek Park op een voorjaarsdag. Darby, die onhandig door een dik bladertapijt draafde, Chris' moeder met een nieuw donsjack in haar favoriete kleur groen. Zijn vader kwam achter een boom vandaan met een stok in zijn handen en bootste het geluid van een machinegeweer na; een lok donker haar hing over zijn voorhoofd. Chris sprong van de ene kei naar de andere over de beek, en de zon schitterde in het water.

Chris pakte zijn pen. Op de eerste bladzijde schreef hij: *Code 13.*

In zijn slaapkamer aan Livingston Street schrok Thomas Flynn wakker uit een droom.

DEEL III

Code 13

10

De klus was tussen Logan Circle en U Street, in een deel van de stad dat vroeger Shaw heette, maar dat nu door veel makelaars en sommige van de bewoners Logan werd genoemd. In het centrum van de buurt stonden overwegend rijtjeshuizen waarvan sommige de typische DC-torentjes droegen, en die allemaal een achterom hadden. Hier en daar stonden huizen die al generaties lang slecht waren onderhouden, maar het merendeel was opgeknapt en verbouwd, en de algemene indruk was die van een buurt in opkomst.

Over U Street reed een witte Ford bestelbus. De twee inzittenden in hun identieke blauwe poloshirts observeerden de drukte op het trottoir: de mensen die langs de restaurants, bars en boutiques slenterden. Blank en zwart, hetero en homo, oud geld en bohemiens, verslaafden, hoeren, intellectuelen, jonge stelletjes, fietskoeriers, oude mensen die zich de brand van 1968 nog herinnerden – allemaal deden ze hun best om er iets moois van te maken. Het was niet volmaakt, omdat nu eenmaal niets volmaakt is, maar deze buurt leek nagenoeg op het Washington zoals het ooit geweest was, en voor sommigen was het een droom die werkelijkheid was geworden.

Chris Flynn vond het gewoon een goeie plek om te wonen. Maar hij dacht dat hij het zich wel nooit zou kunnen veroorloven een huis in dit postcodegebied te kopen. Hier hadden stoffeerders geen eigen huis. Hij vermoedde dat de mensen die hier in een koophuis met hypotheek woonden, allemaal gestudeerd hadden.

'Wauw man, dit ziet er wel heel anders uit dan vroeger,' zei Ben Braswell, die met zijn grote lijf onderuitgezakt op de voorbank zat, en zijn elleboog op de rand van het open raam had liggen.

'Dat komt door de metro,' zei Chris, die moest denken aan wat zijn vader ooit had gezegd, ter verklaring van de positieve veranderingen in de stad. 'Overal waar ze metrostations hebben gebouwd, zijn de buurten opgebloeid. Het openbaar vervoer heeft de boel weer op gang gebracht.'

'Het heeft wel zo'n vijfentwintig jaar geduurd.'

'Waar het om gaat is dat het is gebeurd.'

'Yo man, zet de auto maar neer,' zei Ben, die naar de snackbar staarde die zijn naam droeg. 'Ik heb nú trek in een broodje worst.'

'Na deze klus misschien,' zei Chris.

'Chilisaus, mosterd, uien,' zei Ben, wiens vriendelijke ogen dromerig stonden. 'Zoete thee, Maze op de jukebox...'

'Als we die klus niet doen, krijgen we niet betaald.'

'Hoe kunnen we nou werken als we niet eten?'

'Hoe kun je je broodje worst nou betalen als je niks verdient?' zei Chris.

'Dat is waar,' zei Ben.

Chris moest hem teleurstellen. Ze konden nergens stoppen omdat ze al achter lagen op het schema. Als ze hier klaar waren moesten ze helemaal terugrijden naar Beltsville in Maryland om een rol tapijt voor de volgende klus in een huis in Bethesda te halen. Ben zou het wel begrijpen.

'Misschien kunnen we na deze klus even wat gaan eten,' zei Chris, terwijl hij van U Street links afsloeg, de wijk in. 'Als we snel klaar zijn, hebben we wel even tijd.'

Dicht bij het adres van de klus vonden ze een parkeerplaats. Voor het rijtjeshuis stond een vrouw van het makelaarskantoor in haar mobieltje te praten, en ze keek geërgerd op toen ze de bestelwagen zag met het magnetische reclamebord waarop 'Flynn's Floors' stond.

'Wacht hier maar,' zei Chris. 'Ik ga eerst even met die vrouw praten voordat we uitladen.'

Chris stapte uit en liep op haar af. Ze bleef in haar mobieltje praten en deed of ze hem niet zag. Ze was halverwege de vijftig en had een kort, piekerig kapsel met veel gel erin. Ze was blond, zwaar opgemaakt, en ze had aan weerszijden van haar neus rimpels van ouderdom en te veel zon. Haar frêle figuurtje leek vormeloos onder haar luchtige, mouwloze paarse jurk.

Op het bord TE KOOP, dat achter haar op een paal stond, was een foto te zien waarop ze glimlachte, samen met twee jonge mensen die achter haar stonden en ook glimlachten. Haar naam stond in koeienletters op het bord: MINDY KRAMER, en daaronder, in een kleiner lettertype: HET KRAMER DREAM TEAM.

'Ik moet ophangen,' zei Mindy Kramer in haar telefoon. 'Ze zijn er eindelijk.' Ze klapte haar mobieltje hoorbaar dicht en keek Chris aan. 'Jij bent?'

'Chris.' Hij gebruikte zijn achternaam niet, tenzij iemand ernaar vroeg.

'Ik had je eerder verwacht.'

'De vorige klus is uitgelopen...'

'En nu heb ik een afspraak met een klant op Capitol Hill. Ik zal jullie binnenlaten, dan kom ik terug om af te sluiten als jullie klaar zijn.' Ze keek langs hem heen naar Ben, die als een zoutzak in de auto zat met zijn blauwe Washington Nationals honkbalpet op zijn hoofd, met de klep opzij gedraaid. 'Meneer Flynn zei dat zijn medewerkers onder de aansprakelijkheidsregeling vallen en verzekerd zijn. Ik ga ervan uit dat dat ook voor jou en je partner geldt?'

'Ja, mevrouw.'

'Zullen we de kamer even bekijken?'

Ze liep de granieten treden van de trap op die naar de voordeur leidde. Chris keek even achterom naar de bestelbus en liet verlekkerd zijn tong tussen zijn lippen heen en weer glijden, waar Ben om moest lachen. Chris liep achter Mindy Kramer het huis in.

Zodra hij binnen stond, was Chris vol bewondering voor het pand en het vakmanschap dat het uitstraalde. De met lijstwerk afgetimmerde lambrisering in de eetkamer, de brede, hardhouten vloerdelen in de centrale hal, de gepleisterde muren. Maar geen meubels. Degene die er had gewoond, was weg.

'Deze kant op.' Mindy Kramer liep naar rechts door openslaande deuren.

Chris liep achter haar aan en klopte uit gewoonte en uit nieuwsgierigheid op de deurlijst, en zoals hij had verwacht was het massief hout in plaats van het hardboard dat je tegenwoordig zo vaak in nieuwbouw tegenkwam. De ruimte was ongeveer vier bij vier schatte hij, en zou wel als bibliotheek op de lijst staan omdat één wand werd ingenomen door ingebouwde boekenplanken. Hij keek omlaag naar de versleten vloerbedekking die er lag.

'Het zou een rechttoe rechtaan klus moeten zijn,' zei Mindy Kramer. 'Ik ben akkoord gegaan met de fax. Meneer Flynn zei dat bouclé tapijt prima zou zijn voor een ruimte die niet al te zwaar belopen wordt.'

'Dat zal wel gaan,' zei Chris, terwijl hij zijn Stanley-rolmaat van de broekband van zijn Dickies trok, waar hij hem altijd vastklemde. Hij legde het meetlint neer en mat de lengte en breedte van de kamer op, die aardig overeenkwamen met zijn schatting, en zag dat zijn vader een grotere rol had besteld dan voor de klus nodig was. Dat betekende dat hij Mindy Kramer niet mocht of dat hij voorzag dat ze klachten zou hebben of dat hij nog een paar keer langs zou moeten komen. Als de klant van tevoren al lastig was of uit de hoogte deed, moest die meestal meer betalen. Chris' vader noemde dat de 'belasting op karakterfouten'.

'Hebt u voldoende meegenomen?'

'Ja hoor,' zei Chris. 'Het komt dik voor mekaar.'

'Onder de vloerbedekking zit een walnoten vloer, maar die moet opnieuw worden geschuurd en geboend. Mooi hardhout is natuurlijk te verkiezen boven vloerbedekking als je een huis wilt verkopen, vooral aan jongere klanten, maar ik heb geen tijd en geen zin in al dat gedoe. Ik wil gewoon vloerbedekking laten leggen en wat meubels neerzetten zodat ik het pand van de hand kan doen. Ik heb het voor een appel en een ei op een veiling gekocht. De vorige eigenaar was een homoseksueel zonder erfgenamen...'

Chris knikte en probeerde oogcontact met haar te houden. Ze zat alleen maar op te snijden over hoe slim ze was geweest en hoeveel geld ze eraan zou verdienen. En dat vertelde ze aan een wildvreemde omdat ze onzeker was. Hij was niet onder de indruk.

'We gaan aan de slag,' zei Chris. 'Daar zijn we snel mee klaar.'

'Hier is mijn kaartje,' zei Mindy Kramer. 'Bel me maar op m'n mobiel als jullie bijna klaar zijn, dan kom ik even kijken. Geef me je nummer eens, Chris.'

Chris gaf haar het nummer van zijn mobiel. Ze voerde het in de telefoonlijst van haar mobiel in en toetste een naam in.

'Ik noem je Chris Karpet,' zei ze, trots op haar vindingrijkheid, 'zodat ik je makkelijk in de telefoonlijst kan vinden.'

Je doet maar, dacht Chris. Maar hij zei: 'Dat is goed.'

Mindy Kramer sloeg het telefoonnummer op en keek op haar horloge. 'Nog vragen?'

'Nee, ik weet genoeg,' zei Chris met een plat accent dat ze ongetwijfeld verwachtte.

Ben had zijn kniebeschermers al over zijn spijkerbroek aangetrokken en gespte net een leren gereedschapsgordel met ver- schillende vakken om zijn middel toen Chris uit het huis tevoor- schijn kwam. Ben en Chris hadden allebei hetzelfde soort gordel waarin ze hun professionele snijgereedschap droegen. Terwijl Ben zijn gordel omdeed, stapte Mindy Kramer in haar Mercedes en reed haastig weg met haar mobieltje aan het oor.

Chris deed zijn kniebeschermers aan, en Ben en hij liepen naar de achterkant van de bestelbus. Ze knoopten de rode doek los van de rol die achter uit de auto stak en trokken de rol tapijt en het ondertapijt uit de bus. Ze droegen eerst het tapijt naar bin- nen en kwamen toen terug om het ondertapijt te halen, droegen het naar binnen en legden het naast de rol tapijt in de hal. In het huis was het warmer dan buiten, en ze begonnen allebei flink te zweten. Omdat ze er al een klus op hadden zitten, was het de tweede keer die dag dat hun poloshirt doorweekt raakte.

'Hier is het,' zei Chris, en Ben liep achter hem aan de kamer in.

Ben schatte de klus in en was blij dat er geen meubilair ver- plaatst hoefde te worden en dat de ruimte vrijwel vierkant was. 'Fluitje van een cent.'

'Wil jij het oude tapijt alvast loshalen?'

'Hoezo? Heb jij het te druk om te helpen?'

'Ik moet m'n vader even bellen. Ik ben zo klaar. Ik vraag alleen of je alvast kunt beginnen.'

Ben begon het tapijt in de bibliotheek los te halen terwijl Chris de kamer uit liep en zijn mobieltje uit zijn broekzak haal- de. Hij liep door de hal naar een ruimte die vroeger waarschijn- lijk de zitkamer was geweest, en belde zijn vader.

'Hé,' zei Thomas Flynn. 'Waar zit je?'

'Op die klus bij U Street.'

'Is het Dream Team er ook?'

'Alleen Mindy. Ze moest ervandoor, maar ze komt terug. We waren hier wat laat. Die klus in Laurel is een uur uitgelopen.'

'Ik ben in de opslag. Mijn mannetje hier zegt dat je vanóch- tend al laat was.'

'Een beetje.' Het ergerde Chris dat zijn vader hem nog steeds zo op de vingers keek. Tegelijkertijd prentte hij zichzelf in dat dit zakelijk was, strikt zakelijk.

'Had Ben zich weer verslapen?'

'Ben had er niks mee te maken, pap. We waren maar iets te laat. We hadden die klus in Laurel snel gefikst, maar die vent begon over de blazen te zeuren. Ik moest hem even uitleggen waarom het er zo uitzag.'

'Ze zeiken allemaal over die blazen, jongen. Heb je gezegd dat ze wegtrekken als hij er een tijdje op gelopen heeft?'

'Ja, dat heb ik gezegd.'

'De blazen trekken na een tijdje echt weg.'

'Dat weet ik. Dus dat is klaar, en nu jassen Ben en ik deze klus er nog effe uit.'

'En dan nog dat karwei in Bethesda, oké?'

'Ja. Dat regelen we ook nog.'

'Dat levert geld op voor ons allemaal,' zei Flynn.

'Ja, ja,' zei Chris.

Hij liep terug vanuit de hal en liet zijn mobiel in de zak van zijn werkbroek glijden. Hij hoorde Ben grinniken en zeggen: 'Chris, moet je eens komen kijken, man.' En daarna klonk een verbaasd: 'O, shit!' Een ogenblik deed het Chris denken aan Bens stem vanuit zijn cel verderop in de gang in Pine Ridge, wanneer Ben 's avonds in zichzelf praatte en de anderen daar last hadden, maar Chris had het altijd een geruststellend geluid gevonden.

Chris liep de bibliotheek in. Ben zat op de verbleekte, versleten walnotenvloer, en had het groezelige tapijt en het verkruimelde ondertapijt een eind teruggeslagen. Tegen de muur stond een vloerdeel, een soort luik, dat uit de vloer was gezaagd.

Op de vloer, naast Ben, stond een oude Adidas-sporttas, zo'n tas met van die stijve hengsels, die vóór Chris en Bens tijd in de mode was. Hij was opengeritst.

Chris zag bankbiljetten. Bundels groene briefjes, met bandjes bij elkaar gehouden.

'O, shit,' zei Ben, en hij keek lachend op naar Chris.

Chris voelde een golf van opwinding door zich heen slaan. Dat gebeurde nou eenmaal als je geld vond, zelfs als je rijk was.

Maar Chris lachte niet.

Thomas Flynn had zijn materiaal opgeslagen in een loods aan Sunnyside Avenue, een lange rondlopende weg in Beltsville, Maryland, ten noorden van College Park, waar een industrieterrein lag met uit B-2-blokken en beton opgetrokken gebouwen. De opslagplaats, die Top Carpet and Floor Install heette, was niet Flynns eigendom, maar hij betaalde een volumetarief voor de opslag van zijn spullen. TCFI hield zich voornamelijk bezig met het leggen van tapijt en vloeren, dat werd uitbesteed door een van de twee tapijtgiganten die de doe-het-zelfbranche van Prince George's County bedienden.

Flynn stond voor een groot houten platform aan de kopse kant van de opslagruimte. Er zaten gaten in waar lucht doorheen werd geblazen – een soort hovercrafteffect – waardoor één arbeider een groot stuk tapijt kon hanteren en het bij het snijden of lamineren rond kon draaien.

Naast Flynn stond een van de mensen uit de ploeg van Isaac, een jonge vent met krulletjes, die Hector heette en een blauw poloshirt droeg met het logo van de zaak, waarin de L'en in Flynn's Floors werden afgebeeld als twee verticale, iets gebogen rollen tapijt. Amanda had het ontwerp bedacht, en was ook met het idee gekomen om de werknemers de blauwe shirts te laten dragen. Ze zei dat de stoffeerdersploegen er daarin uitzagen alsof ze voor een 'echte' zaak werkten. Flynn had ermee ingestemd, op voorwaarde dat zijn poloshirt rood zou zijn om hem van de rest te onderscheiden. Ook vond hij dat rood goed bij zijn donkere haar stond.

'Jij neemt die rol berbertapijt toch mee?' vroeg Flynn.

'Die klus is niet voor vandaag,' zei Hector.

'Ik moet hem kwijt. Anders moet ik er opslagkosten voor betalen. Je hebt Isaacs bestelbus toch bij je?'

'Ja.'

'Kom op, ik help je wel bij het inladen.'

Ze vonden de rol in Flynns gedeelte. Hij controleerde het label waarop de naam van de klant was geschreven en gebaarde naar Hector dat hij het andere uiteinde moest pakken.

'Dat berbertapijt is populair,' zei Hector hijgend terwijl hij de rol optilde.

'Het is niet aan te slepen,' zei Flynn.

Flynn was een goede verkoper, en dat was hij altijd geweest. Hij ging te werk als een vertegenwoordiger van een fabriek en niet als een verkoper in de detailhandel zonder enige opleiding, die met één oog de klok in de gaten hield en met het andere op zoek was naar een betere baan. Hij was een professionele tapijten- en vloerenman. Hij kende het product door en door, kon de voordelen ervan uitleggen en wist veel werk binnen te halen omdat hij goed kon luisteren in plaats van de mensen de oren van het hoofd te kletsen.

Het probleem zat hem ook niet in de verkoop. Door de mond-tot-mondreclame en door zijn eigen verkooptalent had Flynn net zoveel werk als hij aankon. Het probleem lag bij de uitvoering en de stoffeerders.

Isaac en zijn ploeg waren goud waard. Isaac werkte al lang voor hem en zou bij hem blijven zolang Flynn werk had. Isaac had een aanbouw aan zijn huis in Wheaton gemaakt, een van de vele onconventionele 'Spaanse herenhuizen' in de buurt van Viers Mill Road en Randolph Road, en hij had een dochter die studeerde en een zoon die het vak van stoffeerder leerde. Hij zou nooit teruggaan naar El Salvador. Isaacs ploeg kende een groot verloop, en meestal verlieten ze het land vanwege een belastingschuld of complicaties bij de immigratie, maar hoewel de gezichten wisselden, leverden ze stuk voor stuk kwaliteit af en hadden ze verantwoordelijkheidsgevoel. Geen wonder dat Flynns mantra luidde: God zij gedankt voor Spaanstalige arbeiders.

Flynn en Hector laadden de rol tapijt in de bestelwagen.

Hector keek Flynn somber aan en zei: 'Vandaag geen werk meer.'

'We hebben vandaag niet veel geld verdiend,' zei Flynn, die er altijd voor zorgde dat hij de meervoudsvorm gebruikte. 'Maar morgen wel. Ik heb deze week elke dag iets voor je.'

'Oké, boss.'

Hector reed weg, en Flynn dacht: ja, die hispanics werken graag. Chris en zijn ploegje van ex-gedetineerden die voorwaardelijk vrij waren, niet.

Er waren heel wat stoffeerders bij die een bewogen verleden achter de rug hadden. Mannen die hadden gezeten, agressievelingen en criminelen van uiteenlopende kleur en etnische achtergrond, en allemaal aan de jonge kant. Het was zwaar, veeleisend werk. Het materiaal was zwaar en log, en het grootste deel van de dag zat je op je knieën. Geen van hen had gestudeerd. Het was niet bepaald een vakantiebaantje voor studenten. Flynn had het met een of twee studenten geprobeerd, maar ze trokken het niet.

Veel van de stoffeerders gingen 's avonds zwaar aan de drank en gebruikten marihuana en andere drugs. Vrijwel iedere ochtend rook Flynn de alcohol in hun zweet en zag hij de ellende in hun ogen. Een ongezonde huidskleur was ook een goede indicatie. Als Flynn sollicitatiegesprekken voerde, lette hij altijd op het gebit van de sollicitant. Als iemand zijn tanden naar de verdommenis had geholpen, betekende dat dat hij uit een laag milieu kwam of was opgevoed door mensen die niet genoeg om hun kind gaven om op zijn gebitsverzorging toe te zien. Blanken uit Oost-Baltimore hadden de slechtste gebitten.

Omdat het zwaar werk was, en omdat het succes van zijn zaak van hun ijver en zorgvuldigheid afhing, betaalde Flynn zijn personeel relatief goed. Een sterke, werklustige doordouwer kon vijftig- tot zestigduizend dollar per jaar verdienen, maar die waren zeldzaam. De jongens in Chris' ploeg mochten in hun handen knijpen als ze vijfentwintig- tot dertigduizend maakten. Flynn gaf Chris wat extra omdat hij de ploegbaas was, zodat Chris ongeveer vijfendertigduizend verdiende.

Vijfendertig maximaal, dacht Flynn toen hij het kantoor van TCFI binnenliep om een cheque af te geven.

'Hé Tommy,' zei een jonge vrouw achter een van de twee computers.

Haar naam wilde Flynn niet te binnen schieten. Ze was een mollig gezelligheidsdier uit Laurel met een ordinair permanentkapsel, en stond meestal buiten te roken wanneer hij 's morgens langskwam.

'Hoe gaat het, schatje?'

'Ik heet Suzie.'

'Dat weet ik, maar schatje past beter bij je.' Suzie glimlachte, en Flynn legde de envelop op haar bureau. 'Wil je dat aan je baas geven? Ik wil niet dat hij de deurwaarder op me af stuurt.'

'Je zoon was hier vanmorgen,' zei Suzie.

Suzie keek naar het meisje achter de andere computer, een knappe meid met rossig haar en een lichte huid, die weelderige vormen had voor iemand die zo tenger gebouwd was. Ze zag eruit alsof ze net van school af kwam. Flynn had haar al vaker gezien, maar nog nooit met haar gesproken.

'Dat is Katherine,' zei Suzie. Het andere meisje keek verlegen naar haar bureau en glimlachte.

'Prettig met je kennis te maken, mop,' zei Flynn.

'Insgelijks,' zei Katherine.

'Chris zegt nooit meer dan een paar woorden tegen mij,' zei

Suzie, die haar collega nogmaals aankeek. 'Maar ja, ik ben natuurlijk al voorzien. Maar hij vindt het niet erg om met Kate te praten.'

'Ik heet Katherine,' zei het meisje, haar collega zachtmoedig corrigerend.

Kate zou nu zevenentwintig zijn.

'Chris is gewoon verlegen tegen meisjes die Suzie heten,' zei Flynn, die een glimlach op zijn gezicht wist te toveren. 'Daar heb ik geen last van.'

'Hij lijkt ook niet eens op je,' zei Suzie, 'met al dat blonde haar.'

Het meisje dat Katherine heette, keek weer omlaag naar haar bureau.

'Dat heeft ie van z'n moeder,' zei Flynn, die vervolgens de pose van een bodybuilder aannam en zijn borst opzette. 'Maar al die spieren heeft ie van mij.'

'Nou wegwezen, Tommy!' zei Suzie met haar aanstekelijke, amechtige Marlboro Light-lach, die nog naklonk terwijl Flynn het kantoor uit liep.

In de hete zon liep hij naar zijn bestelwagen.

Kate zou zevenentwintig zijn. Amanda en ik zouden voorbereidingen treffen voor haar huwelijk, of haar opzoeken op haar werk, een goeie baan in New York City misschien, of Chicago.

Flynn kwam op de parkeerplaats iemand tegen die hij kende, maar groette niet.

Chris is zesentwintig. Niet gestudeerd, in de bak gezeten, en nu zit hij de hele dag op zijn knieën tapijt te leggen.

Flynn deed het portier aan de bestuurderskant van de auto open.

Hooguit vijfendertigduizend per jaar.

Hij stapte in en stak zijn sleutel in het contact.

Wat moet er van mijn zoon worden?

11

'Moeten we het niet tellen?' vroeg Ben Braswell.

'Nee,' zei Chris, die hoofdschuddend naar het geld staarde. 'Ik wil het niet eens aanraken.'

'Wil je niet weten hoeveel het is?'

'Rits die tas dicht en zet hem weer terug in dat gat,' zei Chris, 'en leg dan dat luik weer terug. We leggen dat nieuwe tapijt en we gaan door naar de volgende klus.'

'Meen je dat nou?'

'Ja.'

Ben stond op, liep naar het raam dat uitkeek op de straat en zette het open. De bedoeling was om de kamer te verkoelen, maar buiten stond geen zuchtje wind, zodat het open raam geen merkbaar verschil uitmaakte.

'Waarom?' vroeg Ben, terwijl hij terugliep en naast Chris ging staan. 'Waarom wil je er niet eens over praten?'

'Het is diefstal.'

'Je hebt zelf gezegd dat die gast die hier heeft gewoond dood is en dat hij geen familie had. Je ziet toch hoe oud die tas is. Misschien is de laatste bewoner niet eens degene die die tas daar heeft verstopt. En je weet dat die vrouw van het makelaarskantoor hier geen geld heeft verborgen. Degene die het onder de planken heeft gelegd, ligt nu zelf ook onder de planken. Dus hoe kan het dan diefstal zijn? Van wie?'

'Het is niet van ons,' zei Chris.

'Voor zover ik weet is het van niemand.'

Chris haalde zijn hand door zijn lange blonde haar.

''t Kan me niks verrekken,' zei Ben. Hij ging op zijn hurken zitten en stak zijn hand in de tas. 'Ik wil het weten.'

Zonder de band te verwijderen, telde hij een van de bundels bankbiljetten briefje voor briefje. Zijn lippen bewogen onder het tellen.

Ik heb die film al gezien, dacht Chris. Onschuldige, in wezen goeie mensen vinden een hoop geld en besluiten het te houden, en ze praten dat goed omdat het van niemand lijkt te zijn. Ze raken verdorven door het geld, ze belazeren elkaar en gaan uiteindelijk ten onder aan hun eigen hebzucht: een wezenlijke component van de menselijke natuur waarvan ze dachten dat ze die konden overwinnen. Het liep altijd slecht af.

Ben had een van de bundels geteld, telde vervolgens het aantal bundels in de tas en maakte de vermenigvuldiging.

'Er zit verdomme bijna vijftigduizend dollar in,' zei Ben.

'Nou weet je het,' zei Chris. 'Rits die tas dicht en zet hem terug.'

Ben wees op het geld. 'Dat is twee keer zoveel als ik in een heel jaar verdien, Chris. Op m'n knieën. Ik zou iets moois voor m'n meisje kunnen kopen, ik zou haar mee uit eten kunnen nemen naar zo'n restaurant met witte tafellakens. Ik zou wat echt mooie kleren kunnen kopen, niet die goedkope rommel die ik nu draag. Een dure zonnebril...'

'Zet het terug.'

Ben stond op en ging vlak voor Chris staan. Hij was van plan de confrontatie aan te gaan, maar het lukte hem niet. Dat zat gewoon niet in hem. In plaats daarvan keek hij gekwetst.

'Hoe kun je me dat nou aandoen, man?'

'Ik bewijs je een dienst.'

'Niemand komt het te weten, dus wat steekt er voor kwaad

in? Je maakt me niet wijs dat ik ongelijk heb.'

'Mijn vader heeft ons deze kans gegeven,' zei Chris. 'D'r stond niemand anders op ons te wachten, toch? Als iemand erachter komt, gaat zíjn reputatie naar de klote. Zíjn naam staat op de bus.'

'En de jouwe.'

'Wat bedoel je daarmee?'

'Ik bedoel dat ik met lege handen sta. Op een dag gaat alles wat je vader heeft, alles wat hij heeft opgebouwd, naar jou.'

Chris keek Ben niet langer aan. 'Ik heb nog nooit iets van hem aangenomen, behalve mijn loon.'

'Maar op een dag doe je dat wel.' Bens trekken ontspanden zich. 'Je weet dat ik je pa dankbaar ben voor wat ie voor me heeft gedaan. Maar die poen kan m'n leven veranderen.'

'Dat is al veranderd,' zei Chris. 'Alleen zie je het nog niet, da's alles. Wat ik bedoel is dat we geen wegen kunnen afsteken als we wat willen bereiken. We kunnen alleen maar elke dag werken. Net als iedereen.'

'Wil je niet wat meer?'

Chris staarde Ben aan. 'Zet die tas terug. Laten we die klus afmaken.'

'Verdomme, wat ben jij koppig, zeg.'

Terwijl ze bezig waren het nieuwe tapijt te leggen, belde Mindy Kramer om te zeggen dat ze onderweg was. Ze kwam vlak daarna aan, toen ze bijna klaar waren. Mindy bekeek het werk, liep eroverheen, stelde een vraag over de blazen en onderzocht de randen tegen de plinten nauwkeurig.

'Ik neem aan dat het goed is,' zei Mindy Kramer, in wier aard het nu eenmaal niet lag om te zeggen dat ze goed werk hadden afgeleverd. 'Ik moet het nog even op me laten inwerken. Als er nog problemen zijn, bel ik meneer Flynn.'

'Als u klachten hebt,' zei Chris, 'lost hij die op.'

Ze ruimden de kamer op en stouwden het oude tapijt en de

onderlaag achter in de bestelbus. Op weg naar buiten keek Ben of hij iets van een alarmsysteem kon ontdekken, en zag niets.

Toen ze over U Street reden, zei Chris: 'Honger?'

'Dat weet je toch?'

'Ik trakteer.'

'Dan komen we te laat voor de volgende klus.'

'Dat regel ik wel met mijn vader,' zei Chris. 'Je hebt een lunch verdiend.'

Ben zette zijn honkbalpet scheef en zakte onderuit in zijn stoel. 'Ik had een heel restaurant kunnen kopen met wat ik daar heb laten liggen. Als ik had wat er in die tas zat, kon ik de rest van m'n leven honderd broodjes worst per dag eten.'

'Die broodjes worst zou je gauw zat zijn,' zei Chris. 'En dan zou je moeten schijten als een reiger.'

'In mijn gouden badkamer.'

'Oké.'

'En dan zou ik een butler hebben die m'n reet afveegde.'

'Iedereen heeft recht om te dromen,' zei Chris. Hij parkeerde de auto langs de kant en deed hem op slot.

Ze liepen naar de snackbar aan U Street.

'Ik heb een hekel aan die dingen,' zei Ben mokkend, terwijl hij aan de korte mouw van zijn Flynn's Floors poloshirt friemelde.

'Ik ook,' zei Chris.

'Je weet waar het me aan doet denken,' zei Ben.

'Ik zal het met m'n vader opnemen.'

Ben Braswell duwde de deur van de snackbar open. Hij had het warm en hij was moe, en dacht nog steeds aan het geld. Chris ook.

Ali Carter zat op een gammele stoel achter een metalen bureau dat dateerde uit de tijd voor zijn geboorte en dat al die jaren door ambtenaren was gebruikt. Aan de andere kant van het bureau zat een jonge man die William Richards heette, in een stoel die al even krakkemikkig was als die van Ali. Hij droeg een Chicago Bulls honkbalpetje, een spijkerbroek van Guess, een T-shirt van We R One, en hoge Nike gympen. Richards was zeventien, had een brede neus, ietwat uitpuilende ogen, en keek geërgerd.

'Meneer Masters zei dat je stennis hebt gemaakt over het uniformshirt,' zei Ali.

'Dat shirt is stom,' zei William.

'Mensen kunnen dan zien dat je voor de zaak werkt. Als je die evenementen doet, weten de klanten en de kinderen wie je bent.'

'Er staat een clown op het shirt. En ballonnen. In die shit ga ik niet over straat.'

'De clown is onderdeel van het logo,' zei Ali geduldig. 'Je werkt voor een bedrijf dat kinderfeestjes organiseert. Door dat logo herinneren mensen zich het bedrijf.'

'Waar ik woon lachen de kleine kinderen me uit, meneer Ali.'

'Nou, trek dan een ander shirt aan en stop het shirt van Party Land in een tas. Als je aan het werk moet, kleed je je om. Dat is toch wel te doen?'

William Richards knikte zonder veel overtuiging en keek een andere kant op.

Ze zaten in een kantoortje aan Alabama Avenue in Garfield Heights, in het zuidoosten van de stad. Ali werkte als juniorstaflid bij Men Movin on Up, een non-profitorganisatie die gefinancierd werd door de gemeente, plaatselijke liefdadigheidsinstellingen en giften van particulieren. Hoewel er wel meer van dat soort organisaties waren, opgericht door kerken, wijkcentra en winkels, die jongeren hielpen hun weg te vinden en op het rechte pad te blijven, was Men Movin on Up speciaal in het leven geroepen om te werken met jongens die met justitie in aanraking waren geweest, jongens die voorwaardelijk waren vrijgelaten, in hun proeftijd zaten of in afwachting van een rechtszaak waren. De directeur, Coleman Wallace, was een ambitieuze maatschappelijk werker en een militante christen die was opgegroeid in een arm vaderloos gezin in een achterstandswijk van Washington DC. Hij woonde al zijn hele leven in Washington en had altijd contact gehouden met de mensen die hij van vroeger kende, en hij bedelde schaamteloos om geld bij degenen die het ver hadden geschopt, en vroeg hun tijd te steken in de hulp aan deze jongeren die net als zij uit de minder bevoorrechte klassen afkomstig waren. Soms namen ze de jongens mee naar hun werk, gaven hun advies, speelden basketbal met ze op straat of namen hen een dagje mee naar een wedstrijd of een pretpark.

Af en toe konden ze ook echt iets voor de jongens betekenen. Het ging gepaard met veel teleurstellingen, mislukkingen en tegenslagen, maar Coleman en zijn vrienden hadden al lang geleden de illusie laten varen dat ze de hele jeugd van de stad konden redden. Als ze één kind wisten te bereiken en een zaadje wisten te planten dat met een goed voorbeeld voor ogen tot iets moois kon uitgroeien, vonden ze dat ze geslaagd waren.

Ali was de enige medewerker die op de loonlijst stond. Coleman Wallace had hem in dienst genomen meteen toen hij van Howard College kwam, waar Ali op zijn vijfentwintigste was afgestudeerd. Coleman was onder de indruk van Ali's intelligentie en toewijding, en ook van het feit dat hij in Pine Ridge had gezeten en dat hij de omslag had weten te maken van jeugddelinquent naar productief lid van de samenleving. Hij was slim en talentvol, maar hij bezat ook het waarmerk van authenticiteit. Door zijn achtergrond kon hij rekenen op het respect van zijn cliënten.

Een ander pluspunt was het feit dat Ali relatief jong was. Coleman Wallace was zich er terdege van bewust dat veel jongens die hij begeleidde niets met hem hadden, omdat hij een man van middelbare leeftijd was. De meesten wisten niet eens dat de naam van de organisatie, Men Movin on Up, naar het nummer van Curtis Mayfield verwees. Evenmin wisten ze dat de handgeschreven tekst die ingelijst aan de muur van het kantoor hing, afkomstig was van Colemans favoriete nummer van Curtis. Negen van de tien jongens van de huidige lichting wisten niet eens wie Mayfield was. In de ogen van deze jongeren stond Ali Carter voor gogo en hiphop, en Coleman Wallace voor r&b-ballads, strakke basketbalbroekjes en een grijs verleden. Coleman had Ali nodig om contact te maken met de huidige generatie.

Het was in de eerste plaats Ali's taak om de jonge mannen aan een baan te helpen en ervoor te zorgen dat ze die hielden. Daartoe hield hij contact met reclasseringsambtenaren, advocaten en openbaar aanklagers, en de medewerkers van Ken Young, de pasbenoemde, hervormingsgezinde directeur van de jeugdreclasseringsdienst van het district. Hij had ook te maken met de opsporingseenheid, die jongeren moest zien op te sporen die zich aan het toezicht hadden onttrokken, en hij probeerde contact te leggen met potentiële werkgevers in de regio, vooral met diegenen die in hun eigen jeugd moeilijkheden hadden gekend en genegen waren zijn jongens een kans te geven.

Zonder het te beseffen of erop uit te zijn, had Ali Carter heel wat connecties opgebouwd en begon hij enige naam in de stad te krijgen. Hij had plezier in zijn werk en probeerde er niet aan te denken dat hij slechts iets meer dan het minimumloon verdiende, waardoor hij dicht tegen de armoedegrens aan zat.

'Nog andere problemen?' vroeg Ali.

'Die gast haalt me het bloed onder de nagels vandaan, man,' zei William Richards.

'Meneer Masters?'

'Meneer Slavemaster. Hij zegt constant tegen me wat ik moet doen.'

'Hij betaalt je tien dollar per uur. Hij heeft het recht om te zeggen wat je moet doen.'

'Ik heb die baan niet nodig.'

'Hij probeert je kennis te laten maken met de werkcultuur.'

'Met de watte?'

'Meneer Masters weet hoe moeilijk het is om terug te komen in de maatschappij als je gezeten hebt. Dat wil hij je besparen. Hij probeert je bij te brengen hoe je moet werken, zodat je aan de routine gewend raakt.'

'Daar heb ik hem niet voor nodig. Ik weet wat werken is, en ik weet verdomd goed hoe ik geld moet verdienen. Dat kan ik in elk geval.'

'Je moet even goed naar me luisteren. Op dit moment is het belangrijk dat je een echte baan hebt en dat je die houdt, zodat je op de hoorzitting tegen de rechter kunt zeggen dat je betaald werk hebt. Begrijp je dat, William?'

'Jaha.' Maar zijn slappe houding en zijn ontwijkende blik verrieden dat dat niet zo was.

'Heb je je looncheque gehad?'

'Hier, in m'n zak.'

'Wat ga je ermee doen?'

'Ik ga ermee naar dat betaalkantoor bij mij in de buurt.'

'Daar berekenen ze toch veel extra kosten?'

'Nou en?'

'Ik heb je al eens gezegd dat je een rekening bij de bank moet openen. Die vragen veel minder geld dan dat betaalkantoor. En ze geven je een betaalpas. Dan kun je je geld beter beheren en je kunt er altijd bij.'

'Dan moet m'n moeder toch met me mee naar de bank?'

'Om een rekening te openen? Ja.'

'Ze heeft het te druk.'

'Heb je het haar al gevraagd?'

'Nee, maar dat ga ik wel doen. Volgende week.' William stond abrupt op. Hij haalde zijn mobieltje uit zijn zak en keek of hij nog sms'jes had ontvangen.

'Dus we begrijpen elkaar?'

'Hè?'

'Kijk me aan, William.' Ali keek hem in de ogen. 'Je vindt dat baantje oké, toch?'

'Ja,' zei William. 'Maar ik ga geen clownsshirt dragen. Dat past niet bij me.'

Ali keek toe hoe William zijn kantoor uit glipte. Hij dacht niet na over William en bedacht geen strategie voor een volgende stap. Met zijn zeventien jaar stond William nu op een punt in zijn leven waarop hij zelf een keuze moest maken. Ali zou voor hem klaarstaan als William hem nodig had, maar hij was niet van plan veel tijd aan hem te besteden zolang hij zich dwars bleef opstellen. Ali had een hoop jongens onder zijn hoede, en hoewel ze het zelden verwoordden, beseften sommigen van hen de waarde van de uitgestoken hand. Het had weinig zin dat Ali zich concentreerde op iemand die niet bereid was hem tegemoet te komen.

Het uur daarop pleegde Ali wat telefoontjes. Een ervan was met een manager uit het middenkader van het nieuwe honkbal-stadion waar Ali een paar van zijn jongens wilde plaatsen. Hij wist dat er veel mensen nodig waren om de stalletjes te beman-nen en voor de minder begerenswaardige functies in de onder-houdsdienst. Tot nu toe had het management niet positief gere-ageerd. De manager had gezegd dat ze het publiek een gepolijst imago moesten presenteren. Vanuit zakelijk oogpunt kon Ali zich dat wel voorstellen, maar hij had gezworen dat hij zich niet zou laten afschepen. Hij zou Ken Young bellen. Young had recht-streekse contacten met het management van het stadion en had toegang tot de burgemeester, die hem van buitenaf had inge-huurd.

Er werd heel even op de glazen deur van het kantoortje ge-klopt, en er kwam een man binnen. Amandelvormige ogen en een huid die bij een bepaalde lichtval geel zag. Nu droeg hij zijn haar in vlechtjes. Hij was zesentwintig, maar hij zag er tien jaar ouder uit. Ali zag dat hij high was.

'Wazzup, Holly?' zei de man.

'Lawrence.'

'Heb je een minuutje voor een ouwe maat?'

Ali knikte bedachtzaam terwijl Lawrence Newhouse het kantoor in liep.

12

'Verdomme, man,' zei Lawrence Newhouse terwijl hij om zich heen keek. 'Je zou die tent hier's moeten opknappen.'

'We hebben haast geen geld,' zei Ali. 'Niks extra's, tenminste.'

'Dan nog,' zei Lawrence.

In de ruimte stonden twee bureaus, een voor Ali en een voor Coleman Wallace, een computer met een trage inbelverbinding, die ze deelden, en dossierkasten. Verder stonden er een tafelvoetbalspel met een kapotte poot, een televisie zonder afstandsbediening, een verrijdbaar schoolbord, een paar stoelen en een gescheurde ribfluwelen bank. Ali deed zijn best om ervoor te zorgen dat de jongens zich hier op hun gemak voelden. Alles wat er stond waren afdankertjes. Het was niet fantastisch, maar het was goed genoeg.

'Wat kan ik voor je doen, Lawrence?'

'Je vraagt je zeker af waarom ik langskom, hè?'

''t Is een tijd geleden.'

'Je denkt zeker dat ik voor werk kom of zoiets.'

'Nee, dat dacht ik niet.'

'Ik héb werk, man. Ik heb een baan waar ik auto's poets.'

'Dat is mooi.'

'Wat jij hier doet, is voor jonge gasten die in de shit zitten. Je weet dat ik niet in de shit zit.'

'En zo jong ben je nou ook weer niet,' zei Ali.

Lawrence grinnikte en wees met zijn vinger naar Ali. 'Dat klopt.'

'Dus wat kan ik voor je doen?'

'Het gaat om m'n neef. Marquis Gilman.'

Ali kende hem: een rustige, grappige, tamelijk intelligente jongen, die levendig uit zijn ogen keek. Marquis was zestien en moest voorkomen vanwege overtreding van de opiumwet, en onlangs had hij de Anacostia High School de rug toegekeerd. Hij was al verscheidene keren opgepakt wegens rondhangen en het in bezit hebben van drugs. Hij was een onbeduidende koerier die weinig plezier in zijn werk had.

'Marquis is een van mijn cliënten,' zei Ali. 'Ik probeer hem te helpen.'

'Dat heeft hij me verteld. Ik wil je laten weten dat ik dat waardeer. Hij woont in Parkchester bij mijn zus en mij. Ze kan hem niet helemaal aan. Je weet hoe het gaat. Jongens van die leeftijd denken niet na. D'r zitten draadjes los in hun hoofd.'

Ali knikte. Hij zou het zelf niet zo hebben gezegd, maar Lawrence had wel een algemeen beeld geschetst. Niemand wist meer van tienerhersenen die in de knoop zaten en van verkeerde beslissingen dan Lawrence Newhouse.

'Maar ik hou hem in de gaten,' zei Lawrence. 'Ik heb zelf geen kinderen, dus hij komt er het dichtst bij in de buurt.'

Even dacht Ali aan zijn eigen oom en schudde zijn hoofd.

'Wat is er?' vroeg Lawrence.

'Niks,' zei Ali.

'Dus ik zal je vertellen waarom ik hier ben. Marquis zei dat je hem aan een baantje wilde helpen.'

'Dat probeer ik. Maar tot nu toe hebben we weinig geluk gehad.'

'Ja, maar je wilt hem in een Wendy's laten werken, en dat soort shit.'

'Op dit moment moeten we een baantje voor hem zien te vinden, maakt niet uit waar. En als hij niet naar school terug wil, wil ik hem zover krijgen dat hij het algemene onderwijscertificaat haalt. Hem laten wennen aan werk en studie. Zijn gewoonten veranderen. Marquis heeft alles in huis.'

'Dat wil ik nou net zeggen. Hij is te goed voor een of ander baantje in een snackbar. Ik bedoel, hij zou er nu al meer van kunnen maken. Ik heb Ben Braswell laatst gesproken. Weet je, ik hou nog steeds contact met m'n ouwe maten.'

'En?'

'Ben werkt met White Boy, ze leggen tapijt. Daar verdienen ze niet slecht mee. Dat is het soort werk dat ik Marquis graag zou zien doen. Een vak leren, en dan heb ik het niet over patat bakken.'

'Ik denk niet dat Marquis daar nu al klaar voor is. Om te beginnen is het zwaar werk. Flink tillen en lange dagen. En je moet ervaring hebben. Je moet weten wat je doet.'

'Die zaak is toch van de vader van White Boy?'

'Chris z'n vader is de eigenaar,' zei Ali. 'Dat klopt.'

'Dan kan hij Marquis aannemen. Ik bedoel, shit, hij heeft Ben in dienst genomen en jij weet ook wel dat Ben geen genie is.'

'Chris z'n vader heeft al een paar lui van onze vroegere eenheid in dienst genomen. Herinner je je Lonnie en Luther nog? Plus Milton Dickerson, en die gast met wie we basketbal speelden, Lamar Brooks. Lamar is de enige met wie het wat geworden is, en die is nu zijn eigen zaak begonnen. Ik heb meneer Flynn gevraagd of hij ze een kans wilde geven, dus ik kan nu niet meteen weer bij hem aankloppen.'

'Marquis heeft nooit in de bak gezeten. Hij heeft in Mt. Olivet wel in voorarrest gezeten, maar nooit echt in de gevangenis.'

'Marquis is er niet klaar voor,' zei Ali, die Lawrence recht in de ogen bleef kijken.

Lawrence glimlachte. 'Goed. Misschien ga ik nog wel een keer met Ben praten. Kijken wat die ervan vindt.'

Ali stond op en zei tegen Lawrence dat het tijd was om op te stappen. Lawrence kwam ook overeind en ze liepen samen naar de deur.

'Verdomme man, je bent helemaal opgezwollen,' zei Lawrence terwijl hij Ali opnam. 'Ik herinner me dat je maar net effe groter was dan een dwerg. Maar je hebt wel altijd een brede borstkas gehad.'

'Ik heb een late groeispurt gehad,' zei Ali. Nu was hij een stevig gebouwde man van gemiddelde lengte.

Boven de deur, waar de jongens die het kantoor verlieten, hem goed konden zien, hing een ingelijste, handgeschreven tekst:

We people who are darker than blue
Don't let us hang around this town
And let what others say come true.

'Wat betekent dat?' zei Lawrence, en hij wees ernaar.

'Het betekent dat je niet moet worden wat de samenleving verwacht dat je zult worden. Dat je moet proberen beter te zijn.'

'Jezus, man, je lijkt Crusader Rabbit wel of zoiets.'

'Niet echt.'

'Wat ga je doen nadat je al die zwarten hier hebt gered? Ga je meedoen aan de presidentsverkiezingen?'

'Ik denk dat ik hier gewoon blijf werken.'

Ali hield de deur open voor Lawrence, die over het trottoir naar zijn auto liep, een oude Chevrolet die in de straat geparkeerd stond. Voor het kantoor stonden twee jongens luid te praten en te lachen.

'Hebben jullie zin om binnen te komen?' vroeg Ali.

'Waarom?' vroeg een van de twee.

'Je kunt tv kijken.'

'Jullie hebben niet eens kabel. Of een afstandsbediening.'

'Je kunt ook een spelletje tafelvoetbal spelen,' zei Ali.

'Die shit is kapot, man,' zei de ander, en ze lachten allebei.

Ali liep weer naar binnen en dacht: hij heeft gelijk, het ding ís kapot. Hij nam zich voor wat stevig tape te kopen en de poot te repareren wanneer hij tijd had.

Thomas Flynns laatste klant van de dag was een Ford-dealer langs Route 29 in Silver Spring. Daar kocht hij zijn E250 bestelwagens en had hij ze in onderhoud. Hij had een afspraak met de manager, Paul Nicolopoulos, een goed uitziende vijftiger met zilvergrijze manen die graag double-breasted blazers en hagelwitte wijde broeken droeg.

Om het de klanten wat makkelijker te maken stelde Nicolopoulos zich altijd voor als Paul Nichols. Hij kreeg steeds meer Spaanssprekenden en andere immigranten als klant, en ze hadden moeite met zijn naam, die zijn eigen trotse Griekse grootvader nooit had willen veranderen.

'Geef me gewoon dat goedkope spul,' zei Nicolopoulos, terwijl hij toekeek hoe Flynn de ruimte opmat met zijn Craftsman-meetlint. Ze stonden in een stacaravan, het kantoor voor gebruikte auto's. Er was weinig chics aan.

'Ik ga Olefin leggen,' zei Flynn. '740 gram per vierkante meter, laagpolig projecttapijt.'

'De onderhoudsjongens stampen hier de hele dag rond met hun werkschoenen. Het lijkt wel of ze hoeven hebben.'

'Olefin is gemaakt voor intensief gebruik. Het is niet echt mooi, maar wel sterk.'

Flynn rolde het meetlint op en haakte het aan zijn riem vast. Hij haalde een rekenmachine tevoorschijn en begon getallen in te toetsen. Meestal nam hij de kostprijs, deelde die door 0,6 en telde daar de belasting op karakterfouten bij op, of hij gaf de klant wat korting als hij hem mocht of hem iets verschuldigd was. Op die manier kwam hij aan het uiteindelijke bedrag.

'Doe me geen pijn,' zei Nicolopoulos, die het rekenwerk van Flynn aankeek.

'Ik stop hem er maar een klein stukje in,' zei Flynn.

'Doe maar net of ik maagd ben,' zei Nicolopoulos.

'Ik zal voorzichtig en lief zijn,' zei Flynn.

'En veeg je daarna de tranen van m'n gezicht?'

'Ik neem je mee naar McDonald's en trakteer je op een Happy Meal.'

'Dank je, Tom.'

Flynn zette de rekenmachine uit en stopte die in zijn borstzak. 'Twintig dollar per vierkante meter, inclusief leggen en afvoeren.'

'Is dat een goeie prijs?'

'Ik weet niet. Heb jij me een goeie prijs voor die bestelwagens gerekend?'

'Ik ben zover gegaan als ik kon.'

'Ik ook,' zei Flynn.

'Wanneer kun je het leggen?'

'Begin volgende week.'

'Perfect,' zei Nicolopoulos.

Toen hij buiten in de bestelbus zat, belde Flynn de order door aan de fabriek. Daarna belde hij Chris, die nog met Ben in Bethesda zat, en vroeg hoever ze met de klus waren gevorderd. Ze waren langzaam, maar Chris was zorgvuldig en leverde goed werk af. Flynn deed zijn best zijn geduld niet te verliezen met Chris, maar soms, als hij een slechte bui had, ergerde hij zich aan hem. De kunst was het werk van Chris en Ben niet te vergelijken met dat van Isaac en zijn ploeg. Niemand was zo snel en efficiënt als Isaac, maar over het algemeen waren Chris en Ben oké.

Dat was niet het geval met de andere ex-gedetineerden die Flynn had proberen te helpen. Op aandringen van Chris' vriend Ali had hij bij verschillende gelegenheden een paar mannen aangenomen die in Pine Ridge hadden gezeten. Twee van hen, aardige gasten genaamd Lonnie en Luther, die in dezelfde eenheid als Chris en Ali hadden gezeten, hadden problemen met drugs en alcohol, kwamen zelden op tijd op hun werk en liepen er sjofel bij. Een andere gast, een grote vent die Milton heette, kreeg het vak maar niet onder de knie. Flynns bedrijf was sterk afhankelijk van aanbevelingen, en zijn reputatie stond of viel met degenen die hij naar zijn klanten stuurde. Hij had ze alle drie moeten ontslaan.

Eén voormalige bewoner van Pine Ridge, een stille, beleefde jongen die Lamar Brooks heette, had het er goed afgebracht bij Flynn. Lamar was ambitieus, lette goed op en had de kneepjes van het vak snel geleerd. Na zes maanden had hij een busje en gereedschap aangeschaft en was hij voor zichzelf een stoffeerdersbedrijf begonnen dat werkte voor tapijtwinkels in het noordoosten en zuidoosten van de stad. Flynn vond de mislukking van Lonnie, Luther en Milton onbelangrijk vergeleken bij het succes van Lamar. En hoewel Chris het nooit hardop had gezegd, voelde hij dat Chris het waardeerde dat hij moeite deed voor zijn vrienden, en dat alleen al was de ergernis die een paar van die jonge gasten hem hadden bezorgd dubbel en dwars waard.

'Dus jullie zijn bijna klaar?' zei Flynn in zijn mobiel.

'We zijn hier over een halfuur weg,' zei Chris.

'Wat doe je vanavond? Heb je zin om te komen eten?'

'Ik kan niet,' zei Chris.

'Heb je plannen?'

'Ja.'

'Ik heb vandaag kennisgemaakt met een jongedame die Katherine heet,' zei Flynn. 'Die bij TCFI werkt?'

'Ja, en?'

'Heb je iets met haar?'

'Zo'n beetje.'

'Nou, je bent wel mededeelzaam.'

'Ik ben hier bezig.'

'Wat is haar achtergrond?'

'Ik moet weer aan 't werk, pap.'

'Oké. Kom een keer eten, je moeder mist je. En ik heb een boek voor je. Vent die Paul Fussell heet.'

'Heb ik al gelezen.'

'Veel plezier vanavond,' zei Flynn.

'Ik heb echt geen tijd. Ik moet die klus hier afmaken...'

'Ga maar.'

Flynn reed naar huis. Het was een goeie dag geweest. Geen uitslaande brand, geen grote fouten. Niet al te druk, maar hij had een paar opdrachten binnengehaald en er zou de komende week doorlopend werk zijn voor al zijn mensen.

Binnengekomen werd hij begroet door Django, een kruising tussen een labrador en een pitbull, die ze, nadat Darby dood was gegaan, als volwassen hond hadden opgehaald bij het asiel op de hoek van Georgia Avenue en Geranium Street. Django had de oren gespitst bij het karakteristieke geluid van de Triton V8 motor van Flynns bestelbus die de oprit op reed, en was van zijn ronde hondenkussen naast de bank in de studeerkamer opgestaan en naar de deur gelopen. De staart van het beest zwaaide rond als een propeller, en Flynn krabde hem achter de oren en aaide zijn nek en kin. Django woog 36 kilo en was één bonk spieren. De pitbull in hem was het duidelijkst zichtbaar in zijn hoekige kop.

Amanda's auto stond langs het trottoir, waardoor Flynn ondanks de doodse stilte wist dat ze thuis was. Aan het begin van de avond ging ze graag naar de slaapkamer om daar de rozenkrans te bidden. Op dit moment zou ze waarschijnlijk een kruis slaan, de apostolische geloofsbelijdenis opzeggen, het kruis en daarna de kralen aanraken, en verdergaan met het Onzevader, de drie Weesgegroetjes en het Eer aan de Vader.

Hij had Amanda's vrome toewijding aan het katholicisme en Christus leren accepteren. Hij vond het niet langer kleinburgerlijk of maf, of een *Stepford Wives*-fase waar ze in zat, zoals in het begin van hun huwelijk, toen ze diep gelovig was geworden. Hij was dankbaar voor de troost die ze uit het geloof putte, ook al had hij er zelf niets mee. Hij had haar leren delen met degene die hij ooit 'Oom Jezus' had genoemd, die hij als een ongewenst familielid beschouwde dat zijn intrek in hun huis had genomen, en op haar beurt had Amanda het opgegeven hem te bekeren.

Flynn pakte de plastic verpakking van de *Washington Post*, die Amanda iedere dag bewaarde, van het aanrecht. Django begon te blaffen, omdat hij wist dat dit het sein was voor zijn avondwandeling.

'Kom maar, jongen,' zei Flynn, en de hond liep opgetogen achter hem aan door de gang, waar Flynn zijn tuig en riem van een haak pakte.

Ze namen hun gebruikelijke route door Friendship Heights, en Django bleef staan bij de huizen waar andere honden woonden en blafte opgewonden terug naar de honden die achter deuren en ramen naar hem blaften. Als Amanda Django uitliet, bleef ze met de buren en af en toe met voorbijgangers staan praten, maar Flynn was niet zo toeschietelijk; hij knikte of groette wel, maar hield de pas erin. Hij was een arbeider in een buurt waar in zijn ogen alleen maar hoogopgeleide mensen en yuppen woonden, wat nogal achterhaald was. Als volwassene had hij zich hier nooit thuis gevoeld, ondanks het feit dat hij hier zijn hele leven had gewoond. Hij mocht dan een succesvol bedrijf hebben en jaarlijks een bedrag van vijf nullen verdienen, maar naar zijn weten was hij de enige huiseigenaar in Friendship Heights die in een bestelbus naar zijn werk reed, en hij had het gevoel dat de mensen hem zagen als iemand die een minder goede opleiding had genoten dan zij, die lang niet zo succesvol was en eigenlijk tot een andere sociale klasse behoorde.

Dat zat voornamelijk tussen Flynns oren. In werkelijkheid mochten de meeste buren hen graag, en waren ze altijd vriendelijk en hartelijk geweest. Dat wist Flynn wel, maar toch kon hij dat gevoel niet van zich afzetten.

Zoals altijd eindigde het loopje bij het wijkcentrum en het speelveldje vlak bij hun huis. Daar snuffelde Django rond in het gras, vond een plek die hem beviel, en ging op zijn hurken zitten om te poepen. Flynn keek naar het speelveldje, waar jonge ouders met elkaar stonden te praten terwijl hun kinderen aan het spelen waren. 'Ik geef Emily op voor een intensieve cursus Frans', en 'Skyler is goed in exacte vakken, we nemen hem morgen mee naar het Smithsonian Institution', en 'Dylan is goed in voetbal, we gaan voor hem op zoek naar een zomerkamp. Misschien krijgt hij later wel een sportbeurs!'

Geniet er maar van, dacht Flynn. Er ligt alleen maar hartzeer in het verschiet. Oké, misschien hebben een paar van jullie meer geluk dan ik. Maar niet allemaal. Geniet dus maar van je dromen.

Flynn stak zijn hand in de plastic zak en raapte Django's drol op.

Toen ze thuiskwamen, stond Amanda op het granieten aanrecht een rode ui te snijden voor een salade. Naast de snijplank lag een afsluitbaar plastic zakje met kipfilets in een marinade van sladressing. Flynn zag het er al van komen dat hij zo direct de kip moest grillen, en hij was van plan om zichzelf een bourbon met ijs in te schenken en die mee naar buiten te nemen als hij de grill ging aansteken.

'Hoe was je dag?' vroeg Amanda. Django duwde zijn snuit tegen haar dij bij wijze van begroeting.

'Niet slecht,' zei Flynn, en hij liep naar de gootsteen. Hij drukte op het pompje van een flacon vloeibare zeep, deed de kraan aan en begon zijn handen te wassen. 'En jij?'

'Ik moest de verzekering voor de jongens regelen. Maar er zijn ook een paar facturen betaald.'

Flynn trok een stuk papier van de keukenrol en droogde zijn handen. 'Ik denk dat onze zoon een vriendin heeft.'

'O ja?'

'Ze werkt in het kantoor van het magazijn. Ziet er leuk uit. Maar ik denk niet dat ze veel opleiding heeft...'

'Doe toch niet zo snobistisch.'

'Dat doe ik niet.'

'Ik heb ook niet gestudeerd. Wil je zeggen dat je spijt hebt?'

'Tjezus, nee.'

Amanda stopte even met snijden toen Flynn achter haar kwam staan en zijn handen op haar heupen legde. Ze was tien kilo aangekomen sinds haar tienerjaren, maar het stond haar goed. Ze had haar rondingen behouden, en hij raakte nog steeds opgewonden als hij zich haar naakt voorstelde. Hij duwde haar schouderlange haar uit haar nek, kuste haar onder haar oor en rook een frisse geur van douche en lotion.

'Hoe weet je dat het zijn vriendin is en niet gewoon een meisje?'

'Dat gevoel had ik gewoon,' zei Flynn. 'Ze had dezelfde bouw en kleur haar als jij. Je weet wat ze zeggen over jongens die het aanleggen met het evenbeeld van hun moeder.'

'Hou op.'

Flynn zag aan de dieper wordende lijntjes in haar ooghoeken dat ze zich gevleid voelde. 'Ik neem het hem niet kwalijk.' Flynn legde zijn handen op haar borsten en kuste de zijkant van haar mond.

Ze draaide zich naar hem toe. Ze kusten elkaar en binnen de kortste keren sloeg de vlam over. Haar huid werd rood, ze lachte op lage toon en duwde hem toen zachtjes weg.

'Dat was fijn,' zei ze.

'Zijn we dan klaar?'

'Waarom moet iedere zoen op seks uitdraaien?'

'Omdat ik een man ben?'

'Een holbewoner, zul je bedoelen.'

'Die doen niet aan zoenen.'

'Schenk jezelf maar een drankje in.'

'Wil je me weg hebben?'

'Niet helemaal.'

'Dus, later op de avond...'

'Misschien.'

Flynn liep naar de woonkamer, waar hij een barretje had staan.

'Hoe heet ze?' riep Amanda hem achterna.

Flynn zei: 'Kate.'

Hij schonk zichzelf een glas in, dronk het snel leeg en reikte weer naar de fles op het barretje.

13

Ben bewoonde een eenkamerflatje in een straat met eenvoudige, uit rode baksteen opgetrokken gebouwen vlak bij de Rock Creek begraafplaats in het noordwestelijk deel van de stad. Het was geen gevaarlijke buurt, en er hing geen dreigende sfeer zoals in de pleeggezinnen waarin hij was opgegroeid. Als de spits op de nabijgelegen North Capitol Street, een forensenroute, eenmaal achter de rug was, was het er redelijk rustig. Zijn flat kreeg weinig zon en was gemeubileerd met spullen uit kringloopwinkels en van het Leger des Heils, en als hij het licht in de keuken aandeed, schoten de kakkerlakken weg.

Het flatje van Ben was niet om over naar huis te schrijven, maar afgezien van zijn cel was het de eerste ruimte die hij voor zich alleen had. Het was zijn huis en het was oké. Het enige nadeel was dat de beheerders geen huisdieren toestonden. Hij wilde een hond.

Ben had geen auto of rijbewijs. Sinds de dagen dat hij auto's stal en aan joyriding deed, had hij niet meer achter het stuur gezeten. Hij had een tijdlang geen rijexamen mogen afleggen, maar dat verbod was nu opgeheven en Chris had erop aangedrongen dat hij voor het examen op zou gaan. Dat zou het makkelijker maken voor Chris, en als Ben in de busjes rond kon rijden, zou hij breder inzetbaar zijn voor Flynn's Floors. Hij was wel van plan het uiteindelijk te doen, maar hij had geen haast.

Hij nam liever kleine stapjes tegelijk.

Behalve voor het werk had Ben geen auto nodig. Hij zat vlak bij een buslijn en het metrostation Fort Totten. Zolang je maar in de stad bleef, kon je gemakkelijk overal komen.

Hij wandelde graag over het kerkhof, dat met zijn ruim dertig hectare vol heuvels, bomen, monumenten en grafstenen een van de mooiste groene plekken van DC was. Hij nam altijd de hoofdingang op de hoek van Rock Creek Church Road en Webster Street, en liep dan langs de kerk naar het hoger gelegen terrein, waar de mooiste, rijkst versierde monumenten stonden, en nam vandaar een paadje dat zo smal was dat het geen echte weg leek, naar het Adams Memorial, zijn favoriete plek. Tegenover het gedenkteken, dat door een muur van altijdgroene heesters werd omringd, stond een marmeren bank. Op zijn vrije weekends zat hij er vaak gedichten te schrijven. Of hij las een pocket die hij had meegenomen.

Ben kon lezen.

Hij had tot zijn eenentwintigste in Pine Ridge gezeten. Het incident met Calvin Cooke had hem binnen de hekken en het prikkeldraad gehouden terwijl zijn vrienden vrijkwamen. Ali en Chris waren op hun achttiende vrijgekomen toen ze level zes hadden gehaald. Lawrence Newhouse was ook vrijgelaten, maar hij had de regels van zijn voorwaardelijke invrijheidstelling overtreden, was opnieuw terechtgekomen in Pine Ridge en had daarna nog een tijdje in een gevangenis voor volwassenen gezeten wegens vuurwapenbezit; eerst in Lorton voordat het werd gesloten, en daarna in een gevangenis in Ohio.

Toen Ben vrijkwam, was hij de oude man van de jeugdgevangenis. De bewakers klapten voor hem toen hij naar buiten liep, zoals onderwijzers deden bij leerlingen die de basisschool hadden doorlopen.

Hij woonde enige tijd samen met andere ex-gedetineerden in een paar doorgangshuizen. Hij bemoeide zich weinig met de anderen, kwam zijn afspraken met de reclasseringsambtenaar na, liep zonder te blijven staan langs niet afgesloten auto's, en moest regelmatig urinetests doen die altijd een negatieve uitslag gaven. Chris, die ondertussen voor zijn vader werkte, nam hem als assistent in dienst en leerde hem het stoffeerdersvak. Ali, die aan Howard studeerde, maar zich ondertussen ook al in het stelsel van regelingen had verdiept, ontdekte dat er aan de universiteit van DC een speciale door de gemeente en liefdadigheidsorganisaties gesubsidieerde avondopleiding bestond voor ex-delinquenten. Ali had Ben overgehaald zich in te schrijven.

Daar had hij zijn lerares leren kennen, een lieve, geduldige jonge vrouw die Cecilia Lewis heette. Op de scholen waar hij in zijn jeugd op had gezeten en op de school van Pine Ridge had hij leraren gehad die hem aan het lezen hadden willen krijgen, en hem altijd en eeuwig verbeterden als hij een woord niet begreep, waardoor hij zich begon te schamen en een hekel aan boeken kreeg. Miss Lewis las hem voor, iets wat nog nooit iemand had gedaan. Ze las voor uit kranten, stripbladen, boeken voor tieners en romans voor volwassenen, geen zware kost, maar helder geschreven boeken met goede personages, die iedereen kon waarderen en begrijpen. Als ze hem voorlas, had hij een exemplaar van hetzelfde boek voor zich en las mee, en nadat ze dat een paar maanden tweemaal per week hadden gedaan, kwamen de woorden en zinnen bij elkaar en vormden beelden in zijn hoofd. Hij kon lezen, en er ging een wereld voor hem open zodat hij het gevoel kreeg dat er nu dingen mogelijk waren die vroeger ondenkbaar leken. Het was alsof hij voor het eerst een bril op sterkte kreeg. De wereld zag eruit als nieuw.

Hij werd natuurlijk verliefd op Cecilia Lewis. Hij plukte op weg naar de Red Line-metro bloemen uit de tuinen en bloembakken en gaf die aan haar als hij het lokaal binnenkwam, en hij schreef gedichten waarvan hij wel voelde dat ze vreselijk waren, maar die hij haar toch gaf om haar te laten weten dat hij het zwaar van haar te pakken had.

Ze waren nooit samen in bed beland. Ze hadden zelfs nooit gekust. Toen hij uiteindelijk uiting gaf aan zijn gevoelens voor haar, zei ze hem dat het ongepast was als een docent een dergelijke verhouding met een leerling had, dat het niets met hem persoonlijk te maken had, dat ze hem als persoon graag mocht, wat dat ook mocht betekenen, en dat ze het bij vriendschap moesten houden. In haar ogen las hij dat ze wel iets voor hem voelde, maar hij begreep haar terughoudendheid en hij drong verder niet aan. Nadat het semester voorbij was, had hij haar nooit meer teruggezien. Het maakte niet uit. Cecilia Lewis had zijn leven veranderd, en zij zou altijd een speciaal plekje in zijn hart blijven hebben.

Ben had nu een vriendin, een lieve, kleine vrouw die Renée heette. Ze woonde in Hyattsville en werkte in een nagelstudio. Ze was gemakkelijk in de omgang. Meestal bleven ze thuis, lieten een pizza bezorgen en hadden samen plezier. Ze klaagde niet als Ben op de tv naar basketbal keek en ze vroeg niet waarom hij haar maar zelden mee uit nam naar een restaurant of een club. Misschien wist ze dat hij zich in dat soort gelegenheden, en in de buitenwereld in het algemeen, niet op zijn gemak voelde. Renée vond het best. Ze was oké.

Bens mobieltje ging. Zijn beltoon was 'Overnight Scenario', een oud nummer van Rare Essence, dat Ben heel mooi vond. Hij keek wie het was en nam op.

'Wat is er, Chris?'

'Effe kijken hoe het met je gaat.'

'Gaat goed.'

'Je zit toch niet te janken om die tas met geld?'

'Ik wou dat ik 'm had. Maar ik lig er niet wakker van.'

'Wat ben je aan het doen?'

'Ik wilde net een wandeling gaan maken. Heb je een afspraak met je rooie?'

'Ja.'

'Moet ik je morgenochtend uit je nest bellen?'

'Niet nodig. Ik kom je op de gewone tijd oppikken.'

Ben sloot het gesprek af. Hij stopte *Of Mice and Men*, een beduimelde tweedehands Penguin-uitgave in zijn kontzak, en liep de deur uit in de richting van het kerkhof. Het zou nog ongeveer een uur licht blijven, lang genoeg om nog even rustig te zitten lezen.

Chris woonde net over de grens van DC in Maryland, in een straat met eengezinswoningen in het centrum van Silver Spring, in een huis dat tot drie appartementjes was verbouwd. Hij had het genomen vanwege de ingebouwde boekenplanken in de zitkamer, waar hij zijn verzameling biografieën en boeken over de Amerikaanse geschiedenis op kwijt kon. Door Ali was hij verslingerd geraakt aan de boeken van Taylor Branch over Martin Luther King en de burgerrechtenbeweging, die twee delen omvatten toen hij nog in Pine Ridge zat, en die toen hij vrijkwam waren uitgegroeid tot een trilogie. Hij vond alle boeken van Halberstam goed, apprecieerde de onconventionele kijk van Paul Fussell op de beide wereldoorlogen en hield van alle boeken van David McCullough en van oorlogsmemoires als *With the Old Breed* van E.B. Sledge, dat hij het beste boek in zijn genre vond. Hij werd geïnspireerd door deze uitzonderlijke schrijvers en hun onderwerpen, en was zich tegelijkertijd bewust van zijn eigen alledaagse bestaan en had zich daarbij neergelegd.

Zijn woning was klein, maar voldeed aan zijn wensen. Afgezien van zijn boeken had hij niet veel bezittingen, en hij hield zijn huis netjes. Hij zette zijn schoenen twee aan twee onder het bed met de hakken naar voren, net als hij in de cel van Pine Ridge had gedaan. Voor zijn kleine tv had hij het eenvoudigste kabelpakket gekozen, zodat hij sportuitzendingen kon volgen. Iedere ochtend maakte hij zijn bed op voordat hij naar zijn werk ging.

De andere huurders in het huis waren de Gibsons, een jong

punkstel, van wie de man in een rockband speelde en de vrouw privé muziekles gaf, en Andy Ladas, een man van middelbare leeftijd die erg op zichzelf was en 's avonds op de veranda sigaretten zat te roken en daarbij langzaam flesjes bier leegdronk. Om beurten maaiden ze regelmatig het gras, en het stel deed zelfs meer dan nodig was en had de tuin opgeknapt, zodat die er beter uitzag dan die van menig andere huiseigenaar in de straat. Desondanks werd er op de buurtwebsite gemopperd en zelfs gezegd dat huurders in de toekomst uit de buurt moesten worden geweerd. Als ze wilden dat hij vertrok, dan zou hij weggaan. Hij had toch al het gevoel dat hij vaak zou verkassen. Dat hij een soort nomadenbestaan zou leiden.

Maar de laatste tijd, sinds hij met Katherine omging, was hij veranderd. Goed, ze betekende meer voor hem dan die andere jonge vrouw met wie hij was geweest nadat hij was vrijgekomen. Na enig doorvragen, want zelf praatte hij niet gauw over dat soort dingen, zou hij zelfs toegeven dat hij van haar hield. Maar hij had ook het gevoel dat zijn andere kijk op het leven iets met zijn leeftijd had te maken. Zo gewoon als het was dat tieners rebelleerden, zo vanzelfsprekend was het dat hij, nu hij achter in de twintig was, behoefte kreeg aan vastigheid.

Na een uitgebreide douche trok Chris een Levi's spijkerbroek en een button-downoverhemd van Ecko Unlimited aan dat hij had gekocht bij de Macy's in Wheaton. De meeste leeftijdgenoten uit de buurt waar hij was opgegroeid, kochten hun kleren bij Bloomingdale's en Saks in Friendship Heights of in de winkels aan Wisconsin Avenue, waar je je in Beverly Hills waande. Chris had het geld niet om daar te winkelen en was ook niet helemaal op de hoogte van de laatste mode. De Macy's waar hij naartoe ging, voorzag in de behoeften van de zwarte en Spaanstalige klanten in Wheaton, en dat vond hij best. Of beter gezegd: hij stelde zich tevreden met het aanbod omdat dat het enige was dat hij zich kon veroorloven.

Chris reed met de bestelbus naar Prince George's County. De rollen tapijt en ondertapijt van de klus in Bethesda lagen er nog steeds in, tussen de voorstoelen geschoven zodat de achterdeuren dicht konden. Hij ging Katherine ophalen bij het huis van haar ouders in University Park, een wijk met in koloniale stijl gebouwde huizen en gerenoveerde bungalows aan de zuidkant van College Park.

Katherines vader, James Murphy, was professor in de letteren en klassieke talen aan de universiteit van Maryland. Haar moeder, Colleen, werkte voor een in energievraagstukken gespecialiseerde adviescommissie in de stad. Ze waren allebei briljant en misschien wel zo hoogopgeleid dat ze in sociaal opzicht wat onhandig waren. Hun zoon had zijn kandidaats gehaald maar had geen zin gehad om verder te studeren, en hij werkte in New York als geluidstechnicus voor speelfilms. Hij had op dat terrein zijn sporen verdiend, maar zijn ouders vonden dat hij het verder had kunnen schoppen.

Hun dochter Katherine had hen diep teleurgesteld. Nadat ze met de hakken over de sloot haar diploma had behaald aan de Elizabeth Seaton katholieke middelbare school voor meisjes in de buurt, had ze vruchteloos op het PG Community College geploeterd, was met de opleiding gestopt en had het afgelopen jaar op het kantoor van een magazijn gewerkt. En nu ging ze om met een man die stoffeerder van beroep was en die in zijn jeugd in de gevangenis scheen te hebben gezeten.

Chris begreep hun negatieve houding. Op zich deugden ze wel, en onder andere omstandigheden hadden ze hem misschien welkom geheten in hun huis, maar ze wilden het beste voor hun dochter. Hij was inderdaad niet de ideale huwelijkskandidaat, maar hij gaf om Katherine, respecteerde haar en zou haar beschermen. Hij werkte weliswaar met zijn handen, maar hij werkte hard en was eerlijk. Voor haar ouders was dat geen geruststellende gedachte, maar hij was nu eenmaal wie hij was, en op dat moment was dat het beste dat hij te bieden had.

Hij stond op de stoep van hun huis en belde aan.

Colleen Murphy deed open. Ze was een lange, ernstig kijkende brunette bij wie er nooit een lachje af scheen te kunnen. Katherine had haar lichte huidskleur en rode haar van haar vader geërfd.

'Dag mevrouw Murphy. Hoe gaat het met u?'

'Goed, Chris.'

'Is mijn meisje al klaar?'

'Ja, bijna. Kom je even binnen?'

'Nee hoor, ik wacht hier wel.'

Chris had Katherine met zijn mobiel gebeld toen hij een paar minuten van haar huis was, in de hoop dat ze hem zou staan op te wachten als hij aankwam, om dit soort situaties te vermijden.

Colleen Murphy staarde hem aan en keek enigszins op hem neer, omdat ze een treetje hoger in de deuropening stond. Hij maakte zijn ogen los van de hare en keek naar de oude bomen in de tuin, naar de azalea's langs de veranda en de grote rododendronstruik met zijn drie stammen en scharlakenrode bloemen. Naast het huis stond een Sunfish zeilboot onder een dekzeil op een aanhanger.

'Mooie tuin,' zei Chris weinig enthousiast.

'Ja,' zei Colleen Murphy.

'Zeilt meneer Murphy?'

'Af en toe.'

Gelukkig kwam Katherine toen net de trap in de hal af lopen. Ze droeg een groen met roestbruine hemdjurk en groene sandalen, en ze had een zwarte haarband in haar haren gedaan. Ze liep langs haar moeder op Chris af.

'Dag mam,' zei Katherine.

'Tot ziens, mevrouw Murphy,' zei Chris, die gekscherend salueerde, waar hij onmiddellijk spijt van had. Katherine kuste hem op de wang en pakte zijn hand terwijl ze naar de bestelbus liepen. Chris dacht: haar moeder haat me.

Colleen Murphy keek hen na terwijl haar dochter en Chris Flynn in de bestelwagen stapten. Op dat moment koesterde ze helemaal geen haat. Ze dacht aan de tijd dat haar vriendje, Jimmy Murphy, haar halverwege de jaren zeventig bij haar ouderlijk huis in Burke, Virginia, had opgehaald. Hoe ze op weg naar zijn auto, een goudkleurige Ford Pinto met nephouten zijpanelen, hadden gelachen en hand in hand hadden gelopen. Hoe lang hij was, hoe sterk zijn hand in de hare voelde, dat ze niet kon wachten om die handen op haar bovenlijf en borsten te voelen.

Ze draaide zich om en ging naar binnen. James Murphy zou wel in zijn studeerkamer zitten werken. Straks zouden ze rustig gaan eten zonder veel te zeggen. Zij zou vroeg gaan slapen en hij zou pas in bed komen liggen als ze al sliep.

Net om de hoek van haar huis zei Katherine tegen Chris dat hij de bus aan de kant moest zetten.

'Waar?' vroeg Chris.

'Hier. Dat huis staat al zes maanden leeg.'

'En?'

'Doe het nou maar.'

'Oké.'

Toen hij de bestelbus in de parkeerstand zette boog ze zich over de rollen tapijt en ondertapijt heen en kuste hem innig.

'Waar heb ik dat aan te danken?' vroeg Chris.

'Om het goed te maken dat ik je heb laten wachten.'

Ze wreef over zijn kruis. Hij legde zijn hand op haar gespierde dij, waarop ze haar benen van elkaar deed terwijl ze zijn gulp openritste en zijn lid tevoorschijn trok.

Chris lachte. 'Hier?'

'Is dat een probleem?' vroeg ze, en ze trok hem af tot hij het niet meer hield. Hij duwde haar hand weg.

'Jézus, meid.'

'Wat?'

'Ik kom bijna klaar.'

'Ben je bang dat je de bekleding vies maakt?'

'Je haar eerder.'

'Opschepper.'

'Ik wil maar zeggen dat ik een jonge vent ben. Ik spuit.'

'Kom op, laten we achterin gaan zitten.'

'Meen je dat?'

Ze kuste hem. 'Kom op, Chris.'

Daarna gingen ze eten in een Vietnamees restaurant in Wheaton omdat ze de soep lekker vonden daar en omdat het goedkoop was. Het restaurant stond in een winkelstraat met wasserettes en koosjere winkels en Chinese kruideniers. De klanten zaten aan lange tafels zoals je ook in schoolkantines had. Afgezien van Chris en Katherine waren alle klanten Vietnamees. Niemand sprak hen aan of scheen de zweetplekken op Chris' overhemd of Katherines verwarde haar op te merken. Na de maaltijd kocht Chris een goedkope fles Chileense rode wijn in een delicatessenzaak naast het restaurant en reden ze naar zijn huis in Silver Spring.

Ze vrijden uitgebreid maar niet minder energiek in zijn bed. Chris had votiefkaarsen aangestoken en had zijn stereosetje afgestemd op WHUR, waarop het oude Earth, Wind and Fire-nummer 'You Can't Hide Love' werd gedraaid. De kaarsen en de muziek waren een tikje clichématig, maar Chris was nu eenmaal in hart en nieren een jongen uit DC, en het muziekprogramma Quiet Storm zat hem in het bloed. Toen Thomas en Amanda Flynn nog jong waren en op hete zomeravonden als deze vrijden, luisterden ze naar presentator Melvin Lindsey die in die tijd Norman Conners en Major Harris draaide.

Katherine, die naakt op de lakens naast Chris lag, draaide zich naar hem toe en streelde met haar vinger het verticale litteken op zijn bovenlip.

'Je vader heeft vandaag eindelijk iets tegen me gezegd,' zei Katherine. 'Suzie dwong hem er bijna toe. Op haar onhandige manier heeft ze hem duidelijk gemaakt dat we iets met elkaar hebben.'

'Heeft hij je snoes of schatje genoemd?'

'Ik geloof dat het "mop" was.'

'Typisch mijn vader. Hij kan moeilijk namen onthouden. Raar voor een verkoper, maar zo is het. Maar jouw naam onthoudt hij nou wel.'

'Waarom?'

'Voordat ik werd geboren, hebben mijn ouders een dochter gehad die Kate heette, en zij is na een paar dagen overleden. M'n vader heeft het nog steeds over haar. Alsof ze terugkomt en alle verwachtingen inlost die ik niet heb waargemaakt.'

'Je vader geeft om je, Chris.'

'Zoals je om een kreupele hond geeft. Je weet dat hij nooit een show of een race zal winnen, maar uit goedheid blijf je voor hem zorgen.'

'Zelfmedelijden is niet aantrekkelijk.'

'Daar heb ik ook geen last van. Nooit. Ik wil alleen maar zeggen dat ik denk dat het zo is omdat ik het aan zijn ogen zie. Ik ben wel tevreden met mezelf. Ik vind dat ik het niet slecht doe. Maar m'n pa ziet me als een soort gehandicapte. Mijn verleden zit hem nog steeds dwars, Katherine. Volgens hem moet er een reden zijn waarom ik in de problemen ben gekomen, en hij wil graag weten welke. Kijk, ik ben niet door toedoen van mijn ouders ontspoord, en ik heb ze nooit verdriet willen doen. Ik was egoïstisch, vol vuur, en ik kon niet goed nadenken. Dat is de enige verklaring die ik kan bedenken. Ik heb het zelf verkloot, en niemand anders.'

'Toen ik mijn studie eraan gaf,' zei Katherine, 'hoorde ik mijn ouders in hun slaapkamer fluisteren en ruziemaken. Het ging allemaal over de verkeerde beslissingen die ze gemaakt dachten te hebben. Dat ze uit PG County hadden moeten verhuizen of me op een betere middelbare school hadden moeten doen en me van mijn vrienden en andere slechte invloeden hadden moeten weghouden. Dat ze me meer achter m'n vodden hadden moeten zitten om betere cijfers te halen. Maar ik vond er gewoon niks aan op school, Chris. Ik vond het al niet leuk toen ik een klein meisje was. Niet iedereen gaat studeren. Niet iedereen volgt een hogere opleiding of gaat meer geld verdienen of krijgt later een mooier huis dan zijn ouders.'

'Ik begrijp wat je bedoelt. Maar toch wensen ze je dat toe.'

'Dat is ook alleen maar logisch.'

'Als ik je moeder naar me zie kijken, lijkt het alsof ze ervan overtuigd is dat ik niet goed genoeg voor je ben.'

'Ze draait wel bij,' zei Katherine. Ze kwam tegen hem aan liggen en duwde haar platte buik tegen die van hem. 'Weet je, als jij geen stoffeerder was, en als ik niet gestopt was met studeren en dat stomme kantoorbaantje niet had genomen...'

'Dan zouden we elkaar niet zijn tegengekomen.'

'Dus wat mij betreft heeft alles goed uitgepakt.'

Ze zoenden elkaar.

'Zo is het goed,' zei Chris, en hij drukte haar tegen zich aan.

'Jij voelt het ook, hè? We zijn voor elkaar gemaakt, Chris.'

'Ja.'

Hij vertelde haar over de tas met geld die Ben die dag onder de vloer had gevonden, en dat hij Ben had weten te overreden om hem weer terug te zetten.

'Je hebt de goede beslissing genomen,' zei Katherine. 'Denk ik.'

Chris grinnikte. 'Dus jij bent er ook niet helemaal zeker van?'

'Wie zou er nou niet over denken het te houden? Maar waarschijnlijk zou daar weinig goeds van komen. Ik bedoel, het is niet van jou. Goed beschouwd...'

'... is het diefstal. Wat me alleen dwarszit is of het tegenover Ben wel eerlijk was. Op dat moment dacht ik van wel. Ik had het gevoel dat ik hem tegen zichzelf in bescherming moest nemen.'

'Maar nu ben je daar niet meer zo zeker van?'

'In Pine Ridge heeft Ali ooit tegen me gezegd dat mijn ouders altijd wel op een of andere manier voor me zullen zorgen. En dat klopt. Maar Ben heeft niemand. Geen familie en hij heeft nooit eens mazzel. Voor hem zijn vijftig ruggen in een sporttas een geschenk uit de hemel.'

'Hij is toch niet kwaad op je?'

'Nee, we zijn oké.'

'Waar maak je je dan druk om?'

Chris streelde Katherines arm. 'Ik maak me gewoon zorgen over mijn vriend.'

14

Ben Braswell hoorde dat er op de deur van zijn flat werd geklopt. Hij kwam overeind uit zijn stoel, liep zachtjes op blote voeten naar de deur en boog zijn grote lijf voorover om door het spionnetje te kijken. Hij zuchtte hoorbaar, ging rechtop staan en overwoog wat hij zou doen.

Er was weinig kans dat Lawrence wist dat Ben thuis was. Als hij daar rustig bleef staan, zou Lawrence het uiteindelijk opgeven en weggaan. Ben wist dat een bezoekje van Lawrence betekende dat die geld nodig had. Maar Ben was er de man niet naar om lafhartig achter de deur te blijven staan; hij was niet achterbaks. Lawrence was een mens, hoe diep hij ook gezonken mocht zijn. Hij verdiende respect totdat het niet meer te rechtvaardigen was. Ben haalde de deur van het nachtslot en deed open.

'Hallo, jongen,' zei Lawrence Newhouse.

Aarzelend stak Ben zijn hand uit en ze gaven elkaar een boks. Lawrence' ogen zagen rood en hij rook naar wiet.

'Wat kom je hier doen, man?'

'Mag een vriend niet langskomen?'

'Het is al laat.'

'Voor een nachtbraker als jij? Shit. In de Ridge ging jij altijd als laatste slapen. In je cel praatte je constant in jezelf. Weet je nog?'

'Kom verder.'

Lawrence liep naar binnen. Ben deed de deur achter hem dicht, ging er met zijn rug tegenaan staan en sloeg zijn armen over elkaar. Lawrence ging in een oude stoel uit de jaren zeventig zitten. Ben liet zijn armen weer langs zijn zij hangen en nam op een versleten bank plaats.

'Ik moet morgen werken,' zei Ben.

'Dat is mooi,' zei Lawrence. 'Ik wou dat ik dat ook kon zeggen.'

'Ik dacht dat je auto's waste.'

'Dat klopt, maar er is weinig werk. De benzineprijzen stijgen, dus mensen rijden minder in hun auto. Ze brengen hem niet naar de garage en ze vinden het niet nodig om hem te laten wassen. Je weet hoe dat gaat.'

'Waar werk je?'

'Mwah, ik werk overal, man. Ik neem mijn spullen mee in een winkelwagentje en ik was en poets al die sleeën bij de mensen voor de deur. Bijna iedereen heeft een tuinslang. En als ze die niet hebben, neem ik er zelf een mee. Al m'n eh... transacties zijn in contanten, dus ik heb geen gezeik met de belasting. En ik betaal ook geen huur. Ik heb het voor mekaar. Maar zoals ik zei, d'r is op het moment niet veel werk.'

Nou, wat je werken noemt, dacht Ben. Maar Lawrence deed tenminste iets wat min of meer fatsoenlijk was. Hij liep in ieder geval niet met een gun rond en hij werd niet regelmatig in elkaar geslagen.

'Wat kom je doen?'

'Tjézus, man, je hebt wel erg veel haast, hè?'

'Ik zei toch al dat het laat is.'

Lawrence veegde met veel misbaar het zweet van zijn gelige voorhoofd. Hij zwiepte zijn vlechtjes uit zijn gezicht naar achteren. 'Heet hier.'

'Airco staat aan. Misschien ligt het aan jou.'

'Heet en krap. 't Lijkt hier wel een doodskist of zoiets. Je weet dat ik niet van die kleine ruimten hou. Doet me denken aan de tijd dat ik gezeten heb.'

'Ik hou je niet tegen als je weg wilt.'

'Ga even mee. Iets drinken. Een glaasje wodka op een mooie zomeravond als nu?'

'Daar heb ik geen geld voor.'

'Nou heb ik je tuk. Ik heb een fles achter in de auto liggen. We hoeven alleen maar ergens wat ijskoud sap te kopen.'

Ben keek naar zijn blote voeten. Het was warm hier binnen, en een koude longdrink met wodka klonk goed. Misschien kon hij Lawrence zo uit zijn huis en uit zijn leven krijgen. Even rondrijden en wat drinken, uitvissen wat hij wilde, en dan weer naar huis gaan.

'Wat zeg je ervan, Big Man?' vroeg Lawrence.

'Even mijn schoenen aandoen,' zei Ben.

Toen Ben zijn slaapkamer in ging, bekeek Lawrence de leren gereedschapsgordel die bij de voordeur aan een haak hing. In een van de zakken vond hij een stanleymes met een haakvormig uiteinde. Toen hij Bens zware voetstappen de kamer in hoorde komen, stopte hij het terug.

'Laten we dat drankje nemen,' zei Lawrence.

Ze kochten een grote fles grapefruitsap bij de 7-Eleven aan Kansas Avenue en dronken de helft ervan op. Lawrence reed terug via Blair Street en vervolgens over Capitol Street terwijl Ben de fles bijvulde met Popov wodka. Hij schroefde de dop weer op de fles en schudde hem om het grapefruitsap en de wodka te mengen.

Ze namen om beurten een teug. Lawrence sloeg linksaf op H Street en reed naar het oosten. Ben ontspande zich en zakte onderuit in zijn stoel. Hij liet zijn arm op de rand van het portier liggen en stak zijn hand naar buiten om de lucht op te vangen. De auto was een oude Chevrolet Cavalier waar hij nauwelijks in paste. Maar hij voelde zich goed. De wodka deed zijn werk.

'Ik heb een neef,' zei Lawrence.

'Ja?'

'Marquis heet ie. Zoon van m'n zus.'

'Oké.'

'Zestien jaar. Heeft hier en daar wat problemen gehad. Rond-hangen, drugsbezit, van die dingen. Er loopt een aanklacht te-gen hem, maar ik denk dat het wel bij een waarschuwing blijft. Hij is sowieso niet geschikt voor dat werk. Ik heb geprobeerd hem te vertellen dat als je dat spelletje speelt, je er ook helemaal voor moet gaan. Maar dat joch wil niet luisteren. De politie kwam op hem af, en hij zegt: "Hier."' Ter illustratie hield Law-rence zijn polsen bij elkaar, zodat ze zo in de boeien konden wor-den geslagen. 'Zo stom is ie.'

Misschien heeft ie aan jou gezien wat dat leven hem zou bren-gen, dacht Ben. 'Die jonge gasten zijn vaak eigenwijs,' zei hij.

'Precies.' Lawrence keek naar Ben. 'Geef mij die fles's, man. Je zuipt 'm helemaal leeg.'

Ben gaf hem de fles. Lawrence dronk slordig en er droop wat wodka over zijn kin. Hij zette de fles tussen zijn benen en maakte een gebaar naar de straat.

'De stad is niet meer wat ie geweest is,' zei Lawrence. 'In het noordoostelijk deel heb je nu bars en clubs voor blanken. In H Street, godbetert. Dat geloof je toch niet? In mijn buurt hoor je de oudjes nog vertellen dat H Street in brand stond tijdens die rellen van veertig jaar geleden. Het heeft een tijd geduurd, maar nu hebben de blanken daar ook een vinger in de pap. Ze hebben net zo lang gewacht tot die buurt zo verloederd was dat ze de hui-zen voor een prikje konden kopen. Net als ze in U Street hebben gedaan.'

Zoals gewoonlijk stelde Lawrence de zaken te eenvoudig voor en geloofde hij in een samenzweringstheorie. Er zaten allerlei soorten mensen in de nieuwe bars en restaurants, niet alleen blanken. Ze waren jonger en gingen beter gekleed dan Lawrence en Ben, en waren waarschijnlijk beter opgeleid. Ze hadden wat geld en wilden gewoon in een leuke tent zitten met hun vrienden en vriendinnen. Enkelen van hen waren een nachtclub begonnen, en daarna waren er nog veel meer bijgekomen. Het was de vooruitgang, en het was een schande dat mensen daardoor hadden moeten verhuizen, maar Ben had niet het gevoel dat het alleen maar slecht was. In deze straat brandde nu licht achter ramen die eens donker waren geweest, er was werk voor degenen die een baan zochten, en mensen gaven geld uit en hielden de boel draaiend. En trouwens, als het balletje eenmaal begon te rollen, kon niemand het tegenhouden.

'Er was eerst ook geen metrostation in H Street,' zei Ben, die zich herinnerde wat Chris die dag tegen hem had gezegd. 'Daarom heeft het zo lang geduurd voordat deze buurt opbloeide.'

Ter hoogte van 8th Street, bij de bushalte, waar altijd veel mensen uit de buurt stonden, rende een groepje jongeren over straat, hield het verkeer tegen en schreeuwde naar de inzittenden.

'Hij staat anders nog niet helemaal in bloei,' merkte Lawrence op.

'Wat is er nou met je neef?'

'O ja. Ali Carter wil hem wel helpen. Ali zit in dat kantoortje aan Alabama Avenue, Men Move Upstairs of hoe het ook mag heten. Hij werkt met kansarme jongeren, probeert baantjes voor ze te regelen, dat soort gedoe. Dat respecteer ik, weet je wel?'

'En?'

'Hij bedoelt het goed, maar ik vind dat hij mijn neef tekortdoet. Hij wil Marquis in een McDonald's of een Wendy's zetten.'

'Dat is in elk geval iets.'

'Maar daar is ie te goed voor. Die jongen heeft een echte baan nodig. Zoiets als jij en White Boy hebben.'

'En wat dan nog?'

'Ik zat te denken, misschien kan die vader van White Boy Marquis in dienst nemen. Hem het vak leren. Zodat Marquis niet een of ander stom baantje hoeft te nemen waar hij uitgelachen wordt omdat hij een papieren muts moet dragen.'

'Lawrence, ik weet het niet. Ik bedoel, we hebben vaste ploegen. Ik zie meneer Flynn niet direct nieuwe mensen aannemen.'

'Dat kun je toch vragen? Het gaat om mijn neef, man.'

'Ik kan het altijd vragen.'

'Dat is alles wat ik hoef te weten. Je bent m'n gabber, B. Dat weet je.'

Ze reden naar het nieuwe honkbalstadion aan South Capitol Street. Ben kende het alleen van foto's. Er was die avond geen wedstrijd, maar het stadion was verlicht en ze parkeerden even om het te bewonderen, en dronken het laatste restje uit de fles op. Een auto van een beveiligingsbedrijf reed langzaam voorbij, en de chauffeur scheen met een zaklamp in hun auto, trok op en sloeg even verderop een hoek om.

'Die komt zo terug,' zei Lawrence, terwijl hij de Cavalier startte. 'Die denken altijd dat ze grappig zijn.'

Lawrence reed in oostelijke richting over M Street langs het hoofdkantoor van een of ander groot bedrijf. De weg maakte een bocht en liep omlaag naar de oude jachthavens waar eenvoudige motorbootjes langs de oevers van de Anacostiarivier lagen – boven sommige bootjes was gekleurde kerstverlichting opgehangen. Lawrence reed langzaam door en zette de auto neer bij een van de pijlers van de Sousabrug, op een plek waar overdag jongens en oude mannen op omgekeerde emmers zaten te vissen, maar die nu verlaten was.

Lawrence stak zijn hand onder zijn stoel, pakte een joint die hij in de huls van een Black & Mild-sigaar had gestopt, en deed die in de borstzak van zijn oversized shirt.

'Kom, dan gaan we een stukje lopen,' zei hij.

Ze stapten uit de auto en staken de weg over. Lawrence pakte een aansteker om de joint aan te steken, en toen ze de spoorlijn hadden bereikt, zag de punt al roodgloeiend. De weg liep hier uiteindelijk dood, dus als de politie langskwam, wat vaak gebeurde, waren ze de pineut. Maar Lawrence had altijd zo weinig wiet bij zich dat hij het kon doorslikken als het nodig was. De politie kon dan wel zien dat je high was, ze konden het ruiken, en ze konden de rook zelfs uit je mond zien komen, maar ze konden je niets maken als je niks bij je had. Lawrence kende de wet, dat vertelde hij tenminste aan iedereen die het maar wilde horen. Hij vond zichzelf een slimme donder.

Hij gaf de joint aan Ben, die een stevige hijs nam. Ben mocht 'm graag raken, maar hij rookte maar af en toe met Chris na het werk, en soms met zijn vriendin Renée. Hij zorgde ervoor dat hij alleen ergens stoned werd waar hij zich op zijn gemak voelde, en met mensen die hij vertrouwde en bij wie hij zich veilig voelde. Maar vanavond maakte hij een uitzondering. Lawrence was oké. Af en toe tenminste. En het zou onbeleefd zijn om hem af te wijzen. Bovendien was Ben behoorlijk aangeschoten. Als hij zo ver heen was, hunkerde hij naar wat wiet om er nog een schepje bovenop te doen zodat zijn roes wat langer aanhield.

Ze liepen over het spoor en rookten de joint op. Lachend en aangeschoten en high kwamen ze weer bij de auto. Lawrence pakte de fles Popov uit de auto, en ze gingen allebei op de motorkap zitten met uitzicht op Anacostia Park, gaven de fles over en weer door en keken naar de lichtjes van de brug die in het water weerspiegeld werden terwijl ze de lauwe wodka dronken en in hun keel voelden branden.

'Het ziet er mooi uit, van deze kant,' zei Ben.

'Aan de oostkant van de rivier?' zei Lawrence. 'Mooiste deel van de stad, als je het mij vraagt. Dat is het hoogste punt van DC. Hoog en groen. Ben je wel 's op het terrein van het St. Elizabeth's ziekenhuis geweest?'

'Nee, nooit.'

'Daar staat een bank boven op een heuvel vanwaar je over de hele stad kunt uitkijken. Dat is echt mooi.'

'Hoe ben je daar terechtgekomen?'

'Ik ben erheen gestuurd. Maar begrijp me goed, ik was niet gek of zo.' Lawrence keek Ben even aan, en keek toen weer een andere kant op. 'Ik had er alleen geen zin meer in om in de gewone bak te zitten. Ik heb het over de tijd dat ik in de gevangenis voor volwassenen zat. Je werd er altijd in elkaar geslagen, weet je, en getreiterd. Ik was het zat. Dus deed ik of ik helemaal leip was.'

'Wat deed je dan?'

'Wat ik deed is niet belangrijk. Waar het om ging was dat ik werd overgeplaatst. Ze hebben me een tijdje naar St. Elizabeth's gestuurd. Ze hebben daar trouwens verdomd goeie medicijnen.'

Ben pakte de fles. De lichtjes in het water waren wazig geworden en de brug spleet doormidden, vloog als het ware weg en kwam toen weer op zijn plaats.

'Lijkt me een rottige tijd,' zei Ben.

'Nou, het was beter dan de bak. Maar ik heb die witjassen maar een tijdje voor de gek kunnen houden.'

'Nou ja, dat ligt allemaal achter ons.'

'Ja, dat is voorbij,' zei Lawrence. 'Dat wil ik nooit meer meemaken.'

'Ik ook niet.'

'Ik wou alleen dat het allemaal wat makkelijker ging.' Lawrence pakte de fles uit Bens hand en nam een teug. Hij veegde de wodka van zijn kin. 'Ik zal de rest van m'n leven wel moeten werken. Ik heb geen boom in m'n tuin waar geld aan groeit.'

'Maar d'r is wel iets wat erop lijkt,' zei Ben. 'Echt waar.'

'Je lult.'

'Ik heb het gezien. Maar het was geen boom. Het was een tas.'

'Waar heb je het in godsnaam over, man?'

'Ik heb vandaag een tas met geld gevonden,' zei Ben. 'Chris en ik, toen we ergens een klus deden.'

'Je lult.'

'Niet waar. Ik heb het zelf geteld. En ik heb 'm ook zelf weer teruggezet.'

'Wát? Je hebt hem gewoon laten staan?'

'Ja.'

'Waarom?'

'D'r waren vijftigduizend redenen om hem te pikken. Ik snap nu eigenlijk niet zo goed waarom ik het niet heb gedaan. Maar goed, dat is een gepasseerd station. Er is nu niks meer aan te doen.'

Lawrence gaf Ben de fles. 'Waar was dat dan, Ben?'

Ben vertelde hem het hele verhaal, inclusief het adres van het huis, en terwijl Lawrence hem handig en subtiel uithoorde, gaf hij hem alle details die hij zich kon herinneren. En toen hij alles uit de doeken had gedaan en besefte dat hij te dronken en te high was, en dat hij de volgende dag moest werken, vroeg hij Lawrence hem naar huis te brengen.

Lawrence grijnsde en zei dat hij dat zou doen.

15

'Kom hier eens even zitten,' zei Thomas Flynn. 'Droom's met me mee.'

Thomas Flynn was in het huis van Eric en Linda Wasserman. Hij zat op zijn knieën in hun woonkamer en probeerde hun vloerbedekking aan te smeren. Naast hem op de grond lag een groot boek met stalen.

Linda Wasserman, een blondine van halverwege de dertig, torende met haar armen over elkaar boven Flynn uit. Haar man was naar zijn werk en hun kind zat op kamp. Ze had een strak lijf, mooi geverfd haar, onberispelijk gemanicuurde voeten die in dure merksandalen staken, en een gave huid. Flynn vermoedde dat ze veel aan fitness deed en kapitalen aan haar uiterlijk spendeerde. Hij was bij nieuwe rijken over de vloer.

'Kom hier eens zitten,' zei Flynn nog een keer.

'Moet dat?'

'Absoluut!'

Linda Wasserman ging op haar knieën zitten. Ze wilde het tapijt in de woonkamer vervangen door iets mooiers. De familie Wasserman had het huis pas gekocht en ze hadden het ouderwetse hoogpolige tapijt en de versleten vloeren op de koop toe gekregen.

De bedoeling was dat Flynn haar zou adviseren en vloerbedekking zou verkopen. Hij deed zijn best om zich niet te laten afleiden door haar strakke kontje, dat hij met één hand kon omvatten. Het zou net zijn alsof je een basketbal in je hand had. Je kon haar zelfs het huis ronddragen, dacht Flynn. Daar is ze licht genoeg voor. Je neemt haar in je ene hand en laat haar op je heup steunen, in de andere hand heb je een biertje, en je draagt haar zo naar de slaapkamer.

Wat is er met me aan de hand? dacht Flynn. En in gedachten hoorde hij het antwoord: Niks waar alle andere mannen niet ook last van hebben.

'En nu?' vroeg Linda Wasserman.

Flynn duwde zijn vingers diep in een van de stalen en keek haar ondertussen in de ogen.

'Leg hier je hand eens op,' zei hij, en hij bedoelde de staal.

Ze stak haar hand uit en betastte de staal. Bij het vooroverleunen vielen haar borsten naar voren in haar wijde top, zo'n geval met een laag uitgesneden ronde hals en een vetertje om de nek.

'Velours pooltapijt,' zei Flynn. 'Dat wordt verschillende malen geschoren om het een fluwelige glans te geven. Moet je je voorstellen dat je hierop loopt. Dan wil je in deze kamer geen schoenen meer aan, dat kan ik je verzekeren. En je gasten ook niet.'

'We gebruiken de woonkamer eigenlijk niet zo vaak.'

'Perfect. Dit is tapijt voor decoratief gebruik.'

'Het is mooi,' zei ze. 'Is het duur?'

'Ja,' zei Flynn. In haar ogen zou het een pluspunt zijn als het duur was. Maar ook weer niet te duur. Ze waren niet stinkend rijk. 'Maar het is ook weer niet extravagant duur. Het is eigenlijk eerder de Mercedes onder de tapijten dan de Ferrari.'

'Hmm.' Ze betrapte hem erop dat hij naar haar borsten keek, en ze stond snel op. 'Ik moet dit wel even met mijn man bespreken, meneer Flynn.'

'Natuurlijk,' zei Flynn, die vanwege zijn stramme knieën iets langzamer opstond dan zij. 'Mijn vrouw en ik overleggen ook altijd eerst over dit soort grote aankopen voordat we een besluit nemen. Ik zal de boel even opmeten, dan kan ik een prijsopgave maken.'

Terwijl hij de kamer opmat, ging zijn mobieltje. Hij zag op het schermpje wie het was, zette zich schrap en nam het gesprek aan. Met één vinger gebaarde hij 'neem me niet kwalijk' naar Linda Wasserman en liep de kamer uit.

'Met Thomas Flynn.'

'Meneer Flynn, u spreekt met Mindy Kramer.'

'Hallo, Mindy...'

'Ik wil graag dat u onmiddellijk naar het adres van dat leegstaande huis komt.'

Ze was duidelijk over haar toeren. Maar met die agressieve types die meteen in de aanval gingen kon het net zo goed om een druppeltje limonade gaan dat een van de stoffeerders op een hardhouten vloer had gemorst, of een stuk oud tapijt dat ze hadden laten liggen. Een truc om wat van de prijs af te krijgen.

'Is er een probleem?'

'Een buitengewoon ernstig probleem.'

'Met het product of met het leggen?'

'Het leggen. Misschien met het product. Ik weet het niet.'

'Dan moet ik mijn jongens langs sturen.'

'Ik wil graag dat u er ook bij bent. Ik heb eerlijk gezegd geen vertrouwen meer in "de jongens".'

'Kunt u niet wat meer vertellen zodat ik weet waar we het over hebben?'

'Daar heb ik geen tijd voor. De politie staat hier, meneer Flynn, en ik moet ophangen. Afgezien van het feit dat uw mannen matig werk hebben afgeleverd, is er afgelopen nacht ook ingebroken.'

'Dat spijt me. Goed. Ik moet hier even wat afmaken, maar ik kom eraan.'

'Tot zo dan.'

Flynn belde Chris en vroeg hem of hij wist waarom Mindy Kramer zo ziedend was. Chris, die met Ben een klus deed in het noordwestelijk deel van de stad, zei dat het leggen in het rijtjeshuis rechttoe rechtaan en probleemloos was verlopen. Toch merkte Flynn een lichte aarzeling in Chris' stem die hem niet gerust stemde.

'Maak af waar je mee bezig bent,' zei Flynn, 'en kom dan naar dat huis.'

Flynn gaf Linda Wasserman haar prijsopgave waarbij hij er tijdens de uitleg van de bedragen en termen voor waakte zijn ogen lager te laten dwalen dan haar kin. Hij gaf haar een hand en reed terug naar het centrum.

Toen Flynn stopte bij het huis dat Mindy Kramer in de verkoop had, zag hij een surveillancewagen van het Derde District in de straat staan. Hij ging naar binnen door de voordeur, die niet op slot zat, en liep op het geluid van Mindy Kramers karakteristieke stem af naar de keuken, achter in het huis.

De keukendeur kwam uit op een kleine houten veranda, waarvan de treden naar het achterom leidden. Mindy Kramer en twee jonge politieagenten, een man en een vrouw, stonden op de veranda. Mindy rookte een lange, dunne witte sigaret waarmee ze druk gebaarde terwijl ze met de twee tamelijk verveeld kijkende agenten stond te praten.

'Ik heb geen alarmsysteem,' was ze net aan het zeggen toen Flynn erbij kwam staan. 'Ik ben bezig dit huis te verkopen, dus ik ben niet van plan daar geld in te steken. En een huis met tralies voor de ramen is onverkoopbaar. Ik bedoel, het is ongemeubileerd, dus wat valt er nou te stelen?'

'Dat zag degene die heeft ingebroken pas toen hij binnen was,' zei de vrouwelijke agent.

'Dat klopt,' zei Flynn, om zich in het gesprek te mengen.

De vrouwelijke agent keek hem aan. 'En u bent?'

'Hij komt ergens anders voor,' zei Mindy Kramer, die hem met een zwaai van haar sigaret in één gebaar voorstelde en weer wegwuifde.

De agente liep wat rond en bekeek de versplinterde deurpost. Flynn had het idee dat er een koevoet was gebruikt. Het was een knullig uitgevoerde maar succesvolle kraak.

'Misschien zijn het kinderen geweest,' zei Mindy Kramer. 'Of een junk. Het kan me niet schelen. Maar je zou denken dat de buren wel wat gehoord zouden hebben. Er wonen verdomme een paar mensen met honden in het blok.'

'We zullen bij een paar buren aanbellen,' zei de vrouwelijke agent. 'Kijken of we daar wat wijzer van kunnen worden.'

'Gaan jullie geen vingerafdrukken nemen?' vroeg Mindy Kramer.

De vrouwelijke agent keek Flynn even aan met een twinkeling in haar ogen. Ze konden naar vingerafdrukken zoeken wat ze wilden, maar tenzij de inbreker zich op het bureau meldde en bekende de kraak te hebben gepleegd, zou hij, omdat hij blijkbaar niets had gestolen, niet worden aangeklaagd.

'In de eerste plaats moet ik een proces-verbaal opstellen,' zei ze.

Mindy Kramer zuchtte en rolde met haar ogen, alsof de agente zojuist had gezegd dat ze gevisiteerd zou worden.

'Neem me niet kwalijk,' zei Flynn. 'Hoe zit het nou met dat probleem?'

'Ga maar kijken,' zei Mindy Kramer. 'Je ziet meteen waar ik het over heb. Ik moet hier blijven om haar te helpen met het proces-verbaal.'

Flynn wisselde nog een blik van medeleven met de agente voordat hij wegliep.

Hij was niet bepaald dol op de politie, maar hij voelde wel met hen mee wat betreft het werk dat ze deden en de mensen met wie ze iedere dag te maken kregen. Hij had nooit een moment spijt gehad van zijn besluit om weg te gaan bij het korps, maar hij was blij dat hij dat leven had meegemaakt, ook al had hij er nog niet eens een jaar gewerkt. Ondanks zijn kortstondige dienstverband voelde hij nog steeds iets van sympathie voor de mannen in het blauw.

Hij had een .38 Special, wat in zijn tijd het dienstwapen van de MPD was geweest voordat het door de Glock 17 werd vervangen. Hoewel waarschijnlijk niet iedere politieagent zich na zijn pensionering naakt voelde zonder zijn wapen, gold dat wel voor Flynn. Ondanks het verbod op vuurwapenbezit in DC, dat overigens onlangs was opgeheven, had hij de revolver illegaal van een van zijn stoffeerders gekocht, en had hij die geladen in het nachtkastje naast zijn bed liggen. Hij vond het een prettig idee een vuurwapen binnen handbereik te hebben. Gezien de relatieve veiligheid in de buurt staken er eerder emotionele dan rationele overwegingen achter het bezit van zijn illegale wapen. Hij besefte dat hij een hoge prijs zou moeten betalen als hij ermee werd gepakt, maar hij was bereid het risico te nemen.

'Mag ik er even langs?' zei Flynn tegen de agent terwijl hij langs hem heen door de openstaande keukendeur naar binnen liep, naar de grote hal aan de voorkant van het huis waar aan de linkerkant de studeerkamer lag. Hij stapte naar binnen en bekeek het werk van Chris en Ben. Ze hadden er gewoon een zootje van gemaakt. Aan een kant liep het tapijt niet netjes tegen de plint aan. Aan diezelfde kant, vlak bij de ingebouwde boekenkast, leek het alsof de hoek van het tapijt was losgetrokken en haastig teruggelegd.

'Chris toch,' mompelde Flynn hoofdschuddend. Flynn was er zeker van dat hij de boel goed had opgemeten en toen de rol in het magazijn was afgeleverd, had hij hem nog eens nagemeten. Dit was de schuld van Chris en zijn vriend Ben. Ze hadden de klus gewoon niet zorgvuldig gedaan.

Hij liep naar de plek die er het slechtst uitzag en ging op zijn knieën zitten. Hij tilde de hoek op om te controleren of het ondertapijt goed lag en zag dat er een soort luik in de hardhouten vloer was gemaakt. Terwijl hij met zijn knie het teruggeslagen tapijt tegenhield, kreeg hij met zijn vingers houvast achter een naad tussen de planken zodat hij ze kon oplichten.

Daaronder was van houten latten een soort mand gefabriceerd. Die diende blijkbaar om er iets in te zetten, maar nu was hij leeg. Flynn krabde zich verbaasd op het hoofd. Het verborgen luik en de mand zeiden hem niets, en als hij Mindy Kramer ernaar vroeg, zou het de boel alleen maar verder compliceren. Hij legde de planken terug, liet het tapijt weer op de grond vallen, en belde zijn zoon. Chris en Ben reden in 16th Street en zouden er over vijf minuten zijn.

Toen ze aankwamen, liepen ze meteen door naar de kamer waar Flynn stond te wachten.

'Hallo,' zei Chris.

'Chris,' zei Flynn. 'Wat moet dit voorstellen?'

Chris ademde door zijn mond en zijn ogen schoten schichtig door de kamer naar de klus die ze hadden gedaan. Hij zette die blik op die Flynn vroeger de 'wat heb ik verdomme nou weer gedaan'-blik noemde. Ben stond zwijgend naast hem en kon of wilde Flynn niet aankijken. Flynn rook de alcohol in Bens zweet en zag schaamte en een zware nacht in diens ogen. Hij vroeg zich af hoe lang hij deze vent nog kon handhaven. Als er slecht werk werd afgeleverd zodat zijn zaak eronder leed, zou hij hem moeten ontslaan. Zelfs als zijn eigen zoon erbij betrokken was.

'Zo hebben we het niet achtergelaten,' zei Chris.

'Kom op, Chris. Neem me nou niet in de maling.'

'Hoor eens, pap, we hebben goed werk afgeleverd.'

'Ja hoor.'

Chris wreef over het litteken boven zijn lip, wat hij onbewust deed als hij met een probleem zat. 'Wat doet de politie hier? We zagen ze achter in het huis toen we binnenkwamen.'

'Er is gisteravond ingebroken,' zei Flynn. 'Dat heeft niks met ons te maken.'

Flynn zag dat Chris naar Ben keek, en dat Ben naar zijn schoenen staarde en zijn schouders liet hangen. Er was iets niet in de haak.

'Misschien heeft die inbreker ons werk verziekt,' zei Chris.

'Alsjeblieft, zeg,' zei Flynn.

'Ik zeg je dat we fatsoenlijk werk hebben afgeleverd.'

'Ik heb hier nu geen tijd voor,' zei Flynn. 'Jullie gaan aan het werk en zorgen dat het in orde komt. Ik moet met de klant praten en iets aan de prijs doen. Dit gaat me geld kosten, maar ja, wat zijn nou een paar honderd dollar, hè Chris?'

'Hou het maar in op mijn loon,' zei Chris.

'Je weet dat ik dat niet doe,' zei Flynn. 'Schiet op, aan het werk.'

Flynn liep de kamer uit. Chris staarde naar Ben, die zijn blik ontweek.

'Je hebt het gehoord,' zei Chris. 'Laten we deze shit even rechtzetten.'

Chris en Ben werkten de klus behoorlijk af terwijl Thomas Flynn zich met Mindy Kramer bezighield en haar factuur aanpaste. De twee jonge agenten stapten de kamer binnen waar Chris en Ben aan het werk waren en keken even rond. De vrouwelijke agent vroeg Chris wat hij aan het doen was, en hij vertelde dat ze de vloerbedekking die ze gisteren hadden gelegd aan het fatsoeneren waren. Verder zeiden ze niets. Ook op andere vragen zouden ze summier antwoord hebben gegeven. Ze hadden geen hekel aan de politie, maar ze vertrouwden ze niet en waren niet van plan mee te werken of amicaal te doen.

Tegen de avond, toen het wat koeler was geworden, reed Chris het parkeerplaatsje achter Bens flat op en parkeerde de auto op een schaduwplek onder een esdoorn met dunne takken. Chris zette de automaat in de parkeerstand maar liet de motor lopen.

Ben leunde met zijn elleboog op de rand van het portier en staarde naar de begraafplaats. Ze hadden weinig gezegd op de terugweg.

'Ga je me nou vertellen wat er is gebeurd?' vroeg Chris.

Ben keek zijn vriend in de ogen. 'Ik heb het geld niet gepikt, Chris.'

'Dat heb je al gezegd.'

'Je gelooft me toch wel?'

'Ja. Maar je weet wie het wél heeft gedaan.'

Ben knikte langzaam. 'Het moet Lawrence Newhouse zijn geweest.'

'Shit. Heb je het aan Lawrence verteld?'

'Ja.'

'Waarom uitgerekend aan hém?'

Ben sloot zijn ogen even, alsof hij daarmee kon uitwissen wat hij had gedaan. 'Lawrence kwam gisteren bij me langs.'

'Zomaar?'

'Nee, hij wilde iets. Je weet hoe hij is. Ali probeert zijn neef te helpen. Ik geloof dat die binnenkort moet voorkomen. Dus Ali probeert een baantje voor hem te vinden bij McDonald's of zoiets. Lawrence vindt dat niet goed genoeg voor zijn neef. Hij wilde weten of je vader hem in dienst kon nemen.'

'Dat gaat niet,' zei Chris. 'Ik wil niks te maken hebben met Lawrence of zijn familie. Dat kan ik m'n pa niet aandoen.'

'Dat heb ik Lawrence ook gezegd. Op een andere manier, maar ik heb het hem wel gezegd. En daarna zijn we een stukje gaan rijden, gewoon om hem mijn flat uit te krijgen.'

'Ik zou hem de deur uit hebben gezet.'

'Dat had ik ook moeten doen, maar dat heb ik niet gedaan. We kwamen bij de rivier terecht, en ik raakte lam van de drank en de wiet die Lawrence bij zich had. Je weet dat ik niet tegen drank kan. Door de wodka ben ik gaan lullen. Ik zoek geen excuus. Ik zeg alleen dat ik compleet van de wereld was en dat ik het hem heb verteld. Ik weet niet eens meer wat ik precies verteld heb. Zo ver was ik heen. Maar toen ik vanmorgen wakker werd, wist ik dat ik er een puinhoop van had gemaakt.'

'Shit, Ben.'

'Ik weet het, man. Sorry.'

'Met "sorry" ben je er niet, man.'

'Misschien kan ik met Lawrence gaan praten. Hij woont nog steeds daar in Parkchester. Ali weet hem wel te vinden via zijn neef.'

'En dan?' vroeg Chris.

Ze zaten daar een tijdje zonder iets tegen elkaar te zeggen. Ze dachten na over wat ze moesten doen, en Chris kwam tot de conclusie dat er niets te doen viel. Er hing gewoon een mand die nu leeg was onder de vloer van een leegstaand rijtjeshuis. Niemand zou het geld missen en niemand zou weten dat het er had gelegen en dat het nu weg was.

Het was niet meer dan logisch dat ze toch spijt kregen en daarna wrok voelden. Waarom hadden ze het geld zelf niet ingepikt toen ze het vonden? Als het allemaal toch geen gevolgen zou hebben, en daar zag het naar uit, wat was er dan verkeerd aan geweest? Nu had Lawrence Newhouse het, en die verdiende het niet. Hij zou het verbrassen aan foute kleren, strippers, sterke wiet en versneden cocaïne. En Chris en Ben zouden geen cent te makken hebben en om zeven uur 's ochtends weer aan het werk gaan, zwetend in die poloshirts waar ze zo'n pesthekel aan hadden.

'Klotezooi,' zei Chris op zachte toon, en hij wist een wrang glimlachje op zijn gezicht te leggen.

'Stom,' zei Ben. 'Stóm.'

'Nou ja,' zei Chris.

'Morgen zelfde tijd?' vroeg Ben.

'Ik pik je wel op.'

Ben liet zijn gereedschapsgordel achter in de auto liggen en deed de deuren dicht. Chris keek zijn vriend na terwijl die het trappenhuis van zijn flat binnenging en reed toen van de parkeerplaats weg in de richting van de buitenwijken. Toen North Capitol Street overging in Blair Road was het gevoel van bitterheid alweer weggeëbd. Hij verlangde naar een verkoelende douche, een koud biertje en naar Katherine.

In zijn flat waste Ben Braswell zich en trok andere kleren aan. Hij belde Renée om te vragen of ze die avond wilde afspreken, wat ze goed vond. Ze zou om een uur of tien langskomen met een pizza en een populaire film.

'Ik zie je straks, meisje,' zei Ben.

'Afgesproken,' zei Renée.

Hij deed een dutje op de bank. Toen hij wakker werd, was het donkerder geworden in de kamer. Hij stond op, liep naar het raam en duwde de jaloezieën uit elkaar. Het was nog licht buiten.

Ben stopte een pocketboek in zijn kontzak en ging de deur uit. Hij liep langs het zwarte ijzeren hek naar de ingang van de begraafplaats op de hoek van Rock Church Street en Webster Street. Hij was op weg naar het Adams Memorial, waar hij op de marmeren bank, omringd door groenblijvende struiken, ging zitten lezen tot het donker werd.

Hij liep over een weg die zo smal was het eigenlijk geen weg was, verliet een eindje verder het pad en nam een kortere weg tussen een paar graven door. De ondergaande zon scheen op de grafstenen en wierp schaduwen voor zijn voeten.

16

Mindy Kramer at bijna elke dag in dezelfde tent. Het was een Thais restaurant in Wheaton, in een zijstraat van University Boulevard, in een buurt waar veel hispanics en orthodoxe joden woonden – geen beste buurt, waar de straten vol lagen met weggegooide verpakkingen en sigarettenpeuken.

Het restaurantje, dat weinig sfeer had, telde acht tafels voor vier personen en een stuk of vijf tafeltjes voor twee, en aan de kale blauwe muren hing het standaardportret van de Thaise koninklijke familie. Maar de zaak was schoon, de bediening meestal efficiënt, en het menu van de dag kostte inclusief een paar kleine loempia's en waterige soep met citroengras vier dollar vijfennegentig.

Thai Feast lag een eind uit de buurt van Mindy's werkterrein dat zich beperkte tot Dupont, Capitol Hill en de uitgestrekte wijk Shaw, waarin ook de buurt lag die zij en de andere makelaars Logan noemden. Mindy maakte die rit van een halfuur naar Wheaton omdat Thai Feast haar uitvalsbasis was geworden. Het meisje dat haar bediende, Toi, gaf haar altijd hetzelfde tweepersoonstafeltje bij het raam, dat ze vrijhield tot Mindy arriveerde, en zette zodra Mindy was binnengekomen het ijswater en de ijskoffie op tafel. Terwijl Mindy met haar BlackBerry telefoontjes afhandelde en e-mails beantwoordde, serveerde Toi de loempia's die bij het dagmenu hoorden en zorgde ze ervoor dat de hoofdschotel die Mindy had gekozen er meteen achteraan kwam. De rekening bedroeg altijd zeven dollar negenenveertig, en Mindy vulde altijd één dollar negenenveertig in de fooienkolom in, precies twintig procent.

Mindy Kramer had routine en efficiëntie hoog in het vaandel staan. Ze was op haar eenentwintigste getrouwd, had één dochter, Lisa, en was op haar vijfentwintigste van haar lapzwans van een man gescheiden. Ze had haar makelaarsdiploma behaald en haar zaak opgebouwd, en had Lisa in haar eentje opgevoed. Nu had ze een kantoor in het noordwestelijk deel van de stad waar een 'meisje' de telefoon aannam en de administratie deed. Mindy had twee jonge veelbelovende verkopers opgeleid en bijgeschaafd, die samen met haar het 'Dream Team' vormden. Jammer genoeg had Lisa dezelfde fout gemaakt als haar moeder, en ze was getrouwd met een man die buiten de slaapkamer geen blijk gaf over enige energie of ambitie te beschikken, en nu was ze een alleenstaande moeder met twee meisjes van zes en vier. Omdat ze vond dat Lisa emotioneel niet toegerust was om een goede moeder voor ze te kunnen zijn, nam Mindy de kinderen, Michelle en Lauren, vaak mee naar kantoor of zette hen 's zomers af bij het kinderkamp.

Dat speelde ze allemaal klaar omdat ze efficiënt was. En ze zag er ook nog eens goed uit. Met haar vijfenvijftig jaar had ze nog een strak lijf, en ging ze goed gekleed, goed opgemaakt en goed gemanicuurd door het leven. Op haar hele, zorgvuldig in de gel gezette, kortgeknipte coupe soleil-hoofd stond niet één haartje uit het gelid.

'Hoe is het met je familie, Toi?' vroeg Mindy Kramer, terwijl ze de fooi bij de rekening telde en het bonnetje van de creditcard tekende.

'Het gaat goed,' zei Toi glimlachend.

'Tot morgen,' zei Mindy.

'Heel hartelijk dank,' zei Toi met een starre glimlach.

Mindy Kramer stond op, streek haar mouwloze lavendelkleurige jurk glad over haar dijen en liep met haar tasje in de hand het restaurant uit, en zette haar oversized zonnebril op terwijl ze naar haar Mercedes C-klasse op de parkeerplaats liep.

Terwijl Toi haar door het spiegelglas van Thai Feast nakeek, verdween de glimlach van haar gezicht. Ze had de pest aan die afgeleefde heks met haar idiote piekerige kapsel, die de fooi nooit afrondde tot een dollar vijftig, en die naar haar familie informeerde, maar nooit het antwoord afwachtte en haar nooit aankeek. Dat had je maar elke dag te slikken. Het was nu eenmaal je werk.

Mindy stapte in de Mercedes en startte de motor. Ze wierp een blik op het Ann Klein-horloge aan haar smalle besproete pols. Ze was precies op tijd voor haar afspraak in het huis in Logan. Ze was die ochtend gebeld door een man die zei dat hij in het huis was geïnteresseerd en het wilde bezichtigen. Het was een week na de inbraak en een paar maanden nadat ze het huis op de veiling had gekocht. De markt was buitengewoon slap, de hypotheekrente was aan de hoge kant, en de klok tikte door. Maar zoals alle professionele verkopers was ze een optimist. Misschien was dit de klant op wie ze zat te wachten. Vandaag zou Mindy weleens geluk kunnen hebben.

Er stonden twee mannen op het stoepje van het rijtjeshuis te wachten toen Mindy Kramer vlakbij in de straat parkeerde. Haar eerste indruk, toen ze door de voorruit van haar auto naar hen keek, was dat dit niet haar potentiële kopers konden zijn. Ze zagen er eerder uit als arbeiders dan als klanten.

Ze stapte de auto uit, zette een glimlach op en liep over het trottoir naar ze toe om ze te begroeten. Ze bleef glimlachen terwijl ze hen eens goed bekeek en dacht: ik verdoe mijn tijd met die gasten! Ze zou hen snel de maat nemen, hun diplomatiek laten weten dat dit huis niet voor hen was weggelegd en dat ze misschien iets anders voor hen kon vinden, zeg maar in een buurt waar ze van zulk uitschot niet zo gauw zouden opkijken.

'Mindy Kramer,' zei ze, en ze stak haar hand uit naar de grootste van de twee mannen.

'Ralph Cotter,' zei hij, terwijl hij haar hand bijna fijnkneep en een rij grijzige tanden met goedkope kronen ontblootte. 'Dit is mijn vriend, Nat Harbin.'

'Aangenaam,' zei Harbin. Op zijn geaderde biceps onder de opgerolde mouwen van zijn T-shirt en op zijn onderarmen waren tatoeages te zien. Hij droeg zwarte laarzen met riempjes.

Cotter had haar hand nog niet losgelaten. Ze keek naar zijn hand en zag tussen zijn duim en wijsvinger een tatoeage in de vorm van een klaverblad. Uiteindelijk liet hij haar hand los, deed een stap naar achteren en keek haar glimlachend aan.

Ze waren beiden achter in de dertig en droegen een spijkerbroek. Harbin had een zwart T-shirt aan en Cotter een windjack met een wit overhemd eronder. Harbin had een of andere ketting van zijn kontzak naar een van de lussen aan zijn broekriem lopen. Hij was klein en pezig en had een borstelige snor die uit zijn neus leek te groeien. Hij had bruine, diepliggende ogen, en lang, vettig bruin haar met een scheiding in het midden.

Cotter was lang, breed en sterk; hij had een brede borst en een uitpuilende pens. Zijn donkere haar was ook vrij lang en hij had het achter zijn oren gestopt. Hij had een zware, donkere hangsnor en hoge geprononceerde jukbeenderen. Hij had donkere ogen met grote pupillen, waarin geen dreigende of onvriendelijke blik lag.

Mindy ging er prat op dat ze veel mensenkennis had. Ze had tenslotte een beroep waarin dat nodig was. Deze twee hadden iets vreemds, alsof de tijd voor hen was blijven stilstaan; misschien waren ze net in de stad aangekomen en niet geïnteresseerd in de laatste mode. Maar ze zouden haar geen kwaad doen. Ze had sowieso nog nooit in situaties verkeerd die ze niet aankon.

Snorren, portefeuilles aan kettingen, laarzen... een macho-outfit. Motornichten, dacht Mindy Kramer. Maar goed, dat waren slechts vooroordelen. Homo's zouden hier wel goed passen. Maar hadden ze wel genoeg geld om het huis te kopen?

'Zijn de heren allebei in het huis geïnteresseerd?' vroeg ze. 'Overweegt u het... samen te kopen?'

'Ja,' zei Ralph Cotter. 'Kunnen we het even vanbinnen zien?'

'Natuurlijk!'

Mindy deed haar tasje open, waar ze haar BlackBerry en sleutels in bewaarde, en maakte het sleutelkluisje open dat om de knop van de voordeur hing.

'Geen alarmsysteem?' vroeg Cotter.

'Niet nodig,' zei ze terwijl ze achterom keek en omhoog, omdat hij zo lang was.

'De straat ziet er wel vredig uit.'

'U ziet dat er ook geen tralies voor de ramen zitten. Dat soort problemen hebben we niet in deze buurt. Vroeger was het hier wel link, maar...' ze maakte de deur open, '... nu niet meer.'

Ze stapten een halletje in, met een trap die naar de slaapkamers op de bovenste verdiepingen leidde en een brede gang die tot achter in het huis liep. De kleine, Nat Harbin, deed de deur achter hen dicht. Daardoor werd het donker in de hal en Mindy deed een lamp aan.

'Hoe bent u dit huis op het spoor gekomen?' vroeg Mindy. 'Ik wil altijd graag weten of het geld dat ik aan advertenties uitgeef, wel goed is besteed.'

'We reden erlangs en zagen het bord,' zei Cotter. 'Toen hebben we op internet gekeken voor meer informatie.'

'Dus u hebt alle details gezien?'

'We weten wat het kost,' zei Cotter geduldig. 'Dat kunnen we wel betalen.'

'Wat voor werk doen de heren?'

'Maakt u zich geen zorgen, we krijgen echt wel een hypotheek,' zei Cotter. Niet geërgerd, maar zakelijk. 'Laten we het huis even bekijken.'

'Goed,' zei Mindy. 'Dan beginnen we in de keuken.'

Ze liepen de hal door. De kerel die Nat heette, nam op weg naar de keuken de indeling in zich op en wierp bij verscheidene kamers een blik naar binnen, maar Cotter hield zijn aandacht op Mindy gericht. Hij keek van bovenaf op haar hoofd en zag haar huid schemeren door de samengeklitte plukjes haar die recht omhoog staken. Onder die jurk stelde ze niet veel voor. Ze had een kont, maar niet groot genoeg. Ze had kleine borsten en ze was oud. Dat laatste vond hij geen punt, maar hij hield van grote tieten.

'Dit is de keuken,' zei ze, terwijl ze terloops aan een ingebouwde dimmer draaide waarmee ze de ruimte in een gelige gloed zette. 'Granieten werkbladen en roestvrijstalen inbouwapparatuur, zoals u ziet.'

Tegenwoordig waren granieten werkbladen even gewoon als een toiletrolhouder in een wc, en roestvrij staal zei niets over de kwaliteit van de apparatuur zelf, maar klanten waren nu eenmaal onnozel. Wie was Mindy Kramer om hen erop te wijzen dat ze alleen maar bezig was een huis te verkopen?

'Mooi,' zei Cotter knikkend.

'En allemaal nieuw,' zei Mindy. Ze zette haar tasje op het granieten aanrecht. 'Koken jullie graag?' Geen van beiden gaf antwoord, en Mindy zei: 'Dit is een zeer heterogene buurt, moet u weten.'

Cotter en Harbin keken elkaar aan en lachten.

Mindy krabde in haar nek. Dat deed ze altijd als ze zich ongemakkelijk of onzeker voelde, en ze kon zichzelf wel schieten dat ze zich nu aan die reflex had overgegeven. Dit waren twee ordinaire types. Ze zouden het huis niet kopen en ze konden het zich ook niet veroorloven. Ze verdeden haar tijd.

'Op internet stond dat dit huis een bibliotheek annex studeerkamer had,' zei Nat Harbin. 'Kunt u die even laten zien?'

'Ja, maar u moet begrijpen dat ik het vandaag erg druk heb.'

'Toch willen we die graag zien,' zei Cotter, die nog steeds glimlachte waarbij zijn kronen in het gelige licht in al hun lelijkheid zichtbaar werden. 'Als u het niet erg vindt.'

Ze ging hun voor naar de hal. Ze struikelde toen de neus van haar open Stuart Weitzman-sandaal in de notenhouten vloer bleef haken, en Cotter ving haar op door haar met zijn grote hand bij de elleboog te rgijpen.

'Rustig aan,' zei hij, en terwijl hij met zijn ene hand haar elleboog vasthield, streelde hij met de andere lichtjes over haar blote arm. Ze kreeg meteen kippenvel.

Ze ging de kamer binnen en ze kwamen achter haar aan. Ze sloeg haar armen over elkaar en keek uit het raam dat uitzicht bood op straat, en keek toen weer naar de mannen. Degene die zich Ralph Cotter noemde, blokkeerde de deur. De kleine, Nat Harbin, keek Cotter afwachtend aan, alsof hij op een teken of instructie wachtte.

'Ga je gang,' zei Cotter.

Harbin boog zich voorover, schoof de linkerpijp van zijn spijkerbroek omhoog, en trok een mes tevoorschijn uit een schede in de schacht van zijn laars. Het mes had een hardhouten heft met een zware knop, en een bijna dertig centimeter lang lemmet van chirurgisch staal met een gekartelde rug.

Mindy Kramer sloeg haar armen om zich heen en keek naar haar voeten.

'Goed zo, schatje,' zei Cotter. 'Blijf daar maar staan en doe maar net of je niks ziet.'

Harbin liep naar een hoek van de kamer, tilde de vloerbedekking een stukje op en sneed toen met een fileerbeweging dwars door het tapijt. Hij trok een stuk tapijt weg en hield het met zijn knie omlaag. Hij vond de uitsparing in de planken en tilde die op, en toen hij zag dat er niets in de mand lag die eronder was gefabriceerd, zei hij: 'Shit.'

'Niks hè?' zei Cotter.

'Helemaal leeg,' zei Harbin.

Cotter zei hoofdschuddend: 'Dan hebben we een probleem.'

'Waar is het, wijffie?' zei Harbin.

'Waar is wat?' vroeg Mindy Kramer met een klein stemmetje, terwijl ze naar de vloer bleef kijken.

'Ik had daar in dat gat iets liggen,' zei Cotter. 'Dat was van mij.'

'Daar weet ik niets van,' zei Mindy.

'Kijk me aan,' zei Cotter.

Mindy dwong zichzelf hem aan te kijken. 'Ik zweer het. Ik weet niet waar u het over hebt. Ik heb dit huis gekocht om het door te verkopen. Ik heb hier nooit gewoond. Ik heb zelfs nooit onder dat tapijt gekeken. Nooit.'

'Dat kleed ziet er anders nagelnieuw uit.'

'Ik heb het net een week geleden vervangen. Nou ja, niet zelf natuurlijk...'

'Wie dan wel?'

'Ik heb een bedrijfje uit de buurt laten komen.'

'Wie precies?'

'Dat weet ik nog wel. Ik hou bij wat ik hier allemaal heb laten doen. In verband met garantie en zo.'

'Waar?'

'In de keuken.'

'Laten we maar eens kijken.'

Cotter deed een stap opzij om haar erlangs te laten, en Harbin liep vlak achter haar met het mes in zijn hand. Ze liepen met zijn allen door de hal terug naar de keuken, waar Mindy de dimmer op de hoogste stand draaide en een la opentrok naast de roestvrijstalen kookplaat. Boven op een stapel handleidingen van de keukenapparatuur lag een lichtgele dossiermap, die ze eruit haalde. Ze sloeg de map open op het granieten werkblad, doorzocht de papieren met zichtbaar trillende handen en vond de rekening die ze zocht.

'Alsjeblieft,' zei ze, en ze gaf hem aan Cotter.

Hij bekeek het papier. De naam van het bedrijf en het factuuradres stonden boven aan de pagina. De bedragen van het geleverde materiaal en het arbeidsloon waren gespecificeerd. Onderaan, in het vakje Totaal, was het bedrag veranderd en afgetekend.

'Flynn's Floors,' zei Cotter. 'En u bent geholpen door...'

'De eigenaar. Thomas Flynn.'

'Het lijkt alsof hij je heeft gematst met de prijs.'

'Die is aangepast. De stoffeerders hadden slecht werk geleverd. Ze moesten terugkomen om het over te doen.'

Cotter en Harbin wisselden een blik.

'En weet je toevallig de namen van die stoffeerders nog?' vroeg Cotter.

'Ik...'

'Kom op, schatje. Tot nu toe doe je het fantastisch.'

Mindy Kramer beet op haar onderlip. 'Dan moet ik even in mijn tas kijken. Dat staat in mijn BlackBerry.'

'Vooruit,' zei Cotter.

Ze pakte haar tasje van het werkblad, deed het open en pakte haar telefoon. Ze bladerde door de telefoonlijst en vond degene die ze zocht. Die had ze ingevoerd met een ezelsbruggetje, zodat ze zich hem makkelijk kon herinneren.

'Dit is een van hen,' zei Mindy, en ze gaf hem de telefoon.

'Chris Karpet,' zei Cotter, die op het schermpje tuurde.

'Zijn achternaam weet ik niet.'

'Beschrijf hem eens.'

'Jong. Groot, blond.'

'Je zei dat ze met z'n tweeën waren.'

'De andere was een zwarte. Jong en sterk, net als zijn maat. Lang. Dat is alles wat ik me herinner. Sorry...'

'Dat is oké. Schrijf het telefoonnummer van Chris Karpet achter op de rekening, wil je?'

Mindy vond een pen in haar tasje en deed wat haar was ge-vraagd. Cotter nam de factuur, vouwde hem op en stopte die in de zak van zijn windjack. Toen deed hij een stap naar voren en drukte zich tegen haar aan. Zijn pik werd stijf. Omdat hij zo groot was en zij zo klein, duwde hij hem tegen haar buik. Ze wendde haar hoofd af. Er verscheen een traan in haar ene oog-hoek die over haar wang rolde. Hij voelde haar trillende lijf tegen het zijne.

'Niet huilen, schatje.'

'Ik... ik kan er niets aan doen.'

'Wil je weten wat ik daar in dat gat had zitten?'

'Nee.'

'Geld.'

'Nee...'

'En onze echte namen? Wil je die weten? Daar ben je vast wel nieuwsgierig naar.'

Er drupte een snotdraad uit Mindy's neus, die op haar boven-lip bleef liggen. 'Helemaal niet.'

'Natuurlijk niet. Je denkt dat als ik je mijn naam zeg, ik je uit de weg moet ruimen. Zo is het toch?'

Mindy liet haar tranen nu de vrije loop, ze deed haar ogen dicht en schudde haar hoofd. Cotter deed een stap naar achte-ren. Ter hoogte van haar kruis vertoonde haar jurk een donkere urineplek.

'Moet je kijken,' zei Harbin. 'Ze heeft gepist.'

'Ik zal je niet vermoorden, Mindy,' zei Cotter. 'Jou niet. Dat is niet nodig.' Cotter stak zijn hand in de zak van zijn spijkerbroek en haalde een mobieltje tevoorschijn. Hij klapte het open en drukte met zijn dikke duim onhandig op de toetsen. 'Ik heb ook een telefoon. Niet zo mooi als de jouwe, maar wat geeft dat? Daar gaan we.'

Cotter gaf haar de telefoon. Ze keek naar het schermpje en maakte diep in haar keel een geluid alsof ze stikte.

'Je kent die meisjes zeker wel? Ze zijn wat moeilijk te zien, ik weet het, want ik stond ver weg. Maar dat zijn ze. Dat zijn je kleindochters, toch?'

Mindy gaf geen antwoord.

'Zeg dat ze het zijn,' zei Harbin.

'Dat zijn mijn kleindochters,' zei Mindy Kramer.

'Oké,' zei Cotter. Hij wees op de tatoeage tussen zijn duim en wijsvinger. 'En weet je wat dit is?'

'Een klavertje?'

'Het is een *shamrock*, schatje. Dat betekent dat ik ergens bij hoor, een soort club. We hebben in alle gevangenissen over het hele land mensen zitten. Feitelijk hebben we in de gevangenissen de touwtjes in handen. En we hebben nu ook een heleboel leden die buiten rondlopen. We zitten allemaal voor eeuwig in die club. Als je daar lid van bent, word je beschermd. En als je iets vervelends overkomt, word je gewroken. Familie, kinderen... we maken ze allemaal onherroepelijk koud. Dat hoort bij de eed die we hebben afgelegd en die we met bloed hebben bezegeld om erbij te horen. Begrijp je dat?'

'Ik denk het wel.'

'Ik hoop het. Weet je wat we vanmorgen hebben gedaan? We zaten voor je kantoor in de auto en zagen hoe je je kleindochters naar binnen bracht, en hoe je ze weer mee naar buiten nam. Daarna zijn we je gevolgd naar het adres waar je ze hebt afgezet, bij dat wijkcentrum naast die basisschool. Waar was dat ook alweer? Drieëndertigste straat? Ja, ik weet het weer. Daar heb ik die foto's genomen met mijn mobiel.'

Cotter stak zijn hand uit en nam zijn mobieltje van Mindy Kramer over.

'Je hebt ons nooit gesproken,' zei Cotter.

Mindy Kramer knikte.

'Je zegt hier ook niets over tegen je pastoor, je rabbi, je psychiater of wie dan ook. Je gaat ook Chris Karpet niet waarschuwen dat we naar hem op zoek zijn.'

'Nee.'

'Want als je dat doet, gaat mijn kleine vriend hier even bij je kleindochters langs.'

'Alsjeblieft, niet doen...'

'En dan hakt ie bij allebei hun kop eraf en steekt hij zijn pik erin, Mindy. Begrijp je wat ik bedoel?'

Mindy Kramer knikte.

'Zeg dat je het begrijpt,' zei Harbin.

'Ik begrijp het,' zei Mindy.

'Ik geloof dat ze het snapt,' zei Cotter. 'Kom op.'

Harbin borg zijn mes weg. Cotter en hij liepen door de hal naar buiten, trokken de deur achter zich dicht en liepen het trappetje af naar het trottoir zonder zich erom te bekommeren of ze werden gezien.

Toen Mindy Kramer de deur hoorde dichtslaan, liet ze zich op de keukenvloer zakken, met haar rug tegen de kastjes, en met haar hoofd tussen haar knieën begon ze te huilen, waarbij haar borstkas op en neer ging en de mascara over haar gezicht liep. Ze maakte geen aanstalten de politie of wie dan ook te bellen. Ze bleef daar zitten en wachtte tot de angst was weggeëbd. Ze bleef daar heel lang zitten. Wat ze haar hadden afgenomen, zou niet gauw terugkomen. Misschien zou het wel nooit meer terugkomen.

De mannen liepen naar hun auto, een zwarte Mercury Marquis uit 1988 die ze in West Virginia van een oude, door kanker verteerde man hadden gekocht. Op het parkeerterrein voor langparkeren van Dulles Airport hadden ze de nummerplaten omgewisseld, zodat de auto nu een DC-kenteken had. Het was een simpele, vierkante auto, met een Landau-dak en rood fluwelen bekleding, een nepbontje om het stuur en een V-8 onder de motorkap.

Ralph Cotter en Nat Harbin waren niet hun echte namen. De

grote man met de hangsnor heette Sonny Wade. Hij had de valse namen uit twee van de vele boeken gehaald die hij had gelezen in de staatsgevangenis in Lewisburg, Pennsylvania. In die boeken was Cotter een meedogenloze schoft en Harbin een beroepsinbreker. Sonny Wade had zijn celgenoot, de kleine Wayne Minors, in Lewisburg leren kennen. Wayne las geen boeken.

Sonny was achter het stuur gaan zitten en draaide de sleutel in het contact om. Naast hem zag Wayne er nietig uit, alsof hij Sonny's zoon was, alsof Sonny een kind van zijn eigen leeftijd kon hebben. Waynes gelaatstrekken waren in het midden van zijn gezicht in elkaar gedrukt en verkreukeld als een rottend stuk fruit. Wayne dronk en gebruikte speed, maar de vele sigaretten die hij al jarenlang rookte, hadden zijn gezicht de meeste schade toegebracht.

Wayne stak een Marlboro aan met een gasaansteker terwijl Sonny wegreed van de parkeerplaats aan S Street. Ze reden naar New York Avenue, waar ze een kamer hadden in een groezelig hotel dat werd bewoond door onnozele toeristen, een uiteenlopende verzameling mislukkelingen, hoeren, alcoholisten, drugsverslaafden en uitkeringstrekkers.

'Ze had niet zoveel praatjes meer nadat we haar onder handen hadden genomen,' zei Wayne.

'Dit vertelt ze aan niemand,' zei Sonny.

'Ze heeft in haar broek gepist.'

'Dat is zeker.'

'Kramer is een Joodse naam.'

'Ja.'

'Hoorde jij wat ze zei toen ze zag dat we samen waren? Dat ze vroeg of we graag kookten?' Wayne keek een beetje scheel terwijl hij daarover nadacht. 'Alsof ze dacht dat we van de verkeerde kant waren.'

'Ze dacht dat jíj homo was.'

'Je vader, zal je bedoelen,' zei Wayne.

Ze zwegen terwijl Sonny aan de afstemknop van de radio draaide, op zoek naar lekkere muziek, en een zender koos die een nummer van de Rascal Flatts draaide. Wayne zat te roken en keek naar de stad waar ze doorheen reden, naar de blanken en zwarten die samen in deze buurten woonden, en vroeg zich af hoe een vader zijn dochter tussen deze armoedige kleurlingen in zo'n teringzooi kon laten wonen.

'Die stoffeerders hebben m'n geld gepikt,' zei Sonny na een poosje. 'Zo moet het zijn gegaan.'

'We krijgen het wel terug.' Wayne gooide zijn sigaret uit het open raam. 'Sonny?'

'Hm?'

'Waarom zei je tegen die vrouw dat ik die meisjes zou verkrachten en hun kop eraf zou snijden? Je weet best dat ik dat nooit zou doen. Ik maak geen kinderen koud. Ik ben een heer. Zo ben ik niet.'

'En ik ben geen lid van de Aryan Brotherhood. Ik wilde haar alleen maar de stuipen op het lijf jagen.'

'Een neger zou ik wel kunnen vermoorden,' opperde Wayne.

'Misschien krijg je die kans wel,' zei Sonny. 'Maar we gaan eerst eens met Chris Karpet praten.'

17

Chris, Ali en een aantal andere jongens speelden op zaterdagmiddag een potje basketbal op het veld van het Hamilton-recre-
atiecentrum tussen 13th en 14th Street in het noordwestelijk
deel van de stad, in een buurt die bekendstond als 16th Street
Heights. Ali vond het leuk als Chris tijd had om met zijn jongens
op te trekken, zodat ze met eigen ogen konden zien dat een voormalige jeugddelinquent met succes een plaats in de maatschappij had veroverd. Chris was niet het type dat preken afstak of
goede raad gaf, maar hij was altijd in voor een spelletje basketbal.

Chris had Ali gevraagd de jongens mee te nemen naar Hamilton omdat de omheinde velden er goed bij lagen en de rood-wit-
blauwe netten keurig werden onderhouden. Hij speelde er al
sinds zijn tienerjaren en vond dat er goede spelers rondliepen.
Hier was hij tegen een wild rondzwaaiende elleboog op gelopen
waardoor zijn lip was gebarsten en hij zijn litteken had opgelopen. Katherine had hem later verteld dat dat litteken, na zijn
ogen, het tweede was dat haar aan hem was opgevallen. Alleen
daarom al had Ham Rec nu een speciale betekenis voor hem.

Ali was met William Richards en Marquis Gilman, de neef van
Lawrence, in de aftandse Saturn van zijn moeder uit Southeast
komen rijden. Ze hadden nog twee andere jongens gevraagd die
in Farragut Street woonden en hadden een paar partijtjes drie te-

gen drie gespeeld. Chris had zijn gewicht en een goed *jump shot* mee, en Ali kon nog steeds hoog springen, maar de tieners waren sneller. De partijtjes werden hard gespeeld, maar echte ruzies bleven uit, en de spelers waren aan elkaar gewaagd. Toen ze na een tijdje besloten dat het genoeg was geweest, was iedereen bezweet en voldaan.

Chris bleef met Marquis achter op het veld en liet hem zien hoe hij de bal kon afschermen, en legde uit dat hij in zijn dribbel naar de basket moest opletten dat hij geen extra stap maakte. Marquis, die nog een jeugdige slungeligheid bezat, keek Chris aan terwijl die tegen hem praatte, maar hij was het er niet mee eens dat zijn mooie beweging tegen de regels indruiste.

'Dat is een *jump step*, meneer Chris,' zei Marquis.

'Het is één stap te veel,' zei Chris. 'Dat ze daar in de NBA niet voor fluiten, betekent niet dat je dat hier zomaar kunt doen.'

'Dan doe ik het als ik professional ben.'

'Jij wordt geen prof, Marquis. Maar je zou in dit soort potjes op straat heel goed kunnen worden als je bij het aanvallen niet steeds zoveel met de bal zou lopen.'

'Oké,' zei Marquis. 'Ik begrijp het.'

Ali kwam terug met een paar flessen water die hij uit de kofferruimte van de Saturn had gehaald. William Richards, die in z'n eentje langs het veld had gezeten, kwam bij hen staan. Ali bood hem een fles aan, maar hij wuifde die weg.

'Ik hoef niet,' zei William met zijn Chicago Bulls-petje scheef op zijn hoofd. 'Dat water is warm.'

'Maar wel nat,' zei Ali.

'Ik loop even naar de hoek van Kennedy en Georgia Street om iets te drinken te halen bij de Wings 'n Things.'

'Die tent bestaat niet meer,' zei Chris.

'Hoe hij nu ook mag heten, ze hebben er nog steeds koude frisdrank,' zei William. 'Ga je mee, Marquis?'

'Is dat oké, meneer Ali?' vroeg Marquis.

'Ja, ga maar. Maar zorg dat je je niet in de nesten werkt, hè? Ik pik jullie op de terugweg wel op.'

De twee jongens liepen in oostelijke richting over Hamilton Street en bogen bij 13th Street af naar het noorden. Ali en Chris liepen terug naar de Saturn, die achter Chris z'n bus stond geparkeerd. Ali ging op de motorkap zitten en nam een teug lauw water.

'Marquis is wel oké,' zei Chris.

'Er is niks mis met hem,' zei Ali. 'Hij heeft thuis wat problemen en met zijn leeftijdgenoten in de buurt. Marquis heeft alleen foute dingen gedaan omdat zijn vriendjes dat ook deden. Hij wil alleen maar ergens bij horen, man.'

'Ben je werk voor hem aan het zoeken?'

'Ik heb iets voor hem bij Wendy's, als de manager me tenminste eens terugbelt.'

'Ben zei dat Lawrence bij je langs is geweest.'

'Hij wilde dat ik voor Marquis een baantje bij je vader versierde. Maar dat heb ik niet eens overwogen. Wendy's is op dit moment een veel betere start. Die jongen gaat een van mijn succesverhalen worden.'

'Vast,' zei Chris.

'Heb jij Lawrence de laatste tijd nog gezien?'

'Nee. Ben heeft hem pas geleden nog gesproken. Maar ik was er niet bij.'

Chris had Ali niet verteld over Lawrence en de tas met geld. Waarschijnlijk had Lawrence sinds hij in het huis van Kramer had ingebroken, het geld al opgesnoven of aan de hoeren uitgegeven. Chris probeerde het geld te vergeten, en grotendeels was hem dat ook gelukt.

'Die gast ziet er oud uit,' zei Ali. 'Maar het is nog steeds dezelfde Lawrence.'

'Bughouse is en blijft Bughouse,' zei Chris, die herhaalde wat jaren geleden vaak op hun eenheid was gezegd.

Ali nam een paar grote slokken. Chris frommelde zijn shirt in elkaar en veegde er het zweet mee van zijn gezicht.

'Bedankt dat je vandaag bent gekomen,' zei Ali.

'Ik ben gewoon een partijtje komen spelen.'

'Dat is het niet alleen. De jongens mogen je. Je kunt goed met ze overweg, man.'

'Ik vind het leuk om met ze om te gaan als ik tijd heb.'

'Denk je er nooit eens over om iets anders te gaan doen?'

'Wat, vraag je me of ik bij jou kom werken?'

'Ik verdien minder dan jij,' zei Ali. 'Dus dat zou ik je nooit vragen. Ik heb het over ander werk. Je leest zo graag in die boeken van je, waarom gebruik je die kennis niet? En je kunt goed met kinderen opschieten, misschien zou je geschiedenisleraar kunnen worden of zoiets.'

'Je bedoelt net als meneer Beige? Zo warmpjes leek die er anders niet bij te zitten.'

'Leraren verdienen tegenwoordig best goed, Chris, en het wordt steeds beter. In sommige steden vangen leraren een salaris met vijf nullen als ze het maar lang genoeg volhouden.'

'Maar dat is voor mij niet weggelegd,' zei Chris.

'Natuurlijk wel.'

'Met een middelbareschooldiploma op zak, zeker?'

'Schrijf je in voor een tweejarige opleiding en stap daarna over naar de universiteit als je slaagt.'

'En hoe kom ik dan aan de kost?'

'Je werkt, net als nu. Overdag werk je, en 's avonds volg je lessen.'

'Dan duurt het een eeuwigheid.'

'Die jaren gaan snel voorbij. Je kunt je lesbevoegdheid halen en dan kun je 's iets goeds doen. Er bestaat zo'n programma, Teach America, waarin studenten die net klaar zijn met hun opleiding op scholen in achterstandswijken gaan werken...'

'Nah, joh.'

'Waarom niet?'

'Zo zit ik niet in elkaar,' zei Chris. 'Ik ben stoffeerder, Ali.'

'Er zit meer in je.'

'Oké, meneer Shawshank.'

Ali grinnikte. 'Shit. Die ouwe wist ook niet van ophouden, hè?'

'Net als jij,' zei Chris, die zijn vriend aankeek en met zijn fles water tegen die van Ali klonk.

'Nou, ik zal die druiloren 's gaan ophalen,' zei Ali, en hij liet zich van de motorkap afglijden.

'Vanavond geeft m'n vader thuis een barbecue voor het personeel,' zei Chris, terwijl hij de sleutels van de bus uit zijn korte broek viste. 'Heb je ook zin om langs te komen?'

'Je vader krijgt een hartverzakking als hij me ziet,' zei Ali.

'Hij heeft me gevraagd om het aan je door te geven. Ondanks het feit dat je hem Lonnie en Luther in de maag hebt gesplitst.'

'En vergeet Milton niet.'

'Ja, Milton kon niet met het meetlint overweg. Maar mijn ouwe heer mag jou graag. Ik snap alleen niet waarom. Misschien omdat jij de enige van ons allemaal bent die succes heeft gehad.'

'Jij doet het ook goed, man.'

''t Zal wel.' Chris liep naar de witte bestelbus. 'Kom langs, oké?'

Ali zei: 'Doe ik.'

Lawrence Newhouse liep in zijn lange T-shirt over straat door Barry Farm, een wijk met geelbruine, motelachtige huizenblokken van twee verdiepingen, met chocoladebruine portieken en boogconstructies. In zijn jeugd hadden hij en de jongens van Parkchester altijd mot gehad met die van Barry Farm, en hij vermoedde dat de jongeren van tegenwoordig geen haar beter waren, maar hij had die tijd achter zich liggen. Mensen keken wel naar hem als hij langsliep, maar zonder al te veel aandacht aan hem te schenken, alsof hij niet de moeite waard was. Met zijn zesentwintig jaar zag Lawrence er oud uit. Met zijn slechte eetgewoonten, zijn drinken, en het roken en slikken van alles wat los en vast zat, had hij niet bijzonder goed voor zichzelf gezorgd. Hij zag eruit alsof hij veertig was.

Hij had een plastic fles fruitsap in zijn hand. Die had hij bij de Koreaanse winkel in de buurt gekocht toen hij vanmorgen met een droge bek wakker was geworden in de kleren waarin hij gisteren uit was geweest. Hij had de vorige avond een smak geld uitgegeven in de stripclub aan New York Avenue waar hij graag kwam. Hij had het gespendeerd aan sterkedrank en strippers – het gebruikelijke werk van bankbiljetten onder de string schuiven – en aan een gram coke die hij op het toilet had gekocht van een jonge knul die hij in de bar had ontmoet. Zodra hij wat van het spul van het uiteinde van zijn sleutel had opgesnoven, had hij de schijterij gekregen. Dat kreeg je ervan als je coke kocht van iemand die je niet kende. Het was niet veel meer dan wat laxeermiddel geweest, maar het had hem wel wakker gehouden. En een van de strippers was er wel zo in geïnteresseerd geweest dat ze met hem mee naar buiten was gegaan en hem op de achterbank van de auto van haar vent had gepijpt. Wat hem weer een honderdje had gekost. Hij kon zich niet herinneren dat hij in de Cavalier naar Southeast was teruggereden, maar de auto stond voor de deur geparkeerd, dus hij dacht dat het wel zo moest zijn gegaan.

Het ging hard met het geld.

Lawrence passeerde een stoffig speelplaatsje met klimrekken en het verroeste frame van een schommel, dat hem aan een spin deed denken. Aan de rand van het speelplein stond een ijzeren paal zonder basketbalbord in het beton. Rond de paal lagen eerbewijzen aan een jongen die Beanie heette, een bonte verzameling teddyberen, linten en spandoeken, lege flessen Hennesey en foto's, ter nagedachtenis aan Beanies korte, snelle leven en zijn dood door een kogel.

Daarna sloeg Lawrence Wade Street in, in de richting van de Parkchester-flats. Hij liep met een boog om een stel jongens heen die hij alleen van gezicht kende, die bij een van de ingangen rondhingen, en ging het trappenhuis binnen waar het zoals gebruikelijk naar kookluchtjes, sigaretten en wiet rook.

Hij ging naar zijn flat.

Eigenlijk was het niet zíjn flat. Hij was van Dorita, zijn halfzus. Dorita leefde van een uitkering, had drie kinderen van twee verschillende mannen en hij mocht bij haar inwonen. Als er geen eten was of als een van de kinderen Nikes nodig had, gaf hij haar geld als hij het had. Nu had hij geld, maar dat wist Dorita niet.

Haar twee jongste kinderen, Terence en Loquatia, lagen op de grond te kijken naar een programma op de breedbeeld plasma-tv die Dorita op afbetaling had gekocht. Loquatia, die elf was en al even dik begon te worden als haar moeder, zat met haar hand in een schaal Skittles en speelde met de gekleurde snoepjes. Als Loquatia maar kon eten, was ze gelukkig. Haar broertje staarde naar de kreeft in de tekenfilm op het scherm, maar was aan het dagdromen en dacht aan iets wat een sterrenstelsel heette, waar hij op school over had geleerd. Hij had een levendige fantasie, en zijn onderwijzeres vermoedde dat hij bijzonder intelligent was. De onderwijzeres had Dorita gebeld om te vertellen dat hij op zijn basisschool aan een versneld programma kon meedoen, maar Dorita moest haar nog steeds terugbellen.

Dorita zat met de benen omhoog op de bank in de woonkamer met haar mobieltje in haar hand. Op dit moment was er geen man in haar leven. Ze was tweeëndertig, en haar buik vol zwangerschapsstrepen puilde onder haar strakke shirt uit. Met haar honderddertien kilo was ze ruim vijfendertig kilo zwaarder dan Lawrence. Ze hadden dezelfde moeder, maar ze leken geen spat op elkaar.

'Waar kom jij vandaan?' vroeg Dorita.

'Ik ben even naar de winkel van Chang geweest,' zei Lawrence.

'En je hebt niks voor me meegenomen?'

'Ik heb ook niet echt boodschappen gedaan.' Lawrence zwiepte de vlechtjes uit zijn gezicht. 'Waar is Marquis?'

'Meneer Carter is hem komen ophalen. Toen lag je nog te slapen. Marquis zei dat ze gingen basketballen.'

'Oké,' zei Lawrence geërgerd, al begreep hij niet precies waarom. Hij wist dat Ali de jongen wilde helpen, maar hij was er ook gepikeerd over.

'Je hebt de afgelopen nacht gesnurkt,' zei Terrence, en Dorita moest lachen.

'Nou en?' zei Lawrence. 'Jij hebt een scheet gelaten.'

Terrence en Loquatia lachten.

'Als je naar de Changs gaat, moet je het even zeggen. We kunnen in dit huis wel wat frisdrank gebruiken.'

'Ik ben geen loopjongen.'

'Jij kunt toch ook je steentje bijdragen,' zei Dorita, 'in plaats van alleen maar te nemen.'

'Mijn moeder heeft mij tenminste niet naar een tortillachip genoemd,' zei Lawrence, waarmee hij de uitgekauwde grap van stal haalde die hij al van kleins af tegen zijn zus maakte.

Dorita gaf geen antwoord en Lawrence ging naar zijn kamer.

Eigenlijk was het niet zíjn kamer. Hij deelde hem met de twee jongste kinderen. Tussen hun bedden en dat van hem had hij een laken opgehangen om wat privacy te hebben. Er was niet veel ruimte, maar dit was wat hij had. Hij betaalde geen huur, dus mocht hij niet klagen. Hij was hier trouwens binnenkort toch weg.

Binnenkort.

Hij trok het laken opzij, liet zich op zijn bed vallen en legde zijn onderarm over zijn ogen. Onder het bed lag de tas met geld. Hij vond dat hij die in de buurt moest houden. Maar wat zou hij ermee doen? Dat spookte steeds door zijn hoofd.

Hij wist dat hij eigenlijk op zoek moest naar een eigen woonruimte. Misschien kon hij bij een garage langsgaan en die ouwe schroothoop van hem inruilen voor iets beters. Maar dan zou hij in zijn eentje in een flatje zitten zonder iemand om mee te praten of af te zeiken, en in een betere auto rijden, en dat was het dan. Hij had al een paar duizend dollar uitgegeven aan vrouwen en plezier. Verder kon hij niets bedenken om te kopen en dat hem gelukkig zou maken.

Wat hij wilde, en waar hij altijd naar had verlangd, was vrienden hebben en trots op zichelf kunnen zijn. Hij had altijd gedacht dat geld hem daarbij zou kunnen helpen. Maar om aan geld te komen had hij de enige gast die zijn vriend was geweest, belazerd. De enige die het voor hem had opgenomen toen hij in Pine Ridge regelmatig in elkaar werd geslagen. En nu had hij, Lawrence, hem een smerig kunstje geflikt.

Soms had hij werkelijk de pest aan zichzelf als hij in de spiegel keek.

Lawrence ging op zijn zij liggen. In de hete kamer, in zijn lange T-shirt dat vochtig was van het zweet, viel hij in slaap.

Ali Carter woonde bij zijn moeder, Juanita Carter, in een twee-onder-een-kapwoninkje aan Alabama Avenue in Garfield Heights, tegenover het kantoor van Men Movin' on Up. De huizen waren redelijk nieuw, de tuintjes nog schoon, en de paar honderd woningen die hier stonden waren in de plaats gekomen voor een probleemwijk die niemand ooit iets goeds had gebracht. Er stonden nog steeds huizen te koop voor ongeveer driehonderdduizend dollar, tegen een lage rente en zonder aanbetaling. Binnen loopafstand had je een supermarkt, het politiebureau van het Zevende District en het Fort Stanton Park. In dit deel van de stad waren verschillende wijken als deze verrezen, met zowel nieuwkomers als mensen die er altijd al hadden gewoond. Alleen degenen met een onredelijke aversie tegen verandering konden volhouden dat dit geen positieve ontwikkeling was. Voor Ali was het een grote verbetering: een wereld van verschil met waar hij was opgegroeid.

Juanita Carter was in geen enkel opzicht een slechte moeder voor Ali en zijn zussen geweest; ze kwam alleen uit een arm gezin. Ze was in het nadeel doordat ze achteraan in de rij had moeten aansluiten, en toen ze eenmaal een gezin had, was haar gebrek aan opleiding en een ongelukkige hand van mannen kiezen haar opgebroken. Ze woonde met haar kinderen in Barry Farm, en ze had geen andere keus gehad dan ze in die rauwe en soms giftige omgeving groot te brengen. Nadat ze haar algemeen certificaat in het volwassenenonderwijs had gehaald, was ze naast haar werk in de schoonmaakploeg van het oude General Hospital van DC een opleiding in de verpleging gaan volgen. Maar terwijl ze vooruit probeerde te komen om met haar gezin naar een betere buurt te kunnen verhuizen, kwam Ali in de puberteit: een gevaarlijke leeftijd voor een jongen die thuis weinig toezicht had omdat zijn moeder overdag werkte en 's avonds naar school ging. Juanita rekende het zichzelf nog steeds aan dat Ali en een van zijn zussen, die uiteindelijk in de goot terechtkwam, in de problemen waren geraakt. Maar Ali wist dat het niet aan haar lag. Het lag aan hem, en aan het feit dat sommige jongens nu eenmaal door schade en schande wijs moesten worden.

'Waar ga je heen?' vroeg Juanita toen haar zoon in een gestreken spijkerbroek en een hemelsblauw Lacoste-shirt de keuken binnenkwam, en een zonnebril uit een schaal op het aanrecht pakte.

'De vader van Chris Flynn geeft een barbecue,' zei Ali. 'Voor zijn werknemers.'

'Jij werkt toch niet voor hem?'

'Nee, maar zijn vader heeft een paar jongens geholpen die ik ken. Dat wil zeggen, hij heeft het geprobeerd.'

'Dus je laat je waardering voor die man blijken door zijn hamburgers en aardappelsalade op te eten?'

'En ik ga hem waarschijnlijk om nog meer gunsten vragen.'
Ali stak zijn hand in de schaal met Juanita's spullen. 'Mag ik je auto lenen?'

'Als je belooft dat je niet drinkt.'

'Je weet dat ik het niet eens lekker vind.'

Ali pakte de sleutels en gaf zijn moeder een kus op haar wang. Ze was een kleine vrouw van tweeënveertig, met grote bruine ogen en een lieve glimlach. Van haar had hij zijn bescheiden lengte en zijn knappe gezicht meegekregen.

Als moeder en zoon hadden ze vroeger conflicten gehad, maar tegenwoordig vormden ze als volwassenen een goed team. De hypotheek stond op naam van hen allebei, en ze zorgden er samen voor dat alles gesmeerd liep. Zij was verpleegster in een dialysecentrum in 8th Street op Capitol Hill, en ze had geleerd zich aan haar budget te houden en op haar uitgaven te letten, maar zich toch stijlvol te kleden. Hij was bij haar gebleven om iets terug te doen voor de problemen die hij haar in zijn jeugd had bezorgd. Ze wisten allebei dat hij weg zou gaan als hij iemand tegenkwam en zelf kinderen zou krijgen. Zij leek daar meer op aan te sturen dan hij.

'Komen er ook meiden op die barbecue?'

'Nee, mam. We zijn allemaal lid van de vrouwenhatersclub.'

'Ik vraag het me soms wel af.'

'O ja?' vroeg Ali. Hij had zijn oog laten vallen op een meisje dat hij in de kerk had leren kennen, maar dat hoefde zijn moeder nog niet te weten.

'Niet drinken, hoor,' zei Juanita, terwijl hij met de autosleutels naar de deur liep.

'Nee, mam,' zei Ali.

Ze zag hem wegrijden en dacht: het is niet zo dat ik je op de huid wil zitten. Ik wil alleen maar dat je niets overkomt. Dat is alles.

Je bent al zo ver gekomen.

18

Chris kwam Rock Creek Park binnen over de kronkelende Sherrill Drive, reed een stukje over Beach Drive en verliet het park weer via Bingham Drive, de oost-westelijke doorsteek die zijn vader hem had gewezen toen hij nog klein was. Hij reed in de bestelbus tegen de lange helling van Nebraska Avenue op en sloeg op McKinley Street af naar het westen. Katherine zat naast hem op de passagiersstoel en Ben op de inklapbare bank achter hen. Zoals gewoonlijk viel Chris stil toen hij zijn oude buurt binnenreed.

Ze stopten voor het rode licht op de kruising van McKinley Street en Connecticut Avenue. Rechts van hen lagen de omheinde velden van het Chevy Chase Centrum, waar Chris verscheidene zomercompetities onder de lampen en onder de sterren had gespeeld. Aan de overkant van de avenue stond de Avalon-bioscoop, waar hij met zijn vrienden op het herentoilet wiet had gerookt voordat ze naar de film gingen, en waarin nu een onafhankelijk filmhuis was gevestigd.

'Zie je die betonblokken?' vroeg Ben, en hij wees met zijn lange vinger tussen Chris en Katherine door naar de betonnen bloembakken die voorbij het bushokje op het trottoir stonden, langs de schuin aflopende ingang naar de drugstore aan de zuidwestkant van Connecticut Avenue.

'Ja?' zei Katherine, die vermoedde wat er ging komen omdat

ze al had gehoord over die avond dat Chris de politie achter zich aan had gehad.

'Dat is een soort monument voor Chris,' zei Ben. 'Die hebben ze daar neergezet nadat hij met zijn Isuzu over het trottoir was gereden.'

'Dat was ik niet. Dat was een andere gozer.'

Toen het licht op groen sprong, trok Chris op en wierp onder het voorbijrijden een blik op de betonnen obstakels.

'Mijn nalatenschap,' zei Chris, en Katherine pakte zijn hand en kneep erin.

Toen ze in westelijke richting over McKinley reden, ging Chris zo ver mogelijk naar rechts om een achteropkomende nieuwe Audi te laten passeren. De coupé kwam naast hem rijden en Chris keek naar de bestuurder voor het beleefdheidsknikje. Hun ogen ontmoetten elkaar. De bestuurder, een knappe man van Chris' leeftijd, met een keurig kapsel en een hagelwit openstaand overhemd, gaf met een nerveus glimlachje een blik van herkenning.

'Hé,' zei hij, en hij groette met een opgestoken wijsvinger.

'Hoe gaat het, man?' vroeg Chris, die de glimlach beantwoordde.

Geen van beiden stopte. Chris gaf met zijn zware voet iets te veel gas.

'Wie was dat?' vroeg Katherine.

'Een jongen uit de buurt met wie ik vroeger hardliep,' zei Chris.

'Wie het ook is, hij doet het niet slecht,' zei Ben.

'Hij is vorig jaar afgestudeerd in de rechten,' zei Chris. 'Volgens mijn vader werkt hij bij een advocatenkantoor in het centrum.'

'Je hebt me nooit over hem verteld,' zei Katherine.

'Jawel, hoor,' zei Chris.

'Ik zal het wel vergeten zijn.'

'Het is niet belangrijk,' zei Chris. 'Hij is gewoon iemand die ik van vroeger ken.'

De barbecue werd gehouden in de achtertuin van het in koloniale stijl opgetrokken houten huis van de familie Flynn aan Livingston Street. Afhankelijk van de hoeveelheid werk had Thomas Flynn zes tot acht werknemers in dienst, die op dit jaarlijkse uitje hun kinderen, echtgenote, vriendin en een paar loslopende vrienden meenamen. De tuin was aan de kleine kant en stond vol mensen.

Amanda Flynn had eten klaargezet op een tafel op hun overdekte veranda die op een houten zonneterras uitkwam waar Flynn op zijn professionele gasgrill druk in de weer was met het grillen van burgers, chorizo's, saucijzen en kipfilets. Amanda en Isaacs vrouw, Maria, liepen voortdurend heen en weer van de keuken naar de veranda met bijgerechten, papieren bordjes, servetjes en bestek en kletsten ondertussen wat bij. Flynn had in de ene hand een spatel en in de andere hand een flesje Budweiser. Binnen handbereik, op de balustrade van het terras, stond een vaatje Jim Beam met daarnaast een paar borrelglazen voor iedereen die met hem mee wilde doen. Er stonden ook twee teilen met ijs, de een met bier en witte wijn, en de ander met frisdrank en water.

Uit speakers die aan het plafond van de overdekte veranda waren opgehangen, kwam muziek. Het was een mix van Spaanstalige pop en sentimentele liedjes, die iedereen wel leuk vond maar in de loop van de avond tot meningsverschillen en discussies zou leiden. Ben had zijn tapes van Rare Essence en de Back Yard Band meegebracht, en de nieuwe cd van Wale om later op de avond te draaien als iedereen wat los was gekomen. Een van Amanda's taken was om haar man van de stereo-installatie weg te houden, vooral als hij een paar glazen op had. Dit was geen gezelschap om Thin Lizzy of Lynyrd Skynyrd te draaien, en niemand, op Thomas Flynn na, had hier iets met Bruce.

Renée, de vriendin van Ben, was later op de avond gekomen, na haar werk in de nagelstudio. Met haar avondjurk en hoge hakken was ze veel te chic gekleed voor een barbecue, maar ze zag er goed uit. Katherine, die een roestbruine jurk droeg en haar haar los had hangen, stond met Renée te praten, terwijl Ben de hele tijd met Django, de hond van de familie Flynn, speelde.

Lonnie Wilson was er ook, hoewel hij al een paar jaar niet meer voor Flynn werkte en slechts kort bij hem in dienst was geweest. Lonnie hield van feesten en liet geen kans voorbijgaan om gratis te kunnen eten en drinken. Hij had zijn vrouw Yolanda en hun twee kinderen meegenomen. Die geile Lonnie, die in Pine Ridge alleen maar kon praten over al die vrouwen die hij zou naaien als hij weer vrijkwam, was met Yolanda getrouwd, het eerste meisje dat hij was tegengekomen toen hij vrijkwam. Ondanks het feit dat Lonnie nooit een vaste baan had en ze met zware financiële problemen kampten, vormden ze een hecht gezin met elkaar.

De schemering was ingevallen en Chris, Ali, Ben en Lonnie stonden rond een vuurkuil bier uit flesjes te drinken en in het vuur te staren dat Chris had aangelegd met houtblokken die op het paadje naast de garage opgestapeld lagen. Thomas Flynn had de vuurkuil jaren geleden aangelegd. Hij had eerst de grond geëffend, de bodem en de wand van lichte bouwstenen geconstrueerd en die afgewerkt met een decoratieve natuurstenen deklaag die hij zelf had gevoegd, en hij had het geheel voorzien van een betonnen rand die hij eigenhandig onder verstek had gezaagd.

Chris zou nooit zoiets degelijks kunnen maken. Hij was van nature niet zo handig als zijn vader. Hij was zelfs niet bijzonder goed in het leggen van tapijten, hoewel hij het vak voldoende beheerste om goed werk af te leveren. De waarheid was dat hij eigenlijk niet geschikt was voor dit beroep, maar hij was erin gerold en andere baantjes waren er niet.

'Moet je die hond zien, man,' riep Ben vrolijk, en hij hield een rubber speeltje aan het U-vormige handvat vast terwijl Django het andere uiteinde met zijn machtige kaken omklemde en wild rukte, waarbij hij zijn achterpoten stevig in de grond plantte en zijn ogen in zijn grote zware kop in hun kassen rolden. 'Je ziet pas dat het een echte pitbull is als hij iets in zijn bek heeft.'

'Op zijn kaartje in het asiel stond "labrador (kruising)",' zei Chris. 'Dat zetten ze op alle kaartjes, zelfs op die van beagles. De mensen willen graag een labrador.'

Ben liet het speeltje los. Django liet het aan Bens voeten vallen en keek hem verwachtingsvol aan.

'Hij wil nog verder spelen,' zei Ali.

'Als ik zo'n hond had, zou ik de hele tijd met hem spelen,' zei Ben. 'Maar het is niet goed voor zo'n beest om hem de hele dag in mijn flat te laten zitten als ik naar mijn werk ben.'

'Die hond wil alleen maar neuken,' zei Lonnie.

'Dat is de pitbull in hem,' zei Ben.

'Moet je die kracht in dat achterwerk zien, ik wed dat ie ook keihard kan neuken,' zei Lonnie.

'Niet meer,' zei Chris. 'Mijn ouders hebben hem laten helpen.'

'Shit man, waarom moest dat nou?'

'Dat zouden ze met jou ook moeten doen,' zei Ali.

'Ik ben nog niet klaar, hoor,' zei Lonnie. 'Ik wil een groot gezin. Ik hou van kinderen, snap je, en ik heb het gereedschap om ze te maken. En Yolanda is zo vruchtbaar als wat. Ik lijk wel zo'n spermabank waar je weleens over leest, en Yolanda is de opslagplaats. Ik moet een paar keer per dag mijn kwakje kwijt.'

'Dat slaat echt helemaal nergens op,' zei Ali.

Chris keek naar het terras waar Isaac diep in gesprek was met zijn vader. Hij voelde een steek van jaloezie. Isaac werkte veel beter dan Chris; hij was vakkundiger, toegewijder en plichtsgetrouwer dan hij. Isaac verdiende het om ooit de leiding te krijgen over Flynn's Floors, veel meer dan Chris. Het deed Chris pijn omdat hij wist dat zijn vader dit ook besefte, en dat hij verscheurd werd door zijn loyaliteit jegens zijn zoon en zijn voorbeeldige werknemer.

'Hé,' zei Hector. 'Waar zijn alle vrouwen gebleven.'

Hector, een jonge knul met krullend haar die in Isaacs ploeg werkte, stapte het kringetje binnen en gaf Ben een speels stootje zodat hij plaats voor hem maakte. Hector tikte met zijn flesje even tegen dat van Chris.

'Als we daar Hector niet hebben,' zei Ben.

In het licht van het vuur maakte Hector met zijn glazige blik en brede grijns een ietwat aangeschoten indruk.

'Ali, Lonnie,' zei Chris. 'Ik wil jullie aan Hector voorstellen.'

Hector knikte en maakte een buiginkje. 'Aangenaam kennis met jullie te maken.'

'Insgelijks,' zei Ali.

'Hector werkt in een van onze ploegen,' zei Chris.

'De béste ploeg,' zei Hector. Hij was een streberig kereltje, maar maakte zijn grootspraak ook waar.

'Ik dacht dat je Mary heette,' zei Ben.

'Ik heet geen Mary,' zei Hector.

'Ja hoor,' zei Ben. 'Mary Con.'

Hector keek niet-begrijpend. Toen verscheen er een brede lach op zijn gezicht, en hij wees naar Ben. 'Je zal jezelf bedoelen. Je bent zélf een *maricón*. Jíj bent een mietje!'

Ze begonnen allemaal te lachen en namen nog een slok bier. Katherine en Renée kwamen erbij staan en de kring werd wijder. Iedereen deed een stapje terug van het vuur. Ze hadden het allemaal bloedheet en de alcohol had bepaald geen verkoelende uitwerking. De kinderen renden door de tuin en een jongen uit Isaacs ploeg danste met een jonge vrouw bij het licht van een toorts op een texmex-liedje uit de stereo-installatie.

'Waar is je schaduw vanavond?' vroeg Chris aan Lonnie. 'Meestal komt hij wel mee.'

'Luther?' zei Lonnie, en hij schudde zijn hoofd. 'Ik ga niet meer zoveel met Luther om. Luther is een loser, man.'

'Is ie aan de drugs?' vroeg Ali.

'Luther doet alles fout,' zei Lonnie. 'Het komt erop neer dat ie met de verkeerde mensen omgaat. Een van die gasten die hij in Pine Ridge heeft leren kennen. Herinner je je Demarco Hines nog?'

'Uit Eenheid 12,' zei Ali, waarmee hij de afdeling bedoelde waar de gewelddadigste jongens zaten.

'De laatste keer dat ik Luther zag heb ik tegen hem gezegd: "Je moet bij die lui uit de buurt blijven en ophouden met die shit. Je bent te oud voor dat spelletje." Maar hij wilde niet luisteren. Maar weet je, Luther is geen klootzak, niet zoals die Demarco.'

'Ze hadden Luther om te beginnen niet in Pine Ridge moeten opsluiten,' zei Ali. 'Als je iemand neerzet bij gasten die echt niet deugen, slaat het virus op hem over.'

'Luther is één keer te vaak gepakt als drugskoerier,' zei Lonnie. 'De agenten sprongen uit hun auto en grepen hem in zijn nekvel, en hij heeft het tijdens zijn proeftijd voortdurend verziekt. Dat is het hele verhaal.'

'Moet je je voorstellen: agenten die zo'n jonge gast bij de kladden grijpen,' zei Ben.

'Wij keken altijd om en lachten de agenten uit vóór we wegrenden,' zei Lonnie. 'Maar dat joch was gewoon te langzaam.'

'Vette pech,' zei Hector, die ook een duit in het zakje wilde doen.

'Je hebt ook mensen die wel geluk hebben,' zei Chris. 'Eerder op de avond kwam ik een ouwe vriend tegen. Een jaar of acht, negen geleden was hij net zo'n etterbak als ik. Nu is Jason advocaat, met een smak geld. En ik ben...'

'Chris,' zei Katherine.

'Alleen maar omdat hij toen in de auto bleef zitten,' zei Chris, 'en omdat ik uitstapte.'

'Over wie heb je het, man?' vroeg Lonnie.

'Over mijn vriend Country.' Chris hief zijn flesje even alsof hij een toost uitbracht. 'Degene die in de Trooper bleef zitten.'

Iedereen zweeg. Chris hield zijn hoofd achterover en dronk zijn bier achter elkaar op. Katherine gaf hem een arm en drukte haar dijbeen tegen het zijne.

'Ik moet iets eten,' zei Ali, en hij goot zijn flesje leeg in het gras. 'Ik had mijn moeder eigenlijk beloofd dat ik niks zou drinken. Ik moet iets in mijn maag hebben voordat ik naar huis rij.'

Hij stak het grasveld over en liep de trap op naar het terras. Thomas Flynn stond bij de barbecue en draaide net de laatste hamburger om. Ali stapte op hem af en legde een hand op zijn schouder, waarop Flynn in gespeelde angst een paar stappen achteruit deed.

'Maakt u zich geen zorgen, meneer Flynn. Ik zal u niet lastigvallen.'

'Vanavond niet.'

'Vanavond ben ik niet aan het werk. Maar u weet natuurlijk dat ik binnenkort weer bij u aanklop.'

'Dat is je werk.'

'Ik kan niets voor mekaar krijgen zonder mensen als u,' zei Ali. 'In ieder geval wil ik u even zeggen dat ik u ontzettend dankbaar ben voor uw geduld.'

Ze keken elkaar aan met een blik waarin wederzijds respect te lezen stond, en Ali schudde Flynn de hand.

'Drink nog een borrel met me,' zei Flynn.

'Nee, ik waag me niet aan dat spul. Maar evengoed bedankt.'

Flynn wees met zijn kin naar de tuin. 'Ik zie dat Lonnie en zijn kroost er ook zijn.'

'Lonnie ging heen en vermenigvuldigde zich.'

'Hoe heette die vriend van hem ook alweer? Die jongen die nooit op tijd op zijn werk kwam?'

'Luther. Het gaat niet goed met hem.'

'Ze kunnen niet allemaal een succesverhaal worden.'

'Dat weet ik.'

'De laatste keer dat ik Luther zag, heb ik hem tien dollar als voorschot op zijn salaris gegeven.'

'U wilt Luther echt niet meer terugzien, laat hem die tien dollar maar houden.'

Flynn wuifde met zijn spatel naar de overdekte veranda. 'Vooruit, tast toe.'

'Bedankt.'

Ali liep naar de tafel met eten en Flynn schonk zich een glas whisky in. Hij nam een slok, en keek naar zijn zoon, diens vriend Ben en hun vriendinnen, die samen rond de vuurkuil in de tuin stonden. Chris en Ben leken ouder dan ze waren. Hij had hen de shirts die ze vanavond droegen al heel vaak zien dragen. Chris had een hoop gemist op de middelbare school: de sportwedstrijden, het schoolbal, de diploma-uitreiking, en nog veel meer, en nu was hij een man die te veel had meegemaakt om zich nog te amuseren. Flynn liet vol spijt zijn hoofd hangen.

'Waar denk je allemaal aan, Tommy?'

Amanda was naast hem opgedoken.

'Nergens aan, Amanda.'

'Ik heb even leuk met Katherine staan praten.'

'Knap meisje.'

'En ook slim,' zei Amanda. 'Chris en zij zijn duidelijk verliefd op elkaar.'

'Ik ben blij voor hem.'

'Je kijkt anders niet zo blij.'

Flynn dronk zijn glas leeg en zette het op de balustrade. 'Ik stond even rustig na te denken, dat is alles. Tot jij opdook.'

'Staar je nou niet blind op wat Chris niet is en wees dankbaar voor het goede in hem. Hij is goed bezig, Tommy.'

'Oké. Ik ben oké, jij bent oké. We zijn allemaal oké.'

'En doe een beetje kalm aan met de whisky. Je moet je toespraakje nog houden, weet je nog?'

Flynn pakte de reusachtige fles whisky, met de dop er nog op, en deed alsof hij een slok nam. Daarna liep hij wankelend over het terras.

'Hou op met die onzin, Tommy.'

'Ik hou van jullie, jongens,' zei Flynn, met een komisch aandoende wazige blik in zijn ogen. 'Ik hou... echt... verschrikkelijk veel van jullie, jongens.'

'Hou op.'

'Bedoel je díé toespraak?'

'Hou nou op.' Amanda deed een stap naar voren en riep naar de volwassenen en kinderen in de tuin: 'Jongens! Allemaal komen eten voordat het koud wordt!'

Flynn stak zijn hand uit en raakte even haar achterste aan. Ze sloeg zijn hand razendsnel weg, draaide zich om en liep snel naar de veranda.

'Als je een bedrijf start,' zei Flynn, 'denk je aan jezelf. Aan je vrouw en kinderen, misschien, als je het geluk hebt die te hebben. Maar wat ik eigenlijk wil zeggen is, je begint een zaak om geld te verdienen. Dat is je streven.'

Flynn stond op het terras met een glas whisky in zijn hand. Hij deed niet meer net alsof, maar was nu echt aangeschoten. Amanda stond bezorgd, liefdevol, geduldig en ook een beetje trots aan zijn zijde. Hij had deze zaak opgebouwd en het was hem gegund. Met alle problemen die hij had gehad, mocht hij ook voor een keer sentimenteel en dronken zijn.

Beneden hen op het grasveld stonden de werknemers en hun gezinnen naar Flynn te kijken. Wat ze ook voelden, en dat varieerde van loyaliteit tot onverschilligheid, ze waren allemaal wel vol aandacht en respect voor hem. Sommigen hadden nog een bord eten in hun handen, anderen een glas, en weer anderen waren broodnuchter. Isaac had Maria en zijn kinderen dicht bij zich. De andere kinderen waren aan het rondrennen en speelden in de tuin.

'Wat je niet verwacht als je hiermee begint is de verantwoordelijkheid en de genegenheid die je gaat voelen voor de mensen die je in dienst hebt en met wie je iedere dag mag samenwerken. Ik heb door de jaren heen heel wat personeel gehad. Voor de meesten van hen geldt dat zij en hun vrouwen en kinderen het veel beter kregen toen ze bij mij kwamen werken. Dat is een hele prestatie. En daar ben ik eerlijk gezegd ook het meest trots op.

Ik heb ook het geluk gehad dat ik met mijn gezin kon samenwerken. Jullie kennen mijn fantastische en buitengewoon competente vrouw Amanda.' Flynn stak zijn hand uit en kneep even in Amanda's arm. 'En mijn zoon Chris maakt vast deel uit van ons stoffeerdersteam. Maar zij zijn niet de enigen die ik als familie beschouw. Daarbij denk ik aan Isaac, natuurlijk, die al heel lang voor me werkt. Isaac, jij weet dat dit bedrijf niet zonder jou kan.'

'Dank u, boss,' zei Isaac, kaarsrecht staand en omringd door zijn vrouw en kinderen.

'Maar het gaat om jullie allemaal,' zei Flynn. 'Om de vrienden en de familie. Samen gaan we het goed hebben. Als we een klus doen en we voeren die goed uit...'

'... levert dat geld op voor ons allemaal,' zei Chris op gedempte toon, terwijl hij werd overspoeld door een golf van genegenheid voor zijn ouwe vader.

'... levert dat geld op voor ons allemaal,' zei Flynn. 'Ik weet dat de zaken deze zomer wat minder gingen. Iedereen neemt bij dit economische tij verdomme gas terug. Maar op de lange termijn stelt dat niet veel voor. Dus we hebben deze maand niet zoveel verdiend. Maar, ik beloof jullie...' Flynn liet een veelbetekenende stilte vallen, '... dat wordt binnenkort anders.'

'Ja!' zei Hector iets te nadrukkelijk.

'Kalm aan, Mary,' zei Ben.

'Je zal jezelf bedoelen,' zei Hector met een scheef lachje.

'Dat was het,' zei Flynn. 'We zien elkaar maandag weer.'

Er ging een applausje op toen Amanda zich naar hem toe draaide, haar hand om zijn middel sloeg en hem op de mond kuste.

'Ik ben echt goed, verdomme,' zei Flynn, er was een lok zwart haar over zijn voorhoofd gevallen. 'Henry d'Agincourt stelt niets voor vergeleken bij mij.'

'Bewaar die grootspraak maar voor in bed.'

'Meen je dat?'

'Ja.'

Chris zei: 'We gaan ervandoor.' Hij stond onder aan de trap naar zijn ouders te kijken, wachtend tot ze waren uitgepraat.

'Je gaat toch niet achter het stuur zitten, hè?' zei Amanda.

'Katherine rijdt,' zei Chris. 'Maak je maar geen zorgen, ze heeft nauwelijks gedronken.'

'Ze is een schat van een meid,' zei Flynn.

Chris knikte alleen maar. Ze keken hem na terwijl hij zich bij zijn groepje voegde, en afscheid nam van Ali die nog met Lonnie stond te praten.

'Hij is niet erg spraakzaam,' zei Flynn.

'Kom op,' zei Amanda. 'Help me maar met opruimen.'

Chris en Ben liepen met hun vriendinnen de achtertuin uit.

Twee mannen, een grote en een kleine, zaten in een zwarte Marquis die op Livingston Street stond geparkeerd, een heel eind van het huis van de familie Flynn. De oude sedan, die weliswaar uitstekend onderhouden was, viel op te midden van de nieuwste Europese auto's in Friendship Heights. Sonny Wade en Wayne Minors waren net aan komen rijden en waren niet van plan om er lang te blijven hangen. Ze waren hiernaartoe gereden om het zakenadres van Flynn's Floors te controleren en hadden tot hun verbazing vastgesteld dat het een woonhuis was.

'Het feestje loopt op zijn eind,' zei Sonny.

'Voor hen wel, ja,' zei Wayne.

Een jong blank stel en een jong zwart stel liepen door de voortuin van het in koloniale stijl opgetrokken huis naar een witte bedrijfsauto. Het leek alsof ze daar ieder een kant op gingen.

'Jezus, moet je de tieten van die roodharige zien,' zei Sonny.

'Ik zou zo een tunneltje van die memmen maken,' zei Wayne.

'En wat zou je dan door dat tunneltje laten rijden?'

'Je weet wat ze zeggen over kleine mannen.'

'Dat die kleine pikken hebben?'

'Ho, ho,' zei Wayne.

Sonny pakte een goedkope verrekijker op die hij in een dumpzaak had gekocht en keek erdoor. 'Die Mindy zei dat de een zwart was en de ander blank met blond haar, allebei groot en jong. Ze zijn allebei groot. Ze zouden het kunnen zijn.'

'Wat ga je nou doen, naar ze toe gaan en het vragen?'

'Hou jij je ogen nou maar op die blanke gozer gericht.' Sonny gaf de verrekijker aan Wayne, pakte zijn mobieltje van de roodfluwelen zitting tussen zijn benen, zocht het nummer in zijn bellijst en belde dat.

Ze wachtten.

'Hij neemt op,' zei Wayne met een giechellachje.

'Hallo,' zei Sonny. 'Spreek ik met Chris Karpet?'

'Met wie spreek ik?' hoorden ze Chris met een nijdige stem zeggen.

Sonny verbrak de verbinding en pakte de verrekijker terug. Hij keek erdoorheen en zei: 'Dat joch staat naar zijn mobiel te staren alsof die hem iets gaat vertellen.'

'Maar nou staat jouw nummer wel in zijn geheugen.'

'Kan me geen ruk schelen. Hij is de dief. Hij heeft geld van míj gestolen. Wat kan ie nou helemaal doen, naar de politie stappen?'

'Moeten we hem volgen om te kijken waar hij woont?'

'Ik zit te denken,' zei Sonny en streek over zijn hangsnor.

Katherine nam de autosleutels van Chris over en samen stapten ze in de witte bestelbus. Ben en Renée liepen naar haar zwarte Hyundai die bij de hoek stond geparkeerd.

'Die nikker is wel een beer van een kerel,' zei Wayne.

'Maar die blanke jongen lijkt me een taaie,' zei Sonny met samengeknepen ogen. 'Zoals die zwarte loopt, dat losse, relaxte loopje... volgens mij is die gast een watje.'

'Je kent het gezegde: als je een boomlange neger velt, valt ie met veel lawaai om.'

'Ik heb het nummer van die Chris Karpet,' zei Sonny. 'Hem kunnen we altijd nog wel grijpen. Laten we maar achter die zwarte aan gaan en kijken waar die naartoe gaat.'

·

19

Ben en Renée werden die zondag laat wakker en brachten het grootste deel van de dag binnenshuis door met luieren en vrijen, en eten dat aan huis werd bezorgd. Ze keken naar een film van Martin Lawrence die Renée via Netflix had besteld, en naar een paar innings van de Nationals op de kabel. Aan het begin van de avond liep Ben met haar mee naar de parkeerplaats waar haar Hyundai stond, en nam met een kus door het open raampje afscheid van haar. Ze hadden de hele dag veel gelachen samen en konden lekker met elkaar vrijen. Hij bedacht dat zij misschien de ware zou kunnen zijn.

Ben liep terug naar binnen. Op zijn nachtkastje lag een pocketuitgave van *Blood on the Forge* waarmee hij eerst veel moeite had gehad maar waar hij nu helemaal in kwam. Hij streek met zijn vingers over de fraaie omslag. Voor hem was het alsof hij goud aanraakte.

De laatste tijd probeerde hij wat moeilijker boeken te lezen. Ben wist wie hij was en wat hij wilde bereiken. Hij zou nooit rijk worden of het naar de gangbare maatstaven ver schoppen, maar hij had vrede met zijn beperkingen. Voor de meeste mensen ging het in het leven om het verwerven van status, maar voor hem niet. Voor Ben ging het om het zoeken naar kennis, en boeken vormden daarbij een hulpmiddel.

Voor hem was werken een middel om aan eten en onderdak te

komen. Zijn vrienden en Renée zorgden ervoor dat hij ook een normaal, sociaal leven kon leiden. Hij probeerde niet te veel over zijn slechte jeugd en moeilijke tienerjaren te piekeren en wist die duistere gedachten meestal uit te bannen. Die tijd had hij achter zich liggen en hij keek ernaar uit om iedere dag weer iets nieuws te leren.

Ben rook even aan zijn overhemd met de korte mouwen dat hij de vorige avond had gedragen, kwam tot de conclusie dat het niet stonk en trok het weer aan. Hij liep naar de voordeur en pakte zijn sleutels van een haakje van de kapstok die aan de muur hing. Hij had zijn mobiel en zijn portefeuille bij zich en zijn pocket, die hij in de kontzak van zijn jeans had gestopt.

Hij verliet de flat, stak de straat over en liep langs een zwart ijzeren hek. Op de parkeerplaats die bij het flatgebouw hoorde, sloegen twee mannen in een oude sedan hem gade.

Op de hoek van Rock Creek Church Road en Webster Street liep Ben langs het hek van de begraafplaats; hij volgde de brede weg rond de kerk en sloeg toen het smalle paadje in dat naar het Adams Memorial leidde. Omdat het weekend was, waren er bezoekers: een bejaard stel dat zijn auto vlakbij had staan. Ben liep verder en vond een plek op een stenen muurtje bij een grote vijver. Hij pakte zijn boek en begon te lezen.

De zon zakte weg en de schaduwen werden langer. Een Mexicaanse terreinknecht was klaar met het onderhoud van de borders en reed met zijn gemotoriseerde karretje de heuvel op naar de werkplaats. Even later kwam er een beveiligingsauto voorbijrijden, en de chauffeur, een al wat oudere man die Ben van gezicht kende, tikte op zijn horloge ten teken dat ze zo meteen gingen sluiten.

Ben zwaaide naar hem en stak vijf vingers in de lucht. De chauffeur knikte en reed verder.

Ben bleef langer dan hij van plan was geweest. Hoewel het al begon te schemeren, zat hij op een punt in het verhaal waar hij niet kon stoppen met lezen. In het boek waren drie zwarte jongens, plattelanders uit het Zuiden, naar het Noorden getrokken om daar in de staalfabrieken te werken, en nu werd pas duidelijk welk lot hun te wachten stond. Ben kon zich niet uit het verhaal losrukken.

Een oude zwarte auto kwam langzaam aanrijden en Ben keek op. Hij kwam vlak bij Ben tot stilstand en bleef daar met draaiende motor staan als een stilzittende kraai. Ben richtte zijn blik op het boek en keek toen weer naar de auto. De motor was afgezet. Een grote kerel met een hangsnor stapte aan de bestuurderskant uit, en aan de passagierszijde kwam een klein mannetje met pezige getatoeëerde armen en een borstelsnor naar buiten. De grote kerel, die een windjack en jeans droeg, keek even om zich heen, zag niemand en liep toen op Ben af. Ben legde het boek neer en liet zich van het muurtje zakken. Hij bleef wat ongemakkelijk staan, niet wetend wat hij moest doen of waar hij zijn handen moest houden.

Toen de grote kerel vlak bij hem was, vroeg Ben: 'Kan ik je ergens mee helpen?'

'Dat hoop ik zeker.' De man trok een semiautomatisch pistool vanonder zijn windjack tevoorschijn. Hij richtte het wapen op Ben en gebaarde met de loop naar de aftandse auto. 'Instappen.'

'Ik heb niks gedaan,' zei Ben.

'Ja, je hebt wél wat gedaan.' Hij gebaarde weer in dezelfde richting. 'Doe wat ik zeg. En snel een beetje.'

Ben keek om zich heen. Het was bijna donker en er was niemand, geen bezoeker of terreinknecht, te zien.

De grote kerel laadde het pistool door. 'En probeer maar eens weg te rennen.'

Ben dwong zichzelf naar de auto te lopen. De kerel met het pistool stond achter hem terwijl de kleinere man het portier aan de passagierskant voor Ben openhield.

'Voorin,' zei de grote man.

Ben stapte in en het portier werd achter hem dichtgeslagen. Uit zijn ooghoek zag hij de grote man het pistool weer op de veiligheidspal zetten en het wapen aan de kleine man geven. Hij hoorde dat de kleine man op de achterbank plaatsnam terwijl de grote achter het stuur schoof.

'Goed onthouden,' zei de grote man. 'Mijn maat schiet je hartstikke dood.'

Ben kon niets uitbrengen. Hij voelde dat de auto naar voren schoot en zijn vingers begroeven zich in de roodfluwelen zitting. Ze reden heel langzaam de begraafplaats over, tegen de heuvel op en om de kerk heen. De beveiligingsauto kwam al even langzaam op hen af rijden op het moment dat de grote man behendig langs het hek reed en Webster Street op draaide.

'Net op tijd,' zei de kleine man.

'Ja, ze gaan sluiten.' De grote man met de hoge jukbeenderen keek even naar Ben. 'Hoe heet je, jongen?'

'Ben.'

'Je mag mij Sonny noemen.' Hij glimlachte, waarbij een volkomen grijs gebit zichtbaar werd.

Ze reden doelloos rond tot het helemaal donker was geworden. Ben zat te luisteren terwijl de twee mannen slap aan het ouwehoeren waren, vooral over zangeressen, waarbij ze het eerst over hun zangkwaliteiten hadden maar al snel op hun cupmaat overschakelden. De kleine rookte een sigaret en had voortdurend commentaar op alles wat hij buiten het raampje zag. Hij moest niets hebben van de stad en zijn inwoners.

Ben probeerde te bedenken waarom hij ontvoerd was en kon geen reden bedenken. Voor zover hij wist had hij geen vijanden. Hij was al een hele tijd geleden uit het wereldje gestapt en kon zich niet herinneren dat hij iemand iets geflikt had.

De auto stonk. Zijn ontvoerders verspreidden een doordringende zweetlucht en Ben vermoedde dat hijzelf ook stonk. Zijn hemd was doordrenkt van het zweet.

Bij een paar stoplichten overwoog hij even om uit de auto te springen, maar hij besloot het toch maar niet te doen uit angst dat die kleine met zijn verkreukelde gezicht hem zou neerschieten. Hij wist niet wat hij anders moest doen.

Sonny zag Ben naar het getatoeëerde klaverblad kijken in de holte tussen zijn duim en wijsvinger van de hand waarmee hij het met nepbont beklede stuur vasthield.

'Vind je m'n tatoeage mooi?' vroeg Sonny.

Ben gaf geen antwoord.

'Kom op, jongen. Niet zo stil. We gaan straks toch met elkaar babbelen.'

Ze vervolgden hun weg heuvelafwaarts in zuidelijke richting over North Capitol Street en reden onder het viaduct van New York Avenue door.

'Weet je wat voor tatoeage dat is?' vroeg Sonny.

'Het is een klavertjevier,' zei Ben.

'Niemand snapt het, hè?' zei de kleine man.

'Het is een shamrock,' zei Sonny. 'Dat betekent dat ik bij een club hoor.'

'Hij bedoelt de Aryan Brotherhood,' zei de kleine.

'Kop dicht, eikel,' zei Sonny. 'Ik vertel het zoals ik het wil.'

'Ik heet geen eikel.'

'Kop dicht, Wayne.'

Sonny stopte voor een rood licht bij K Street. Vanaf de oostkant van North Capitol stak een bietsende dronkenlap de straat over, vanuit de schaduw van een dichtgetimmerde kerk. Toen hij vlak bij het portier aan de bestuurderskant was, draaide Sonny zijn hoofd om en zei: 'Flikker op.' Zonder een woord te zeggen deed de man een stap naar achteren.

Toen het licht op groen sprong, sloeg Sonny links af naar K Street. Ze reden door een donkere tunnel waar het water langs de muren stroomde, en die verlicht werd door bolvormige straatlampen. Boven zijn hoofd hoorde Ben het bonkende geluid van een trein die over het spoor denderde.

'Ik hoop dat je niet bang bent,' zei Sonny.

'Ik ben niet bang,' zei Ben snel.

'Mooi zo,' zei Sonny. 'Want ik wil dat je helder kunt denken. We gaan nu ergens naartoe om even rustig te babbelen. Oké?'

Sonny reed nog een paar straten verder, sloeg links af naar 6th Street en parkeerde daar langs het trottoir. Ze stonden naast een oud, vierkant, drie verdiepingen tellend gebouw dat omringd werd door een stalen hek van harmonicagaas en afstak tegen de rest van de buurt met zijn rijtjeshuizen. De grote ramen waren dichtgetimmerd en voorzien van ijzeren tralies, en tegen de zijkant van het gebouw hing een bord waarop de bouw van een bejaardencentrum werd aangekondigd. Overal in de stad zag je dit soort dichtgetimmerde of met klimop begroeide gebouwen, en Ben vermoedde dat dit gebouw, net als de andere, ooit een school was geweest.

'Wacht even,' zei Sonny. Over de stoep kwamen twee jongens luid pratend in hun richting lopen, en toen ze voorbij waren gooide Sonny de sleutels over zijn schouder naar Wayne en zei: 'Pak jij de spullen even.'

Wayne gaf Sonny zijn pistool en stapte uit de auto. Sonny hield het pistool laag en op Ben gericht. De achterbak ging open en Ben hoorde Wayne erin rommelen.

Wayne kwam terug en deed het portier aan de passagierskant open. Hij droeg latex handschoenen en gooide Sonny ook een paar handschoenen toe.

'Maak je maar geen zorgen,' zei Sonny, toen hij de zenuwtrek rond Bens lip zag en het zweet op diens voorhoofd zag parelen.

'Doe je handen achter je rug,' zei Sonny.

Ben keek Sonny aan.

'Gewoon een voorzorgsmaatregel,' zei Sonny, terwijl hij de handschoenen aantrok.

Ben liet zich handboeien omdoen door de kleine man. Nadat Sonny zich ervan had vergewist dat de straat verlaten was, trok Wayne Ben aan zijn arm de auto uit. Wayne deed de auto op slot en met zijn drieën liepen ze het trottoir op, langs de school waarvan de hoofdingang aan 6th Street lag. Boven de brede dubbele toegangsdeuren zag Ben een kale vlaggenstok hangen, met op de muur in grote letters de woorden 'Hayes School'.

'De hoek om,' zei Sonny. Wayne duwde tegen een hek dat met een hangslot dicht had gezeten maar dat nu openstond, omdat het slot met behulp van een betonschaar uit de achterbak van de Mercury was doorgeknipt. Ben stapte van het trottoir af en betrad het met onkruid begroeide geasfalteerde terrein.

'Hé,' zei Ben. Aangemoedigd door het geluid van zijn eigen stem schreeuwde hij: 'Hé!'

Wayne sprong op hem af en gaf hem een stomp achter zijn oor. Ben struikelde en Sonny greep zijn linkerarm vast om hem overeind te houden.

'Dat was niet slim van je,' zei Sonny. 'Ontspan je nou maar.'

Vanaf een veranda, aan de voorkant van een van de huizen in 6th Street hoorde Ben iemand lachen.

Ze liepen naar de noordzijde van het gebouw, waar ze buiten het bereik van het licht van de straatlantaarns waren. Op de begane grond waren twee ramen afgeschermd met een dik tralievenster en het raam in het midden was dichtgetimmerd met een witgeschilderd houten schot. Wayne haalde het schot weg dat hij eerder op de dag had ingetrapt. Daarachter zag Ben een diepe duisternis en hij wilde angstig weglopen, maar Sonny draaide hem razendsnel om en gaf hem een duw in zijn rug. Ben viel naar binnen in het vertrek dat zwak verlicht werd door het schijnsel van een kleine zaklamp die Wayne in zijn hand hield. Wayne liet de zaklamp heen en weer schijnen en stuitte op roze oogjes die in het donker opgloeiden. Ben hoorde pootjes met scherpe nageltjes eraan rondscharrelen en zag beesten, zo groot als katten, in de schaduwen wegschieten. Zijn maag draaide zich om.

'Ratten moeten ook ergens leven,' zei Sonny.

Wayne stak met zijn gasaansteker de kaarsen aan die in bierflesjes waren gestoken en in een kring op de betonnen vloer waren gezet. In het midden van de kring stond een kinderstoel met een plastic zitting en stalen poten. Het voormalige klaslokaal werd nu zichtbaar en Sonny gebaarde naar de stoel: 'Die is voor jou.'

Wayne plaatste het houten schot weer terug in het raam terwijl Sonny Ben op de stoel zette. De zitting was klein en Ben moest op het puntje gaan zitten om ruimte te houden voor zijn armen die achter zijn rug geboeid zaten. Hij bewoog zijn schouders om de pijn in zijn nek te verlichten. Op de grond zag hij een fles water staan en hij streek met zijn tong over zijn kurkdroge lippen.

'Ik weet dat het ongemakkelijk zit,' zei Sonny, die voor hem stond. Hij pakte de fles op, nam een slok en zette hem weer op de grond. 'Dus als we dit nou snel afhandelen, kunnen we allemaal naar huis.'

Wayne liep door het licht en liet zich op één knie zakken, waardoor hij even half in duisternis was gehuld. Daarna stond hij weer op en ging naast de stoel staan. Ben keek hem niet aan. Hij concentreerde zich op de grote man. Die maakte een redelijke indruk en hij was de baas van het stel.

'Ik vertelde je toch over mijn tatoeage?' zei Sonny. 'Als je erbij wilt horen, leg je een eed af die je met bloed bezegelt om lid te worden van Aryan Brotherhood. Nou, ik heb die eed dus niet afgelegd. Ik heb die tatoeage laten zetten toen ik uit de gevangenis kwam. Als een echte Aryan Brother me daarmee zou zien, zou hij me de strot afsnijden. Ik heb hem alleen op mijn hand laten zetten om indruk te maken op mensen die ik iets aan het verstand wil peuteren. Mensen zoals Mindy Kramer. Die ken je wel, hè Ben?'

Bens ogen verrieden hem en Sonny liet een zacht lachje horen.

'Natuurlijk ken je haar.' Sonny verplaatste zijn gewicht naar zijn andere voet. 'Ik was niet slecht genoeg voor de Aryan Brotherhood. Daar schaam ik me niet voor. Ik ben het trouwens ook niet eens met hun ideeën over ras. Ik heb geen hekel aan zwarte Amerikanen. Dat wil ik je even zeggen. Dit heeft allemaal niks te maken met je huidskleur. Trouwens, in de moderne Aryan Brotherhood gaat het allang niet meer om haat tegen zwarten, Mexicanen of Joden. Het draait alleen maar om macht, geld en controle. Maar Wayne heeft wel wat moeite met, zoals ze dat noemen, gekleurde mensen. Wayne wilde heel graag lid worden, maar ze laten geen flapdrollen als hij in de club toe. Ik ben een grote kerel, zoals je ziet, maar vergeleken bij die gasten van de Brotherhood ben ik een mietje. D'r zitten gespierde types bij, hoor. Dat zijn regelrechte beesten, Ben.'

'Mag ik wat water drinken?' vroeg Ben.

'Nog even niet,' zei Sonny. 'Om mijn verhaal af te maken: Wayne en ik waren maar minieme radertjes in het systeem toen we in Lewisburg zaten. We bewezen de slechteriken allerlei diensten. Deden boodschappen voor ze en zo. Ze noemden gasten als wij minkukels.'

'Zo noemden ze jóú,' zei Wayne.

'Niet dat ik niet in staat was om rottigheid uit te halen,' zei Sonny. 'Wayne ook. Dat moet ik mijn kleine vriend hier wel nageven: hij kan ontzettend kwaad worden. Maar ik had niets met dat machtsspelletje. Ik wilde alleen datgene hebben waar ik voor gewerkt had. Ik heb graag een rol bankbiljetten in mijn zak zitten, en als ik die heb wil ik hem ook graag houden. Snap je wat ik bedoel?'

'Ja.'

'Ik hád namelijk geld,' zei Sonny. 'Vijftigduizend dollar. Samen met een maat van me, ene Leslie Hawkins, heb ik – eens even denken – over een periode van vier, vijf maanden, vier juweliers overvallen in de buurt van Baltimore. Was helemaal niet moeilijk. Je duwt een pistool in iemands gezicht en ze geven je waar je om vraagt. Ik was toen nog jong, ongeveer even oud als jij, en ik straalde een soort energie uit die bijzonder overtuigend overkwam. De Joden en de spleetogen die we beroofden, begrepen donders goed dat het ons menens was. Hawk en ik verdienden meer dan honderdduizend dollar aan die klussen toen we de boel bij een heler brachten. Ik gaf hem de helft, hoewel hij eigenlijk alleen maar achter het stuur had gezeten. En het ging allemaal gesmeerd. Ik droeg een masker als ik aan het werk was, een muts waarin ik twee gaten voor mijn ogen had geknipt, een soort beulskap. Dus op de camera's was niks te zien. Het probleem was niet dat de politie erachter kwam wie ik was. Nee, het probleem was Leslie Hawkins. Ik had ook nooit in zee moeten gaan met een kerel met een meisjesnaam.'

'Alsjeblieft,' zei Ben, terwijl het zweet in zijn ogen prikte. 'Mag ik alsjeblieft wat water?'

'Als ik klaar ben,' zei Sonny. 'Hawkins werd op een avond aangehouden door een State Trooper omdat zijn achterlicht het niet deed. Leslie raakte in paniek en ging ervandoor, omdat hij dacht dat ze zijn auto van die berovingen hadden herkend. Toen volgde er zo'n wilde achtervolging zoals je weleens op tv ziet en natuurlijk hebben ze hem te pakken gekregen. Die klojo had zijn deel van het geld nog in de achterbak van de auto liggen. Hij begon te praten zodra ze hem in een verhoorkamer zetten. Hawkins schoof de verantwoordelijkheid voor die berovingen op mij af. Dat kwam niet echt als een verrassing. Via de tamtam in de onderwereld had ik al gehoord dat hij was opgepakt en ik had al bedacht dat het gewoon een kwestie van tijd was voordat de politie bij me op de stoep stond. Dus besloot ik maar een bezoekje te brengen aan mijn oom, die hier in DC woonde.'

'Het is hier heet, hè?' zei Wayne.

'Het is benauwd,' zei Sonny, en hij trok zijn jack uit en smeet het op de grond. Het semiautomatische pistool zat in een leren schouderholster.

'Ik moet wat drinken,' zei Ben, en er klonk wanhoop door in zijn stem.

'Mijn oom kwam uit dezelfde streek als ik,' zei Sonny, zonder op het verzoek in te gaan. 'Uit de heuvels zoals ze dat noemen, helemaal in Maryland. Ben je daar weleens geweest, Ben?'

'Nee.'

'Nou, mijn oom hield er een tamelijk alternatieve levensstijl op na en daar houden ze niet van in Maryland. Dus is hij maar naar de stad verhuisd, vond een baan in een chique meubelwinkel, heeft een tijdje een partner gehad en kocht een huis. Hij had een leuk leventje voor zichzelf opgebouwd. Ik heb nooit moeite met hem gehad of met wie hij was. Ik was zelfs dol op hem. Nu hij is overleden, voel ik me wel een beetje schuldig omdat ik mijn geld zonder dat hij het wist in zijn bibliotheek annex werkkamer had verstopt voordat ik werd gearresteerd. Hij is gestorven terwijl ik in de nor zat, en daarna werd zijn huis geveild. Maar daar ga ik het verder niet over hebben. Je kent de rest van het verhaal. Zo is het toch, jongen?'

'Ik heb dat geld niet gepikt,' zei Ben.

Sonny trok het pistool uit de holster. Het was een oude S&W .45 met een zwarte kolf en een roestvrijstalen loop. Sonny trok de slede naar achteren om het pistool door te laden. Hij kneep zijn ogen tot spleetjes en bekeek het wapen.

'Het serienummer is weggevijld,' zei Sonny. 'Ik kom zwaar in de nesten te zitten als ze me oppakken.'

Wayne lachte.

'En daar komt nog eens bij dat ik me niet aan de voorwaarden van m'n proeftijd heb gehouden,' voegde Sonny eraan toe. 'Sinds ik vrij ben, ben ik maar één keer bij mijn reclasseringsambtenaar langs geweest. Ik heb nooit in een plastic bekertje ge-

pist. Ik ben gewoon vertrokken, heb mijn celmaat Wayne opgepikt, en ben via West Virginia regelrecht naar Washington gereden om mijn geld op te halen. Kun je je voorstellen hoe verbaasd
ik was toen ik zag het weg was?'

'Ik heb het niet gepikt.'

'Ja, ik kom inderdaad zwaar in de nesten te zitten als ik de politie tegen het lijf loop.' Sonny deed een stap naar Ben toe. De
vlammen van de kaarsen werden weerspiegeld in zijn donkere,
uitdrukkingsloze ogen. 'Maar daar zit ik niet mee. Dat wil ik je
even zeggen. Dat kan me geen ene ruk schelen.'

'Ik heb het wel zien liggen,' zei Ben. 'Het zat in een ouwe sporttas. Maar ik heb het niet gepikt.'

'Sorry, maar dat geloof ik niet.'

'We hebben het daar laten liggen.'

'Je bedoelt jij en je partner Chris. Jullie allebei.'

'Zo is het,' zei Ben, en hij bleef Sonny strak aankijken. 'We
hebben het gezien, maar we hebben het daar laten liggen. Daarna is er ingebroken en heeft iemand die tas meegenomen. Dat
weet ik omdat we terug moesten om het tapijt te herstellen.'

'Dus jij was het niet. Het was iemand anders.'

'Ja.'

'Dus je hebt iemand anders over het geld verteld.'

'Nee,' zei Ben.

Sonny spande de haan van het pistool en zette de loop tegen
Bens ooghoek aan. Ben draaide zijn hoofd weg en Sonny drukte
het uiteinde van de loop nog steviger in zijn vlees.

'Leugenaar,' zei Sonny. 'Ik vraag het je nog één keer. Wie heeft
mijn geld gestolen?'

'Ik... ik weet het niet.'

Sonny hield het pistool op zijn plaats. Ben hoorde klauwende
pootjes houvast zoeken op het beton, en snel wegrennen. Hij
sloot zijn ogen.

'Ik heb me in je vergist,' zei Sonny, hij ging rechtop staan en liet het pistool langs zijn zij hangen. Hij deed een paar stappen achteruit. 'Ik dacht dat je een watje was. Dus nou zal ik toch met je vriend Chris moeten praten. Want jij gaat niks zeggen. Jij bent iemand die anderen niet verlinkt. Heb je ooit gezeten, Ben?'

'In de jeugdgevangenis,' zei Ben op zachte toon.

'Ik ook,' zei Sonny. 'Ik heb op de tuchtschool voor jongens in Sabillasville gezeten. Ik was niet eens zo slecht toen ik daar werd opgesloten. Maar toen ik er weer uit kwam, was ik genezen van elk greintje goedheid. Dat heb ik eraan overgehouden. Het heeft me goedgedaan.'

'Ik heb dorst.'

'Ik weet het, jongen.' Sonny stak het pistool weer in zijn holster. 'Wayne?'

Waynes getatoeëerde arm vormde een boog in het licht. Bens adem stokte toen hij het lemmet op zich af zag komen en zijn ogen draaiden weg toen het mes in zijn borst werd gestoken en zijn hart doorboorde.

Door de kracht van de messteek viel Ben van zijn stoel. Wayne stond grommend over hem heen gebogen en met een verwrongen gezicht bracht hij het mes weer omlaag en stak Ben in zijn borstkas, buik en hals. Ben lag te kronkelen en schreeuwde het uit, maar Wayne hield niet op. Ben raakte in shock en het geluid van het hakkende mes vulde de ruimte terwijl Wayne maar bleef doorgaan.

'Wayne,' zei Sonny.

Wayne kwam zwaar hijgend overeind. Zijn latex handschoenen en onderarmen zagen donkerrood van het bloed en de voorkant van zijn T-shirt was doordrenkt. Zijn met bloed besmeurde haar was over zijn voorhoofd gevallen.

'Nou is ie niks meer,' zei Wayne met glanzende ogen. 'Toch, Sonny?'

'Je hebt hem afgemaakt,' zei Sonny. 'Pak zijn portefeuille en zijn mobiel als hij die heeft. Sluit de boel hier af en dan zie ik je zo in de auto.'

Tien minuten later kroop Wayne Minors uit de schaduw van de school tevoorschijn, deed het hek open, en schoof het hangslot en de ketting weer door de tralies van het hek zodat het leek alsof alles nog op slot zat.

Op straat zat Sonny Wade geduldig achter het stuur van zijn Mercury te wachten tot zijn kleine vriend eraan kwam.

20

Die maandagochtend stopte Chris zoals gewoonlijk bij Bens flat om hem op te halen. Normaal gesproken belde hij hem altijd even op zijn mobiel om te zeggen dat hij eraan kwam of, als hij hem niet te pakken kon krijgen, stuurde hij hem een sms'je. Maar Ben had nergens op gereageerd, dus stapte Chris uit de auto, liep op het huis af en klopte op Bens deur. Hij klopte eerst zachtjes en gaf daarna een roffel, maar er kwam geen reactie.

Hij liep terug naar de parkeerplaats en belde Renée.

'Is Ben bij jou?' vroeg hij.

'Nee,' zei Renée met een schorre stem die Chris deed vermoeden dat hij haar wakker had gemaakt. 'Hij is gisteravond thuisgebleven. We zijn de hele middag samen geweest.'

'Heb je hem sindsdien nog gesproken?'

'Ik heb hem laat op de avond nog gebeld om welterusten te zeggen, maar hij nam niet op.'

'Nou, hij is dus niet thuis,' zei Chris. 'Hij is niet thuis of hij ligt in bed en doet niet open. Hij neemt zijn mobiel ook niet op.'

'Zoiets zou Ben nooit doen.' Na even te hebben gezwegen zei Renée: 'Nou ga ik me zorgen maken.'

'Hij komt wel opdagen,' zei Chris.

'Bel me als je wat van hem hoort. Ik stuur hem zo direct een sms'je en als ik iets van hem hoor, bel ik jou meteen.'

'Oké, Renée. Bedankt.'

Chris belde zijn vader. Hij overwoog even om te zeggen dat Ben zich ziek had gemeld, maar besloot toch eerlijk te zijn en te zeggen dat Ben spoorloos verdwenen was.

'Da's niet zo best,' zei Thomas Flynn. 'Jullie hebben vandaag twee klussen te doen.'

'Dat weet ik.'

'Waarom zou hij ons zoiets flikken? Waarom zou hij jou dat flikken?'

'We weten niet of hij iets heeft geflikt. Je moet wachten tot je hem gesproken hebt voordat je kunt oordelen.'

'Bedankt voor de les. Maar ik probeer hier wel een bedrijf te runnen. Als hij is uit geweest en te veel heeft gezopen en nou met een kater in bed ligt, dan vind ik dat geen excuus.'

'Dat weet je niet. Misschien is hij een wandelingetje gaan maken en door een auto geschept. Misschien ligt hij op dit moment wel in een ziekenhuis, of zo.'

'Als je dat denkt, moet je de politie maar bellen.'

'Nee,' zei Chris, iets te snel. 'Dat is nu nog niet nodig.'

'Best. Kom dan maar naar het magazijn. Hector uit Isaacs ploeg kan wel met jou vandaag die klussen doen.'

'Oké, pap. Da's goed.'

Chris bleef bij het witte bestelbusje staan, maar stapte niet meteen in. Voor zover hij wist had Ben geen familie en alleen een paar vrienden. Het kon zijn dat Lawrence Newhouse langs was gekomen en dat ze samen op stap waren gegaan, en dronken waren geworden of drugs hadden gebruikt – wat van dat geld hadden verbrast dat Lawrence gepikt had. Chris zou in Ben teleurgesteld zijn als dat waar was, maar het was ook wel begrijpelijk. Ben was een jonge knul, misschien had hij nog steeds de pest in omdat ze dat geld in het huis hadden laten liggen, en wilde hij er ook wat lol van hebben. Chris wist niet hoe hij in contact moest komen met Lawrence en daar had hij bovendien geen zin in. Maar Ali wist wel hoe hij Lawrence kon bereiken. En misschien had Ali iets van Ben gehoord.

Chris belde Ali en praatte even met hem. Later op de dag, terwijl Chris bezig was een tapijt in de showroom van Paul Nicolopoulos te leggen, belde Ali terug om te zeggen dat hij Lawrence had gesproken, maar die beweerde dat hij Ben niet gezien of gesproken had.

Chris en Hector maakten hun klus af. Hector was zoals altijd vrolijk en opgewekt, sprak met veel gebaren, neuriede zachtjes en maakte grapjes. Chris werkte zwijgend door en begon zich steeds meer zorgen te maken.

Die avond stond Amanda in de keuken te luisteren naar Flynn die hun zoon aan de telefoon had. Ze hoorde de ongeduldige toon in zijn stem en zag hoe hij na afloop van het gesprek de hoorn iets te abrupt neerlegde.

'Hij is met Renée bij Ben langs geweest,' zei Flynn. 'Zij heeft een sleutel van zijn flat. Bens spullen liggen er nog. Het ziet er niet naar uit dat hij zijn koffer heeft gepakt of op reis is gegaan.'

'Chris maakt zich zorgen,' zei Amanda.

'Ja, hij maakt zich inderdaad zorgen. Maar hij wil de politie niet bellen. Dat komt voor een deel omdat hij niet weet waar Ben in verzeild is geraakt. Het zou best kunnen dat we die knul in de problemen brengen als we de politie erbij halen. Maar er speelt nog iets anders mee. Door hun achtergrond hebben die jongens een soort gedragscode. Ze komen niet graag met informatie over de brug, en een politieagent is wel de laatste met wie ze willen praten.'

'Denk je dat Ben met verkeerde dingen bezig is?'

'Ik zie hem er niet voor aan om met een paar hoeren in een motel te gaan zitten pokeren, als je dat soms bedoelt.'

'Dat lijkt mij ook niet.'

'Dus misschien moet ik de politie zelf maar bellen. Hem als vermist opgeven.'

'Dat betekent dat ze hierheen komen om een verklaring af te

nemen. Dan kan zijn verleden ter sprake komen. En dat van Chris ook.'

'Misschien. Maar als ze niets verkeerd hebben gedaan, dan is dat ook geen probleem. Zo is het toch?'

'Zo is het,' zei Amanda zonder veel overtuiging.

'Luister, ik voel me verantwoordelijk voor Ben. Dit bedrijf is de enige familie die hij heeft. Snap je wat ik bedoel?'

'Ja.'

'Wil jij zijn dossier even uit het kantoor halen? Ik moet die gegevens bij de hand hebben.'

Terwijl zij de kamer uit liep, toetste Flynn een nummer in

Maandag had al voor genoeg spanning gezorgd maar dinsdag werd het nog erger. Renée had zich ziek gemeld en Chris had behoorlijk werk geleverd, maar had alles op de automatische piloot gedaan. Zelfs Hector hield zich voor de verandering koest.

Flynn had Ben als vermist opgegeven, maar van zijn kortstondige ervaring bij de politie wist hij dat ze zich vooral concentreerden op misdaden in het hier en nu, en niet actief naar hem op zoek zouden gaan: per slot van rekening ging het waarschijnlijk gewoon om een jonge knul die even de stad uit was. Ben was de zoveelste naam die in een database werd opgenomen, op de dagelijkse lijst van verdwenen mensen kwam te staan en uiteindelijk op de website van vermiste personen terecht zou komen.

Van Chris hoorde Flynn dat Ben vaak bij het Adams Memorial op de begraafplaats van Rock Creek Church zat. Omdat hij aan het eind van de dag in Brookland was geweest om een prijsopgave te doen, besloot Flynn op weg naar huis bij de begraafplaats te stoppen in de hoop daar iemand te spreken die die zondag dienst had gehad en iets had opgemerkt.

Op het kantoortje bij de ingang werd hij naar de afdeling beveiliging verwezen, waar hij een al wat oudere man trof die zondagavond dienst had gehad. De man, een zekere Mallory, zei dat hij Ben zoals die hem beschreven werd, van gezicht kende en dat hij hem op het stenen muurtje bij de vijver had zien zitten. Hij had tegen hem gebaard dat de begraafplaats ging sluiten en dat Ben aanstalten moest maken om op te stappen. Mallory had hem niet weg zien gaan en kon zich ook niet herinneren dat hij die avond verdachte bezoekers had gezien of rare dingen had opgemerkt.

Flynn bedankte hem en reed door naar de vijver. Daar vond hij een boek, getiteld *Blood on the Forge*, dat met de omslag naar boven op het stenen muurtje lag en nog nat was van een laat in de middag overgetrokken onweersbui, waar de zomers in Washington om bekendstonden. Ben had zijn naam en achternaam op de eerste bladzijde van het boek geschreven.

Flynn belde de politie, noemde Bens dossiernummer, en meldde zijn ontdekking aan een gezichtsloze luisteraar met een ongeïnteresseerde stem. Daarna belde hij Chris en vertelde wat hij had gevonden. Chris bevestigde dat Ben zijn boek nooit zomaar zou hebben achtergelaten, zelfs niet als hij het uit had. Chris zei niet tegen zijn vader dat hij er nu zeker van was dat Ben iets ergs was overkomen.

Die avond reed Chris rond op zoek naar zijn vriend.

Die woensdagochtend waren drie broertjes, Yohance, Adé en Baba Brown, die alle drie in de wijk Trinidad woonden en alle drie nog geen twaalf jaar oud waren, met een slaghout, een honkbalhandschoen en een tennisbal van huis gegaan, op zoek naar een plek om te spelen, toen ze bij de voormalige Hayes School op de hoek van 6th Street en K Street belandden, die nu was dichtgetimmerd en met een hek was afgezet. Ze zagen al snel dat de brede noordzijde van het gebouw en het met onkruid begroeide plein een prima speelplek vormden en liepen naar het hek om te kijken of ze het hangslot konden openpeuteren. Tot hun grote vreugde zagen ze dat het hangslot kapot was en nadat ze de ketting door de mazen van het hek hadden getrokken konden ze gewoon het schoolplein op lopen.

Ze speelden straathonkbal tegen een muur waarop een verroest bord was geschroefd met de tekst NIET VOETBALLEN. Ze leverden commentaar op de smerige stank die over het schoolplein hing en beschuldigden elkaar ervan dat ze hun kont niet goed hadden afgeveegd, maar ze speelden verder omdat ze een plek hadden gevonden waar ze hard konden gooien, vrijuit konden slaan en konden genieten van de zomerdag.

Om een uur of elf zag de jongste van het stel, Yohance Brown, dat het witgeschilderde houten schot voor het middelste raam op de begane grond niet goed in de sponning was gezet en scheef stond. Met zijn slaghout duwde hij het schot naar binnen en zag het in de donkere ruimte daarachter vallen. Onmiddellijk sloeg de smerige lucht waar ze de hele tijd commentaar op hadden geleverd, hun tegemoet. Omdat ze jongens waren, wilden ze weten wat het was en stapten ze de ruimte binnen die nu flauw verlicht werd door het zonlicht. Hun oudste broer Baba hield het slaghout stevig vast en ging hun voor naar de plek waar honderden vliegen luid zoemend door elkaar krioelden en harige knaagdieren wegschoten van iets wat ooit een mens was geweest en nu in het midden van de betonnen vloer lag. Wat ze daar aantroffen zou hen nog jaren achtervolgen en zou de jongste zijn leven lang bijblijven.

Een paar minuten later reed agent Jack Harris van het Eerste District met zijn surveillancewagen in oostelijke richting over K Street en zag een jongen met zwaaiende armen en met een blik van doodsangst en opwinding in zijn ogen de weg op rennen.

Brigadier Sonya Bryant, een vrouwelijke rechercheur die al twintig jaar bij de politie zat, had toevallig dienst toen het lijk werd gevonden, en ging op de zaak af. Ze sprong niet meteen op vanachter haar bureau op de afdeling Zware Misdrijven, in een gebouw dat achter een winkelcentrum in het zuidoostelijke deel van de stad lag. Ze bewoog zich trouwens toch al langzaam en bedachtzaam vanwege de extra kilo's die ze tegenwoordig meetorste op haar heupen, buik en achterste. Sonya Bryant stond bekend als een goede rechercheur, die intuïtief en consciëntieus te werk ging, en graag zaken oploste ter meerdere eer en glorie van de hoge omes en zichzelf. Maar ze had geen haast om naar de plaats delict te gaan. Uit het telefoontje had ze begrepen dat het slachtoffer al een paar dagen dood was. Ze was van plan eerst de forensisch technici hun werk te laten doen en hen daar te treffen als hun werk er bijna op zat.

Nadat ze met twee van haar kinderen had gebeld en nog wat andere persoonlijke zaken had afgewikkeld, stond ze op en ging naar buiten, op zoek naar een auto op de parkeerplaats achter het kantoor. Ze liep langs een bureau waar een collega nog met de hoorn van de telefoon in zijn hand afwezig naar het tafelblad zat te staren.

'Weer gedoe met je kinderen?' vroeg Bryant.

'M'n zoon,' zei de rechercheur. 'Mijn vrouw heeft wat wiet in zijn slaapkamer gevonden. En een pakje Black and Mild.'

'Geen pornoblaadjes?'

'Die liggen onder míjn bed.'

'Kan erger. Ze had ook een vuurwapen of een kilo wit poeder kunnen vinden.'

'Dat weet ik. Ik denk dat ik gewoon teleurgesteld ben.'

'Dat gaat wel weer over.'

De rechercheur keek naar Bryant met haar buitenmodel tas en haar badge, die ze aan een kettinkje om haar nek had hangen. 'Heb je beet?'

'Ik heb een zaak. Kinderen hebben een lijk gevonden in de oude Hayes School. Ga je mee?'

'Nee, dank je. Ik stuur De Schlong er wel heen wanneer hij terugkomt.'

'Ben je ergens mee bezig?'

'Nee, ik ga naar het toilet om een boze blik in de spiegel te oefenen, zodat ik mijn zoon onder handen kan nemen als ik thuiskom.'

'Succes, Gus.'

'Jij ook.'

Rechercheur Bryant reed in een bruine Chevrolet Impala naar de school in het noordwestelijk deel van de stad. Ze dook onder het tape door waarmee het terrein was afgezet, sprak even met Jack Harris, de eerste agent die ter plekke was, en met de drie jochies die waren vastgehouden tot zij er was. Ze ging de opening in de muur aan de noordzijde van de school binnen en hield een zakdoek voor haar neus toen ze het lijk bekeek, waar een specialist van het mobiele forensisch lab, Karen Krissoff, zich over had ontfermd; ze droeg een chirurgenkapje en had een veeg vaseline onder haar neus gesmeerd. In de ruimte waren draagbare lampen neergezet en vliegen zoemden door de helwitte lichtbundels.

'Karen.'

'Sonya.'

'Hoe lang ligt hij hier al?'

'Dat weten we pas als de schouwarts hem heeft gezien. De hitte en de ratten hebben ons bepaald geen dienst bewezen. En de vliegen ook niet.'

'Doodsoorzaak?'

'Meervoudige steekwonden tot dusver. Verwondingen aan de polsen wijzen erop dat hij is vastgebonden of handboeien om had.'

'Heb je hem al kunnen identificeren?'

'Geen portemonnee, geen mobieltje, geen visitekaartjes.'

'Ik heb vingerafdrukken van het slachtoffer nodig.'

'Heb ik al gemaakt en weg laten brengen.'

'Bedankt, Karen.'

'Ga even de frisse lucht in.'

Sonya Bryant ging weer naar buiten, waar ze rechercheur Joseph DeLong tegenkwam, die haar zou bijstaan. DeLong, die op de afdeling bekendstond als 'De Schlong', gewoon omdat hij een aardige vent was die veel overuren maakte sinds hij na zijn scheiding eenzaam en hulpeloos was achtergebleven. Bryant en DeLong verdeelden de oost- en westzijde van de straat tussen K en L Street onder elkaar om de bewoners te ondervragen. Dat nam enige uren in beslag. Daarna reed Bryant naar een blok in V Street in het noordoosten, waar het Forensisch Onderzoeks-centrum was gevestigd. Vanwege Bens eerdere veroordelingen waren zijn vingerafdrukken in het computersysteem gevonden.

Bryant ging achter een werkstation zitten en voerde Bens naam in het WACIES-programma in, zodat zijn profiel op het scherm kwam. Het was onbekend wie zijn vader was en zijn moeder was overleden toen hij twee jaar oud was. Voor zover bekend had hij geen familieleden of handlangers. Ze las de aanklachten tegen hem, zijn veroordelingen en zijn voorgeschiedenis van opsluiting in jeugdgevangenissen. Daarna opende ze een ander programma en doorzocht de database van vermiste personen, en haar ingeving werd beloond. De man die hem als vermist had opgegeven, een zekere Thomas Flynn, bleek zijn werkgever te zijn.

Sonya Bryant pakte de telefoon.

Thomas Flynn nam op. Hij luisterde aandachtig, stelde een paar vragen, en zei tegen de rechercheur dat zijn zoon Chris Ben het best had gekend. Hij noemde Ali Carter, vertelde waar die werkte en wat hij voor werk deed. Hij zei ook dat Ben een vriendin had die Renée heette. Hij sprak af dat Sonya Bryant 's avonds zou langskomen en dat hij ervoor zou zorgen dat Chris er ook was. Dan kon Chris haar Renées volledige naam geven en zeggen waar ze te bereiken was. Hij was bereid om alle mogelijke medewerking te verlenen.

Amanda stond met een betraand gezicht naast hem toen Flynn Chris belde. Toen hij zijn zoon het nieuws en de hem bekende details had verteld, viel er een lange stilte aan de andere kant van de lijn. Toen hij weer begon te spreken, klonk Chris' stem onbewogen.

'Ik bel Ali wel,' zei Chris. 'Katherine en ik gaan bij Renée langs. Ik denk dat we het haar persoonlijk moeten vertellen. Daarna kom ik bij je langs om met de rechercheur te praten.'

'Is met jou alles goed?'

'Ja.'

'Chris, ik moet het je vragen... Ik beloof dat ik het je maar één keer vraag.'

'Ik weet niks, pap. Ik weet niet waarom Ben is vermoord.'

'Ik zie je straks. Hou je taai.'

Toen Flynn ophing, vroeg Amanda: 'Hoe is hij eronder?'

'Hetzelfde als altijd,' zei Flynn terneergeslagen. 'Je krijgt geen hoogte van hem.'

Flynn belde zijn vriend, de advocaat Bob Moskowitz.

Chris overlegde met Ali en Katherine, en ze spraken af dat ze met z'n drieën naar Renées flatje aan Queen's Chapel Road in Prince George's County, vlak bij de districtsgrens, zouden gaan. Chris en Katherine troffen Ali op de parkeerplaats, waar ze zichzelf moed inspraken voordat ze naar binnen gingen. Zoals te voorspellen was, werd Renée hysterisch toen ze hoorde dat Ben was vermoord. Gelukkig was haar moeder er, zodat Chris, Ali en Katherine niet machteloos hoefden toe te kijken terwijl de jonge vrouw luidkeels uiting gaf aan haar verdriet. Haar moeder, een rustige, gelovige vrouw, had om een of andere reden kalmeringspillen bij zich, waarvan ze er Renée een gaf. Chris zat een hele tijd met de snikkende en trillende Renée in zijn armen op de bank; na een poosje werd haar ademhaling gelijkmatiger en ging ze liggen, met haar moeder naast zich. Chris, Katherine en Ali verlieten stilletjes het huis.

'Ik heb een afspraak met die rechercheur moordzaken,' zei Chris toen ze op de parkeerplaats bij hun auto's stonden. 'Mevrouw Bryant. Ze zal ook wel contact met jou opnemen.'

'Ze heeft me al gebeld,' zei Ali. 'Ik heb morgenochtend een afspraak met haar.'

'Misschien is het een goed idee als je haar op Lawrence wijst.'

'Denk je...'

'Ik denk niks. Lawrence heeft Ben pas geleden gesproken. Da's alles.'

'Hoor eens,' zei Ali. 'Ik moet morgen naar een begrafenis in het noordoostelijk deel van de stad. Een cliënt van me, die het niet heeft gered. Je gaat morgen zeker niet werken?'

'Nee.'

'Ga met me mee, Chris. Ik heb geen zin om morgen alleen te zijn.'

'Da's goed. Kom maar langs wanneer je klaar bent met die rechercheur.'

Terwijl ze naar hun auto liepen wierpen ze allebei nog even een blik achterom en keken elkaar aan. Chris stapte in de bestelbus, waar Katherine op hem wachtte.

Thomas en Chris Flynn zaten in het huis van de familie Flynn met rechercheur Sonya Bryant en Bob Moskowitz rond een salontafel met een glazen blad in de ruimte die dienstdeed als woonkamer en bibliotheek. Bryant zat in een notitieboekje aantekeningen te maken. Amanda en Katherine stonden zachtjes in de keuken te praten. Django lag aan Chris' voeten te slapen.

Bryant had opgemerkt dat het ongebruikelijk was dat een ondervraagde die zelf geen verdachte was, in dit stadium om de aanwezigheid van een advocaat had verzocht. Thomas Flynn had open kaart gespeeld en had haar verteld dat zijn zoon en Ben als minderjarigen in Pine Ridge hadden gezeten, dat ze sindsdien allebei een eerlijk en arbeidzaam leven hadden geleid, maar dat Chris door die traumatische ervaring bijzonder terughoudend was als hij met de politie praatte.

'Ik begrijp het,' zei Bryant. 'Goed, meneer Moskowitz, mag ik uw cliënt een paar vragen stellen?'

'Chris zal al uw vragen beantwoorden,' zei Moskowitz, die een tijd geleden met een religieus fanatisme aan het lijnen was geslagen, en nu een slanke, kalende man van tegen de vijftig was in een te ruim zittend pak.

Bryant stelde Chris een reeks vragen. Hoewel hij enigszins mechanisch antwoord gaf en haar nauwelijks aankeek, was ze tevredengesteld. Hij oogde als een stoere bink, maar aan zijn roodomrande ogen zag ze dat hij die avond had gehuild van verdriet. Het was duidelijk dat hij uit een goed gezin kwam, of in elk geval niet uit een gebroken gezin. Ze dacht niet dat hij direct betrokken was bij de moord op zijn vriend en ze was er tamelijk zeker van dat hij niets wist van de omstandigheden rond de moord op Ben Braswell. Maar ze was toch niet helemaal overtuigd toen Chris herhaaldelijk bleef beweren dat Ben geen vijanden had en niets verkeerds had gedaan.

'Ik heb Bens dossier bekeken,' zei Sonya Bryant. 'Er was sprake van een gewelddadig incident waardoor hij langer in Pine Ridge is vastgehouden dan oorspronkelijk de bedoeling was.'

'Dat was een ongeluk,' zei Chris. 'Ben nam alleen maar iemand in bescherming. Hij wilde niemand kwaad doen. Dat zat gewoon niet in hem.'

'Misschien had het slachtoffer familie of vrienden die daar anders tegenaan keken.'

'Nee,' zei Chris. 'Dit heeft niks met wraak te maken. Iedereen mocht Ben.'

'Nou, kennelijk niet iedereen.' Bryant nam een slokje water en zette haar glas terug op tafel. Ze keek Thomas Flynn aan. 'Ik weet dat dit moeilijk is. Mag ik het eerlijk zeggen?'

'Ga uw gang,' zei Flynn.

'Wij hebben op kantoor een vuistregel. Bij moorden met een vuurwapen gaat het meestal om zaken. Als er een mes in het spel is, speelt er iets persoonlijks. Het slachtoffer is herhaaldelijk gestoken, vele malen. Hij was geboeid of had handboeien om. Het is mogelijk dat hij is gemarteld.'

'Ben heeft nooit iemand kwaad gedaan,' fluisterde Chris.

'Ik denk dat Chris de vraag afdoende heeft beantwoord, rechercheur Bryant,' zei Moskowitz.

'Goed dan.' Bryant sloeg haar notitieboekje dicht en liet het in haar tas glijden. 'We spreken elkaar nog wel. Maar voor nu laat ik u met rust. Ondanks alles, een goede avond.'

'Dank u,' zei Thomas Flynn.

Moskowitz en hij liepen met Bryant mee naar buiten. Moskowitz wilde haar even spreken zonder dat Chris erbij was, en Flynn wilde vragen wat de procedure voor de vrijgave van Bens stoffelijk overschot was. Hij wilde weten welke weg hij moest bewandelen om het te kunnen opeisen.

Chris bleef in de woonkamer zitten en krabde Django achter zijn oor. Al snel kwam Katherine bij hem zitten, kuste hem op de mond en schoof dicht tegen hem aan op de bank.

Toen Flynn weer binnenkwam liep hij naar het barretje in de eetkamer en schonk zichzelf een stevig glas whisky in. Hij sloeg het in één teug achterover en schonk zich nog een keer in. Hij zag dat Amanda hem vanuit de keuken aanstaarde.

'Wát?'

'Kalm aan, daarmee.'

Flynn gooide zijn hoofd achterover en dronk het glas leeg.

Buiten zaten twee mannen in een oude zwarte Mercury die een heel eind van het huis van de familie Flynn in de straat stond geparkeerd. Ze wachtten tot de man die Chris heette tevoorschijn kwam uit het huis dat tevens dienstdeed als kantoor van Flynn's Floors. Ze waren van plan hem te volgen. Ze wilden weten waar hij woonde.

21

De rouwdienst voor de negentienjarige Royalle Foreman vond plaats in een grote doopsgezinde kerk aan Nannie Helen Burroughs Avenue in Burrville, langs Highway 50 helemaal in het noordoosten van de stad. Ali en Chris waren er al vroeg, reden de parkeerplaats op en bleven in Juanita Carters zwarte Saturn zitten met de airco aan. Ze hadden het over het gesprek dat Ali eerder op de ochtend met rechercheur Bryant had gehad, en ze spraken in warme, bittere bewoordingen over Ben. Ze hadden geen haast om uit te stappen en in de zomerse hitte bij de kerkdeur te gaan staan, waar zich al een rij wachtenden had gevormd.

'Dat wordt een volle bak,' zei Chris.

'Royalle was bij een hoop mensen geliefd,' zei Ali. 'Voordat hij ophield met school, speelde hij football bij Ballou, en hij was een sterspeler. Dat levert je wel bekendheid op. Hij was ook charmant en grappig. Iedereen mocht hem.'

'Wat is er mis gegaan?'

'Het gewone werk. Heeft zich door anderen laten meeslepen. Thuis niemand die sterk genoeg was om hem met zijn neus in de boeken te duwen of te zeggen dat hij 's avonds binnen moest blijven. Hij was al een paar keer gearresteerd. Eerst voor bezit van verdovende middelen en later omdat hij dealde. Hij heeft nooit geweld gebruikt, maar na een paar van die akkefietjes sluiten ze je op. Hij heeft een tijdje in Pine Ridge gezeten samen met de echte zware jongens. Is toen opnieuw in de gevangenis beland omdat hij zich niet aan de voorwaarden van zijn proeftijd hield, en daar heeft hij nieuwe contacten en problemen opgedaan. Ik heb hem proberen te helpen en ik had ook werk voor hem gevonden. Ik had hem als leerling bij een uitdeuk- en spuitbedrijf ondergebracht. Maar Royalle zat zichzelf in de weg. Hij had al heel lang gelazer met iemand over een meisje. Afgelopen zaterdagavond kwam er een auto op hem af rijden met drie gasten erin, terwijl hij op weg was naar het huis van zijn tante waar hij woonde. Hij is in zijn hals geraakt en is ter plekke op het trottoir doodgebloed. Een andere kogel ging door het raam van een rijtjeshuis. De kinderen die daar binnen waren hadden de tegenwoordigheid van geest om zich op de grond te laten vallen toen ze de eerste schoten hoorden.'

'Die stadskinderen zijn vroeg wijs,' zei Chris. 'Weet de politie wie het gedaan heeft?'

'Geen getuigen. Ik vermoed dat een paar jongens op deze begrafenis wel weten wie er in die auto zaten, en wie de schutter was. Maar die praten niet met de politie.'

'Ze gaan het zelf wel regelen.'

'Ongetwijfeld,' zei Ali. 'Ik ben trouwens nog naar de rechtbank geweest om clementie voor Royalle te vragen, toen ze hem voor de tweede keer naar de Ridge stuurden. Ik wilde hem op zo'n Charterschool zien te krijgen, waar de leerlingen intern zijn.'

'Zoiets als een kostschool?'

'Precies. Je haalt de jongens uit hun omgeving weg maar je stopt ze niet in een gevangenisachtige omgeving. De rechter wilde niet naar me luisteren. Ik denk dat hij die krantenartikelen had gelezen waarin ze zeggen dat de jeugdrechter te veel criminele jongeren laat gaan. Je kent het wel: "Ik ben zelf als arme zwarte jongen opgegroeid en nu ben ik journalist. Je moet juist streng zijn voor die gastjes en ze opsluiten. Ík heb het gemaakt, waarom kunnen zíj het dan niet maken?" Dat soort gelul. Maar goed, sommige jongens, de schutters en de moordenaars, die moeten natuurlijk achter slot en grendel. Maar Royalle was niet zo. De jeugdgevangenis heeft hem geen goedgedaan.'

'Ze mogen nu naar binnen,' zei Chris, die de rij in beweging zag komen.

'Ja, we gaan.'

Ze liepen over de parkeerplaats die nu bijna vol stond. Chris en Ali droegen een spijkerbroek en een sportief jasje op een T-shirt met een lage hals – zo'n beetje de gemiddelde dracht van de mensen die naar de begrafenis waren gekomen. De meeste aanwezigen waren jong, sommigen droegen een pak, anderen T-shirts met een foto van Royalle Foreman en teksten die spraken van genegenheid, God, de hemel en R.I.P.

In de hal pakte Chris een liturgie, en hij keek omhoog naar de herdenkingsmuur waarop meer dan honderd foto's van overleden tieners en jongvolwassenen uit de hele stad hingen: slachtoffers van schietpartijen en andere gewelddadige incidenten. Ali trok Chris aan zijn jasje mee en samen liepen ze de kerk binnen waar vrouwelijke plaatsaanwijzers papieren zakdoekjes en waaiers aan de zwetende, rouwende mensen uitdeelden. Achter de preekstoel en het altaar was een groot videoscherm opgehangen met een foto van Royalle Foreman die in een open kist lag opgebaard. Uit de luidsprekers kwam gospelmuziek. Er had zich een ontvangstrij gevormd, en een van de vrouwen in de rij huilde hartverscheurend.

De dominee stond op de preekstoel en leunde naar voren om iets in de microfoon te zeggen. 'Wilt u alstublieft uw mobiel uitzetten. En mag ik u er nog eens aan herinneren dat er op de parkeerplaats niet gedronken mag worden?'

Chris stond in de kerkbank naast Ali. Hij sloot zijn ogen en prevelde in stilte een gebed. Hij was niet gelovig, maar hij had wel het idee dat er een hogere macht moest zijn, een reden waarom hij en de mensen die hij liefhad nog hier waren en leefden, en anderen waren weggenomen. In gedachten zag hij Ben samen met een hond door een veld lopen; de hond kwispelde en Ben glimlachte. Het had Chris gelukkig moeten stemmen zijn vriend op die manier voor zijn geestesoog te zien. Maar in plaats daarvan dwaalden zijn gedachten af naar geweld en merkte hij dat hij niet langer tot God sprak, maar fantasieën had over het koud maken van de mannen die Ben vermoord hadden.

'Nee,' zei Chris heel zachtjes.

Niet in de kerk.

Ali had een afspraak met Ken Young, de kersverse directeur van de Jeugdreclasseringsdienst, en met Reginald Roberts, de directeur van Pine Ridge. Omdat Young die dag een bezoek aan Pine Ridge zou brengen, had Ali afgesproken hen daar allebei te treffen. Na enig aandringen van Ali was Chris meegegaan. Hij wist dat Ali gezelschap wilde, en zelf had hij ook geen zin om terug te gaan naar zijn flat en alleen te zijn met zijn gedachten.

Ze reden naar Anne Arundel County in Maryland. De instelling lag nog geen vijftig kilometer buiten de stad, maar je zat meteen op het platteland, met wegen omzoomd door bossen, her en der nieuwe woonwijken, pakhuizen, overheidsgebouwen en bedrijfscomplexen. Het leek alsof ze in een totaal andere wereld kwamen.

Ali sloeg van de tweebaansweg af en nam een lange weg die nog dieper het platteland in kronkelde, omgeven door dichte bomenrijen. Chris werd bekropen door een gevoel van beklemming. Hij vroeg zich af of Ali, die deze rit regelmatig maakte, dat ook nog steeds voelde.

'Geen pijnbomen,' zei Chris.

'Die heb ik hier nooit gezien,' antwoordde Ali.

Ze reden langs de plek waar de nieuwe instelling zou komen,

en die bijna voltooid was. Een democratische senator uit Maryland had zich tegen de bouw verzet, evenals afgevaardigden van de naburige woonwijken, met als argument dat deze tuchtschool voor jongeren uit DC in het district Columbia thuishoorde, maar ze hadden bakzeil gehaald en de bouw was gewoon doorgegaan.

'Ken Young heeft hier een aantal jongens aan het werk gezet,' vertelde Ali. 'Meestal rechttoe rechtaan werk, maar een paar van hen konden als leerling aan de slag bij echte vaklui. Als zij vrijkomen, hebben ze een vak geleerd. De nieuwbouw heeft ook een timmerwerkplaats.'

'En hoe zit het met privédouches?'

'Die komen er ook. De wooneenheden zullen meer als slaapzalen dan als bunkers worden ingericht.'

'Waar komt die Young eigenlijk vandaan?'

'Uit een grote stad die met dezelfde problemen kampt als wij. De burgemeester is hem op het spoor gekomen. Hij had jarenlang ervaring in het, zoals ze dat noemen, implementeren van het Missouri Model voor jeugdreclassering. Het komt erop neer dat je het accent legt op opvoeden in plaats van op streng straffen. Dat je die jongens klaarstoomt zodat ze het redden, dat je op hun sterke kanten en interesses inspeelt in plaats van ze de grond in te boren. Een aantal staten heeft dat systeem overgenomen. Het is niet goedkoop, maar het betaalt zich later wel terug als er minder jongens in de gewone gevangenis terechtkomen.'

'Young heeft zeker ook vijanden?'

'Er zijn mensen die zeggen dat het een negatieve invloed op de gemeenschap heeft als je jongens die in de gevangenis zitten vrijlaat en onder toezicht plaatst. Maar als je kinderen opsluit zonder naar de alternatieven te willen kijken, maak je de gemeenschap juist kapot. Natuurlijk zal het ook weleens mis gaan. Maar er zullen ook wel een paar succesverhalen uit komen.'

Ali zette de auto op de parkeerplaats tussen de auto's van de bewakers en het administratief personeel. Ze liepen langs de met scheermesdraad beveiligde hekken naar het poortgebouw. Alsof er een signaal was gegeven, waren er wolken komen opzetten en binnen het hek zag de hemel grauw. Zo herinner ik het me, dacht Chris. Zo leek het altijd in mijn gedachten.

Ze passeerden de beveiliging van het poortgebouw. Ali had van tevoren gebeld en Chris' naam op de bezoekerslijst laten zetten. Het volgende moment waren ze binnen en liepen ze over het stoffige, met onkruid begroeide terrein naar het administratiegebouw. Een groepje jongens liep van het ene gebouw naar het andere, vergezeld van een paar bewakers. Een van de jongens kreeg een harde klap in zijn nek toen de bewakers even niet keken.

'Klootzakken,' zei Chris.

'Dat zal nooit veranderen,' zei Ali.

'Maar ze hoeven in ieder geval niet meer met hun handen op de rug te lopen.'

'Daar heeft Young ook een eind aan gemaakt. Ik bedoel, ze zitten hier opgesloten. Waar zouden ze nou heen moeten?'

Ze troffen Reginald Roberts, de nieuwe directeur van Pine Ridge, in zijn kantoor. Roberts was van gemiddelde lengte, had de bouw van een bodybuilder en droeg zijn haar in vlechtjes. Deze voormalige tuchtschoolbewaker was persoonlijk door Ken Young uitgekozen. Young was een lange, slanke man van een jaar of veertig met een ruige bos haar, en hij bezat een soort nerveuze ongedurigheid waardoor hij niet lang stil kon zitten en voortdurend tegen de muur stond geleund. Roberts nam plaats achter zijn bureau en Chris en Ali gingen ervóór zitten.

'Chris is een oud-bewoner van Pine Ridge,' zei Ali. 'Ik heb het al eens over hem gehad.'

'Leuk om eindelijk eens kennis te maken, Chris,' zei Young. 'Ali vertelde me ook dat je vader een paar van onze leerlingen in dienst heeft genomen.'

'Hij heeft ze een kans gegeven,' zei Chris.

'Dat waarderen we,' zei Roberts.

'Gecondoleerd met het verlies van je vriend,' zei Young. 'Ali vertelde me vanmorgen dat jullie heel dik met elkaar waren. Ik heb het in de krant gelezen.'

'Die paar regels?' vroeg Chris.

'Ali vertelde dat jullie hier alle drie gezeten hebben,' zei Roberts.

'Eenheid 5,' zei Ali.

'Die heb ik gesloten,' zei Young.

'Maar goed,' zei Roberts. Hij schoof een gele envelop over het bureau naar Ali toe die hem oppakte. 'Laten we het eens over deze jongens hebben.'

Het volgende halfuur bespraken ze een aantal bewoners die op het punt stonden vrijgelaten te worden, en aan hun familie werden overgedragen of in een behandelcentrum zouden worden opgenomen. Ali had het over de vooruitgang die een paar jongens hadden geboekt en over een paar anderen die het moeilijk hadden en misschien weer terug moesten.

'Maak maar vast een bed op voor William Richards,' zei Ali.

'Toen hij hier zat, had hij het erover dat hij de koksopleiding wilde doen,' zei Roberts.

'Dat zeggen die jongens allemaal,' zei Young. 'Als je vraagt wat ze gaan doen, is het populairste antwoord: "Ik ga de koksopleiding doen."'

'Dan studeren er straks vast een heleboel chef-koks af,' zei Roberts.

'Ze kunnen ook bij McDonald's gaan werken,' zei Ali. 'Dat is ook een manier om te beginnen.'

'Een paar jaar geleden wilden ze allemaal naar de kappersschool,' zei Young. 'Ik had een joch, Morris Weeks, dat tijdens zijn laatste evaluatiebijeenkomst zei dat hij naar de "kappersacademie" wilde. Hij had net zijn straf uitgezeten omdat hij een bewaker knock-out had geslagen. Ik vroeg hem: "Morris, wie wil jou een schaar in handen geven als je je altijd zo agressief gedraagt?"'

'Maar het joch heeft er wel van geleerd,' zei Roberts.

'Zeker,' zei Young. 'Morris heeft nu een stoel in een zaak op de hoek van Georgia Avenue en Piney Branch Road.'

Toen ze klaar waren, namen Ali en Chris met een handdruk afscheid van Reginald Roberts.

'Loop even mee, jongens,' zei Ken Young.

Ze gingen naar buiten en liepen naar een ander gebouw. Chris kreeg het basketbalveld, met de ring en de oefenmuur in het oog.

'Dat ouwe verroeste kreng,' zei Chris.

'Bij het nieuwe gebouw krijgen we een mooier veld,' zei Young.

Ze gingen het schoolgebouw binnen en liepen de gangen door. Voor de deuren van de klaslokalen stonden bewakers, allemaal uitgerust met een portofoon. De meesten knikten plichtmatig naar Young en enkelen begroetten hem wat hartelijker toen ze passeerden. Verderop in de hal werd een jongen, wiens arm op zijn rug was gedraaid, door twee bewakers door de deur naar buiten geduwd.

'Wie is dat?' vroeg Young aan een potige bewaker die een honkbalpet droeg. 'Is het Jerome?'

'Ja, dat is die knul die Bobby een hijs heeft gegeven.'

'Neem hem mee naar buiten en laat hem afkoelen.'

'Daar waren we al mee bezig, meneer Young.' Chris zag de man even met zijn ogen rollen tegen de bewaker naast hem.

Ze liepen verder. De kleuren op de muren waren helderder dan Chris zich herinnerde. Op prikborden hingen tekeningen van bewoners.

'De school wordt tegenwoordig door een nieuwe stichting bestuurd,' zei Young, toen hij de verbazing op Chris' gezicht zag.

'Met nieuwe docenten. Omdat ik minder jongens laat opsluiten, zijn de klassen ook kleiner. Bijna zestig procent van de jongens hier heeft een hoge risicofactor. Slechts tien procent heeft een lage risicofactor. De meeste jongens die onder de jeugdreclassering vallen, zitten thuis of in een behandelcentrum. Die horen niet in een cel.'

'Ik zie dat ze mogen tekenen en schilderen,' zei Ali.

'Ja, en we geven ook een literair tijdschrift uit. We hebben op het stadhuis zelfs een stuk van Shakespeare voor de ambtenaren opgevoerd. En ik heb een paar jongens in contact gebracht met AmeriCorps; die zijn mee naar Mississippi gegaan om te helpen aan de wederopbouw na de orkaan Katrina. Ik probeer van alles.'

'Sommige van die bewakers leken niet al te blij met u.'

'We noemen ze tegenwoordig jeugdontwikkelingsspecialisten,' zei Young. 'Dat vinden ze ook maar niks. Sterker nog: een hoop van die gasten zouden nog niet eens op me pissen als ik als een brandende fakkel over straat liep. De vakbond heeft een motie van wantrouwen tegen Reginald en mij ingediend, ze hebben geprobeerd ons te laten ontslaan. En ze hebben zich sterk gemaakt om corrupte of incompetente bewakers in dienst te houden die ik had ontslagen.'

'Daar heb ik iets over gelezen op de opiniepagina van de krant,' zei Ali. 'Welke oplossing dragen zij dan aan: die jongens achter slot en grendel houden?'

'Zoiets, ja.'

'Wat had u misdaan? Was u vergeten de kont van de columnist te kussen? U maakt zich in ieder geval niet populair bij de pers.'

'Daar ben ik ook niet op uit,' zei Young.

Buiten de school ging Young hun voor naar Eenheid 5. Hij haalde een sleutel van een ketting die aan zijn broekriem hing en deed de deur van het gebouw van het slot.

'Ik weet niet of ik naar binnen wil,' zei Chris.

'Kom op,' zei Young. 'Binnenkort wordt dit gesloopt. Je moet het nog één keer zien.'

'Ik zie het nog elke dag,' zei Chris terwijl hij naar binnen stapte.

De lucht sloeg hem tegemoet. Die was hij vergeten. Het was een niet te omschrijven geur, maar een die aan stilstand en verval deed denken. Ze liepen de gemeenschappelijke ruimte binnen. De pingpongtafel was weg, net als de skaileren leunstoel. Het enige wat er nog stond was de oude bank – de rugleuning was nu bijna helemaal aan flarden gescheurd en uit de versleten zitting stak een springveer omhoog. Achter de gemeenschappelijke ruimte lag de mediaruimte, die nu in totale duisternis was gehuld.

Young ging hun voor door de gang. Chris keek omhoog naar de plafondtegels waarachter hij jaren geleden marihuana had verstopt. Toen kwamen ze bij de deuren die naar de cellen leidden. Chris was bang dat als hij zijn ogen sloot, hij Ben zou horen die 's avonds altijd in zichzelf lag te praten.

Ali en Chris keken door het doffe plexiglas in een van de kleine cellen naar binnen. Ze zagen de grijze deken op het in de vloer verankerde bed. De roestvrijstalen plee. Het piepkleine bureautje.

'Ik heb de Joliet bij me,' zei Ken Young, en hij raakte even de reusachtige sleutel aan die aan de ring om zijn riem hing. 'Als je naar binnen wilt...'

'Nee,' zei Chris.

'Ik heb je hierheen gebracht zodat je het niet zou vergeten,' zei Young. 'Hoe meer bondgenoten ik heb, hoe beter. Als mensen dit konden zien zouden ze niet zo staan te springen om kinderen op te sluiten.'

'Dit gebouw moet tegen de vlakte,' zei Chris. 'Ik kruip wel achter het stuur van de bulldozer, als het zou mogen.'

Young knikte. 'Dan moet je achter in de rij aansluiten.'

22

Chris zei niet veel op de terugweg. Afgezien van de gedachte aan Ben en de vreselijke herinneringen die het bezoek aan Pine Ridge bij hem had losgemaakt, zat hij over iets anders te piekeren.

'Wat is er, man?' vroeg Ali.

'Ik zit aan iets te denken,' zei Chris. Hij streek met zijn duim over het verticale litteken op zijn lip. 'Toen je vanmorgen met die rechercheur sprak, heb je haar toen ook over Lawrence Newhouse verteld?'

'Nee. Ik heb Lawrence gisteren wel gesproken. Hij zei dat hij niks over de moord op Ben wist en dat hij niet met de politie wilde praten. Zoiets verwachtte ik al, en ik moest zijn wens respecteren.'

'Hoe reageerde hij toen je hem vertelde dat Ben vermoord was?'

'Slecht,' zei Ali. 'Hij begon te janken en het kon hem geen bal schelen dat ik dat zag. Hij was er kapot van.'

'Ik moet je iets vertellen, Ali. Ik heb het voor me gehouden omdat ik dacht dat het niet belangrijk was. Maar nu ben ik daar niet meer zo zeker van.'

Chris vertelde Ali over het geld in de sporttas. Dat ze het in het huis hadden achtergelaten, maar dat Lawrence Ben drugs had gegeven en hem dronken had gevoerd, en hem zover had gekregen dat hij had verteld waar de tas lag. Dat Chris en Ben er allebei van overtuigd waren dat Lawrence had ingebroken en het geld had gestolen. Ze hadden er niets over gezegd omdat ze dachten dat er toch niets meer aan te doen viel.

Toen Chris zijn verhaal had gedaan, zei Ali: 'En nou denk jij dat Lawrence vanwege dat geld iets met de moord op Ben te maken heeft?'

'Dat hoor je me niet zeggen.'

'Lawrence mocht Ben graag. Toen Lawrence door iedereen in Pine Ridge in elkaar werd geramd, was Ben degene die voor hem opkwam. Hij was de enige die hem steunde. Als er één gast was die Lawrence als zijn vriend beschouwde, was het Ben wel.'

'Dat weet ik.'

'Wat wil je dan zeggen?'

'Misschien zijn ze samen uit geweest en hebben ze het geld verbrast. Misschien hebben ze hun mond voorbijgepraat op de club of tijdens een potje kaarten. Het kan best zijn dat Lawrence heeft zitten pochen over al dat geld. Of misschien dacht iemand dat dat geld van Ben was en heeft hij hem proberen te beroven.'

'Dat klinkt tamelijk ongeloofwaardig.'

'Shit, Ali, Ik weet het ook niet. Ik zeg alleen dat er misschien een verband zou kunnen zijn.'

'Dat is wel wat mager.'

'Klopt.'

'Dan moet je maar eens met Lawrence gaan praten. Ik weet dat je daar geen trek in hebt, maar zo ligt het. En als Lawrence inderdaad iets weet, moet hij dat aan de politie melden.'

'Zo is het.'

Ali keek zijn vriend aan. 'Wat zit je nog meer dwars?'

'Ik weet niet,' zei Chris. 'Er zeurt steeds iets rond in mijn hoofd, alsof het me ergens aan wil herinneren... alsof ik iets wéét, Ali. Maar ik kan er verdomme niet op komen.'

'Dat komt wel.'

Ze reden Beltway uit en namen Colesville Road, in de richting van de District Line, en werden onmiddellijk aan alle kanten omringd door verkeer. Vreemd genoeg stemde het drukke verkeer hen wat rustiger.

'Wat ben je van plan met Bens begrafenis?' vroeg Ali.

'Mijn vader regelt het allemaal,' zei Chris. 'Als de politie het lichaam vrijgeeft, laat hij Ben bij Rapp cremeren. Hij krijgt een plekje op Rock Creek Cemetery.'

'Daar hebben ze Ben toch te grazen genomen?'

'Ja. Mijn vader heeft met die rechercheur gesproken en zij zegt dat de bewaker van Rock Creek zich herinnerde dat er laat op de avond een oude zwarte sedan naar buiten is gereden. Hij kon niet zien of Ben in de auto zat. Hij zei niet dat hij het verdacht vond. Hij herinnerde zich die auto alleen maar "omdat het de laatste auto was die naar buiten reed".'

'Je kunt er donder op zeggen dat het daar is begonnen.'

'Toch zou dat voor Ben niets hebben uitgemaakt. Dat kerkhof was zijn stek. Daar had hij begraven willen worden.'

'Ik dacht dat je rijk moest zijn of connecties moest hebben om daar te mogen liggen,' zei Ali.

'Dat dacht ik ook. Maar mijn vader heeft navraag gedaan en een plek gevonden. Zoals met alle dingen, kost het alleen geld. Het gaat geen geweldig monument worden en het ligt ook niet op een A-locatie. Waarschijnlijk krijgt hij een kleine urn, of zo. Het gaat erom dat Ben daar komt te liggen.'

'Dat zal wel een paar centen kosten.'

'Het loopt in de duizenden.'

'Je vader is een goed mens,' zei Ali.

'Hij is zoals de meeste mensen,' antwoordde Chris. 'Hij probeert het goed te doen en meestal doet hij dat ook.'

'Net als jij.'

'Maar hij wilde dat ik beter zou worden dan hij. Alleen bleek ik ook maar een mens te zijn, net als hij.'

'Maar dat is nu allemaal verleden tijd.'

'Voor mij in elk geval wel.'

'Blijf je hier de hele dag liggen?' vroeg Marquis Gilman.

'Misschien wel,' zei Lawrence Newhouse. Hij lag op zijn rug op het eenpersoonsbed, in de kamer die hij deelde met Terrence en Loquatia, Dorita's jongste dochter. Marquis was binnengekomen, had het gordijn tussen de bedden opzijgeschoven en stond aan het voeteneinde van Lawrence' bed.

'Kom op, dan gaan we een stukje rijden.'

'Nee, ik ben te moe.'

Marquis zag dat Lawrence' ogen rood zagen. Hij vond het vreselijk dat zijn oom had liggen huilen.

'Mama heeft me over je vriend verteld.'

'Hm, hm.'

'Weet je wie het gedaan heeft?'

'Nee.'

'De dader moet gepakt worden.'

Lawrence draaide met een ruk zijn hoofd om naar Marquis. 'Dat zijn jouw zaken niet, jongen.'

Marquis keek naar zijn schoenen. 'Ik bedoelde er niks mee.'

Er verscheen een iets zachtere blik in Lawrence' ogen. 'Dit gaat alleen mij aan.'

'Moet je vandaag niet werken?'

'Ik ben ermee opgehouden.'

'Want ik zou je kunnen helpen.'

'Ik wil niet dat jij auto's wast. Jij kunt veel meer. Ik ben nog steeds bezig om je bij een connectie binnen te krijgen. Dan zou je stoffeerder kunnen worden in plaats van dat stompzinnige werk te doen.'

'Ik zeg toch, ik kan werken.'

'Schiet op, Marquis. Ga buiten spelen.'

Marquis liep de kamer uit.

Lawrence had sinds hij het geld had gepikt, geen enkele auto meer gewassen of een grondige poetsbeurt gegeven. De jongen met wie hij samenwerkte, Deon Miller, ergerde zich wild aan hem omdat ze samen een aardig lopend bedrijfje hadden opgebouwd. Maar hij kon Deon niet vertellen waarom hij het niet meer zag zitten. Hij kende Deon al van kinds af aan en ze waren samen in Parkchester opgegroeid. En toen ze op een dag op Stevens Road wiet zaten te roken hadden ze geweldige plannen gemaakt over wat ze samen gingen doen: klein beginnen en groot eindigen – zo stelden ze het zich voor – met een reeks zaken in Southeast en Prince George. Ze zouden bekend worden als de eigenaars van de zaken waar je de mooiste auto's van DC liet wassen en poetsen. Zij zouden wat auto's betreft net zo'n begrip worden als Murray's voor steaks.

Het werd uiteindelijk allemaal wat minder groot, maar ze hadden het niet slecht gedaan.

Lawrence en Deon gingen met hun handel naar de autobezitters toe. Ze gebruikten daarvoor gestolen winkelwagentjes en stopten die vol met spullen waarmee ze indruk konden maken. Lawrence kocht bij een groothandel in auto-onderdelen de goedkope huismerken autoshampoo, velgreiniger en glansmiddel voor de banden, en goot die over in de lege flessen van A-merken, zoals Armour All en Black Magic, die hij bij het vuilnis had gevonden. Ze noemden hun bedrijf Elite Shine. Als ze een uithangbord hadden gehad, zou daarop hebben gestaan: 'Alleen de allerbeste producten voor de allerbeste auto's.' Lawrence had dat een keer bedacht toen hij high was.

Ze begonnen een zekere bekendheid te verwerven in Southeast en zagen steeds dezelfde klanten terugkomen: 'de vaste clientèle' zoals zij dat noemden. Dus het viel te begrijpen dat Deon, net toen ze een beetje in de lift zaten, zich genaaid voelde en teleurgesteld was toen Lawrence vertelde dat hij ermee stopte.

'Waarom geef je nou zomaar alles op wat we samen hebben opgebouwd?' had Deon gevraagd.

Lawrence had geantwoord: 'Ik ga met pensioen,' en had verder geen uitleg gegeven.

Dat was voordat Ben werd omgelegd. Nu hij er niet meer was, kon het hem allemaal niets meer schelen. Zelfs het geld deed er niet meer toe.

Lawrence legde zijn arm over zijn ogen. Hij transpireerde en rook zijn eigen zweetlucht.

Waarom zou iemand zijn vriend dat hebben aangedaan?

Waarom was de eerste vraag. Wie, was vraag twee.

Lawrence had er alles voor over om dat te weten te komen.

Chris Flynn kwam terug in zijn flat, zette zijn schoenen netjes onder het bed en ging slapen. Toen hij wakker werd, was het donker geworden in de kamer. Hij liep naar het raam, deed de jaloezieën open en zag dat het al avond was. Hij had een paar uur lang als een blok geslapen en kon zich niet herinneren of hij gedroomd had.

Chris belde Katherine. Ze vroeg of hij behoefte had aan gezelschap en hij antwoordde dat hij liever alleen was. Maar dat lag niet aan haar: hij wist dat hij vanavond voor niemand goed gezelschap zou zijn.

'Ik maak me zorgen om je,' zei Katherine.

'Ik bel je morgen wel,' zei hij.

Hij nam een douche, stopte een pizza in de magnetron en at die staand op. Hij overwoog even om wat wiet te roken die hij in zijn nachtkastje bewaarde, maar besloot het toch maar niet te doen. Hij zou er even high van worden, maar daarna aan het piekeren slaan, en daar had hij geen zin in. Hij pakte een paar flesjes Budweiser uit de koelkast en zette die met wat ijsblokjes in een sixpackkoeler. Hij stak zijn mobiel in zijn broekzak en liep naar buiten.

Op de veranda zat de donkerharige Andy Ladas, de al wat oudere bewoner van het huurhuis, in een stoel met een hoge rugleuning een Anchor Steam te drinken en een Winston te roken. Naast hem stond zo'n metalen asbak op een voet, die je vroeger vaak in kapperszaken zag. Ladas zat hier elke avond en dit was zijn enige activiteit.

'Hé, Andy.'

'Chris.'

'Zijn we alleen thuis?'

'De kinderen hebben een optreden,' zei Ladas. Hij doelde op Tina en Doug Gibson, die op de bovenverdieping woonden. Ze waren ouder dan Chris maar zagen er jonger uit.

'Voor het geval je in slaap valt met die sigaret in je hand en in de fik komt te staan, ik zit achter.'

Het huis lag aan een kruispunt met op alle hoeken een stopbord dat veelvuldig werd genegeerd. Er was een politiebureau in de buurt en de voornaamste verkeersovertreders leken de agenten zelf te zijn: zij waren de agressiefste snelheidsmaniakken. De buurtbewoners hadden een petitie ingediend om verkeersdrempels te laten plaatsen, en hadden die ook gekregen, waardoor de surveillancewagens wat langzamer waren gaan rijden en de situatie enigszins verbeterd was.

Chris liep via de zijtuin naar de achterkant van het huis, waar hij de koeler neerzette en in een groene ijzeren schommelstoel naast een stenen opengewerkte muur ging zitten. De diepe tuin was door de Gibsons aangelegd en werd door alle huurders onderhouden. Het was er goed toeven en hij zat er vaak op zomeravonden. Het uitzicht werd niet belemmerd door boomtakken boven zijn hoofd, zodat hij de sterren kon zien. Het was een heldere hemel en de maan wierp een parelmoeren gloed over het huis en de tuin.

Chris pakte een biertje. Hij dacht aan Ben en aan de tijd in Pine Ridge, en hij voelde hoe zijn schouders zich onder de invloed van de alcohol ontspanden. Hij gooide het eerste flesje in het gras en greep in de koeler naar een nieuwe fles. Hij draaide de dop eraf en nam een teug.

Chris hoorde een auto stoppen en keek naar rechts. Een oude zwarte sedan was op straat tot stilstand gekomen en de motor werd afgezet.

Chris haalde zijn mobieltje uit zijn zak en klapte het open zodat de toetsen en het schermpje verlicht werden. Hij behoorde tot een generatie die razendsnel was met toetsenborden, en hij vond al gauw de naam waar hij naar op zoek was.

Twee mannen, een grote en een kleine, stapten uit de auto, staken de straat over en liepen recht op hem af de tuin in. Chris sloeg hen gade en ging door met sms'en.

Hij dacht er niet aan om de politie te bellen. Hij was een jongen, en hij belde zijn vader.

Hij typte de woorden: *Ik ben thuis*.

En: *Code 13*.

23

De grote man droeg een windjack met daaronder een T-shirt, en een spijkerbroek. De kleine man was helemaal in het zwart. Ze kwamen om Chris heen staan, die nog steeds in zijn stoel zat. Chris had zijn mobieltje weer in zijn zak gestoken. Hij hield zijn bierflesje losjes in zijn rechterhand.

'Opstaan,' zei Sonny. 'We gaan een ritje maken.'

Chris schudde langzaam zijn hoofd. 'Ik dacht het niet.'

'We willen met je praten.'

'We kunnen hier ook praten.'

'Nee, niet hier,' zei Sonny.

Chris maakte zijn ogen los van Sonny. Hij nam rustig een slok van zijn bier.

'Opstaan,' zei Wayne.

Chris keek hem uitdrukkingsloos aan. Wayne had een platte neus in een zwaar doorgroefd en ingevallen gezicht, en een borstelsnor die uit zijn neusgaten leek te groeien. Het leek alsof zijn gezicht aan het wegrotten was. Zijn pezige armen zaten vol tatoeages.

'Wat willen jullie?' vroeg Chris, en hij richtte zijn blik weer op de grote man met de enorme bakkebaarden en de hoge jukbeenderen.

'Iets wat van mij is,' zei Sonny.

'En wat zou dat moeten zijn?'

'Probeer je me soms wijs te maken dat je dat niet weet?'

'Ik ga dit spelletje niet meespelen,' zei Chris.

'Dat ga je wel.'

'Jullie bevinden je op privéterrein.'

'Je kan m'n reet likken, schat. Meekomen.'

Chris keek hem met lome groene ogen aan.

De grote man stak zijn hand uit naar Chris en draaide die om in de glinstering van het maanlicht. Chris zag een tatoeage tussen zijn duim en wijsvinger zitten.

'Weet je wat dat is?' vroeg Sonny.

'Een tatoeage uit de nor,' zei Chris.

'Waar het precíes voor staat?'

'Het is een klavertjevier.'

Sonny liet een geërgerde zucht horen. Chris meende de kleine te zien glimlachen.

'Het is een shamrock,' zei Sonny Wade. 'Het betekent dat je lid bent van een speciale club. Weet je welke club dat is?'

'De pijpclub,' zei Chris.

Er verscheen een grijns op Waynes gezicht en hij grinnikte even. Sonny's glimlach toonde een uitgesproken lelijk gebit dat grijzig zag in het maanlicht.

Er reed een auto voorbij en ze zwegen allemaal even.

'Nou, vooruit, meekomen,' zei Sonny, en hij stak zijn hand in zijn windjack.

'Dat doe ik niet,' zei Chris. 'Ik weet niet wat je in dat jack hebt zitten, maar als je het tevoorschijn haalt, zul je het bezuren.'

Sonny hield zijn hand waar hij was maar maakte geen aanstalten om zijn pistool te trekken. 'Ik zei: kom even mee.'

'Ik ga nergens met jullie naartoe.'

'Wat dacht je ervan als ik je hier ter plekke gewoon neerschiet?'

'Dan raak je datgene kwijt waar je naar op zoek bent.'

'Chris Karpet,' zei Wayne. 'Die jongen denkt dat hij het hard kan spelen.'

Chris voelde het bloed uit zijn gezicht wegtrekken.

'Hou je kop, idioot,' zei Sonny.

Een surveillancewagen van Montgomery County reed langs de zijkant van het huis. Niemand zei iets en de auto verdween uit het zicht. Sonny's donkere ogen schoten heen en weer en hij verplaatste zijn hand. Chris zag de kolf van het pistool een stukje uit het jack steken.

'Is er iets aan de hand hier?'

Andy Ladas stapte uit de schaduw van de zijtuin en bleef op enige afstand van de twee mannen staan. In zijn hand hield hij een opengeklapt mobieltje.

'Chris,' vroeg Andy weer. 'Is er iets aan de hánd?'

'Is er iets aan de hand?' vroeg Chris, en hij keek Sonny recht in de ogen.

Sonny's hand kwam leeg uit zijn jack tevoorschijn en hij liet hem langs zijn zij vallen. Hij wierp een blik op Wayne en gaf hem een knikje.

Hij keek Chris aan. 'Ik spreek je nog wel, jongen.'

Sonny liep de tuin uit en zijn kleine compagnon dribbelde naast hem voort. Chris hoorde portieren opengaan en weer dichtslaan en daarna een motor starten. Hij hoorde het gepiep van versleten schokbrekers en zag de oude zwarte sedan langzaam wegrijden.

'Hoelang stond je daar al, Andy?'

'Ik ben opgestaan zodra ik twee naar de achtertuin zag lopen. Die gasten zagen er niet fris uit.'

'Wat heb je gehoord?'

'Het meeste. Ik stond op het punt om de politie te bellen.'

'Dat had niet gehoeven. Maar evengoed bedankt.' Chris kwam overeind uit zijn stoel en dronk de rest van het bier op. Hij gooide het flesje op de grond en zag dat zijn hand trilde. Hij pakte de bierkoeler op en greep het handvat stevig vast.

'Alles in orde?' vroeg Ladas.

'Ja, ja,' zei Chris. 'Zeg, als mijn vader komt, heb het er dan maar niet over. Zeg maar dat ik binnen ben.'

Hij liep naar het huis en veegde met zijn klamme T-shirt het zweet van zijn gezicht.

Een minuut later kwam Thomas Flynn aangereden en parkeerde de SUV van Amanda slordig met twee wielen op de stoep. Hij rende door de tuin naar de veranda waar Ladas met een vers biertje en een sigaret zat. Flynn was buiten adem en rood aangelopen. Zijn hemd hing uit zijn broek en bedekte de .38 die hij onder zijn broekriem had gestopt.

'Alles goed met Chris?'

'Ja,' zei Ladas.

'Wat is hier aan de hand?'

'Er stonden een paar gasten buiten met Chris te praten.' Ladas meed Flynns blik. 'Meer weet ik niet. Ze zijn weg en hij is oké.'

Flynn ging het huis in. Hij liep naar Chris' woning en stapte zonder kloppen naar binnen. Het was een kleine flat met een slaapkamer, een zitkamer, een keukentje en een wc. Achter de gesloten deur van de badkamer hoorde hij het geluid van een douche. Flynn ging in een luie stoel zitten en keek omhoog naar de volgestouwde boekenplanken. Op het tafeltje naast hem lag *Wartime* van Paul Fussell, met een boekenlegger erin.

De douchekraan werd uitgedraaid en vlak daarna stapte Chris de badkamer uit met een handdoek om zijn middel.

'Pap.'

'Alles in orde?'

'Alles is goed.'

'Als het allemaal zo goed gaat, waarom heb je me die code dan gestuurd?'

'Mag ik me eerst afdrogen en een broek aantrekken?'

'Doe maar.'

'Er staat bier in de koelkast, als je wilt.'

Flynn vond een flesje Budweiser en draaide de kroonkurk van de hals terwijl Chris zich aankleedde. Hij dronk het flesje staand half leeg en de rest toen hij weer in de stoel was gaan zitten.

Hij neemt de tijd, dacht Flynn. Hij is bezig zijn verhaal en zijn leugens in elkaar te draaien.

Flynn liep weer naar de koelkast en pakte nog een biertje. Hij nam net een slok toen Chris op blote voeten de kamer binnenkwam in een spijkerbroek en een mouwloos T-shirt. Zijn haar was nog vochtig en zat in de war. Op zijn gezicht lag een geslepen en ietwat geïrriteerde uitdrukking, net als toen hij nog een tiener was. Alsof hij een zware uitbrander van zijn vader verwachtte, en zich schrap zette om die in ontvangst te nemen zonder iets terug te zeggen.

'Nou?' zei Flynn.

Chris duwde zijn haar achter zijn oren. 'Er kwamen een paar gasten langs om iets met me te bespreken. Ik dacht dat er problemen zouden komen, maar dat bleek niet zo te zijn. Sorry dat ik je daarmee lastig heb gevallen.'

'Wat wilden ze dan?'

'Ik was hun geld schuldig,' zei Chris. 'Ik poker weleens. Texas Hold 'Em, wat je ook wel op ESPN ziet. Alleen worden deze pokerspelletjes in kelders overal in de stad gehouden. Ik was die twee een paar duizend dollar schuldig.'

'Gelul.'

'Het was een pokerschuld.'

'Nee, dat was het niet. Je liegt. Je moet niet vergeten tegen wie je het hebt, jongen. Ik heb je jarenlang tegen me zien liegen. Op dit moment kijk je me aan met zo'n blik in je ogen als toen je zestien was.'

'Ik vertel je wat er is gebeurd. Ik weet niet wat ik verder moet zeggen.'

'De waarheid. Je hebt me die code gestuurd. Als er niets aan de hand was geweest, had je het zelf wel kunnen afhandelen. En als je alleen maar wat hulp nodig had gehad, had je de politie kunnen bellen. Die zit verdomme hier verderop in de straat.'

'Ik wilde de politie niet bellen,' zei Chris.

'Dat was ik even vergeten,' zei Flynn. 'Jij praat niet met de po-li-tie.'

'Nou moet je even dimmen, pa,' zei Chris, en hij liep naar de keuken om een biertje te pakken.

Toen hij terugkwam stond zijn vader naar de grond te staren.

'Sorry,' zei Flynn. 'Ik ging daarnet te ver.'

Chris trok een stoel bij en ging naast zijn vader zitten. Flynn knakte met zijn rechterhand de knokkels van zijn linkerhand.

'Rustig nou, pa.'

'Oké.'

'Je weet toch dat ik mijn best doe.'

'Ja.'

'Ik ga iedere dag naar mijn werk. Ik hou me aardig aan de regels. Maar weet je, sommige dingen, sommige van de slechte gewoonten die ik in al die jaren heb opgepikt, en vooral het feit dat ik opgesloten heb gezeten...'

'Ik snap het. Die kun je moeilijk van je afschudden.'

'Ali en ik zijn vandaag naar Pine Ridge geweest. Ali moest erheen voor zijn werk en ik ben met hem meegegaan. Het was behoorlijk heftig om mijn eenheid terug te zien, weer in mijn cel te kijken. Het is niet makkelijk om dat monster kwijt te raken. 't Was voor Ben ook niet makkelijk.'

'Wil je daar soms mee zeggen dat jij en Ben weer het criminele pad op zijn gegaan?'

'Nee. Ik heb het je toch al gezegd: Ben heeft niets verkeerds gedaan.'

'Dus die twee kerels waren hier vanwege een pokerschuld?'

'Ja.'

'Gelul,' zei Flynn.

Ze namen nog een slok van hun bier. Flynns flesje was weer

leeg en hij liep naar de koelkast om er nog een te pakken. Hij ving Chris' blik toen hij weer ging zitten.

'Je moet een beetje kalm aan doen,' zei Chris. 'Je moet nog rijden.'

'Sodemieter op,' zei Flynn. 'Ik ben een volwassen vent en jij klinkt net als je moeder.'

Flynn nam een lange teug uit zijn flesje.

'Ik kom de komende dagen niet werken,' zei Chris. 'Ik heb wat tijd voor mezelf nodig.'

'Hoe ga je je pokerschuld afbetalen als je niet werkt? En hoe zit het met de rente? Hoe noemen jullie dat ook alweer, de *vig*?'

'Ik hoef geen rente te betalen.'

'Omdat er geen schuld is. Omdat je dat hele pokerverhaal uit je duim hebt gezogen.'

Chris moest even lachen. 'Je blijft er maar over doorgaan, hè?'

'Het is wel best,' zei Flynn, hij keek al niet meer zo helder uit zijn ogen. Hij nam nog een paar slokken bier. 'Je zult me de waarheid wel vertellen als je eraan toe bent. Ik wil je niet onder druk zetten, of zo.'

'Mag ik nog iets zeggen?'

'Ga je gang.'

'Als ik weer aan het werk ga, wil ik dat poloshirt niet meer aan. Ik draag alles wat je wilt, maar dat niet. Ben en ik hebben het altijd vreselijk gevonden. Die shirts doen ons denken aan ons uniform in Pine Ridge. Vind je dat goed?'

Flynn kon zich er niet toe zetten Chris aan te kijken. 'Ja, Chris. Dat is best.'

Chris schraapte zijn keel. 'Ik eh…'

'Wat?'

'Ik zit erover te denken om in de lente een paar colleges te gaan volgen op Montgomery College. Amerikaanse geschiedenis.'

'Goed idee,' zei Flynn. En omdat hij zijn vader was, voegde hij eraan toe: 'Wat wil je ermee bereiken?'

'Gewoon eens kijken wat het is en dan maar zien, denk ik,' zei Chris. 'Misschien doorgaan om les te kunnen geven. Ik weet het niet. Het begint wel serieus te worden tussen Katherine en mij. Als ik, nou ja, verantwoordelijk ga worden voor iemand anders... ik bedoel, ik heb geen zin om mijn hele leven tapijt te blijven leggen.'

'Dat is ook niet wat ik voor jou in gedachten had.'

'Enfin...'

'Ja.'

Flynn stond op, liep naar het keukentje en ging bij de gootsteen staan. Hij nam nog een flinke teug van zijn bier, haalde diep adem en dronk het flesje toen helemaal leeg. Hij zette het naast de rij lege flesjes op het aanrecht en liep naar de voordeur.

'Ik ga ervandoor, Chris.'

'Pap?'

Flynn bleef staan. 'Ja.'

'Bedankt dat je gekomen bent. Toen ik belde, bedoel ik.'

Flynn staarde Chris aan met een droevige, wetende blik in zijn ogen. Dit was het moment om de woorden te zeggen die gezegd moesten worden, maar hij kon het niet. Hij zwaaide even en liep de deur uit.

Chris staarde naar het flesje in zijn hand. Hij nam een slok en werd overstelpt door emoties.

Flynn stond bij de bar op wieltjes en schonk een whiskyglas halfvol met Jim Beam. Hij nam een slok van de bourbon en voelde de scherpte ervan in zijn keel terwijl Amanda net de eetkamer binnenkwam. Haar ogen gleden over hem heen en keken weer snel weg.

'Ik neem gewoon een slaapmutsje,' zei hij.

'Ik zei toch niets.'

'Wat zou Jezus hebben gedaan, Amanda? Als hij een zoon had als wij, bedoel ik. Denk je dat Jezus niet af en toe een borrel zou hebben genomen, om de scherpe randjes ervan af te halen?'

Amanda pakte haar ellebogen vast. 'Wat is er dan gebeurd?'

'Niets. Ik kwam daar aan en wat er ook aan de hand was geweest, het was voorbij. Chris zegt dat hij wat problemen heeft vanwege een pokerschuld.'

'Chris pokert toch niet?'

'Geen idee. Maar hij liegt over wat er vanavond is voorgevallen. Hij liegt nog steeds tegen me, na alles wat we hebben meegemaakt.'

'Misschien heeft hij daar een reden voor.'

'Ben en hij waren ergens in verwikkeld. Ben is daarom vermoord en Chris wil mij of wie dan ook niet vertellen waar het over gaat. Dat is de reden, Amanda. Chris heeft het weer eens voor zichzelf verkloot. Hij is verkeerd bezig.'

'Dat weet je niet.'

'En jij bent blind. Dat ben je altijd al geweest.'

'Nou, ík heb hem tenminste nooit opgegeven.'

'Jawel, dat heb je wel gedaan. Je kunt het koesteren noemen, als je het aardig wilt verwoorden, maar in mijn ogen heb jij het gewoon opgegeven. Omdat je niets meer van hem verwachtte. Dat heb ik nooit gedaan.'

'Hij is ons kind, Thomas.'

'Hij is een man. En ik kan niet aanvaarden wat hij is geworden. Ik kan het gewoon niet.'

'Geef hem een kans.'

'Dat heb ik altijd al gedaan,' zei Flynn. 'En ik ben niet de enige. Herinner je je nog die keer dat hij auto's had opengebroken op de parkeerplaats van dat Tex-Mex restaurant aan Wisconsin Avenue?'

'Dat van Tuco,' zei Amanda. De eigenaar van het restaurant had hen thuis gebeld. Zijn personeel had Chris live op de camera een auto zien openbreken. Hij was door een paar werknemers gepakt en naar de keuken gebracht. Thomas Flynn had de eigenaar beloofd alles te zullen vergoeden toen hij Chris kwam ophalen.

'Toen ik daar kwam,' zei Flynn, 'ging ik met die Mexicanen of wat het ook waren, naar boven, naar het beveiligingskamertje waar de monitors stonden. Beneden in de eetzaal van het restaurant had het bedienend personeel zich kleurrijk uitgedost, er werd muziek gemaakt, iedereen was vrolijk – je kent het wel: zo'n exotische eetervaring voor blanken uit de betere buurten. Maar daarboven in dat kamertje zagen die lui eruit als een stel ruige Spaanstalige types die net een rijkeluiskind bij zijn kladden hadden gegrepen, die die ervaring voor hun klanten had verpest. Ik wil maar zeggen, die lui waren witheet. Ik heb ze moeten smeken om de politie niet te bellen. En ik moest daar samen met hen een video bekijken van mijn zoon op die parkeerplaats, die om zich heen keek en even aarzelde voordat hij die auto's openbrak. Ik zei steeds maar: "Niet doen, Chris. Alsjeblieft, doe het niet." Maar hij hád het al gedaan. Ik keek naar een band van iets wat een uur eerder gebeurd was. Die Mexicanen moeten gedacht hebben dat ik mesjokke was.'

'Wat maakt dat nu nog uit?'

'Waar het om gaat is: ik heb hem genoeg kansen gegeven. De eigenaar van dat restaurant heeft hem die dag ook een kans gegeven. Maar Chris bleef het voor zichzelf versjteren.'

'Dat is tien jaar geleden.'

'Precies.' Flynn liet de bourbon in zijn glas rondwalsen. 'Je zult wel blij zijn om te horen dat hij in ieder geval bezig is om plannen te maken. Hij wil in de lente een aantal colleges op Montgomery College gaan volgen. En naar het schijnt is het serieus aan met Kate.'

'Dat is fijn,' zei Amanda.

'Zijn blauwe gebied begint eindelijk in te lopen op zijn groene gebied.'

'Wat?'

'Het logisch denken en je gevoelswereld. De prefrontale cortex en het limbisch systeem. Herinner je je nog die uitleg van dr. Peterhead op dat bord? Chris' hersenen komen meer in evenwicht. Als hij nou maar niet struikelt, en ver weg blijft van die criminele impulsen die zo nu en dan bij hem de kop opsteken. Ik geloof dat dat weer een ander gebied is, van de... de cortex.'

'Je bent dronken.'

'Wat dan nog?'

'Ik ga slapen.'

Amanda liep de kamer uit en Flynn hoorde haar de trap op lopen.

'Ik kom er zo aan,' riep hij haar na.

Er kwam geen antwoord. Hij sloot zijn ogen en nam nog een slok.

In zijn flatje dronk Chris in het donker nog een biertje. Hij zat te denken aan iets wat de kleine man met de borstelsnor had gezegd. En terwijl de puzzelstukjes in zijn hoofd op hun plaats vielen, voelde hij moordlust in zich opkomen.

24

Chris zat met Mindy Kramer aan een tafeltje voor twee bij het raam in Thai Feast. Ze keken uit op een paar schildersbusjes en pick-ups, die kriskras geparkeerd stonden op een parkeerplaats die gedomineerd werd door een grote groene afvalbak. Maar ze keken geen van beiden uit het raam. Mindy had het dagmenu, een glas water, een ijskoffie, en een koud geworden kom Thaise kippensoep voor zich staan. Ze staarde naar het tafelblad, waar haar oversized zonnebril en BlackBerry keurig in het gelid naast de borden en de glazen lagen. Haar handen lagen in haar schoot en ze had haar vingers ineengestrengeld.

Chris had niets besteld en dronk alleen water. Mindy had erin toegestemd hier met hem af te spreken nadat hij haar vroeg in de ochtend had gebeld en ze de dreiging in zijn stem had gehoord. Ze wist waar het over zou gaan, en ze wilde alleen in een openbare gelegenheid met hem afspreken.

'Hoe ben je het te weten gekomen?' vroeg Mindy. Ze had veel gel in haar haar gedaan en een dikke laag make-up opgebracht.

'Een van hen noemde me Chris Karpet. Dat is die domme naam die je me gaf toen je mijn nummer in je mobieltje zette, en waar je zo tevreden over was.'

'Dat was niet respectloos bedoeld. Het was gewoon een ezelsbruggetje voor me.'

'En afgelopen zaterdagavond kreeg ik een anoniem telefoontje. De beller noemde me Chris Karpet. Dus ik kom bij jou uit.'

Toi, de serveerster, kwam naar hun tafeltje en schonk Chris nog wat water in. Ze keek naar het eten en drinken dat Mindy nog steeds niet had aangeraakt.

'Hebt u vandaag geen honger, Miss Kramer? Is er iets mis met de mie? Vindt u het niet lekker?'

'Het is allemaal goed,' zei Mindy, en ze maakte een ongeduldige afkappende beweging met haar ene hand.

Toi glimlachte flauwtjes en liep naar een ander tafeltje.

'Waarom heb je hun mijn naam gegeven?'

'Ik was bang,' zei Mindy. 'Ik dacht dat ze me zouden vermoorden als ik ze geen naam gaf. Begrijp je dat? Ik ging ervan uit dat jij en je partner...'

'Hij heette Ben.'

'Ik ging ervan uit dat jullie dat geld hadden gevonden en het hadden meegenomen. Ik wist er in ieder geval niets van tot de dag dat die beesten mijn leven binnendrongen.'

'Je had het mis,' zei Chris. 'We hebben niets gestolen.'

Mindy wreef met haar duim in haar ooghoek en besmeurde de zijkant van haar gezicht met mascara. 'Ik wist niet wat ik anders moest doen.'

'Vertel eens hoe ze eruitzagen.'

Mindy streek met haar hand over het kippenvel op haar blote arm. 'Een grote vent met zo'n snor die langs zijn mond naar beneden liep. Volgens mij had hij een vals gebit. Hij had een tatoeage op zijn hand. Een klavertjevier.'

'En de ander?' zei Chris, en er verscheen een doffe blik in zijn ogen.

'Veel kleiner. Borstelige snor. Een afschuwelijke, lelijke kop.'

'Hoe heetten ze?'

'Die grote zei dat hij Ralph Cotter heette. Hij had de afspraak gemaakt en die naam heb ik in mijn agenda gezet. Ik weet niet hoe die kleine zich noemde.'

'Waren ze gewapend?' vroeg Chris, en Mindy keek hem vragend aan. 'Je zei dat je dacht dat ze je gingen vermoorden. Wat voor wapen zouden ze dan gebruikt hebben?'

'Die kleine had een mes bij zich.'

'Wat voor mes?' vroeg Chris.

'Hij had het in een schede om zijn kuit zitten. Het had een houten heft en een gekarteld lemmet.'

Chris mompelde iets onverstaanbaars.

'Wat?'

'Ze hebben mijn vriend vermoord.'

'Wat erg voor je,' zei Mindy.

'Hij had hun geld niet gepakt. Hij heeft nog nooit iemand kwaad gedaan. Dat zou hij niet eens kunnen.'

'Dat vind ik echt heel erg.'

Chris zei niets en nam een slok water.

'Ik heb een dochter,' zei Mindy Kramer. 'Lisa is ongeveer net zo oud als jij. Ze is... ik durf het je gerust te zeggen, ze heeft me diep teleurgesteld. Het komt wel vaker voor dat ouders van mijn generatie dat gevoel hebben. Wij waren zo ambitieus en veeleisend, en onze kinderen lijken zo – hoe zal ik het zeggen – zorgeloos over wat ze in het leven willen bereiken.' Mindy nam een slok van haar ijskoffie en zette het glas voorzichtig op tafel. 'Lisa heeft twee dochtertjes. Ze is gescheiden van hun vader en ik heb niet het gevoel dat ze in staat is om de verantwoordelijkheden van het moederschap op zich te nemen. Dus in feite voed ik Michelle en Lauren zelf op.'

'Ik moet ervandoor,' zei Chris.

Mindy reikte over de tafel heen, legde haar hand op die van Chris en kneep erin. 'Ze dreigden mijn kleindochters te vermoorden. Die grote kerel zei dat de kleine... hij zei dat de kleine hun hoofd zou afhakken. Begrijp je wat er die dag door me heen ging?'

Chris trok zachtjes zijn hand weg. 'Je moet hier met niemand over praten. Nooit. Zelfs niet als je geweten opeens gaat opspelen. En vooral niet als je iets in de krant leest over deze mannen, of iets op tv ziet. Je moet het er nooit meer over hebben.'

'Dat is goed, Chris.'

'En ik heet Chris Flynn.'

Hij stond op en liep het restaurant uit. Ze zag hem over de parkeerplaats naar het witte busje lopen met het magnetische reclamebord waarop Flynn's Floors stond, en realiseerde zich nu pas dat hij de zoon van de eigenaar was. Ze vroeg zich af of hij de mannen die bij haar langs waren geweest en die zijn vriend hadden gedood, zou vermoorden. Ze haatte geweld, maar ze hoopte in stilte dat hij dat inderdaad zou doen.

'Bent u klaar?' vroeg Toi, en ze reikte naar het bord met de onaangeraakte hoofdmaaltijd. 'Zal ik het voor u inpakken?'

'Nee,' zei Mindy, en ze veegde een traan weg die op het punt stond over haar wang te rollen. 'Breng me de rekening maar.'

Toi liep terug naar de kassa en glimlachte in zichzelf, denkend aan die lange blonde man die die bitch had weten te vernederen en haar aan het huilen had gemaakt.

Sonny Wade en Wayne Minors hadden uitgecheckt bij het hotel dat aan de oostkant van New York Avenue op een stuk niemandsland lag. Behalve de buitenlandse toeristen die niet wisten hoe ze het hadden toen ze zagen waar ze terecht waren gekomen, zaten er vooral kleine criminelen van allerlei slag, mensen die zich dood dronken, en vrouwen met wie je van bil kon gaan, zowel beroeps als amateurs. Om die reden stond er vaak een politiewagen op de parkeerplaats, die de boel in de gaten hield of op oproepen reageerde. Sonny realiseerde zich dat hun ouwe brik opviel, vooral in Washington waar iedereen, zelfs mensen die geen geld hadden, in een recent type auto leek te rijden. Daar kwam nog eens bij dat ze met een vals kenteken rondreden. Het was geen goed idee om daar te blijven rondhangen.

Sonny en Wayne voelden zich niet op hun gemak in steden, en vooral in deze stad voelden ze zich niet thuis. Het kwam niet alleen omdat ze zich door zoveel zwarten en hispanics omringd wisten. Ook door de blanken voelden ze zich anders. Sonny en Wade hadden het grootste deel van hun leven in de gevangenis doorgebracht en ze wisten niet hoe ze zich moesten kleden, hoe ze een normaal gesprek moesten voeren en hoe ze hun uiterlijk moesten verzorgen zoals keurige burgers dat deden. In een stedelijke omgeving waren ze sociaal gehandicapt.

Nadat ze hadden uitgecheckt, reden Sonny en Wayne naar het busstation bij Union Station. Dat was een idee van Sonny geweest, omdat hij op dat soort plekken vaak met mensen wist aan te pappen. Ze waren op zoek naar een bepaald type meisjes, en ze hadden alles bij zich om die kennismaking te vergemakkelijken: geld en drugs.

Nadat ze de Mercury hadden gekocht hadden ze op weg naar Washington in Wheeling, West Virginia, onder bedreiging van een pistool en een mes een pepdealer geript. Wayne hield van speed snuiven en hoewel Sonny – die zelf een whisky-coladrinker was – daar niet aan meedeed, wilde hij zijn kleine vriend tevreden houden. En dus togen ze naar een bar om te kijken of ze wat konden scoren. Daar raakten ze in gesprek met een jonge dealer die de sterke lichaamsgeur en bleke, ongezonde gelaatskleur had waarnaar ze op zoek waren, en toen ze met hem meegingen naar zijn appartement met tuin, om daar een feestje te bouwen en wat dope te scoren, besloten ze hem van zijn geld en de keurig afgewogen, in vetvrije envelopjes verpakte speed af te helpen.

Sonny doorzocht het appartement terwijl Wayne zijn mes tegen de keel van de jongen hield. Door de doodsbedreiging was het een fluitje van een cent geweest. Sonny hoefde de jongen niet eens zijn tatoeage te laten zien.

In het busstation vonden ze wat ze zochten: een meisje dat

Ashley heette en haar vriendin Cheyenne. Sonny had hen het eerst in de gaten gekregen en vermoedde dat ze hoertjes waren of van huis waren weggelopen, of beide. Ze hadden geen van twee-en bagage of rugzakken bij zich, en hij vermoedde dat ze klanten probeerden op te pikken bij het busstation. Hij liep op de meis-jes af en begon een praatje met Ashley, die hij uitkoos vanwege haar weelderige boezem – iets waarvoor hij altijd door de knieën ging. Ze had een alledaags gezicht, maar ze was jong, en ze had een buikje, zoals veel jonge vrouwen tegenwoordig, maar dat kon hem niet schelen. Terwijl Sonny met Ashley praatte, stond Wayne tegen een muur geleund zenuwachtig met zijn voet te tikken, en zwiepte steeds zijn lange haar uit zijn gezicht. Sonny gebaarde dat hij moest komen. Toen Wayne op de meisjes af liep, kon degene die Cheyenne heette haar blik van afkeer niet verhul-len, maar ze was zelf ook geen schoonheid: ze was graatmager, zat vol puisten en had slap, futloos haar. Ze begon al wat milder te kijken toen Sonny de speed ter sprake bracht. Wayne voegde eraan toe dat het goeie, zuivere speed was en dat het niet zo'n 'scherp branderig gevoel gaf als je het opsnoof'.

Sonny en Ashley hadden al snel een prijs afgesproken.

'Oké dan,' zei Sonny. 'Het is alleen zo dat Wayne en ik geen plek hebben om een feestje te bouwen.'

'Wij weten wel een plek,' zei Ashley. 'Hebben jullie een auto, kanjers?'

'Een schoonheid,' zei Sonny.

Wayne, die zichzelf een echte gentleman vond, die wist hoe hij met de dames moest omgaan, maakte een zwierig gebaar met zijn hand alsof hij naar een rode loper wees.

'Dames,' zei hij. 'Na u.'

Op weg naar hun bestemming stopten ze bij een drankwinkel voor een grote fles Jack Daniels, een liter cola, een paar karton-netjes Coors Light, en, omdat Wayne dacht dat ze dat lekker zou-den vinden, een tray mixdrankjes met wijn voor de meisjes.

Chris belde Ali op zijn kantoor en vroeg hem om het mobiele nummer van Lawrence Newhouse.

'Ik wil nu wel met Lawrence praten,' zei Chris. 'Ik wil weten of hij of Ben met iemand over het geld heeft gesproken. Voor mijn eigen gemoedsrust.'

'Oké,' zei Ali.

Chris wachtte. 'Nou?'

'Ik ben het aan het zoeken.'

'Is er iets?'

'Je klinkt anders,' zei Ali. 'Er ligt een harde klank in je stem. Zoals vroeger, toen je de wereld nog moest laten zien hoe stoer je was.'

'Ik ben nog steeds kapot van de dood van Ben. Dat is alles.'

'Er is meer aan de hand. Je klinkt alsof je iets van plan bent.'

'Geef me dat nummer nou maar, Ali.'

'Ik heb het al.'

Chris schreef het op. 'Bedankt.'

'Als je naar Lawrence toe gaat, kan ik misschien beter meegaan.'

'Ik praat liever alleen met hem.'

'Jullie kunnen ook op mijn kantoor praten.'

'Ik bel je straks nog wel,' zei Chris. 'Om te vertellen hoe het ging.'

Chris verbrak de verbinding. Op de rand van zijn bed zat hij een tijdje naar zijn mobieltje te staren alsof hij een besluit moest nemen, maar dat was slechts schijn. Hij had al besloten wat hij ging doen en hij toetste Lawrence' nummer in.

'Met wie spreek ik?' zei Lawrence Newhouse met een schorre, zachte stem.

'Chris Flynn.'

'Wat moet je van me?'

'Ik weet door wie Ben vermoord is.'

Na een lange stilte zei Lawrence: 'Door wie dan?'

'Door twee mannen. Ik heb ze gisteravond gesproken.'

'Nou en?'

'Het geld dat jij gestolen hebt, was van hen. Ze hebben Ben ervoor vermoord. Je kunt er zeker van zijn dat Ben jou niet verlinkt heeft. Als hij dat wel had gedaan, was je nu al dood geweest.'

'Heb jíj me verlinkt, White Boy?'

'Nee.'

'Waarom niet? Zijn we opeens vrienden geworden?'

'Ik heb je hulp nodig.'

'Dan moeten we maar eens afspreken.'

Chris vroeg: 'Waar?'

25

Het Nationale Arboretum omvatte een gebied van honderd-
zestig hectare met bomen, velden en aangelegde tuinen, dat in
het noorden begrensd werd door New York Avenue en in het
zuidoosten door de Anacostiarivier. Iedere dag reden er duizenden auto's langs het zwarte hek en het park was opengesteld voor
het publiek. Toch leken de inwoners van Washington er weinig
gebruik van te maken, misschien vanwege de lelijke toegangs-
poort en de zwaar overtrokken gewelddadige reputatie van de
buurten die eromheen lagen.

Chris Flynn reed in zijn busje langs het informatiecentrum en
de souvenirwinkel die naast de ingang op New York Avenue lagen, en zag de jeeps van de bewakingsdienst op de parkeerplaats
staan. Het lag in zijn aard om dat soort dingen op te merken, en
in zijn politierangorde stond dit soort bewakers onderaan. Dat
er bewakers waren, betekende dat ze hier nooit problemen hadden, behalve met kinderen die wiet zaten te roken.

Stelletjes wandelden langs de kant van de weg en over de paden, en fietsers tilden hun fietsen van de imperiaal van hun
auto. Chris reed Ellipse Road af en zag de Korinthische zuilen,
tweeëntwintig zandstenen zuilen die ooit de oostelijke zuilen-
galerij van het Capitool hadden gevormd en die nu in een open
veld stonden. Hij herinnerde zich dat zijn ouders hem hier als
kind mee naartoe hadden genomen, en dat het water in de scha-

duw van de zuilen via een smalle aflopende geul naar beneden stroomde, in een spiegelende vijver, en dat zijn vader hem bij zijn kraag had gepakt toen Chris erin wilde springen.

Hij sloeg een andere weg in, en reed voorzichtig langs een tuinman die bezig was gemaaid gras in een gemotoriseerd karretje te laden. Terwijl de bestelbus omhoogklom naar de dichter beboste delen van het park, langs de verzameling coniferen en kornoeljes, zag hij wel arbeiders maar steeds minder bezoekers. Hij volgde de bordjes en kronkelde langs Hickory Hill Road omhoog, en hij parkeerde de auto naast een Chevy Cavalier op een schaduwrijk plekje naast een bakstenen gebouw waarin hij de toiletten vermoedde. Hij sloot het busje af en liep naar een pad, en passeerde daarbij een vrouw in een Arboretumshirt die een emmer droeg. Hij kwam uit bij de Azië-collectie, die in het trotse bezit was van een hele reeks uit China, Korea en Japan geïmporteerde planten die nu uitstekend gedijen in deze heuvelachtige bosrijke omgeving.

Vandaar liep Chris omlaag over een steil met houtsnippers bedekt pad omzoomd met schuin aflopende bielzen. Onder aan het pad stond een houten bank op een open plek waar Lawrence Newhouse op hem stond te wachten. Lawrence droeg een T-shirt van het merk LRG en een petje van hetzelfde merk, en aan zijn voeten Nikes die waren afgezet met een rode bies die in het rood van het shirt terugkwam. Zijn petje stond hoog en scheef op zijn gevlochten haar.

Ze knikten naar elkaar, maar gaven elkaar geen hand. Lawrence ging op de bank zitten en Chris deed hetzelfde. Een paar meter voor hen was een richel waarachter het landschap steil naar beneden liep. Ze konden de toppen van de bomen zien en beneden, onder aan de heuvel, het bruine lint van de Anacostia-rivier waar de zon op het water glinsterde.

'Hier kom ik vaak,' zei Lawrence.

'Ik ken deze plek niet,' zei Chris.

'Daarom is het ook zo'n goeie stek. Vroeger fietste ik hier hele-maal naartoe vanaf Wade Road in Southeast. Het was een eind rijden, maar ik was jong en ik barstte van de energie. Dan reed ik dat hele eind om dit te zien. Hier wat vredig voor me uit zitten kijken – dat maakte die rit de moeite waard. Heb je weleens ge-zien waar Ali en ik zijn opgegroeid?'

'Ali is een keer met me naar Stanton gereden.'

'Dan ken je die buurt dus. Ik woonde om de hoek in Park-chester. Ali woonde verderop in de Farm, vlak bij Firth Sterling Avenue, in een onderkomen zoals ze dat noemden. Dat waren dus geen huizen of flats… maar onderkomens. Maar goed, Ali en zijn moeder zijn daar weggekomen. Ik ben trots op die jongen.'

'Ik ook.'

'Hij probeert al die jonge zwarten te helpen die verkeerd bezig zijn. Ik dacht dat hij misschien iets voor mijn neefje Marquis kon doen.'

'Ik ken Marquis wel. Het is een goed joch.'

'Hij is slim. Is ook begaafd. Hij moet alleen uit die klote-om-geving worden gehaald. Voordat met hem hetzelfde gebeurt als met mij.'

'Ali zou toch een baantje voor hem regelen bij een fastfood-restaurant?'

'Nee, ik wil dat Ali iets beters voor hem regelt. Werk waarin hij een vak kan leren. Daarom ben ik bij hem langs geweest om te vragen of hij het met jou en je pa kon opnemen. Maar daar had hij geen zin in. Misschien omdat ik het was die het vroeg. Dus nam ik contact op met Ben. Ik dacht dat Ben het misschien aan jou kon vragen. Ik wist niks van dat geld totdat Ben loslippig be-gon te worden door de wodka en de wiet. Ik had geen rottigheid in de zin.'

'Maar je hebt het uiteindelijk wel gedaan.'

Lawrence kneep zijn ogen tot spleetjes. 'Klopt. Ik heb dat geld gepikt. Wat dacht je nou, dat ik het daar zou laten liggen zoals jullie? Ik ben geen sukkel. Maar ik wist niet dat ze Ben zouden omleggen. Ben was mijn vriend.'

Ze zaten daar en luisterden naar de vogels en de wind die de bladeren aan de bomen deed ritselen.

'Wie hebben het gedaan?' vroeg Lawrence.

'Tuig,' zei Chris. 'Twee blanke gasten die ouder zijn dan wij. Volgens mij hebben ze heel lang vastgezeten. Ze hebben zo'n typische grauwe kleur van mensen die lang binnen hebben gezeten. D'r was een kleine bij met een grote snor en zwaar getatoeëerd. Met een gezicht alsof er een trein overheen is gereden. Zijn maat is een beest. Heeft een klavertjevier op z'n hand getatoeëerd. Dikke pens, brede schouders. Die kleine had een mes. Ik denk dat hij Ben heeft vermoord. De grote heeft een pistool.'

'Dan moeten wij dus ook gereedschap hebben. Daar kan ik wel voor zorgen.'

Chris knikte langzaam.

'Je weet toch wel wat je van plan bent, hè?' zei Lawrence. 'Ik bedoel, ben je d'r klaar voor?'

'En jíj?'

'Ik heb nog nooit iemand omgelegd,' zei Lawrence. 'Maar als ze iemand van ons pakken, moet je keihard terugslaan.'

'Da's waar,' zei Chris, zonder veel enthousiasme.

'Eenheid 5,' zei Lawrence en hij stak zijn vuist uit. Chris liet zijn hand waar die was. 'Voel je je soms te goed om me een boks te geven?'

'Dat soort dingen doe ik niet meer, Lawrence.'

'Jij hebt dat zeker allemaal achter je gelaten. Maar je staat nou wel hier. Of niet soms?'

Chris keek de andere kant op.

'Oké,' zei Lawrence. 'Hoe gaan we contact zoeken?'

'Ik heb een mobiel nummer in mijn geheugen staan. Ik regel wel een ontmoeting. Ik ga ze zeggen dat ik ze het geld wil teruggeven.'

'Geef dat nummer maar aan míj. Ik bel wel.'

'Waarom?'

'Omdat ík het geld gepikt heb, White Boy. Zoals je al zei, dit komt door mij. Ik handel dit af of ik ben weg.'

'Dan doe ik het wel alleen.'

'Nee, dat doe je niet. Daarvoor ben je niet hard genoeg, Christina. Dat denk je alleen maar van jezelf. Maar jij hebt niet dat bikkelharde dat ik en de jongens in de Ridge wel hebben, want jij komt uit een ander milieu. Met je huis en je bibliotheek en je hond.'

'Ik heb er net zo lang gezeten als jij.'

'Maar jij hebt het nooit echt voor je kiezen gehad. Zoals ik toen ik nog jong was. Al die keren dat ik in elkaar ben geslagen door die zogenaamde vrienden van mijn moeder en door de jongens op straat. De mentale klappen die ik te verduren kreeg van de leraren die tegen me zeiden dat ik geen kloot voorstelde en dat ik altijd een loser zou blijven. En daarna in Pine Ridge, toen ze me medicijnen gaven zodat ik een beetje normaal deed.' Lawrence zwiepte zijn vlechtjes naar achteren en staarde naar de rivier in de verte. 'Ik heb in Lorton gezeten voordat ze het gesloten hebben. Je zat daar zo op elkaar gepropt dat ze je voor niks een klap in je smoel gaven. Weet je wat ik heb gedaan om daar weg te komen? Ik heb geschreeuwd als een baby. Ik smeerde mezelf in met stront en at het nog op ook. Ze hebben me daar weggehaald en me een tijdje in St. E's opgesloten. Ze hebben me zo'n dwangbuis aangedaan. Jongen, ik heb daar zo'n beetje alles geslikt wat ze in hun medicijnkastjes hadden zitten. Ik wist het verschil niet meer tussen wie ik was en wie ik dacht te zijn. En toen ik eruit kwam? Toen stond niemand me glimlachend en met open armen op te wachten. Maar toen jíj uit de Ridge kwam, stond er vast wel iemand op jóú te wachten.' Chris gaf geen antwoord en Lawrence zei: 'Ik durf te wedden dat je moeder toen heel lekker voor je heeft gekookt.'

Dat was waar, dacht Chris. Zijn vader had drie grote biefstukken buiten op de barbecue gelegd en zijn moeder had uienringen gebakken en een grote salade gemaakt voor bij de biefstuk. Ze had de tafel gedekt in de zitkamer en kaarsen aangestoken, en voor het dessert had ze zijn lievelingstaart gebakken: een machtige chocoladetaart met pecannoten. De hond was onder tafel gaan liggen, tegen Chris' voeten aan. Er werd niet veel gezegd onder het eten, maar de sfeer was goed, en daarna was Chris naar boven gegaan en had hij tussen schone lakens geslapen die naar de lente roken.

'We staan op het punt een moord te begaan, jongen,' zei Lawrence. 'Wie neemt nou het voortouw? Jij of ik?'

Chris haalde zijn mobiel uit zijn zak en klapte hem open. Hij bladerde door de telefoonlijst en koos het nummer van de anonieme beller dat hij had opgeslagen. Hij gaf de telefoon aan Lawrence die het nummer overnam.

'Wat gaan ze met Ben doen?' vroeg Lawrence.

'Zodra de politie zijn lichaam vrijgeeft, laten we zijn as op Rock Creek begraven.'

'Daar kwam Ben altijd graag,' zei Lawrence. 'Ik wil hier komen te liggen.'

'Ze begraven hier geen mensen, Lawrence. Dit is een park.'

'Ik zeg ook niet dat ik begraven wil worden. Waarom doe je altijd zo verdomde superieur?'

'Dat deed ik niet...'

'Kom nou maar mee.'

Ze liepen samen over het pad omhoog en staken de weg over naar de parkeerplaats naast het toiletgebouw. Chris' busje stond naast de Cavalier van Lawrence geparkeerd.

Lawrence knikte naar de deuren van de laadruimte. 'Ligt Bens gereedschapsgordel daar nog?'

'Ja, hoezo?'

'Laat me die eens zien.'

Chris deed de auto van het slot, maakte het achterportier open en reikte Lawrence de gordel aan. Uit een van de vakjes haalde Lawrence Bens aan twee kanten snijdend stanleymes tevoorschijn en woog het in zijn hand. Het mes had een houten heft en een dik, acht centimeter lang lemmet dat aan het eind in een haak eindigde.

'Mag ik dat hebben?' zei Lawrence.

'Waarvoor?'

'Om Ben recht te doen.'

Chris knikte. 'Geef me een belletje.'

'Ik ben van plan om dit heel snel te organiseren,' zei Lawrence. 'We moeten er niet te veel over nadenken.'

'Oké.'

'Hou je klaar, White Boy.'

Lawrence stak het tapijtmes in zijn kontzak en liep naar zijn auto. Chris hoorde het bloed in zijn oren dreunen terwijl hij hem weg zag rijden.

Sonny en Wayne hadden de hele dag feestgevierd in een witte houten bungalow met een asbestdak en een grote tuin die grensde aan een wijkcentrum in een buurt die Riverdale Park heette. Hoewel de stad slechts een paar kilometer verderop lag, voorbij de districtsgrens met Maryland, had je hier bomen en grote stukken open terrein, en vanuit de achtertuin zagen ze een paar honkbal- en footballvelden liggen, wat maakte dat ze zich hier op hun gemak voelden en ontspannen waren. Er woonden een hoop hispanics in de buurt en een paar zwarten, maar die konden het niet voor hen verpesten. Het was de beste plek die ze tot nu toe in DC gezien hadden.

De meisjes, Ashley en Cheyenne, hadden hen hier via Kenilworth Boulevard naartoe gedirigeerd – alweer over kilometerslange beroerde wegen – dus ze waren aangenaam verrast toen ze deze groene, rustige buurt binnenreden. Ashley vertelde dat zij en Cheyenne goeie maatjes waren met Chuck, die het huis huurde. De bungalow werd bewoond door drie studenten van de universiteit van Maryland, en Chuck was de enige die er de hele zomer bleef, terwijl zijn huisgenoten terug naar huis gingen. Chuck was een telg uit een rijke New Yorkse familie, hij gebruikte drugs, werkte in een stripboekwinkel en had een zwak karakter, maar hij was de vriendelijkheid zelve. Ze mochten van hem ieder moment binnenvallen en hij had ze gezegd waar de sleutel lag: onder een bloempot op de veranda. Ze deden een triootje met hem als hij daar zin in had en in tegenstelling tot de meeste drugsgebruikers deelde hij zijn drugs met hen, zodat alle partijen tevreden waren met de regeling. Chuck zou het prima vinden als ze twee nieuwe vrienden meebrachten om samen wat lol te maken. Daar had hij geen problemen mee. Sonny zat voor het huis een whisky-cola uit een plastic bekertje te drinken. De schaduwen waren eerst dieper geworden en daarna verdwenen toen de tuin in duisternis werd gehuld. De krekels wreven hun pootjes tegen elkaar en het geluid had een kalmerende invloed op hem.

Sonny was high, en misschien ook dronken, maar hij had zichzelf nog steeds in de hand. Hij had Ashley meegenomen naar een van de slaapkamers en haar gevraagd een striptease voor hem te doen en wat rond te lopen. Zoals te verwachten viel, had ze een getatoeëerde roos op haar onderrug en eenzelfde tatoeage boven haar venusheuvel. Ze had katachtige ogen, sproeten op haar neus en reusachtige ronde borsten. Het duurde even, maar uiteindelijk raakte hij opgewonden en riep haar naar het bed toe, waar hij haar tieten als een Siamese tweeling tegen elkaar duwde en haar op zijn Russisch neukte. Hij kwam altijd snel klaar en toen het was afgelopen had hij voor die dag genoeg. Hij bleef nog een tijdje bij haar zitten terwijl zij speed snoof en hij nog een whisky-cola nam, maar na een tijdje begon hij genoeg te krijgen van haar geouwehoer en was hij het zat om te horen hoe

Wayne in de kamer daarnaast tekeerging met Cheyenne, waarbij het magere meisje een hoop lawaai maakte en Wayne indruk probeerde te maken op zijn oude celgenoot, en het pleister van de muren bonkte, terwijl hij dat grietje keihard van achteren neukte, alsof hij tegen een stuk rauw vlees aan smakte.

Na afloop kwamen ze allemaal naar de zitkamer en begonnen daar samen een feestje te bouwen. De meisjes droegen alleen een slipje en een beha, waarvan ze zelf ongetwijfeld vonden dat het heel sexy stond, maar wat naar Sonny's smaak Ashleys dikke lijf en Cheyennes spichtige lichaam en puisterige rug alleen maar meer accentueerde. Wayne had zijn hemd uitgetrokken en pronkte met zijn pezige lichaam: die jongen had geen grammetje vet op zijn lijf zitten. Ze zaten allemaal speed te snuiven behalve Sonny, en Wayne gooide er nog een paar biertjes achteraan. Als hij speed had gesnoven, kon Wayne eindeloos bier blijven drinken. Ashley en Cheyenne hadden op de radio een zender met zwarte muziek gevonden en samen stonden ze te rappen op iets wat tegenwoordig voor een liedje door moest gaan, en ze voerden een soort jungledans uit terwijl Wayne uit de maat zat te klappen en hen aanvuurde. Na een tijdje gingen Wayne en Cheyenne weer terug naar de slaapkamer; Ashley drentelde nog wat rond, stak een paar kaarsen aan en ging daarna in bad. Sonny besloot een dutje te doen.

Toen hij wakker werd, was het stil in huis. Hij schonk zichzelf een drankje in en liep naar buiten, en zag dat de Mercury er niet meer stond. Hij ging op de veranda zitten, en terwijl de avond inviel dacht hij na over zijn situatie en wat er hierna zou gebeuren.

Hij probeerde zich zijn toekomst voor te stellen, maar kreeg daar geen beeld bij.

Hij bedacht dat hij was waar hij wilde zijn. Hij had jarenlang opgesloten gezeten, te beginnen met de tuchtschool in Sabillasville, daarna in verschillende gewone gevangenissen en tot slot in de federale gevangenis van Lewisburg. En wat hij daar uiteindelijk van had geleerd was: leef bij de dag. Neem wat je wilt, koester geen dromen, leef onbekommerd. Net als in het liedje van die ruige countryzanger die hij zo graag hoorde: *There are those who break and bend/I'm the other kind.*

Zijn mobieltje ging. Sonny klapte het open en nam op. Toen hij klaar was, stopte hij het mobieltje weer in zijn zak en knikte heftig.

De Mercury stopte voor het huis. Wayne stapte uit met een bos margrieten uit de supermarkt en sloop de tuin door. Hij bleef voor Sonny staan en zwiepte zijn haar uit zijn gezicht.

'Je hebt die blik in je ogen,' zei hij. 'D'r is iets gebeurd.'

'Ik krijg net een telefoontje van een of andere nikker. Zegt dat ie m'n geld heeft en het terug wil geven.'

'Ik vat het even niet.'

'Alleen Chris Karpet heeft mijn nummer. Ik sta in zijn mobieltje. Dat betekent dus dat hij een compagnon heeft.'

'Denk je dat het een valstrik is? Misschien heeft hij de politie gebeld.'

'Toen we die avond bij hem waren heeft hij ook niet naar die politieauto geroepen die langs kwam rijden, en toen hing zijn leven aan een zijden draadje. Zo zit hij niet in elkaar.'

Wayne grinnikte en zijn gezicht vouwde zich naar binnen. 'Dus we hebben beet.'

'Dat denk ik. Degene die ik heb gesproken, belt me morgen terug om een plaats en tijd af te spreken.'

'Hm,' zei Wayne.

'Waar zijn die bloemen voor?'

'Die zijn voor mijn meissie.'

'Jouw meissie? We hebben dat grietje betaald om met je te neuken, jongen.'

'Ze is een lieve jonge meid.'

'Ze stinkt.'

'Hé, let een beetje op je woorden.'

'Ze stinkt als een menstruerende bunzing.'

'Je zal je moeder bedoelen,' zei Wayne.

Sonny snoof minachtend terwijl Wayne naar binnen glipte.

Even later stopte een oude Honda coupé in de straat waar een blanke jongen uit stapte. Hij liep behoedzaam op Sonny af. Hij was te dik, had lang haar en droeg een zwart T-shirt dat strak om zijn peervormige lichaam spande. Hij bleef voor de veranda staan waar Sonny nog steeds zat.

'Wie ben jij?' vroeg de jongen.

'Een vriend van Ashley. En jij?'

'Chuck. Ik wóón hier.'

'Nou en?'

Chuck probeerde Sonny strak aan te kijken, maar het lukte hem niet. Hij liet zijn schouders zakken en liep heel voorzichtig om de grote man heen, deed de deur van zijn huis open en verdween naar binnen.

Sonny glimlachte.

,

26

Chris Flynn zat met bloot bovenlijf op de rand van zijn bed en knakte met zijn ene hand de gewrichten van de andere. Zijn mobiel stond uit en hij had geen vaste telefoon, maar er werd op dat moment dringend op zijn deur geklopt. Zijn busje stond voor het huis, dus hij kon niet net doen alsof hij niet thuis was. Hij liep naar de deur en deed open. Katherine stond in de hal. Ze zag er mooi maar ook geagiteerd uit. Boos zelfs, voor haar doen.

'Wil je me niet meer zien?'

'Jawel,' zei Chris. 'Kom binnen.'

Hij stapte opzij om haar erlangs te laten. Ze liep naar binnen en hij volgde haar naar de zitkamer.

'Wil je een biertje of zo?'

'Nee, ik wil helemaal niets.'

Chris wees naar een stoel. 'Ga zitten.'

Ze ging zitten en Chris ook.

'Wat heb jij?' vroeg Katherine.

'Ik wil even alleen zijn, dat is alles.'

'Je hebt een lege blik in je ogen.'

'Dat heeft met Ben te maken. Ik ben er kapot van.'

'Er is iets met je aan de hand en dat heeft niet alleen met Bens dood te maken. Ik wil weten wat er is. Je hebt me nog nooit zo buitengesloten.'

Chris keek naar de hardhouten vloer. Katherine keek dwars

door hem heen. Ze zouden voor altijd bij elkaar blijven en zij was de enige met wie hij kon praten. Ze was een deel van hem en ze zou hem nooit kwetsen. Hij keek haar aan.

'Het gáát juist om Ben,' zei Chris. 'Ik weet wie hem vermoord hebben.'

'Hoe ben je dat te weten gekomen?' vroeg Katherine voorzichtig.

'Het waren twee kerels. Ze hebben me een bezoekje gebracht, hier in mijn achtertuin. Ze hebben Ben vermoord vanwege het geld dat we in dat huis hadden laten liggen. Dat was van hen. Ze hebben Ben waarschijnlijk aan het praten proberen te krijgen om erachter te komen wie het heeft gepikt.'

'En weet jij wie het gepikt heeft?'

'Een jongen die Lawrence heet. We hebben samen met hem in Pine Ridge gezeten. Ben was dronken en heeft Lawrence over dat geld verteld, en Lawrence is toen naar dat huis gegaan en heeft het gepikt. Die twee kerels hebben de eigenaresse van het huis hardhandig ondervraagd en dat heeft ze op het spoor van Ben en mij gezet.'

'En die Lawrence. Die heeft het geld nog steeds.'

'Ja.'

'Als je weet wie die kerels zijn, waarom heb je de politie dan niet gebeld?'

Chris keek van haar weg.

'Chrís.'

'Dat doe ik niet,' zei Chris met schorre stem. 'Lawrence en ik gaan dit zelf regelen.'

Katherine stond met een bruuske beweging op en liep naar de keuken. Ze ging bij de gootsteen staan, draaide de kraan open en vormde een kommetje met haar hand waar ze water in opving, en ze dronk ervan terwijl ze met haar andere hand haar blonde haar omhoog hield. Chris zag hoe ze water in haar gezicht plensde. Daarna kwam ze met vastberaden passen weer de kamer binnenlopen. Haar wangen zagen rood en haar sproeten staken er duidelijk tegen af, en haar groene ogen vlamden van boosheid. Ze ging naast hem zitten en greep zijn hand vast.

'Zeg wat je gaat doen, Chris. En nou niet van die vage bajestaal gebruiken. Als je zegt dat je het gaat regelen, wat bedoel je dan precies? Moord?'

'Dat is de enige manier.'

'En wat dacht je van aangifte, arrestatie en veroordeling? De goeie manier. Zodat je zelf geen moordenaar wordt en niet in de gevangenis terechtkomt.'

'Dat kan ik niet. Ben heeft mij of Lawrence niet verlinkt. Ben heeft stand gehouden...'

'Hou op!' Katherine kneep hard in zijn hand. 'Hoor nou eens wat je zegt. Dit ben jij niet, Chris.'

'Er zijn twee Chrissen,' antwoordde hij. 'Degene die jij denkt te kennen en degene die nog steeds diep in me zit. De jongen die rottigheid heeft uitgehaald en die in de bak gepokt en gemazeld is. De jongen die jij nog nooit gezien hebt.'

'Ik hou van de jongen die ik heb leren kennen. Ik zou nooit van iemand kunnen houden die een ander opzettelijk van het leven berooft, niet als er een betere oplossing is. Ik zou niet met hem samen willen wonen of zijn kind willen dragen. Snap je dat?'

'Ja. Maar toch moet ik dit doen.' Hij greep haar hand. 'Blijf vannacht bij me.'

Katherine trok haar hand terug en stond op. Ze keek op hem neer, haar lip trilde maar ze volhardde, draaide zich om en liep naar de deur.

'Niks tegen m'n vader zeggen,' riep Chris.

Katherine liep naar buiten en sloeg zonder iets te zeggen de deur achter zich dicht.

Ze reed onmiddellijk door naar het huis van zijn ouders in Livingston Street. Onderweg moest ze huilen, maar toen ze bij hen aankwam had ze zichzelf weer onder controle. Flynn deed de deur open; Django sprong opgewonden tegen haar op en volgde haar op de voet toen ze naar binnen liep. Flynn zei iets, maar ze gaf geen antwoord, dus liep hij maar achter haar aan naar buiten, het zonneterras op. Flynn deed de deur achter zich dicht en liet Django binnen zitten.

'Wat is er, meissie?' vroeg Flynn en ging naast Katherine bij de balustrade staan. 'Heb je ruzie met Chris gehad?'

Ze vertelde hem over hun gesprek bij Chris thuis. Amanda was ondertussen naar beneden gekomen, maar toen ze naar de achterdeur liep stak Flynn zijn hand op: ze zag de uitdrukking op zijn gezicht en bleef binnen.

'Ik wist wel dat hij ergens in verwikkeld was,' zei Flynn, toen Katherine haar verhaal had gedaan.

'Nee, dat is hij helemaal niet,' zei Katherine. 'Iemand anders heeft dat geld gestolen. Een zekere Lawrence. Chris heeft het niet gestolen, en Ben ook niet. Pas daarna zijn ze in de problemen geraakt. Ze wilden er juist niets mee te maken hebben, maar de ellende is naar hen toe gekomen. Chris heeft niets verkeerd gedaan. Nog niet.'

Flynn streek een lok zwart haar van zijn voorhoofd. Hij dacht terug aan die dag in het huis van Mindy Kramer, toen hij Chris en Ben ervan beschuldigd had dat ze maar wat hadden aangerotzooid. Degene die het geld had gepikt, die Lawrence, had dus een puinhoop gemaakt van het goede werk dat ze hadden geleverd. Het was geen luiheid of slordigheid van hen geweest. Chris had die dag de waarheid gezegd. Zoals hij wel vaker deed, had Flynn weer het slechtste gedacht van zijn zoon.

'Het is duidelijk,' zei Flynn. 'Ik moet hem tegenhouden. Wat hij zegt dat hij van plan is te doen, past niet bij hem. Zo is hij nooit geweest. Hij was een domme, egocentrische tiener, en hij heeft fouten gemaakt. Maar hij zou nooit iemand kunnen vermoorden. Dat doet hij niet.'

'U moet de politie bellen, meneer Flynn.'

'Dat kan ik niet doen. Dat kan ik pas doen als ik met hem gesproken heb. Ik weet niet hoe diep hij er al in zit. Als iemand de politie gaat bellen, moet hij dat zelf doen. Ik ga het uit zijn hoofd proberen te praten. Dat kan ik wel doen.'

'Als u denkt dat dat het beste is.'

'Ja, daar ben ik zeker van.'

Flynn omhelsde Katherine. Hij transpireerde en ze rook de alcohol in zijn adem en in zijn zweet.

'Hij neemt de telefoon niet op,' zei Katherine.

'Ik rij er wel heen,' zei Flynn, en hij deed een stap naar achter. 'Blijf jij maar hier bij Amanda.'

'Oké.'

'Dank je dat je gekomen bent, Kate.'

'Ik heet Katherine,' corrigeerde ze hem vriendelijk.

'Katherine. Goed.'

Ze liepen naar binnen waar Amanda hen opwachtte.

'Alles is goed met Chris,' zei Flynn. 'Maar ik wil hem even spreken. Katherine legt het wel uit.'

Amanda wilde iets zeggen, maar Flynn omhelsde haar onhandig en kuste haar op de mond.

'Maak je maar geen zorgen.'

'Bel me,' zei Amanda.

Hij knikte, pakte zijn sleutels uit een schaal op het aanrecht en liep de deur uit.

Romario Knight woonde in een rijtjeshuis in Hillcrest Heights, aan de andere kant van Southern Avenue, dat de grens vormde tussen het District of Columbia en Prince George's County, Maryland. Het was een rustige straat en Knight was erg op zichzelf. Hij was een vrijgezel die af en toe een vrouw mee naar huis nam en op zondag vrienden over de vloer had als de Redskins speelden. Hij zag eruit als een doorsnee-man van een jaar of dertig die elke dag keurig naar zijn werk gaat en een bescheiden inkomen verdient. Overdag was Knight meteropnemer bij een gasbedrijf en droeg hij een uniform. Daarnaast handelde hij in wapens en voorzag de hele Southeast van guns. Knights klanten kwamen bij hem thuis nadat ze door andere partijen grondig waren gescreend.

Lawrence Newhouse stond met Knight beneden in de ontspanningsruimte van zijn huis in Hillcrest. De ruimte werd grotendeels in beslag genomen door een enorme televisie en verder door banken en fauteuils, en een bar, en aan de muur hingen souvenirs van de Redskins. Knight droeg een trui van Sean Taylor die strak om zijn lijf zat. Hij was zwaar gebouwd en altijd al dik geweest, ook toen hij nog een goede conditie had. Toen hij op de middelbare school in het football-team speelde, noemden ze hem afwisselend Papa Doc of Baby Doc. Hem viel de merkwaardige eer te beurt de bijnamen van zowel de vader als de zoon te dragen.

Lawrence had een joch op Parkchester benaderd van wie hij vermoedde dat hij connecties had, en het had dan ook niet lang geduurd voordat Lawrence een telefoontje kreeg en een afspraak maakte met een andere gozer, die hem uitgebreid ondervroeg, een paar nauwelijks verhulde bedreigingen uitte en hem daarna instructies gaf. Een paar uur later stond Lawrence hier vuurwapens te kopen.

Op de kaarttafel lagen een grote en een kleine revolver, een paar semiautomatische pistolen en dozen munitie uitgestald. De wapens hadden nog een serienummer, en als ze in beslag genomen zouden worden, zou het spoor naar legale wapenhandels in Virginia leiden waar ze oorspronkelijk door stromannen waren gekocht.

Lawrence stond naast Knight naar de wapens te kijken en ervoer die merkwaardige mengeling van opwinding en angst die sommige mannen voelen als ze wapens zien.

Lang geleden had Lawrence een jongen neergeschoten. Als hij hem had gedood, had hij een zwaardere straf kregen, maar de wond was niet fataal gebleken. Lawrence kon zich nauwelijks nog herinneren waarom hij het had gedaan. Vanwege een of andere kleinerende opmerking – echt of in zijn verbeelding – was hij met een Taurus .38, een goedkoop kreng, achter de jongen aan gegaan, omdat hij wist dat hij het niet met zijn blote handen afkon.

'Wat is dat?' vroeg Lawrence, en hij wees een klein verchroomd automatisch pistool aan met een kolf van gelamineerd hout.

'Davis .32,' zei Knight.

'Schiet ie goed?'

'Hij zal niet in je gezicht ontploffen, als je dat bedoelt. Moet je 's horen, je zei dat je het goedkoopste wilde dat ik had.'

'Hij is voor mijn partner. Ik wil maar zeggen, kan je er iemand mee uitschakelen?'

'Daar geef ik niet eens antwoord op. De Davis is een pistool en je kunt er kogels mee afschieten. Dat is alles wat ik ervan zeg.'

'Oké, dan neem ik die.'

'Je zei dat je voor jezelf een revolver wilde.'

'Automatische pistolen kunnen blokkeren.'

'Dat gebeurt weleens, ja.'

'Wat heb je?'

'Ik heb een paar guns meegebracht die je misschien wel wat vindt. Allebei S & W's. Die daar is een .38.' Knight wees een Chief met een korte loop aan. 'Smith & Wesson maakt goeie spullen. Daarmee zit je altijd goed.'

Knight klonk niet enthousiast. Lawrence wist dat hij nu lekker gemaakt werd voor het grotere en mannelijker ogende wapen dat ernaast lag. Hij wist het, maar toch stelde hij de volgende vraag.

'En hoe zit het met die grote jongen daarnaast?' vroeg hij.

'Pak 'm maar op,' zei Knight.

Lawrence pakte de revolver. Hij woog hem in zijn hand en draaide hem om in het licht. Het wapen had een roestvrijstalen afwerking, een vijftien centimeter lange loop en een rubber kolf met voorgevormde handgreep. Het lag prettig in de hand.

'Een .357 Combat Magnum,' zei Knight. 'Daarbij vergeleken is die daar een stuk speelgoed. Als je van deze jongen de trekker overhaalt is het alsof je een vol bierblikje met duizend kilometer per uur afschiet. Maakt een keurig gat bij het naar binnen gaan en een puinhoop als ie weer naar buiten komt. Hij geeft wel een terugslag. Ik weet het niet, misschien heb jij toch een wat handzamer model nodig, met jouw lichaamsbouw...'

'Ik neem 'm,' zei Lawrence.

'Je hebt zeker ook kogels nodig?'

'Geen hele doos.'

'Ik verkoop alleen maar dozen.'

'Heb je ook een schouderholster voor deze? Ik kan dit monster moeilijk in m'n zak steken.'

'Die kan ik je ook leveren.'

'En als je dat er nou eens gratis bij doet?'

Knight lachte met opeengeklemde tanden en schudde zijn hoofd. Ze spraken een prijs af, Lawrence trok wat biljetten uit de rol die hij in zijn zak had zitten en stopte de spullen in een rugzakje dat hij had meegebracht.

Terwijl ze naar de keldertrap liepen vroeg Lawrence: 'Waar haal je al die shit van de Redskins vandaan, man?'

'Van beurzen. Van internet.'

'Ga je ook naar de wedstrijden?'

'Nee, niet meer,' zei Knight. 'Ik vind dat stadion een verschrikking.'

'Gaan we dit jaar winnen?'

'Dit jaar niet. Maar ooit gaat het ons lukken.' Bij de voordeur gekomen legde Knight zijn hand op Lawrence' schouder. 'Je kent me niet, man. Nooit van me gehoord.'

'Ik zal het in m'n oren knopen,' zei Lawrence.

Hij liep naar zijn Cavalier die op straat stond geparkeerd.

Nadat hij herhaalde malen op Chris' deur had geklopt zonder dat er open werd gedaan, was Flynn binnengelaten door Andy Ladas die een reservesleutel had. Er lag niets: geen briefje, geen blocnote waar hij met een potlood overheen kon wrijven om de geheime boodschap zichtbaar te maken, nergens een teken om Flynn te laten weten waar Chris heen was gegaan. Flynn bedacht dat hij eigenlijk weinig wist over Chris' leven als volwassene. Hij wist niet waar hij vaak kwam, waar zijn stamkroeg was of waar zijn beste vrienden woonden.

Hij had wel Ali's nummer in de adressenlijst van zijn mobieltje zitten. Hij belde, kreeg hem aan de lijn en bracht hem op de hoogte van de laatste ontwikkelingen. Ali zei dat hij Lawrence zou proberen te bereiken: hij had zijn nummer en wist waar hij woonde. Terwijl Flynn in de stilte van Chris' flat zat te wachten, nam hij een biertje, dronk het flesje achter elkaar leeg en nam er nog een. Hij wilde net aan zijn derde beginnen toen Ali terugbelde.

'Lawrence neemt niet op,' zei hij. 'Ik ben naar zijn huis gegaan en heb zijn zus gesproken. Hij is de hele nacht niet thuis geweest. Ze heeft hem niet gezien of gesproken.'

'Kun jij daar even weg?' vroeg Flynn. 'Ik moet Chris vinden, en je weet: twee paar ogen...'

'We kunnen ergens afspreken,' zei Ali. Hij legde Flynn uit waar: ergens halverwege Riggs Road en South Dakota Avenue.

'Ik ben er over twintig minuten,' zei Flynn.

Ze reden urenlang rond, maar ze vonden Chris niet.

Hij had een kamer genomen in een motel op Georgia Avenue, aan de zuidkant van Silver Spring, net over de grens in Maryland. Hoewel het motel vlak bij de geneugten van het nieuwe centrum lag, had het een plexiglazen receptieruimte en de on-vermijdelijke mannelijke hoer die, in vrouwenkleren en met make-up op, in de lobby rondhing. Het was geen luizig hotel met plastic lakens, maar veel scheelde het niet.

Het motel beschikte wel over een overdekte parking. Voordat hij incheckte had Chris het busje helemaal achteraan gezet, ver uit het zicht van de straat.

Hij had een plunjezak bij zich met daarin wat kleren en zijn scheerspullen. Hij had geen drank of wiet meegenomen, want hij wilde lucide blijven en zijn kop erbij houden. Zijn sombere gedachten vertroebelden zijn geest en hij moest helder blijven nadenken.

Hij had zijn mobieltje weer aangezet en werd constant ge-beld. Het waren zijn vader, Ali, zijn moeder, en Katherine. Hij liet ze wat inspreken. Uiteindelijk stopten de telefoontjes.

Hij lag op het tweepersoonsbed in de sober ingerichte ka-mer tv te kijken, zonder echt iets te zien, en dacht na. Hij had met de afstandsbediening ESPN opgezocht, dat de hoogtepunten van een wielerwedstrijd uitzond: een hoop mannen in strakke broekjes en felgekleurde shirts die op hun fiets over een kronke-lige weg van een berg afdaalden, en beelden van een valpartij. Hij volgde die sport niet, hij wist niet welke wielerronde het was, en was ook niet geïnteresseerd. Hij had nooit iets met fietsen ge-had. Als tiener had hij het een saai tijdverdrijf voor sukkels ge-vonden.

Zijn vader zette hem vroeger weleens in een zitje achter op zijn fiets en reed dan over de geplaveide paden van Rock Creek Park helemaal naar de Potomacrivier. Hij was toen nog heel klein geweest en kon zich er nauwelijks iets van herinneren, en hij had er al heel lang niet meer aan gedacht. Wat hij zich er voor-al van herinnerde waren flitsen en gewaarwordingen: het zon-licht dat door de bomen viel, de wind in zijn gezicht en door zijn haar, de glimlach die hij om zijn eigen mond voelde. Als ze op die ritjes heel hard gingen, reikte zijn vader af en toe achter zich en kneep even in Chris' hand om hem gerust te stellen, om hem te laten weten dat het allemaal goed ging.

Ik ben niet iemand die een ander zou kunnen vermoorden. Er is niets in mijn verleden en in mijzelf dat mij daartoe zou kunnen zetten. Ben kon het niet, en ik kan het ook niet.

Ben had Lawrence proberen te helpen. Ben zag iets in hem wat anderen niet zagen. Als Ben nog zou leven, zou hij Lawrence van zijn plannen proberen af te brengen. Daar was Chris zeker van. Nu was het aan hem om in Bens plaats te handelen.

Hij ontspande zich en viel in slaap.

Hij werd weer wakker toen zijn mobieltje ging. Hij keek op het schermpje en zag dat het Lawrence was.

'Ja?' zei Chris.

'Met mij,' zei Lawrence met een krakende stem. 'We gaan het doen, jongen.'

'Oké.'

'Ik heb alles geregeld. Ik heb ook een paar guns voor ons.' Lawrence hoorde alleen maar stilte en vroeg: 'Ben je er nog?'

'Waar hebben we met ze afgesproken?'

'Dat vertel ik je straks als we mekaar zien. We moeten eerst samen afspreken hoe we het gaan doen.'

Lawrence noemde een tijd en een plaats. Chris zei dat hij eraan kwam en verbrak de verbinding.

27

Lawrence Newhouse stond in de bloedhete slaapkamer die hij met Dorita's jongste kinderen deelde, en trok een lichtgewicht oranjebruin North Face-jack over zijn witte T-shirt aan. De sporttas met het geld, en zijn rugzakje, waarin de pistolen en Bens stoffeerdersmes zaten, stonden op het bed.

Hij had het grootste deel van de nacht geen oog dichtgedaan. Hij had op zijn rug op bed gelegen, met zijn arm over zijn ogen, en nagedacht over wat hij ging doen: hoe hij het ging aanpakken, en nagedacht over Chris.

Lawrence pakte het rugzakje en hing de ene band over zijn schouder.

Zijn bijdehante neefje Terrence kwam de kamer binnen. Hij raapte zijn gympen van de grond op en keek naar zijn oude oom, die veel te warm gekleed was voor deze zomerse dag.

'Waar gaat u naartoe, oom L?'

'Ik heb zaken te doen.'

'Bent u een zakenman?'

'Dat weet je toch?'

'Ik word later wetenschapper,' zei Terrence met een hoopvolle en opgewekte uitdrukking op zijn gezicht. 'Dan ga ik door een telescoop en zo naar het zonnestelsel kijken.'

'Je kunt het, Terrence. Als je maar hard blijft doorleren.'

Lawrence stak zijn hand uit en gaf een aai over Terrence' warme bol. Het joch kón het ook. Hij had er de hersens voor. Maar hij moest uit deze omgeving worden gehaald, weg van zijn moeder die het te druk had met steeds maar dikker worden en alleen maar in de weer was met haar mobiel, in plaats van die jongen te helpen zodat hij een kans van slagen had. Lawrence had weleens gehoord van Charter-scholen waar de leerlingen intern waren, weg van huis. Zo'n school zou iets voor Terrence zijn. Maar Lawrence wist niet hoe hij zoiets voor elkaar moest krijgen. Hij raakte ervan in de war en werd kwaad als hij eraan dacht, en hij pakte de stijve hengsels van de sporttas stevig vast.

'Ik zie je straks nog wel, jochie.'

Lawrence liep de kamer uit, en door de grote kamer naast de keuken waar Dorita languit op de bank lag. Haar dochtertje Loquatia zat op de grond voor de tv met haar hand in een zak Cheetos.

'Waar ga je naartoe?' vroeg Dorita.

'Even weg,' zei Lawrence.

'Neem wat frisdrank voor me mee.'

'Dat kun jij nou net niet gebruiken.'

'Ik vroeg niet om je mening.'

'Oké, tortillachip.'

Lawrence liep de deur uit. Natuurlijk gaf hij om zijn zuster, maar godver, ze bestond uit weinig meer dan honderdtwintig kilo vet. Hij had even overwogen om haar wat van het geld te geven, heel even maar. Maar ze zou er rotzooi van kopen waar de kinderen niet beter van werden. In plaats daarvan ging Lawrence er nu iets anders mee doen. Iets goeds.

Buiten op straat liep hij naar de Cavalier. Marquis riep iets naar hem. Hij stond met een paar jongens te kletsen met wie hij eigenlijk niet zou moeten omgaan. Lawrence liep door naar zijn auto, deed de achterbak open en smeet de sporttas en het rugzakje erin. Marquis was naast hem komen staan en keek naar wat er in de achterbak lag. Lawrence deed hem weer dicht.

'Ga je weg?' vroeg Marquis, zijn slungelige armen hingen losjes langs zijn zij.

'Welnee. Ik ga een ritje maken.'

''t Ziet er anders naar uit alsof je voorgoed vertrekt.'

'Ik woon hier al mijn hele leven, man. Waar zou ik heen moeten?' Lawrence legde zijn hand op Marquis' schouder. 'Zeg, Marquis...'

'Wat?'

'Ik ga nog een keer met meneer Carter praten. Om te kijken of hij een behoorlijke baan voor je kan regelen. Maar wat er ook gebeurt, ik wil dat je goed naar die man luistert en doet wat hij zegt. Hij heeft het beste met je voor. Ali is cool.' Lawrence maakte een zwaaiende beweging met zijn hand. 'Je hoort niet in deze buurt. Het wordt tijd dat je iets gaat doen, anders kom je hier nooit weg.'

'Jíj bent toch ook gebleven?'

'Zie ik eruit alsof mij dat goed heeft gedaan?'

Marquis zweeg. Lawrence greep zijn hand vast en sloeg zijn vrije arm om Marquis heen en gaf hem een klopje op zijn rug.

'Tot straks,' zei Lawrence. 'Oké?'

Hij stapte in zijn auto en reed weg zonder om te kijken. Een paar straten verder stopte hij en smeet zijn mobieltje in een rioolput. Hij had het ding niet meer nodig en wilde niet meer gebeld of getraceerd worden: hij ontdeed zich van zijn identiteit. Daarna reed hij naar de Frederick Douglass Memorial Bridge en smeet daar iets over de reling. Aan de andere kant van de Anacostiarivier draaide hij om, stak de rivier weer over en reed terug naar zijn buurt.

Hij reed er een tijdje rond, op zoek naar iets, tot hij zag wat hij zocht. Op de hoek van Firth Sterling Avenue en Summer Road zag hij een joch van een jaar of tien op een grote herenfiets rijden die er nog perfect uitzag en veel te groot voor hem was. Lawrence stopte en stak zijn hoofd uit het raam.

'Hé, jij daar!' schreeuwde hij. 'Ja, jij. Je hoeft niet bang te zijn, er is niks aan de hand. Ik wil je alleen maar wat vragen.'

'Wat moet je?' vroeg de jongen, die langzaam een rondje maakte.

'Wil je wat geld verdienen?'

'Wat voor geld?'

'Geld dat je kunt uitgeven,' zei Lawrence. Hij zette de motor af en stapte uit de auto.

Flynn en Hector droegen een rol berbertapijt het magazijn van Top Carpet and Floor Install in Beltsville uit en schoven die in Hectors busje. Hector was niet zo opgewekt als anders. De moord op Ben had hem erg aangegrepen en hij had iets van zijn zorgeloze kijk op het leven verloren. Maar hij was vastbesloten zich erdoorheen te slaan. Omdat Ben en Chris er niet waren, werkte hij samen met de anderen in Isaacs ploeg dubbel zo hard om Flynn uit de brand te helpen.

Flynns borst deed pijn toen hij de rol tapijt achter in het busje schoof. Hij ging rechtop staan en wachtte tot de pijn was weggetrokken.

'Alles goed, boss?' vroeg Hector.

'Ja hoor,' zei Flynn. 'Deze rol gaat naar die klus in Tenleytown.'

'Tito komt er ook naartoe,' zei Hector, doelend op een nieuwe kracht uit de Dominicaanse Republiek.

'Mooi. Daarna kom je hier weer terug om die rol voor die mevrouw op Tysons Boulevard op te halen.'

'We regelen het. Het komt allemaal dik in orde.'

'Bedankt,' zei Flynn, en hij keek Hector in de ogen. 'Dit waardeer ik heel erg.'

Terwijl Hector wegreed, ging Flynn weer naar binnen, passeerde het platform waar een man in zijn eentje een groot stuk tapijt ronddraaide dat door perslucht omhoog werd gehouden, en liep het kantoor binnen. Susie, het mollige meisje met het mislukte permanentkapsel, en Katherine zaten achter hun bureau. Katherine had donkere kringen onder haar ogen en had duidelijk niet geslapen.

Flynn keek Katherine aan en maakte een hoofdbeweging naar de deur.

'Ik ben heel even weg, Susie,' zei Katherine, en ze stond op en liep achter Flynn aan naar buiten.

Ze liepen langs een parkeerplaats, staken een smalle weg over en gingen in de schaduw van een eenzame eik staan.

'Heb je nog iets van Chris gehoord?' vroeg Flynn.

'Nee.'

'Wij ook niet. Ik hou contact met Ali, en Amanda zit natuurlijk thuis bij de telefoon.' Flynn raakte Katherines arm even aan. 'Je moet je geen zorgen maken.'

'Het is net als toen Ben verdwenen was,' zei Katherine. 'Het voelt hetzelfde.'

'Zo zal het nu niet gaan,' zei Flynn. 'Er zal Chris niets overkomen en hij gaat niemand vermoorden. Chris is sterk en moedig. Dit wordt vandaag nog opgelost en het loopt vast goed af. We vinden hem wel.'

'Ik hoop dat u gelijk hebt,' zei Katherine.

'Ik beloof het je,' zei Flynn. En hij hoopte dat de vertwijfeling – het misselijkmakende gevoel diep in zijn binnenste – niet op zijn gezicht te lezen stond.

Chris zag de Chevrolet Cavalier van Lawrence op de afgesproken plek staan en zette zijn busje er vlak naast. Chris had Lawrence' aanwijzingen gevolgd naar het stadspark in Colmar Manor, maar hij kende die omgeving niet, en hij was blij dat hij de auto had gevonden. Boven op de Cavalier lagen een paar losse touwen die naar binnen liepen door de ramen, die op een kier stonden. Lawrence had blijkbaar iets op het dak van de auto vastgebonden.

Chris wist alleen maar dat hij in Prince George's County zat, in de buurt van DC, en onderweg was hij door een verscholen buurt gereden die iets weg had van een plattelandsstad.

Hij sloot het busje af en vond op Lawrence' aanwijzingen vlakbij een fietspad omzoomd door bomen. Hij volgde het pad voor zijn gevoel een hele tijd en realiseerde zich halverwege dat hij zijn mobieltje in de Ford had laten liggen, maar hij was al te ver om weer helemaal terug te lopen. Uiteindelijk hield het bos op en kwam hij uit op een brede weg langs een rivier. Aan zijn linkerhand zag hij huizen en straten, en hij vroeg zich onwillekeurig af waarom Lawrence hem hier niet had laten parkeren, omdat het veel dichter bij hun ontmoetingspunt was. Aan de overkant van het water zag hij een grote kade en een recreatieterrein liggen, en het beroemde geel met bruine Peace Crossmonument, een plek waar zijn vader het weleens over had gehad: het was vroeger een nachtelijke ontmoetingsplaats voor fans van country- en rockmuziek en motorclubs geweest. Nu kon Chris zich beter oriënteren: hij zat in de buurt van Bladensburg Road en de oude Route 1.

Het fietspad ging daar verder; het draaide van de weg af en liep naar beneden, onder een brug door. Daar zag hij Lawrence in de schaduw staan. Er stond een fiets tegen een reling die de scheiding vormde tussen het pad en een steile helling die naar het water leidde. Er stond ook een oude blanke man, die niet veel groter was dan een kind. Naast hem op de grond lagen een paar dekens en wat frisdrank.

Chris liep onder de brug door en knikte naar Lawrence. De oude man was ongeschoren en dronken, en hij droeg een mouwloos T-shirt. Hij hief zijn vuisten boven zijn hoofd en spande zijn armspieren.

'Ik ben vijfenvijftig,' zei hij glimlachend, waarbij bruine stompjes zichtbaar werden waar vroeger tanden hadden gezeten. 'En ik kan me vijfenvijftig keer opdrukken.'

'Ga effe ergens anders staan, ouwe,' zei Lawrence niet onvriendelijk.

'Ik woon hier,' zei de man.

Lawrence haalde een rol bankbiljetten uit zijn zak en trok er een twintigje af. 'Kom op, man. Koop wat medicijn voor jezelf. Tegen de tijd dat je terugkomt zijn we al weg.'

De man pakte het geld gretig aan en liep het pad af in de richting van Bladensburg Road.

'Waar zijn we eigenlijk?' vroeg Chris.

'Daar ligt de Anacostia,' zei Lawrence, en hij knikte naar de rivier. 'Wist je dat die helemaal tot in Maryland stroomt?'

'Nee, dat wist ik niet.'

'Het is een feit: je leert deze stad pas goed kennen op een fiets.'

'Waar heb je die vandaan?'

'Van een joch gekocht. Ik denk dat ie gestolen is, dus hij heeft er goed aan verdiend.'

Chris stond wat met zijn voeten te schuifelen. 'Waarom hebben we hier afgesproken, Lawrence?'

'Het ligt een eind uit de buurt.'

'Leg het eens uit. Ik had ook hier in de buurt kunnen parkeren, in plaats van in dat park.'

'En nu moet je dat hele eind weer teruglopen naar je auto. Dat geeft mij de tijd om weg te komen op mijn fiets.'

'Waarom zou je dat willen doen?'

'Omdat jij niet met me meekomt, jongen.'

Chris kneep zijn ogen half dicht. 'Maar je had toch een gun voor me gekocht?'

'Ik heb dat goedkope ding van de Douglass-brug gegooid, man. Hij zou sowieso in je gezicht zijn ontploft. Dat wil zeggen, als je het lef had gehad om 'm te gebruiken. Volgens mij heb jij daar het lef niet voor.'

'Je hebt gelijk,' zei Chris. 'Ik zou 'm niet gebruikt hebben. Ik ga niemand vermoorden.'

'Dus waarom sta je hier dan?'

'Om jou tegen te houden.'

'Probeer het maar.'

Chris stak zijn hand uit en wilde die met een broederlijk gebaar op Lawrence' schouder leggen. Lawrence sloeg zijn hand weg en glimlachte.

'Raak me niet aan.'

'We kunnen dit ook op een andere manier oplossen.'

'Ik niet.'

'Zeg waar je hebt afgesproken. Dan laten we ze arresteren.'

'Je weet heel goed dat ik dat niet doe.'

'We kunnen er toch over praten?'

'Wil je nou wel praten?' zei Lawrence. 'En al die tijd in de Ridge dan, toen je me niet zag staan? Toen je me met de nek aankeek. Toen je me Lawrence Bughouse noemde, terwijl ik gewoon een achternaam heb? Jullie deden er allemaal aan mee, behalve Ben. Er zat geen haar kwaad in die jongen, man. En ik heb hem vermoord.' Lawrence porde hard met zijn vinger in zijn eigen borst. 'Ík heb dat gedaan. Dit heeft niets met jou te maken. Dus ga nou maar naar huis, White Boy. En laat mij m'n ding doen.'

'Luister nou eens,' zei Chris, en hij deed een stap naar voren.

Lawrence haalde uit met een keiharde rechtse en raakte Chris vol op zijn kin, die daardoor zijn evenwicht verloor. Hij viel op zijn zij op het fietspad, rolde zich om en kwam overeind op zijn knieën. Hij had op zijn tong gebeten en spuugde speeksel en bloed uit. Chris stond langzaam op en bleef onvast op zijn benen staan. Het landschap stond scheef en hij probeerde zijn hoofd te schudden om het weer recht te krijgen, maar het lukte hem niet.

'Zo, die had je niet zien aankomen, hè?' zei Lawrence.

'Wacht nou,' zei Chris.

'Ik ga het nou even afmaken.'

Lawrence plaatste zijn standbeen naar achteren. Chris hield zijn ellebogen ter verdediging tegen zijn lichaam, maar hij was te laat. Lawrence stootte met zijn linkervuist door zijn dekking heen en raakte Chris vol op de neus. De ring om zijn vinger sneed in zijn neus en veroorzaakte een stekende pijn, en er verscheen een waas voor Chris' ogen. Chris liet zijn ene arm zakken en met een grom zette Lawrence al zijn kracht achter een rechtse. Chris werd op zijn slaap geraakt, tolde in de rondte en sloeg tegen de grond. De val leek eindeloos lang te duren. Hij sloeg met zijn hoofd tegen de ijzeren reling en voelde zich licht worden in het hoofd en naar beneden zweven. Hij voelde niet dat hij de grond raakte.

Lawrence stond over hem heen gebogen. Het bloed gutste uit Chris' neus, en hij bewoog niet meer. Lawrence knielde naast hem neer om zijn pols te voelen. Hij vond geen polsslag, voelde even paniek opkomen en legde zijn vingers op de ader in Chris' hals. Chris was bewusteloos, maar leefde nog. Lawrence vouwde een van de dekens van de zwerver op tot een kussentje en legde dat onder Chris' hoofd. Dat had hij weleens op televisie zien doen en hij hoopte dat het zo goed was. Want hij kon niet blijven.

Opgetogen en tegelijkertijd vervuld van afgrijzen over wat hij zojuist had gedaan, sprong hij op het zadel van zijn fiets en racete als een gek het pad af, naar zijn auto.

28

Vanachter het grote winkelraam van zijn kantoor op Alabama Avenue sloeg Ali Carter William Richards gade die op straat met andere jongens stond te kletsen. Hij had net een gesprek met William gehad, en dat was niet goed gegaan. Hij had hem proberen over te halen terug te gaan naar Party Land waar William weer eens was weggelopen omdat hij weigerde het T-shirt te dragen met het logo van een clown die een ballon vasthield. Ali was er vrijwel zeker van dat William weer op het slechte pad was met zijn foute vrienden. Hij had gehoord dat William gedonder met iemand had en dat het uit de hand dreigde te lopen. William was te trots en te stom om dat soort dingen uit de weg te gaan. Zijn toekomst zag er beroerd uit. Maar Ali had gedaan wat hij kon.

Ali kon niet iedereen helpen die bij hem binnenkwam. Als hij heel eerlijk tegen zichzelf was, moest hij toegeven dat hij voor de meesten niets kon doen en hun geen toekomst kon bieden. Als hij grootse doelstellingen voor ogen had, dan kon hij er maar beter mee ophouden. Met de weinige middelen die hem ter beschikking stonden kon hij onmogelijk grote groepen jongens helpen. Hij kwam de dag door omdat hij een bescheiden doel nastreefde.

Lawrence Newhouse stopte in zijn aftandse Cavalier vlak voor het kantoor; op het dak van de auto was met touw een fiets vastgebonden.

Ali zag hoe Lawrence, die een oranjebruin jack over een wit T-shirt droeg, uit de auto stapte. Hij deed de achterbak open en haalde er een sporttas uit. Hij liep naar het kantoor toe en negeerde de ingehouden lachjes van de jongeren die op het trottoir rondhingen.

'Kom maar,' zei Ali, hoewel er verder niemand in het kantoor was. 'Kom binnen.'

Lawrence kwam binnen en de winkelbel die boven de deur hing, klingelde.

'Ding dong,' zei Lawrence glimlachend. Hij zwiepte zijn vlechtjes naar achteren. 'Je was naar me op zoek, hoorde ik.'

'Ga zitten,' zei Ali.

Ze liepen door de spaarzaam ingerichte ruimte. Ali ging achter zijn bureau zitten en Lawrence op een stoel ervoor.

'Hier ben ik,' zei Lawrence.

'Waar is Chris?'

'Ik heb hem moeten uitschakelen. Ja, je hoort het goed. Dat heb ik gedaan.'

'Wat bedoel je met uitschakelen?'

'Ik heb hem niet neergeschoten of zo. Ik heb hem met mijn blote handen tegen de grond geslagen. Hij wilde me tegenhouden en me niet m'n ding laten doen. Sloeg zo'n arrogant toontje tegen me aan alsof ie het allemaal weer beter wist.'

'Maar hoe is het nou met 'm?'

'Hij ademt nog. Hij is gevallen en heeft z'n kop gestoten. Hij is niet zo taai en stoer als ie denkt. Maar hij komt er wel weer bovenop.'

'Waar is hij?' vroeg Ali.

'Op een fietspad, onder een brug. Vlak bij het Peace Cross, daar bij Colmar Manor.'

'Maar waar precies?'

Lawrence beschreef hoe je er via de kortste weg kon komen en Ali schreef het op. Toen pakte hij zijn mobieltje en Lawrence luisterde terwijl Ali met Chris' vader belde en hem uitlegde waar zijn zoon was. Terwijl Ali zat te praten pakte Lawrence een zwarte viltstift uit een leren pennenkoker en liet die in de zak van zijn jack glijden. Ali beëindigde het gesprek en zette het mobieltje weer op zijn bureau.

Zijn ogen gleden naar de grond waar de sporttas stond. 'Wat zit er in die tas?'

'Mijn eigendommen. Je denkt toch zeker niet dat ik die in de auto laat staan? In deze buurt?'

'Zo erg is deze buurt niet. Mijn moeder en ik wonen aan de overkant.'

'Ik weet het. Dat moet ik je nageven: jij hebt weg kunnen komen.'

'Dat zou jij ook kunnen.'

'Voor mij is het al te laat.'

'Dat is het niet,' zei Ali. 'Je hoeft dit niet te doen.'

'Toch ga ik het doen.'

'Ik kan ook de politie bellen.'

'En me dan laten arresteren? Op grond waarvan? Omdat ik moordgedachten heb?'

'Ik durf te wedden dat ze een gun vinden als ze je auto doorzoeken. Dan ga je automatisch achter de tralies.'

'Dat doe je niet.'

'Ben zou niet gewild hebben dat je die kerels vermoordt.'

'Bespaar me je praatjes,' zei Lawrence. 'Je zou niet graag je handen bij het vuur willen houden dat op dit moment in mijn binnenste woedt. Chris heeft het wel geprobeerd en die ging gestrekt.'

De stoel kraakte toen Ali ging verzitten. 'Waarom ben je hierheen gekomen, Lawrence?'

'Om een beroep te doen op je rechtvaardigheidsgevoel, of zoiets. Om je nog één keer te vragen of je een behoorlijk baantje voor mijn neef kunt regelen.'

'Daar ben ik mee bezig. Maar Marquis moet leren dat je je doel stapje voor stapje bereikt. Ik ben ook niet met één grote sprong in dat huis aan de overkant terechtgekomen, of in deze baan. Je kunt niet verwachten dat je maar met je vingers hoeft te knippen om dat voor elkaar krijgen.'

'Zorg zo goed mogelijk voor hem. Dat is alles wat ik je vraag.'

Ali knikte langzaam. 'Dat zal ik doen.'

Lawrence pakte de sporttas en kwam overeind. 'Waar is het toilet hier?'

'Achter.'

Lawrence liep langs het bureau. Ali hoorde hem het toilet doortrekken en daarna de kraan opendraaien. Een paar minuten later kwam Lawrence het toilet uit zonder de tas en bleef tegenover Ali staan.

'Het is hier smerig. Je zou ook wel wat meubels kunnen gebruiken en meer van die zooi. Misschien een tv die het doet, zodat de jongens hier wat kunnen zitten chillen.'

'Je bent je tas vergeten.'

'Nee, die ben ik niet vergeten.'

'Wat is hier aan de hand, Lawrence?'

'Zorg jij nou maar voor die nikkers van je, oké?'

'Ik doe mijn best.'

Lawrence stak zijn vuist uit en reikte over het bureau heen. 'Eenheid 5.'

'Eenheid 5,' zei Ali zachtjes. Hij gaf Lawrence een boks.

Lawrence grinnikte. 'Tot kijk... Holly.'

Ali glimlachte even maar kreeg een loodzwaar gevoel over zich, terwijl hij hem naar de deur zag lopen. De bel rinkelde toen Lawrence de deur openduwde en naar buiten ging.

Ali stond op en liep naar het toilet. De wc-bril was naar beneden geklapt en daar bovenop stond de open sporttas, gevuld met bankbiljetten. Op de spiegel stond met zwarte viltstift geschreven:

Ali holde het toilet uit en liep naar het grote voorraam om de straat af te zoeken.

Lawrence Newhouse was verdwenen.

Sonny Wade liep een van de slaapkamers van de witte bungalow in Riverdale binnen. Wayne Minors zat op de rand van het bed, alert en met ontbloot bovenlijf. Toen Sonny tien minuten geleden met zijn zware vuist op de dichte deur had gebonkt had hij hem wakker gemaakt. Naast Wayne lag Cheyenne naakt boven op de lakens te slapen. Haar magere rug werd ontsierd door vuurrode puisten.

'Lag je te pitten?' vroeg Sonny.

'Ik krijg daarna altijd slaap,' zei Wayne.

'Ik had toch gezegd dat je geen postcoïtale dutjes moest doen?'

'Watte?'

'We moeten aan het werk, en dan moet je je kop erbij houden. Hier.' Sonny stak zijn hand in zijn jack en haalde een Taurus .9 tevoorschijn die hij achter zijn broekriem had zitten. 'Die zul je nodig hebben.'

'Ik heb mijn mes.'

'Dat is alleen goed voor dichtbij. Tenzij je van plan bent om het te werpen.'

'Dat zou ik best kunnen.'

'Dit is geen rodeo. Hier, pak aan.'

Wayne nam het pistool aan en legde het naast zich op bed. Hij pakte het mes met het hardhouten heft en het stalen lemmet met de gekartelde rug van het nachtkastje. Hij stopte het mes in de schede, stroopte de ene pijp van zijn spijkerbroek op en gespte de schede om zijn kuit. Hij deed zijn zwarte cowboylaarzen met de riempjes aan, kwam overeind en trok een zwart T-shirt over zijn hoofd. Hij sloeg de mouwen van het T-shirt één keer om zodat zijn gespierde armen beter uitkwamen en raakte even zijn portefeuille aan die met een kettinkje aan zijn riem was bevestigd, om zich ervan te vergewissen dat die op zijn plaats zat.

'Zeg maar dag tegen je sletje,' zei Sonny.

'Ze is geen slet.'

'Doe het nou maar en dan zijn we hier weg.'

Wayne boog zich over het bed heen en drukte een kus op Cheyennes schouder. Zijn borstelige snor werd platgedrukt tegen haar botten. Hij kwam weer overeind en stopte de Taurus onder zijn T-shirt.

Ze liepen naar de zitkamer waar Ashley en Chuck op de bank zaten. Op de tafel voor hen lagen een wietpijp, een zakje marihuana dat vooral uit zaadjes en takjes bestond, lege flesjes fris en verfrommelde blikjes bier. De televisie stond aan, ze zaten naar MTV *Cribs* te kijken.

'Gaan jullie weg?' vroeg Ashley.

'Het wordt tijd,' zei Sonny, dat was zijn manier van hartelijk afscheid nemen. Hij keek even naar Chuck en naar de enorme vetrollen om zijn middel, die strak naar de tv staarde en Sonny niet aan durfde te kijken. 'Je hebt ons nooit gezien. Is dat duidelijk, vriend?'

'Ja,' zei Chuck.

Sonny ging voor Chuck staan en boog zich voorover. 'Als je ook maar iets over ons zegt, komt mijn maat hier terug om je in stukken te snijden.'

Chucks lippen trilden.

'Nog bedankt voor de gastvrijheid,' zei Sonny.

Sonny en Wayne liepen naar buiten. Ze stapten in de Mercury en reden naar het park, waar mensen aan het honkballen waren. Sonny en Wayne stapten uit de zwarte sedan, sloegen hun mobieltjes kapot op het asfalt van de weg en gooiden de stukken in de struiken. Sonny wilde niet dat de inkomende en uitgaande telefoontjes die ze tijdens hun verblijf in de stad hadden gepleegd, getraceerd konden worden en hij wilde zich ook geen zorgen hoeven maken over de mogelijkheid dat ze via een gpssysteem konden worden opgespoord. Bij het verlaten van de stad zouden ze ergens wel een paar wegwerpmobieltjes kopen.

Ze reden naar Kenilworth Avenue en vandaar naar het centrum. Sonny had al hun spullen in de Mercury geladen. Ze hadden geen vastomlijnd plan of een duidelijke bestemming in hun hoofd, maar waren opgewonden bij het vooruitzicht van het komende geweld.

Twintig minuten later zaten ze op New York Avenue. Sonny greep het met nepbont beklede stuur vast en maakte een scherpe draai terwijl Wayne een sigaret opstak met een gasaansteker. Hij blies een ring van rook uit, die in de wind verwaaide, en keek ernaar met een scheel oog.

'Wat betekent dat, postcoïtaal?' vroeg Wayne.

'Dat wil zeggen nadat je haar hebt gepaald, eikel.'

'Ik ben geen eikel.'

'Nee, natuurlijk niet,' reageerde Sonny.

Ze passeerden de openstaande zwarte hekken van het Nationale Arboretum en reden naar het informatiecentrum om een plattegrond te halen.

De kleine man heette Larry. Hij was teruggekeerd naar zijn onderkomen onder de brug met een bruine zak onder zijn arm geklemd, waarin een fles goedkope supermarktwodka en een kartonnetje bier zaten. Hij had Chris op het pad aangetroffen met een opgevouwen deken onder zijn hoofd. Chris was bij bewustzijn maar lag heel stil naar de stalen balken onder de brug te staren. Er zat bloed op zijn gezicht. Larry veegde het af met een smerige lap waardoor het alleen maar verder werd uitgesmeerd. Hij legde nog een extra deken over Chris heen.

'Het komt wel goed met je,' zei Larry. 'Maar je moet nog even blijven liggen.'

'Ik moet terug naar mijn busje,' zei Chris.

Hij voelde zich zwak en licht in zijn hoofd. Hij duwde de deken van zich af en probeerde op te staan, maar hij was nog te duizelig. Hij ging weer zitten, wachtte tot het gevoel was weggetrokken en probeerde het toen weer. Hij bleef voorzichtig staan en greep de reling vast.

'Wie is dat?' zei Larry, en hij gebaarde met zijn hoofd in de richting waar het fietspad zich tot een weg verbreedde.

Chris keek ook in die richting. Een man met woeste zwarte haren kwam op hen af rennen. Zijn voeten maakten een zwaar bonkend geluid op het asfalt en deden het stof opwaaien.

'Een gestoorde idioot,' zei Larry.

Op Chris' met bloed besmeurde gezicht brak een glimlach door.

Thomas Flynn bracht Chris naar de suv van Amanda en zette hem op de passagiersplaats. Hij vond een pakje papieren zakdoekjes in het handschoenenvakje en maakte Chris' gezicht schoon, en toen er geen bloed en vuil meer op zat, inspecteerde hij de verwondingen.

'Ik moet eigenlijk naar de eerste hulp met je,' zei hij.

'Niks aan de hand. Ik heb mijn hoofd gestoten toen ik viel, dat is alles.'

'Reden te meer om naar de dokter te gaan.' Flynn schudde zijn hoofd en keek naar de paarse zwelling in Chris' gezicht. 'Waarom heeft hij dat gedaan?'

'Lawrence? Ik probeerde hem tegen te houden. Maar dat was het niet alleen. Op zijn manier probeerde Lawrence me in bescherming te nemen. Hij wilde me erbuiten houden.'

'Weet je waar hij met ze heeft afgesproken?'

'Ik heb daar even over na kunnen denken, terwijl ik daar onder die brug lag.' Chris knikte. 'Ik weet bijna zeker waar hij met ze heeft afgesproken. Het is een plek waar hij me ook eens mee naartoe heeft genomen, in het Arboretum.'

'Dan moet je de politie bellen.'

'Doe maar.'

'Jíj moet het doen, Chris.'

Chris keek op zijn horloge. 'Het loopt al tegen vieren. Hij is er al.'

Flynn zocht in de adressenlijst van zijn mobiel tot hij het nummer had gevonden dat hij moest hebben.

'Dit is het nummer van brigadier Bryant. Bel haar en vertel wat er aan de hand is. Ze stuurt er wel een paar auto's heen.' Chris pakte het mobieltje niet aan. 'Doe het, jongen. Je moet de juiste beslissing nemen.'

'Dat probeer ik ook, pap.'

'Dat weet ik. Je hebt het de hele tijd geprobeerd. Sorry, dat ik aan je getwijfeld heb.'

'Laat maar,' zei Chris. 'Dat is allemaal verleden tijd.'

Ze keken elkaar aan.

Flynn stak hem zijn mobiel toe. Chris pakte hem aan en belde het nummer.

29

Hij had de Cavalier op een kleine parkeerplaats vlak bij de Capitol Columns gezet en haalde de fiets van het dak. Het was al laat in de middag en er viel een motregen die later in een echte regenbui zou overgaan. Lawrence hing het rugzakje over zijn schouders en stapte op de fiets.

Hij nam eerst het rondlopende Crabtree-pad en reed daarna Hickory Hill op, en fietste kilometers door. De regen had een verkoelende werking en hij reed gestaag verder, en toen het heuvelopwaarts ging schakelde hij over in een lagere versnelling. De wind voelde aangenaam op zijn gezicht en blies zijn vlechtjes naar achteren.

Als jongen was hij in het trotse bezit van een fiets geweest. Op zijn lange fietstochten naar het Peace Cross, de Aquatic Gardens en het Arboretum had hij zich ver weg gewaand van de kakkerlakken in de flat, van zijn moeder die zich suf blowde, en haar vele mannen. Hij stelde zich dan voor dat als hij maar door bleef rijden, hij uiteindelijk op een veilige plek zou aankomen, en daar mensen zou vinden die hem knuffelden in plaats van hem een pak slaag te geven, volwassenen die vriendelijk en geduldig waren, en niet sarcastisch en wreed. Hij had die plek nooit gevonden. Maar als hij op zijn fiets zat, zag hij die plek, al was het maar even, in gedachten.

Hij fietste het steeds dichter begroeide pad op. Toen hij de laatste heuvel beklom was hij onder zijn jack doordrenkt van het zweet. Hij passeerde een gemotoriseerd onderhoudskarretje waarvan de bestuurder even naar hem zwaaide, en reed de parkeerplaats bij de Azië-verzameling op. Er stonden geen auto's. Dit was de meest afgelegen plek in het park en bovendien regende het. Vandaag zouden hier weinig bezoekers en tuinlieden komen.

Lawrence stapte af en nam zijn fiets aan de hand mee, langs het bakstenen gebouwtje met de toiletten, en daalde voorzichtig een steil omlaag lopende, met bomen begroeide heuvel af. Halverwege de heuvel legde hij de fiets op zijn kant, deels verscholen achter een eikenboom, en bedekte hem zo goed en zo kwaad als het ging met takken en bladeren. De fiets werd niet helemaal aan het zicht onttrokken, maar hij kon hem niet al te ver wegzetten: hij moest er snel bij kunnen in het onwaarschijnlijke geval dat alles goed afliep.

Lawrence deed het rugzakje af en haalde er de Smith & Wesson Combat Magnum uit. Hij maakte de cilinder open stopte zes patronen in het magazijn.

'Zes is genoeg,' zei hij hardop omdat hij nerveus was.

Hij klikte de cilinder dicht en stopte de .357 in de schouderholster die hij onder zijn jack droeg.

Hij trok het wapen soepel uit de holster en stopte het weer terug. Daarna pakte hij het stanleymes uit de rugzak en stak het in zijn jaszak.

Hij propte de rugzak onder de fiets en liep de heuvel weer op.

Sonny en Wayne liepen het bezoekerscentrum van het Arboretum binnen. In de hal stonden een paar bejaarde bezoekers en een groepje potige werkneemsters. Een van hen was tegen de ander aan het klagen over haar man. De twee blanke mannen met hun ouderwets aandoende snorren en bakkebaarden zagen eruit alsof ze hier niet thuishoorden, maar niemand nam enige notitie van hen omdat ze niet bleven staan treuzelen. Wayne pakte een informatiefolder waar een plattegrond bij zat en ze liepen weer naar buiten.

Terwijl ze over de parkeerplaats liepen maakte Wayne een opmerking over de vele jeeps van de bewakingsdienst en hun bestuurders, beveiligingsbeambten.

Sonny zei: 'Wat kunnen ze nou helemaal doen? In deze stad dragen alleen echte politieagenten en criminelen een gun. Trouwens, mijn Mercury heeft acht cilinders en die van hen maar vier.'

'Hoe laat is het?'

Sonny keek op zijn horloge. 'Vijf over halfvier. Onze vriend zei dat hij er om vier uur zou zijn.'

'In deze folder staat dat het park om vijf uur sluit.'

'Tegen die tijd zijn we hier klaar.'

Sonny startte de Mercury en reed weg. Wayne zei hoe ze moesten rijden terwijl Sonny zijn weg zocht in de wirwar van wegen. Wayne raakte in de war door de symbolen op de kaart die hij overdreven ingewikkeld en nutteloos vond, maar in de berm stonden bordjes met namen en duidelijke pijltjes, en Sonny volgde die tot in de heuvels.

'Hoeveel uitgangen zie je op die plattegrond staan?' vroeg Sonny.

'Zo te zien drie. En nog een dienstuitgang, dus dat maakt vier.'

'Nou, het wordt ons wel heel makkelijk gemaakt.'

Wayne stak een Marlboro op, en draaide het raampje omlaag toen ze op de afgesproken plek arriveerden, boven aan een kronkelige weg waar ze het bordje Azië-verzameling zagen staan. Aan de kant van de weg stond een dienstauto geparkeerd, met in de achterbak balen hooi. Sonny zette de auto in een parkeervak, met de neus naar voren, tegenover een bakstenen gebouwtje waar een stenen pad naartoe liep, en zette de motor af.

Het was harder gaan regenen. Wayne liet het raampje open-staan en leunde onder het roken met zijn arm op de rand van het portier, zonder zich erom te bekommeren of hij nat werd of zon-der het zelfs maar te merken.

'Die zal toch niet van hen zijn?' vroeg Wayne, en hij maakte een hoofdbeweging naar de pick-up.

'Die is voor het personeel,' zei Sonny.

'Dat betekent dus dat hier nog andere mensen rondhangen.'

''t Zou jammer zijn als ze ons zagen.'

'Waar blijven onze vrienden?'

'Die zullen wel komen.'

'Denk je dat ze met z'n tweeën zijn?'

'Nou, ik werd dus door een zwarte gebeld. En dan heb je Chris Karpet nog. Die twee en dan die zwartjoekel die jij hebt afge-maakt. Ze waren met z'n drieën. Criminelen net als wij. Alleen zijn wij keihard.'

Wayne haalde de Taurus achter zijn broekriem vandaan en legde die onder de stoel. De loop van het pistool had pijnlijk in zijn maag geprikt. Hij gooide zijn sigaret uit het raam, diepte een pakje speed uit de zak van zijn spijkerbroek op en vouwde het envelopje voorzichtig open. Het bevatte een kleine hoeveel-heid wit poeder met blauwe spikkels erin. Hij hield het onder zijn neus en snoof het op, likte gretig het papiertje af en liet het op de grond vallen.

'Dat had ik net nodig,' zei Wayne, die het effect onmiddellijk voelde. Zijn ogen draaiden al weg.

'Nou krijg je een bloedneus.'

'Dat betekent dat het goed spul is.' Wayne knikte in de rich-ting van het bakstenen gebouwtje. 'Hebben ze daar wc's?'

'Nee, het is een mótel.'

'Want ik heb het gevoel dat ik moet schijten.'

'Knijp je sluitspier maar dicht,' zei Sonny.

Wayne vouwde nukkig zijn armen over elkaar en maakte ze

weer los. 'Ik moet effe een loopje hebben. Wat rondkijken. Misschien liggen ze wel op de loer.'

'Stomme idioot. Denk je soms dat ze hier met een parachute naar beneden zijn gekomen?'

'Ik zeg alleen maar dat ik niet stil kan zitten.'

'Ga nou maar, maar draai dat raam dicht. Anders wordt mijn veloursbekleding nat.'

Wayne deed het raampje dicht. 'Ga je mee?'

'Nee. Ik blijf hier droog zitten.'

'En als er nou iets gebeurt?'

Sonny glimlachte. 'Dan hoor ik je wel gillen.'

'Of hen,' zei Wayne, en hij stapte uit de auto.

Sonny keek hem na terwijl hij over het stenen pad naar het gebouwtje liep. Vanwege de regen die over de voorruit stroomde, kon hij hem nauwelijks zien. Wayne sloeg de hoek om en verdween uit het zicht.

Lawrence had een hele tijd achter het gebouwtje staan wachten, maar hij kreeg de zenuwen toen hij de dienstauto hoorde stoppen. Hij keek om de hoek en zag een zwaargebouwde jonge vrouw in een Arboretum-shirt uitstappen, aan haar broekriem had ze een grote mobiel of portofoon hangen. Ze was blank en droeg een plastic regencape over haar T-shirt, en ze had een emmer en een schop in haar handen. Als ze hem in de gaten kreeg, zag ze een rioolrat uit een deel van de stad waar ze nooit kwam, en misschien zou dat haar argwaan wekken en zou ze de beveiliging bellen. Lawrence vermoedde dat ze zo'n collegemeisje was dat op bomen en planten was afgestudeerd. Daar hadden ze een naam voor. Hoericultuur of zo. Lawrence was zo in de war dat hij niet meer op het woord kon komen. Maar ze zag er niet uit alsof ze plees schoonmaakte. Ze zou zeker niet de mannen-wc binnenstappen. Lawrence glipte de hoek om, duwde geruisloos de deur van de mannen-wc open en ging naar binnen.

De wc was kleiner dan hij had gedacht. Achter een groene metalen scheidingswand hingen aan de ene muur twee urinoirs en er was ook een groen metalen hokje met een wc. Tegen de muur rechts van hem stond een witte wasbak, daarboven een zeephouder en links daarvan zo'n heteluchtdroger voor je handen, die niemand graag gebruikte. Naast de wasbak stond een afvalbakje met een plastic zak erin. De vloer bestond uit tegels in verschillende bruintinten.

De regen tikte op de dakpannen. Lawrence hoorde de motor van een auto, het klonk alsof het een grote bak was, die aan kwam rijden en stopte.

Op dat moment realiseerde hij zich dat hij geen plan de campagne had.

In gedachten had hij zichzelf tegenover hen zien staan, de hand waarmee hij zou schieten losjes langs zijn zij, zijn ogen staalhard, misschien met een glimlachje op zijn gezicht, tot hij razendsnel zijn revolver trok en hun te snel af was omdat zij blank en traag waren, waarna hij het wapen een keer liet ronddraaien en het, nog voordat zij de grond hadden geraakt, weer in zijn holster stopte. Ron O'Neal: de Meesterschutter.

Maar hier stond hij, de zwakke Lawrence Newhouse, bang te wezen in een smerige wc. Hij zat in de val.

Als een van hen binnenkwam, zou Lawrence Bens stanleymes moeten gebruiken. Bij het geluid van een pistoolschot zou de ander meteen weten wat er aan de hand was, en dat betekende dat hij, Lawrence, het kon schudden.

Lawrence stond voor de wc-deur. Hij hield het tapijtmes in zijn trillende hand. Het houten heft voelde klam aan van zijn zweet.

Hij zwiepte zijn vlechtjes uit zijn gezicht en probeerde speeksel te produceren.

Wayne Minors was rond het gebouwtje gelopen en had daar alleen felgroene klimop en een meterkast tegen de rode bakstenen muur gezien. Hij moest pissen, en hij piste het liefst buiten. Omdat hij eigenlijk nog een kind was, piste hij zijn initialen tegen de baksteen. Daarna ritste hij zijn broek dicht, draaide zich om en keek langs een zacht glooiende heuvel naar beneden.

Hij tuurde door de mist en de regen. Daar beneden achter een boom dacht hij een... ja, inderdaad... een fiets te zien. Wayne staarde ernaar, met zijn mond open en ademend door zijn neus. Hij liet zich op één knie zakken, schoof zijn broekspijp omhoog en trok zijn Rambo III-mes uit de schede.

Hij greep het hardhouten heft vast en drukte de zware pommel en het stalen lemmet tegen zijn dijbeen. Hij liep om de hoek van het gebouw heen en keek naar de Mercury die daar nog steeds geparkeerd stond. Hij maakte een korte kinbeweging, maar kon Sonny's reactie niet goed zien, en evenmin of hij überhaupt reageerde. Het water stroomde over de voorruit.

Eén fiets, één man. Dat gaat een makkie worden. Ik loop straks naar buiten met een trofee en zie dan de bewondering in Sonny's ogen. Omdat ik niet voor hem hoef onder te doen. Ik ben niet stom.

Wayne draaide zich om en stapte snel de mannen-wc binnen.

Lawrence kreeg de man in het oog die hem kwam vermoorden toen hij vanachter de groene metalen scheidingswand tevoorschijn kwam. De man was blank, klein van stuk, pezig en sterk, en hij had een zware snor en loenste een beetje. In zijn hand had hij een jachtmes.

Lawrence deed zijn mond open om iets te zeggen maar kon niets uitbrengen. De kleine man grinnikte even en liep op hem af. Hij haalde bliksemsnel uit naar hem met het mes in zijn opgeheven hand.

Deze gast heeft Ben vermoord, dacht Lawrence Newhouse, en

hij deed een stap achteruit tegen de wasbak aan, verstijfd, niet in staat het tapijtmes omhoog te brengen, terwijl hij Waynes wapen op zich af zag komen.

Het lemmet schampte af op de holster en kolf van Lawrence' pistool. Wayne keek verrast en Lawrence werd erdoor wakker geschud.

Deze gast heeft Ben vermoord.

Wayne bracht het mes weer omhoog.

Lawrence greep Waynes pols vast en duwde hem naar achteren. Hij trok hem mee over de tegelvloer en gooide hem tegen de groene metalen scheidingswand aan die een zwaar trillend geluid maakte. Met zijn rechterhand, waarin hij ook het tapijtmes had, hield hij Wayne bij zijn T-shirt vast. Hij draaide hem om, bleef hem stevig vasthouden en tilde hem op waardoor Waynes voeten van de grond kwamen, terwijl ze al vechtend weer bij de wasbak belandden waar Lawrence hem met alle kracht die in hem zat, tegen de handdroger aan smeet. Hij liet Waynes shirt los, bracht het mes naar diens keel, sneed de huid open met het gekromde uiteinde en haakte het naar binnen, vlak naast de slagader. Waynes ogen puilden uit hun kassen en hij trok zijn lippen op. Hij stootte een dierlijke kreet uit, wist zijn pols uit Lawrence' greep te bevrijden en stak blindelings op Lawrence in met zijn jachtmes. Lawrence snakte naar adem toen het mes keer op keer in zijn borst werd gestoken. Toch bleef hij Wayne stevig vasthouden.

Lawrence duwde de haak nog dieper naar binnen en vond houvast in Waynes huid. Hij gromde van inspanning en trok het stanleymes met een woeste ruk door Waynes hals waarbij hij de slagader en de luchtpijp volledig doorsneed. Lawrence zat onder het bloed.

Waynes hoofd viel slap naar achteren en hij zakte in elkaar. Zijn laarzen sloegen met een plof tegen de tegels. Rond zijn hoofd dat half van zijn romp was gescheiden, vormde zich een steeds groter wordende plas bloed. Hij had zich ontlast en er hing een doordringende stank in de ruimte.

'O, god,' fluisterde Lawrence.

Hij strompelde naar de scheidingswand en leunde ertegenaan. Hij keek naar zijn T-shirt dat donkerrood zag. Hij kromp in elkaar van de pijn en liet het stoffeerdersmes op de grond vallen. Hij luisterde naar het piepende geluid van zijn eigen ademhaling.

Ik mag niet vallen.

Lawrence trok de zware revolver vanonder zijn gescheurde jack tevoorschijn en liep naar buiten, de regen in.

De zwaarlijvige vrouw stond nu naast haar pick-up. Toen ze Lawrence zag sperden haar ogen zich wijd open. Ze draaide zich om en ging ervandoor. Lawrence zag dat ze naar de portofoon greep terwijl ze achter de bomen verdween.

Hij hoorde een portier opengaan. Aan het eind van het stenen pad stond een oude zwarte sedan geparkeerd. Het portier aan de bestuurderskant ging open en een grote blanke man met een enorme snor stapte uit. Hij bleef achter het open portier en het raampje staan. Lawrence bracht zijn revolver omhoog en richtte hem op het bovenlijf van de man.

Hij zag de hand van de grote man naar zijn jack gaan. Er verscheen een besluiteloze blik in diens ogen en zijn hand kwam leeg tevoorschijn.

De man glimlachte. 'Waar is mijn maat?'

Lawrence gaf geen antwoord.

Sonny Wades hand gleed weer in zijn jack.

'Dat kun je geen twee keer doen,' zei Lawrence, zijn zwakke stem was nauwelijks hoorbaar in de regen.

'Ik hoor niet wat je zegt, jongen,' zei Sonny, en hij trok zijn .45 tevoorschijn.

Lawrence haalde de trekker van de Magnum over. De kogel verbrijzelde het raampje en maakte een groot gat in Sonny's borstkas. De kogel werd wat afgeplat, tolde rond en verwoestte alles in zijn baan. Toen hij naar buiten kwam ontstond er een vuistgroot gat. Sonny greep de bovenkant van het openstaande portier vast, en Lawrence liep op hem af door een wolk kruitdamp en schoot nog een keer. Dit keer viel Sonny languit achterover.

Lawrence had het gevoel dat hij zweefde toen hij met slingerende passen op de auto af liep. Hij boog zich over de grote man heen wiens shirt naar binnen was getrokken op de plaats waar de eerste kogel hem geraakt had. De tweede kogel was Sonny's buik binnengedrongen, zijn middenrif en buik waren glibberig van het bloed. Sonny knipperde langzaam met zijn ogen en probeerde moeizaam adem te halen terwijl de regen op zijn bleke, angstige gezicht kletterde en hij de dood in de ogen keek. Lawrence richtte zijn revolver op het gezicht van de man en spande de haan. Maar hij haalde de trekker niet over.

Hij krijgt het niet van me cadeau, dacht Lawrence. Laat de dood hem maar toegrijnzen en langzaam op hem af komen.

Lawrence strompelde naar de rand van de parkeerplaats. Hij zag het met houtsnippers bezaaide pad omzoomd door de schuin aflopende bielzen. Hij wist het pad te bereiken. Hij keek naar zijn hand en zag dat hij de revolver niet meer vast had. Hij struikelde en viel, en gleed een eindje de heuvel af. Hij slaagde erin weer overeind te krabbelen en zag de bank aan het eind van het pad staan, vlak voor de uitspringende rotsrand. Toen was hij er, en hij liet zich op de bank vallen. Hij keek over de boomtoppen heen en omlaag naar de Anacostia. De rivier vormde een breed bruin lint en de regen maakte stippels op het oppervlak. Hij hoorde sirenes en er verscheen een waas voor zijn ogen.

Hier ben ik het liefst.

Lawrence staarde naar de rivier.

Toen ze hem vonden, zat hij er nog steeds naar te staren.

DEEL IV

De weg naar huis

30

Op een zondag, laat in de maand april, bezochten ze met zijn allen de vroegmis. Daarna brachten ze een bezoek aan Bens graf en gingen toen ontbijten in de Open City Diner in Woodley Park. Na het ontbijt reden Thomas en Amanda terug naar hun huis aan Livingston Street, trokken andere kleren aan en zetten Django in de achterbak van de SUV. Ze troffen Chris en Katherine op Albemarle Street in Forest Hills, waar ze met zijn allen naar het punt liepen waar het Soapstone Valley-pad begon, dat vandaar naar een beek in Rock Creek Park liep.

Ze liepen eerst een eind over vlak terrein en volgden de gele markering op de bomen, en vervolgden toen hun wandeling over een steile helling naar beneden, de vallei in. Ze bleven even staan om naar een hoge eik te kijken. In de stam was een hart uitgesneden met daarin de namen Thomas en Amanda en het jaar 1980. Daaronder stond een kleiner hart met daarin de naam Darby, de hond die Chris als kind had gehad. In een derde hart stond Chris' naam en daarnaast 1982, het jaar waarin hij geboren was. Amanda maakte met haar mobieltje een foto van de boomstam. Chris en Flynn keken elkaar even aan en liepen door.

Nadat Flynn had gekeken of er geen andere wandelaars of honden rondliepen, deed hij Django's riem af. De bastaard labrador schoot meteen van het pad en dook de bosjes in op zoek naar de beek waar hij in het water kon rondspetteren. Ze gingen achter hem aan, Amanda en Katherine liepen een eindje voorop en Chris en Flynn volgden. Chris zag het grijs in zijn moeders haar oplichten in de zon die door de bomen scheen en op het water glinsterde waar Django rondspartelde. Amanda liep met een lichte, verende tred.

Flynn struikelde over een blootliggende boomwortel en Chris greep hem bij de arm voordat hij kon vallen. Toen hij zijn vader vasthield, rook Chris de alcohol in zijn adem, en hij vroeg zich af wanneer hij de tijd had gevonden om stiekem een drankje achterover te slaan. Chris zei er niets van. Hij had het gevoel dat hij misschien verantwoordelijk was voor de belabberde toestand van zijn vader. Of misschien was zijn vader vanzelf zover afgegleden, en zou het ook gebeurd zijn als ze geen problemen hadden gehad. Hoe dan ook, Chris was niet van plan hem daarover de les te lezen of er vragen over te stellen. Heel lang had het onwaarschijnlijk geleken dat ze hier ooit samen als gezin zouden terugkomen, zoals nu.

'Bedankt,' zei Flynn.

'Daar ben ik voor.'

'Om je ouwe vader overeind te houden.'

'Zo oud ben je niet.'

'Zo voelt het anders wel. Ik zal nooit meer tapijt leggen, dat is één ding dat zeker is. Ik kan niet meer overeind komen als ik op mijn knieën heb gezeten.'

'Daar heb je Isaac en zijn mensen voor.'

'En jou,' zei Flynn. 'En die jongen, hoe heet ie...'

'Marquis.'

'Ja, die. Hoe doet hij het?'

Met Marquis bleef het tobben. Chris zei: 'Het komt wel goed met hem.'

Na flink wat aandringen van Chris en Ali had Flynn Marquis Gilman in dienst genomen. Het was een van Ali's laatste werkzaamheden als assistent bij Men Movin on Up geweest. Zijn baas, Coleman Wallace, had een baan bij de overheid geaccepteerd, en Ali was hem opgevolgd. Ali was nu regelmatig op tv te zien als woordvoerder en pleitbezorger voor jongens uit kansarme gezinnen, of hij fungeerde als spreekbuis van de gemeenschap als andere jongeren werden vermoord. Chris moest altijd glimlachen als hij hem op tv of op persconferenties zag. Grappig, als je bedacht waar Ali vandaan kwam, als al die camera's en ogen op hem gericht waren. Chris was best een beetje jaloers op Ali, omdat hij iets van zijn leven had gemaakt. Maar hij was ook trots op hem.

Flynn en Chris vonden een plekje op een paar grote rotsblokken in de zon aan de oever van de kreek. Amanda en Katherine waren met Django aan het spelen en gooiden steeds een stok in het water, terwijl de hond hevig kwispelend naar de trofee keek die door de stroming werd meegevoerd.

'Je hebt een goede keus gemaakt,' zei Flynn. 'Ze is een sterke vrouw.'

'Dat is ze zeker,' zei Chris. 'Eindelijk heb je dan je Kate.'

'Ze heet Katherine,' zei Flynn.

De stok dreef stroomafwaarts en naderde een bocht. Django wachtte tot het allerlaatste moment voordat hij in het water sprong en de stok eruit haalde.

'Hoe gaat het op school?' vroeg Flynn.

'Dat gaat wel goed. Ik volg maar één college. Het meeste weet ik al. Ik bedoel, ik heb al die geschiedenisboeken waar jij me enthousiast voor hebt gemaakt, al gelezen.'

'Ga zo door.'

'Ik kijk wel hoe het gaat.'

'En blijf voor ons werken. Isaac wil uitbreiden en we hebben je hulp echt nodig. Het zal beter voor je worden. Minder slavenarbeid en wat meer management.'

'Dat levert geld op voor ons allemaal,' zei Chris, en Flynn bloosde en glimlachte.

'Maar even serieus,' zei Flynn, en hij gebaarde met zijn kin in de richting van Katherine wier rossige haar opwaaide in de wind. 'Binnenkort moet je voor drie werken. Je zult het geld hard nodig hebben.'

'Dat weet ik,' zei Chris. 'Ik blijf overdag voor jullie werken. Maar ik heb ook nog andere plannen.'

'Als je leraar wilt worden, moet je dat doen. Wij zijn er voor je als je klem komt te zitten. Je moeder en ik.'

Ze genoten nog een poosje van elkaars gezelschap zonder veel te zeggen en zonder dat de stilte ongemakkelijk werd. Op een gegeven moment stond Chris op en liep naar zijn moeder en Katherine, die het over de bruiloft hadden en over de baby die binnenkort geboren zou worden. Chris luisterde plichtmatig en veinsde belangstelling voor de catering en de bloemen, maar ze wisten dat het hem niet interesseerde en zeiden dat hij best weg mocht zodat ze samen gezellig verder konden praten. Chris glimlachte tegen zijn moeder, gaf Katherine een kus en liep weer terug naar de rotsblokken. Thomas Flynn was verdwenen.

Chris liep door het bos, pikte het pad weer op en volgde de markering in zuidelijke richting. Boven zijn hoofd trok een wolk voorbij en het landschap werd even donkerder. En Chris dacht: zo gaat het in mijn leven ook.

Hij was zich er maar al te goed van bewust dat het lot hem goedgezind was geweest. Hij was in een keurige buurt geboren en opgegroeid in een liefdevol gezin. Toen hij uit Pine Ridge kwam, had zijn vader hem aan het werk gezet en was zijn moeder voor hem blijven zorgen, zelfs toen hij al volwassen was. Op zesentwintigjarige leeftijd had hij bijna twee mannen vermoord, maar was tegengehouden door iemand die zichzelf in zijn plaats had opgeofferd. Er was Chris niets ten laste gelegd, hij was zelfs op geen enkele manier bij de zaak betrokken geraakt. Zijn telefoontje naar de politie had hem daarbij geholpen, en ook de hulp van Bob Moskowitz, de advocaat die dikke maatjes was met de officier van justitie.

Chris besefte dat tegenover iedere geluksvogel als hij, er een Lawrence Newhouse stond die minder mazzel had gehad. Maar Chris zou ook nog de nodige tegenslag ervaren. Zijn leven zou geen eeuwigdurende lentemiddag zijn waarin de zon op zijn moeders gezicht scheen, het haar van zijn beeldschone geliefde door een briesje werd gestreeld en er een sterke hond ronddartelde in een beek. Als hij in de toekomst kon kijken, zou hij veel gelukkige momenten zien in het gezin dat hij zou vormen: hij zou voldoening vinden in zijn werk, maar hij zou ook diepe teleurstelling, spijt en ouderdom ervaren. Hij zag zijn moeder, alleen en in korte tijd verouderd, die op haar kamer de rozenkrans zat te bidden. Hij zag zijn vader op vijfenvijftigjarige leeftijd op een tafel in het lijkenhuis liggen, met zijn gezicht vol diepe kerven van een gebroken voorruit en met een abnormaal hoog alcoholpromillage.

Als de verhalenvertellers het vertelden zoals het was, zouden alle verhalen eindigen met de dood. Maar dat komt allemaal nog, dacht Chris. Niet vandaag.

De hemel brak weer open toen hij langs een lange helling naar beneden liep en daar zijn vader zag staan voor de dikke eik die stevig in de bodem van de vallei was geworteld. Flynn had zijn geopende knipmes in de hand. Hij was bezig Katherines naam naast die van Chris te kerven, in hun hart op de familieboom.

'Pap,' zei Chris.

Thomas Flynn draaide zich om en liep op zijn zoon af.

Dankwoord

Ik wil Vincent Schiraldi bedanken, hoofd van de jeugdreclassering van het District of Columbia voor zijn uitstekende werk en zijn hulp. Mijn dank gaat ook uit naar de jongeren, de staf en de bewakers van de jeugdgevangenis Oak Hill voor hun openhartige meningen en de gesprekken die ik met hen mocht voeren. De kennis over het stoffeerdersbedrijf is afkomstig van mijn vriend Steve Rados, die ik al mijn hele leven ken.

Op www.sentencingproject.org vindt u voorstellen voor de hervorming van het strafstelsel en de strafrechtpraktijk en voor het opleggen van alternatieve straffen om het strafrechtsysteem effectiever te laten functioneren.